Née en Bretagne, Irène Frain est agrégée de lettres classiques. Romancière, historienne et journaliste, elle a publié une vingtaine d'ouvrages. Parmi ses romans : *Le Nabab* (1982), *Secret de famille* (1989), *Devi* (1993), *L'Homme fatal* (1995), *Les Naufragés de l'île Tromelin* (prix Relay 2009 du roman d'évasion et Grand Prix Palatine du roman historique - 2009). En 2013, elle a publié un récit très personnel : *Sorti de rien*.

Irène Frain

MARIE CURIE PREND UN AMANT

ROMAN

Éditions du Seuil

TEXTE INTÉGRAL

ISBN 978-2-7578-6233-9
(ISBN 978-2-02-118306-1, 1re publication)

À M. F.
À Isabelle

« Premier principe : ne jamais se laisser abattre ni par les personnes, ni par les événements. »

MARIE CURIE

« J'ai souvent eu le sentiment que les liens de Marie Curie avec la vie étaient plus profonds et plus sérieux que les miens. »

ALBERT EINSTEIN

1

Il y a quelques mois, chez un bouquiniste, je suis tombée sur un curieux ouvrage. Il comptait à peine cent pages. On l'avait soigneusement relié de percaline gris-bleu.

Je l'ai ouvert. Une vignette était collée au verso de sa couverture. Elle a aussitôt attiré mon attention : elle figurait le diable.

Ou, plus exactement, une sorte d'hybride entre le démon et un vieillard lubrique. Pieds griffus, nez crochu, oreilles démesurément allongées, rictus salace, yeux globuleux que le vice faisait jaillir de leurs orbites. La libidineuse créature brandissait deux initiales entrecroisées, GM. Leur graphisme élégant s'accordait mal avec l'obscénité de la représentation du vieillard et suggérait que la vignette avait été réalisée dans les années 1900.

À l'évidence, cette vignette – un ex-libris – avait été confectionnée à la demande d'un amateur de livres qui avait aménagé dans sa bibliothèque ce qu'on appelait à l'époque un « second rayon » : une collection de textes libertins qu'on dissimulait derrière des cloisons secrètes ou sur des étagères haut perchées. Avant de s'y plonger, on verrouillait sa porte. On s'en délectait d'autant plus que c'était un plaisir interdit. Et pour certains, honteux.

J'ai ouvert le livret bleu. Recueil de poèmes graveleux, roman érotique, récit pornographique ? Non, rien que deux numéros d'un hebdomadaire petit format reliés en l'état, qui s'apparentaient davantage à des libelles qu'à des journaux. Leur papier, de mauvaise qualité, avait beaucoup jauni. Leur couverture rouge minium, en revanche, n'avait rien perdu de sa couleur criarde, vraisemblablement destinée à attirer l'attention des passants lorsqu'ils croisaient un kiosque.

Les numéros se suivaient. Ils étaient respectivement datés du 23 et du 30 novembre 1911. Un gros titre barrait la couverture du premier fascicule : « POUR UNE MÈRE ».

Je suis revenue au début du livret et je l'ai hâtivement feuilleté. Ma surprise a redoublé. La quasi-totalité des fascicules était consacrée à des attaques d'une violence inouïe contre la personne de Marie Curie, la brillantissime chercheuse qui, douze ans plus tôt, avec son non moins génial époux Pierre Curie, avait découvert deux nouveaux éléments chimiques, le polonium et le radium. Le couple avait ensuite étudié leurs effets, que Marie avait baptisés « radioactivité ». En 1903, un prix Nobel de physique avait consacré cette extraordinaire découverte.

Pierre avait insisté pour que Marie puisse partager avec lui la prestigieuse distinction – l'Académie suédoise n'avait d'abord vu en elle que la fidèle assistante de son époux. Elle devint ainsi la première femme à recevoir un Nobel.

Certains doutaient toujours de son génie scientifique. Mais cinq ans et demi après la mort de Pierre, victime d'un banal accident de la circulation, le Nobel lui fut encore attribué, cette fois au titre de la chimie. À l'heure où j'écris ces lignes, elle reste la seule femme au monde à avoir reçu cette double consécration. Elle les mérite largement : chacun de nous, quand il passe une radiographie, lui doit l'allègement de ses inquiétudes ou de ses souffrances, quand ce n'est pas la vie. Et combien de cancers vaincus grâce aux rayons de la « curiethérapie » ?

*

J'ai acheté le petit livre bleu et, au plus vite, je l'ai lu. À portée de mon ordinateur pour m'en faire, via la Toile, une idée plus exacte. J'ai été très surprise par ce que m'ont révélé mes premiers clics. La publication que je venais de parcourir était une revue d'extrême droite, *L'Œuvre*, et les deux numéros réunis par le mystérieux GM qui les avait fait relier avaient failli déclencher une nouvelle affaire Dreyfus. La presse s'entre-déchira, la controverse devint si vive qu'elle suscita cinq duels, quatre à l'épée, un au pistolet. Deux d'entre eux furent filmés. Discrètement mais fermement, les autorités firent savoir à Marie Curie qu'elle serait bien inspirée de quitter la France et d'aller poursuivre ses recherches dans sa Pologne natale. On voulut aussi la dissuader de se rendre à Stockholm pour recevoir son Nobel.

Elle tint bon, passa outre et, une fois en Suède, fut célébrée comme il se devait. Mais, à peine rentrée, elle s'écroula. Maladie, dépression, tentation du suicide, on la crut perdue. Sa prodigieuse vitalité finit par reprendre le dessus, et au bout d'une dizaine de mois elle redevint – du moins en apparence – la Marie Curie que ses proches avaient toujours connue : entreprenante, créative, obstinée, généreuse, enthousiaste, acharnée, bourreau de travail. On n'avait pas eu sa peau. Mais c'est de peu qu'on l'avait manquée.

*

Le journal si pieusement conservé sous la précieuse reliure bleue que je tenais entre les mains était donc un torchon, m'apprit la Toile ; et son directeur, Gustave Téry, un signe-torchon. Agrégé de philosophie, ancien élève de l'École normale supérieure, il avait été révoqué de l'Éducation nationale pour la violence de ses propos nationalistes et antisémites. Il avait alors bifurqué vers le journalisme, où il n'avait pas davantage brillé. Sa revue marchait mal ; avec l'attaque contre Marie, il avait voulu faire un coup, mais il n'en était pas l'inventeur : la campagne de calomnies avait commencé trois semaines plus tôt, dans un quotidien tiré à un million d'exemplaires. Marie se trouvait en congrès à Bruxelles, seule femme d'une réunion qui allait faire date dans l'histoire des sciences puisqu'on y confronta les dernières représentations de l'espace, du temps et de la matière – théories de la relativité et des quanta, instabilité des atomes, mouvement brownien, radioactivité –; elle était occupée à débattre avec les plus grands cerveaux du XXe siècle, dont Max Planck et Albert Einstein, alors seulement connus d'un cercle étroit de chercheurs. Au moment où leurs discussions s'achevaient, elle apprit qu'un journal l'accusait d'entretenir une liaison clandestine avec un homme marié, l'un des participants au congrès, Paul Langevin. Elle ne s'était pas contentée de le détourner de son foyer, proclamait l'auteur de l'article, elle l'avait enlevé.

Dès ce jour elle fut salie. Le soupçon l'entoura, que ne parvint pas à dissiper l'annonce de son second

Nobel. C'est dans ce contexte que parut le torchon de Téry. Alors qu'elle se préparait à faire le voyage de Stockholm pour recevoir son prix, il publia la copie d'une assignation à comparaître devant la neuvième chambre du tribunal correctionnel de Paris, signifiée neuf jours plus tôt à Paul Langevin par l'avocat de son épouse. Il était poursuivi pour adultère et Marie pour complicité. L'assignation précisait qu'elle était passible, comme son amant, des peines prévues aux articles 339, 359 et 360 du code pénal. Le procès serait jugé le 8 décembre, deux jours avant la cérémonie de remise des Nobel dans la capitale suédoise.

*

Pour l'essentiel, l'accusation se fondait sur des courriers échangés par Marie et Paul. Ces missives leur avaient été dérobées dix-neuf mois plus tôt par des inconnus qui avaient réussi à s'introduire dans le deux-pièces où, selon l'assignation, les amants avaient pris l'habitude de se retrouver. Les voleurs avaient fracturé la porte, brisé la serrure d'un secrétaire, mis la main sur leurs lettres d'amour. Très peu de temps après, celles-ci étaient tombées aux mains de la femme de Paul.

Tout ce qu'elles révélaient, c'est que Paul et Marie s'aimaient. Ils y décrivaient leurs sentiments et leurs angoisses dans une prose souvent magnifique et d'une parfaite tenue. Leur situation était d'une grande banalité : ils voulaient vivre leur amour au grand jour. Marie, veuve depuis cinq ans, était libre. Paul, lui, toujours marié à Jeanne, songeait à divorcer. Ce projet n'était pas nouveau. Dès les premiers mois de son mariage, douze ans plus tôt, il avait compris qu'il n'aurait jamais dû épouser Jeanne. Au nom de leurs quatre enfants, celle-ci refusait farouchement toute séparation. Marie pressait Paul de clarifier la situation.

De cinq ans plus âgée que son amant, elle était beaucoup plus déterminée – comme le sont généralement les femmes en pareil cas. Elle lui prodiguait des conseils sur les meilleurs moyens de déjouer les pièges que ne cessait de lui tendre Jeanne. Dans ce qu'elle écrivait, aucune effusion érotique. Ici et là, des mots tendres et des aveux où éclatait l'intensité des sentiments qui l'attachaient à Paul – plus qu'un amour, une passion.

Quoique plus brèves, les réponses de Paul étaient à l'unisson. Là aussi, rien que de très décent. Pourquoi donc le propriétaire du petit livre bleu que j'avais déniché chez mon bouquiniste, ce GM qui avait fièrement apposé sa marque au dos de sa couverture, avait-il fait entrer ces textes dans sa collection d'ouvrages libertins ?

C'est qu'au sens le plus sexuel du terme il en avait joui, d'apprendre que Marie serait bientôt traduite en correctionnelle pour complicité d'adultère, obsédé qu'il était sans doute, comme nos modernes talibans, par la femme mise à nu, mise à terre, mise à mort. Avec ce petit livre relié de bleu, je tenais l'épisode majeur d'une lapidation médiatique qu'on avait manifestement préméditée de longue date. Marie avait dérangé. Il suffisait de lire la prose de Téry pour comprendre pourquoi : c'était un génie, elle était née femme, elle aimait un homme marié, lequel soutenait, comme elle, des théories qui bouleversaient les certitudes de la science de leur temps.

La mise à mort échoua. Un minuscule groupe d'hommes et de femmes parvint à l'empêcher, et Marie réussit à renaître de ses cendres. Certains de ses ennemis ne s'y résignèrent pas ; et leur consolation, pendant des années, fut de s'enfermer à double tour avec de petits livrets comme celui que je venais de découvrir, pour revivre en cachette et dans une délectation morbide les semaines de 1911 où Marie fut jetée en pâture à ce que Julien Gracq appela plus tard la « chiennerie française ».

*

« Marie Curie, un amant ! C'est une blague ! »

« Elle n'a pas du tout une tête à ça. »

« J'ai lu une biographie de Marie Curie, on en parle. C'est certainement vrai, mais on a du mal à y croire. Elle n'arrêtait pas de travailler, elle s'est tuée à la tâche. Elle était toujours vêtue de noir et mal fagotée, même du temps de son mariage. Ça a frappé jusqu'à Einstein, il l'a comparée à un hareng froid ! C'est bizarre, cette liaison… »

« Où diable avez-vous trouvé cette histoire ? »

« Elle avait quel âge, quand c'est arrivé ?… Quarante-quatre ans ? Avant la guerre de 14, une femme de cet âge, c'est une vieille ! Et lui, son amant ?… Cinq ans de moins ? Ça ne tient pas debout ! »

« Oui, j'ai eu vent de cette affaire. Mais vous savez, les rumeurs, tout ce qu'on invente pour salir les gens… Vous avez vérifié ? »

« Je n'en ai jamais entendu parler. Vous êtes sûre ? »

« Marie Curie, ah bon ? J'avais une tout autre idée d'elle. »

« Marie Curie, prendre un amant ? Du roman ! »

J'ai parlé à des proches du petit livre bleu et de ce que j'y avais lu. La plupart d'entre eux ignoraient cet épisode de sa vie. Les autres, même s'ils le connaissaient, restaient dubitatifs.

Comment les convaincre ? Les deux amants ont détruit leurs lettres d'amour. Leurs amis, ensuite, sur la requête expresse de Marie, en ont fait autant des courriers où il était question de cette période tumultueuse. Certains en ont parlé, comme d'un secret de famille, à mots couverts ; et les années passant, cette mémoire a été noyée sous l'intimidant glacis du « mythe Marie Curie », l'héroïne de la science, la sainte laïque consacrée en 1995 par le solennel transfert de ses cendres au Panthéon. Une légende enthousiasmante, mais qui nous tient sévèrement à distance de l'humanité de Marie. C'est ce qui m'a décidée à explorer cette fracture dans sa vie : les êtres ne se révèlent jamais mieux qu'au cœur de la tourmente. Pourquoi Marie, si pudique, si secrète, devint-elle soudain la femme à abattre ? Et pourquoi organisa-t-on aussi froidement sa mise à mort ?

2

La majeure partie des archives de Marie Curie a été léguée à la Bibliothèque nationale de France. On les consulte dans la paix de l'ancienne Bibliothèque royale, au cœur de Paris. Sous les voûtes ornementées de la galerie Mazarine, les magasiniers les exhument de cartonnages funèbres puis vous les présentent avec cérémonie sur un tapis de velours pourpre. De ces cercueils administratifs, aussitôt, jaillit le plus vif de la vie.

Ainsi les « Notes sur l'enfance de ses filles » où Marie, jusqu'à la guerre de 14, consigna la croissance et l'évolution psychologique de ses deux filles, Irène et Ève. Ou le « Carnet de la découverte » qu'en 1898 Pierre et elle noircirent de leurs écritures entremêlées. Page après page, on y suit les hypothèses, mesures, expériences, calculs menés sans relâche par les époux dans le hangar de misère que l'État leur avait alloué pour qu'ils y conduisent leurs recherches. La légende veut que le calepin diffuse encore des radiations ionisantes. C'est surtout un document exceptionnel ; on doit enfiler des gants avant de le feuilleter, comme le bref et poignant journal que tint Marie après la mort tragique de Pierre.

Ces manuscrits-là, nimbés du romanesque de la « saga Curie », sont très souvent réclamés. On surprend davantage les magasiniers lorsqu'on demande à consulter la comptabilité de Marie. Entrées, sorties, récapitulatifs de frais, additions, soustractions, ces carnets-là sont très austères. Il faut pourtant s'y plonger ; c'est la seule chance d'en apprendre un peu plus sur sa passion pour Paul.

*

Depuis toujours, Marie surveillait ses recettes et ses dépenses au centime près. Dans les années 1890, du temps qu'elle étudiait les mathématiques à la Sorbonne, elle avait vécu dans une précarité extrême, logé dans des chambres de bonne toutes plus délabrées. Certains jours, elle ne se nourrissait que d'une tasse de chocolat et de quelques fruits.

Son obsession comptable était l'héritage de ces temps difficiles où elle n'était qu'une jeune exilée polonaise désargentée. Mais faire ses comptes, pour elle, c'était aussi tenter de voir clair dans sa vie. Essayer d'extraire, du flux trouble et torrentueux du Temps, un peu de sens. Elle ne se fiait qu'aux chiffres. Si ses calculs tombaient juste, c'est qu'elle avait prise sur les événements. Inversement, une erreur ou un oubli signalaient qu'elle s'était laissé déborder par ses émotions. En avril 1906, après la mort de Pierre, il fallut six mois avant qu'elle ne puisse rouvrir ses carnets de comptes. Lorsqu'à l'automne elle retrouva ses esprits, elle choisit d'appliquer à sa scrupuleuse comptabilité une nouvelle méthode, celle-là même qu'elle avait inventée pour extraire, à partir de tonnes de minerai de pechblende, les fameux sels de radium qui firent sa gloire et celle de Pierre Curie : elle procéda par étapes successives. Au fil de ses journées, sur un calepin de sac, elle consignait le moindre sou qu'elle lâchait, en notant scrupuleusement à quoi elle l'avait employé. À la fin du mois, elle sortait un autre carnet, relié celui-là d'une solide couverture émeraude – il n'a jamais dû sortir de chez elle, sa reliure est comme neuve –, et s'attelait à la deuxième étape de sa comptabilité maniaque : elle y regroupait par postes les dépenses de son calepin de sac et dressait un bilan.

Ce n'était là que son carnet de brouillon. Elle n'était satisfaite qu'au moment où elle avait reporté ses chiffres sur son très officiel registre de dépenses, un grand carnet noir qu'elle achetait rituellement au Bon Marché. Elle s'y prenait cette fois de façon beaucoup moins détaillée, car le registre comportait des rubriques préétablies où elle devait classer ses débours : « Entretien de Madame », « Gages d'employés », « Maladie », « Frais de table », « Repassage, raccommodage », « Voitures et fantaisies »...

Ses calepins de sac ont disparu. En revanche, deux de ses « carnets de brouillon » ont été conservés, ainsi que ses registres noirs. Plus on avance dans leur lecture, plus on est fasciné. On y découvre la Marie Curie de tous les jours : une veuve qui, grâce à son poste de professeur à la Sorbonne et à l'argent que lui a valu le premier Nobel – très sagement placé –, mène une existence aisée. Elle a de quoi se payer des bonnes, une femme de ménage, des repasseuses de linge, un frotteur de parquets, l'accordeur de piano. Pour ses filles, elle rémunère une gouvernante et plusieurs professeurs particuliers, d'anglais, de gymnastique, de solfège, de chant. Elle offre aux gamines des après-midi de patinage au très sélect Palais des Glaces, des vacances à la mer ou à la campagne. Enfin dans Paris, au lieu de circuler à vélo ou dans les omnibus bondés de sa jeunesse, elle commande assez souvent des « voitures », fiacres et taxis.

Cependant la mémoire de ses temps de vaches maigres continue de la hanter. Avant de se résoudre à jeter ses vieilles chaussures – ses « souliers », comme on disait encore –, elle demande à son cordonnier d'en réparer les semelles, une fois, voire deux. Lorsque le soleil a terni les couleurs de ses jupes et de ses corsages, elle les fait teindre. C'est seulement quand ses vêtements sont usés jusqu'à la corde qu'elle les abandonne aux chiffonniers. Chez la mercière comme chez le marchand de charbon, elle surveille étroitement ses extras, note le moindre achat de dentelle, ruban, ruché. Elle consigne tout, les 10 francs que lui a coûté le passage du ramoneur, le sou qu'elle a lâché à un mendiant, le bouquet de fleurs qu'elle s'est offert à l'étal d'une marchande des quatre-saisons.

Dans un tel tableau, l'acquisition d'un vaporisateur de parfum, d'un coupon de soie ou d'une robe neuve constitue une anomalie, et par conséquent un indice. Il se passe quelque chose. Que dire si on la voit s'offrir, en moins d'une semaine, un jupon, une écharpe, des bas, un chapeau, des chaussures ? Violation manifeste de ses règles d'économie. Elle fait des folies, comme on dit ; et la folie, pour elle, c'est toujours l'abandon au sentiment, à la passion.

*

Elle a passé sa vie à tenter de dissimuler ses émotions. Ainsi, le poignant journal intime qu'elle a tenu lors de la mort de Pierre. Un texte incomplet : ici et là, avec un soin maniaque, une ligne ou un nom ont été découpés aux ciseaux, comme si elle redoutait qu'une biffure ne suffise pas et qu'un jour des avancées technologiques ne puissent permettre de reconstituer le texte original.

Ailleurs, des pages entières ont été retranchées. Le lecteur, face à ces lacunes, se sent dans la peau de ces égyptologues qui cherchent à élucider l'énigme de la Grande Pyramide. Ils sondent une paroi, soupçonnent qu'elle recèle une chambre secrète. Comment en desceller les pierres ? Dans leur ajustement, pas une faille. Et le mur est très épais.

Que cachait Marie ? Et pour quelles raisons ? Personne n'a jamais su, même pas ses filles. Elles furent les premières à le proclamer et s'en plaindre : leur mère, souvent, était impénétrable. Il arrivait qu'elle demeure muette pendant des jours. Elle se confiait très peu. Ou alors de façon tout à fait imprévisible.

Mais ses carnets de comptes, eux, jaillis du flux le plus routinier, le plus mécanique de sa vie, ont échappé à cette farouche volonté de secret. Hâte, fébrilité, fatigue, Marie, de loin en loin, commet une erreur, un lapsus. À une page ou une autre de ces relevés de dépenses, c'est couru, une ligne, un chiffre va parler.

*

Je ne cherche pas la clé de ses mystères dans son écriture : sa graphie flanche rarement. Même en ces années 1910-1911 où sa vie se fracture, elle reste d'une lisibilité, d'une sûreté impressionnantes.

Marie avait pourtant les doigts brûlés par le radium. Ignorante, comme Pierre, de ses effets délétères, elle avait manipulé pendant des années, sans la moindre protection, des centaines de flacons remplis de substances radioactives. Sa légendaire dextérité manuelle, pour autant, était restée intacte. Tout au long de sa liaison avec Paul, et même pendant le scandale, elle manie la plume avec la même adresse que les délicats appareils de mesure de son laboratoire de physique. Elle biffe rarement son texte, y compris dans ses carnets de brouillon.

Ses ratures, du coup, attirent l'œil. Surtout en mai 1910, lorsqu'elle tente d'effacer deux énormes initiales, la première en anglaise, ℒ, la seconde en scripte et en italique : ***B***, suivie de la mention d'une somme : « 350 francs ».

La somme – un prêt – a-t-elle été remboursée ? Et que désignent les mystérieuses initiales ℒ***B*** ? Pour les biffer, elle a utilisé un crayon à papier. Comme si elle ne se résignait pas à les voir disparaître. D'ordinaire, dans ses notes, quand elle rature un mot ou une phrase, elle s'y prend à l'encre, et avec un tel art qu'il est impossible de déceler ce qu'elle a dissimulé.

Sur cette page d'additions, par conséquent, on ne voit plus que les initiales, ℒ***B***, mal raturées. Elles sautent d'autant plus aux yeux que leur lettrage est quatre fois plus grand que les initiales ***I*** et ***M***, dont, sur cette même page, Marie se sert pour désigner sa fille Irène et sa propre personne.

Mieux encore : comme pour marquer l'importance qu'elle accorde au majestueux ***B***, elle l'a plusieurs fois surligné à l'encre noire.

*

À la même date, mai 1910, dans le carnet de dépenses « officiel » de Marie, une autre rature arrête l'œil : « ~~Dépenses rue du Banquier.~~ »

Rue du Banquier : l'adresse même où, selon l'avocat de Jeanne, les deux amants cachaient leurs amours adultères.

Là encore, Marie s'est reprise. Elle a biffé ces mots trop explicites et, à la ligne suivante, les a remplacés par une mention sibylline : « Divers (B) ».

Ce ***B*** revient ensuite une quinzaine de fois dans les deux carnets – sur le carnet de brouillon, il est parfois dessiné avec la même élégance que le *ℒ* du mois de mai. Il cesse d'apparaître à l'été 1911 : la date où, toujours selon l'avocat de Jeanne, Paul et Marie ont soudain quitté la rue du Banquier.

C'est donc incontestable, sa liaison avec Paul a eu lieu. Au sens propre du terme : elle a eu un lieu. Auquel Marie accordait une importance capitale. Sinon, pourquoi aurait-elle agrandi et souligné le ***B*** d'un trait de plume adolescent ? Et pourquoi, ensuite, avoir tant rechigné à l'effacer ?

*

Et le *ℒ*, alors, le grandiose et énigmatique *ℒ*, qui précède le ***B*** du carnet émeraude ?

Le code est tout aussi transparent. Avant qu'ils ne fussent amants, Marie, pour parler de Paul, disait toujours « Langevin », comme son mari et la petite bande de chercheurs d'avant-garde qui gravitait autour d'eux.

P pour Paul, de toute façon, c'était impossible. Quinze ans plus tôt, lors du radieux été 1895 où, toute jeune mariée, elle avait ouvert son premier carnet de comptes, elle avait assigné cette initiale à Pierre. Pas question d'y revenir, c'eût été insulter le mort. Déjà qu'elle s'était interdit de prononcer son prénom après l'atroce accident du 19 avril 1906 qui lui avait coûté la vie – ce camion, au bas de la rue Dauphine, sous lequel il avait roulé, et dont l'une des roues lui avait broyé le crâne.

3

5, rue du Banquier, début mai, la lumière est la même qu'au jour où les deux amants s'installèrent au quatrième étage de l'immeuble. Les lieux non plus n'ont pas changé, ils sont restés « dans leur jus », comme disent les agents immobiliers.

Toujours là, le porche large et haut, la cour dallée dont les gros et rudes pavés pourraient encore endurer des décennies de sabots, roues de charrettes et carrioles.

Ici, d'anciennes tinettes. En face, de vieux appentis qui, même repeints, continuent de raconter les années 1900, le pain difficile à gagner, les ouvriers durs à la peine, les journées de labeur dont on ne voit pas le bout.

Un seul trait de fantaisie, une fontaine de fonte. Le métal est frappé d'un jeune Amour pensif et d'un volatile fantasmagorique, une sorte de gros canard aux yeux méchants. Son bec, jadis, faisait office de robinet. Du temps de Paul et Marie, la bâtisse n'avait pas l'eau courante. C'est à ce point d'eau qu'ils descendaient remplir, pour la cuisine et la toilette, leurs seaux et leurs brocs.

*

Lorsque les ennemis de Marie la livrèrent au lynchage de l'opinion, ils désignèrent cet immeuble comme leur « nid d'amour » et lâchèrent le mot de « garçonnière » qui traînait après soi les fantasmes graveleux de l'imaginaire 1900, divans coquins, tentures de velours, éclairages savamment calculés. À tout prix, il fallait qu'on s'imagine une Mme Curie chatte en chaleur, rejoignant un jeune don Juan prompt à assouvir les quadragénaires de son espèce dans sa bonbonnière spécialement aménagée.

Alors que tout est spartiate, rue du Banquier. La façade, seulement enduite d'un rude crépi. Les fenêtres, sans balcon ni ornement, hors de modestes balustrades de fer forgé. L'immeuble est à l'image des hommes sévères pour qui il fut bâti, des travailleurs du métal qui passaient leurs journées à marteler, pilonner des pièces de cuivre ou d'acier, puis à les profiler et laminer au millimètre.

À l'intérieur de la bâtisse, rien n'a changé non plus depuis le temps des amants. Au rez-de-chaussée, un carrelage standard du début du siècle, un escalier, deux degrés de pierre destinés à recueillir la boue qui aurait pu rester collée à la semelle des souliers. Ensuite, quatre luisantes volées de marches de chêne. Un siècle et demi d'allées et venues les a fatiguées. Elles restent pourtant très sûres, à aucun moment elles ne craquent sous le talon. Un immeuble pour gens simples et sérieux, respectueux de la belle ouvrage, besogneux, rangés.

*

Paul et Marie se crurent longtemps seuls au monde, et parfaitement anonymes, quand ils gravissaient cet escalier. « Ils se comportaient en amoureux, sans se cacher », déclarèrent les habitants de l'immeuble et les familiers de la rue du Banquier aux mouchards dépêchés sur les lieux.

Ils disaient vrai. Les deux amants, pendant des mois, ne s'étaient pas cachés. À trente-sept et quarante-trois ans, ils ignoraient encore que l'amour n'est pas aimé, que l'envie, dans son dos, est toujours en maraude. Marie ne s'aperçut pas qu'elle était célèbre jusque dans ce misérable et laborieux 13e arrondissement où ils avaient cru pouvoir se noyer. Et Paul non plus. Comme elle, il montait jusqu'à leur quatrième étage sans rien voir, ni les portes entrebâillées, ni les fenêtres qui, à chaque demi-étage, donnaient sur la cour en contrebas et la loge de la concierge. Pour ouvrir les yeux, ils n'attendaient, cœur battant, que le quatrième palier. Leur couloir à eux, leur porte à eux, leur bouton de porcelaine blanche à eux, strictement pareils aux autres couloirs, portes et boutons de porte de l'immeuble, à ceci près qu'ils ouvraient sur leur monde à eux. Un deux-pièces identique aux dix-neuf autres, sauf pour ce qu'ils voulaient en faire : y réinventer leurs vies, rebâtir de fond en comble, de l'infiniment grand à l'infiniment petit, l'idée que leurs contemporains se faisaient de l'univers. Et s'y aimer.

Quelle porte fut la leur ? L'assignation à comparaître devant le tribunal de Paris ne signale que l'adresse de l'immeuble et l'étage du deux-pièces où ils se retrouvaient. Elle se borne à préciser que le beau Paul transforma la cuisine en cabinet de toilette – il était un brin dandy et très soigneux de sa personne.

Je parie pour l'un des deux appartements exposés plein sud. Partout où Marie vécut et travailla, elle voulut le grand jour. Elle, la secrète entre les secrètes, aimait le soleil répandu en marée sur les planchers cirés, les fenêtres ouvertes, la pleine lumière.

*

Je comprends maintenant la solennité, la démesure, l'épais surlignage du ***B*** que Marie traça à la page de son carnet émeraude au moment de récapituler les dépenses de ce mois de mai 1910 où Paul et elle commencèrent à meubler leur deux-pièces du 5, rue du Banquier : les amants, dans leurs rêveries, confondent souvent leur passion avec les lieux où ils l'abritent – surtout les femmes.

Mais dans le ***B*** romanesque et majestueux que Marie dessina sur le carnet émeraude se raconte aussi un projet. Leur petit appartement n'est pas un lieu de rendez-vous mais un tremplin vers une nouvelle existence. En ce mois de mai 1910 où ils s'y installent, ils sont sûrement amants depuis quelque temps. Ils savent maintenant ce qu'ils veulent et où ils vont. Ils n'ont pas encore signé de bail avec le propriétaire des lieux. Deux mois et demi plus tard, le 15 juillet, ce sera enfin chose faite et ils nommeront le deux-pièces du dernier étage « chez nous ». C'est assez dire ce qu'ils ont en tête : refaire leur vie.

4

Refaire sa vie. Comme Marie, on a perdu l'amour unique et on a cru ne jamais s'en remettre. Le corps s'est fait de craie, l'esprit de cendres. On a pensé devenir fou, quand on n'a pas cherché, carrément, à en finir.

Malgré tout, on s'en est relevé. On ne sait pas comment, un jour on s'est découvert moins cendreux, moins crayeux. Amputé, oui, pour le restant de ses jours. Mais résigné à l'être.

Ou alors, comme Paul, on a fait des serments et on s'est trompé. On a été léger, et maintenant qu'on s'en aperçoit, c'est trop tard. Disputes à tout propos, enfants, argent. L'enfer se referme, les nerfs lâchent.

Et voilà que la vie, soudain, la vie têtue, la vie puissante, imprévisible, la vie qui, mine de rien, va et vient comme les marées, réclame sa place, recommence d'exiger son droit au plaisir, sa part de rêve.

C'est cela, refaire sa vie : s'abandonner au reflux irrésistible des lois du vivant. Accepter l'offre de la seconde chance, se dire : « Après tout… Pourquoi pas ? » Puis, sur les ruines des temps d'avant, trouver la force de rebâtir du neuf.

Marie ne dit pas autre chose dans la lettre que, depuis la Bretagne, elle écrit à Paul après quelques mois de liaison : « Il y a entre nous des affinités très profondes qui ne demandaient pour se développer qu'un train de vie favorable. Nous en avons eu quelquefois le pressentiment dans le passé, mais nous n'en avons acquis une pleine conscience qu'en nous retrouvant l'un en face de l'autre, moi avec le deuil de la belle vie que je m'étais faite et qui s'était écroulée dans un tel désastre, toi avec le sentiment que, malgré ta bonne volonté et tes efforts, tu avais complètement manqué cette vie de famille que tu avais désirée si riche en joies fécondes. L'instinct qui nous a entraînés l'un vers l'autre a été bien puissant, puisqu'il nous a aidés à surmonter tant d'impressions pénibles, provenant de la manière si différente dont chacun de nous avait compris, organisé sa vie privée. Et voici que nous sommes liés par une affection profonde que nous ne devons pas laisser détruire. »

Paul lui répondit presque aussitôt : « Je tiens à obtenir des conditions de vie acceptables pour nous deux et je suis d'accord avec toi sur ce qu'il convient de faire pour les obtenir. »

Ils venaient de triompher de l'ennemi fatal à tant d'amants, le quotidien. Ils en avaient fini de confronter leurs petites habitudes ; leur lien avait été assez fort pour qu'ils trouvent à s'accorder sur les aspects les plus mesquins, les plus triviaux de la vie. Il ne leur restait plus qu'à se donner les moyens de pouvoir s'aimer au grand jour et construire ce que Marie, dans sa lettre, avait appelé une « solution stable ».

Sur cette « solution stable », elle ne disait rien que de très flou. Sauf, en substance : « Quitte ta femme. »

Ou alors : « Qu'il serait bon de conquérir la liberté de nous voir autant que la diversité de nos occupations nous le permet, de travailler ensemble, de nous promener ou de voyager ensemble, quand les conditions s'y prêtent. »

L'amour libre, en somme, trente ans avant que Sartre et Beauvoir n'en fassent toute une théorie. À ceci près que Marie était aussi passionnée qu'à vingt ans. Elle écrivait aussi à Paul : « Il faut que je tienne à toi par un lien bien fort, pour que je sois décidée à le défendre au risque de ma situation et de ma vie. »

La société allait s'en mêler, elle le pressentait. Mais l'adolescente en elle fut la plus forte, elle passa outre.

*

« Personne n'a été dupe, répétèrent la concierge et les voisins aux indics venus les interroger. Cette femme, tout de suite, on a su qui c'était. »

Un moment, prétendit-on, Marie s'était fait appeler « Mme Langevin ». Puis elle saisit qu'on l'avait reconnue et se fit couleur de muraille au moment de passer le porche et de gravir l'escalier qui menait à son paradis du dernier étage.

Dès qu'elle repartait travailler au labo, donner son cours à la Sorbonne ou, tard le soir, retrouver la villa de Sceaux où grandissaient ses filles, elle redevenait « Mme Curie », copie conforme de « la Veuve illustre », comme on la surnommait dans la presse depuis la mort de Pierre : énigmatique et grave, hantée par ce radium qu'elle nommait « mon enfant », et n'autorisant quasiment personne à la tutoyer ni à l'appeler par son prénom.

Elle ne jouait pas double jeu. La rue du Banquier, sa chambre secrète, le lieu de sa plus intime vérité, elle n'en avait pas honte. Les rituels de la bien-pensance lui étaient indifférents ; avec Pierre, elle s'était mariée sans voile ni robe blanche, ni prêtre, ni alliance. Tout ce qu'elle voulait, c'est que Paul quitte sa femme.

Au-delà, l'horizon était vague. Des voyages avec lui, des recherches en commun. Mais qu'il soit libre ! Du coup, lorsqu'elle arrivait rue du Banquier ou sortait pour aller acheter de quoi manger au marché tout proche, elle ne remarquait pas les yeux qui se posaient sur elle, ni ce qu'on chuchotait dans son dos. « Nous sommes si discrets, Paul et moi, si simples, se persuadait-elle, et sa femme tellement stupide. Et comme j'ai fermé depuis sept ans ma porte aux journalistes, qui pourrait s'intéresser à nous ? »

Elle venait d'achever un magistral *Traité de radioactivité*, se préparait à discuter avec Einstein de la théorie de la relativité et de l'hypothèse des quanta, mais, sur sa vie privée, elle était complètement aveugle. En elle, une force incontrôlable avait pris les commandes, si têtue qu'elle en oubliait qu'ils étaient quatre, dans son histoire. Trois vivants, elle, Paul, sa femme. Plus un mort, Pierre. Et quel mort : partout, on se souvenait de l'effroyable concours de circonstances qui l'avait conduit à la tombe. Où qu'ils aillent, les deux amants, quoi qu'ils fassent, Pierre les poursuivait.

Paul avait été son élève ébloui. Il avait dix-sept ans lorsqu'il avait commencé à suivre ses cours, vingt-deux quand il avait vu Marie débouler dans la vie de son maître, et par conséquent dans la sienne puisqu'il avait toujours vécu à travers Pierre. Il avait été le premier, le plus fervent, le plus fidèle de ses disciples. Il le restait, maintenant que son maître était mort.

Il l'aimait. Il l'avait toujours aimé. Il continuait, il ne pouvait pas faire autrement. Il était comme tous ceux qui l'avaient connu, étudiants, professeurs, garçons de laboratoire, amis proches ou lointains, Marie elle-même. Du jour où son regard avait rencontré le sien, il s'était attaché à lui. Sa mort l'avait ravagé. Marie ne s'était jamais vue vivre sans Pierre. Lui non plus.

5

Paul l'avait rencontré un jour de rentrée, dans la salle où il donnait ses cours – Pierre, à l'époque, était professeur à l'École municipale de physique et chimie industrielle de Paris.

Surdoué issu d'une famille sans moyens, il venait d'avoir son bac en surclassant tout le monde. Il avait pourtant été arraché à l'école à l'âge de douze ans : son père ne voyait pas l'intérêt des études, il avait préféré le placer comme coursier chez un architecte. Sans sa mère, il ne s'en serait pas tiré. Avec la complicité d'un instituteur, elle avait réussi à lui faire poursuivre ses études en cachette de son mari. Le soir, en douce, pendant que le vieux Langevin dormait, elle rejoignait son fils dans sa chambre et restait assise à côté de lui jusqu'à ce qu'il ait fini ses devoirs. Elle économisait sou par sou, toujours en douce, pour lui acheter des bougies. Il avait réussi à réintégrer le lycée.

Il était si doué qu'il aurait pu se présenter aux concours des grandes écoles. Mais il n'était pas né où il fallait. Le jour où il avait eu son bac, ses professeurs le lui dirent tout net : « Le mieux, pour toi, c'est ingénieur. »

Le Paris des années 1890 grouillait de ces gens à la tête farcie d'inventions et de brevets. Ils gagnaient très bien leur vie. Certains, comme Eiffel, faisaient fortune. Paul suivit le conseil de ses professeurs. Il était droit, fervent, rapide, affirmatif.

Pierre, lui, était un homme penché, souvent perdu dans ses rêves. « Il vit dans les nuages, soupirait son père depuis qu'il était petit, toujours dans la lune… »

Cependant, lorsque Pierre voyait quelque chose ou quelqu'un, il le voyait comme personne. Dans ces moments-là, il s'inclinait, puis ses yeux effilés et transparents sondaient l'être ou l'objet qu'il avait vu. Sous tous les angles, les moindres facettes. Il voulait comprendre.

Tout de suite, Pierre a vu Paul. Il n'avait jamais croisé un être aussi présent, vivant. Ce n'était pas seulement la jeunesse. Son regard a réussi à aspirer le sien.

Paul, lui, n'avait jamais rencontré autant de bonté. Ni autant d'enfance. Pierre, pourtant, frisait déjà la trentaine. Dans ses cheveux taillés en brosse austère, certaines mèches grisonnaient.

*

Marie, un jour, dit de Pierre : « Il est un don du ciel. » Elle voulait sans doute dire qu'il avait le charme infini des êtres lunaires. Il n'en avait absolument pas conscience, ce qui le rendait encore plus irrésistible. Les seuls à le détester étaient les envieux. Ses étudiants l'adoraient. Ils avaient l'impression qu'il avait le même âge qu'eux, se sentaient proches de lui, camarades. Pour les séparer, il n'y avait que le don du ciel.

À quoi tenait ce don, personne ne le savait. L'enfance en lui qui s'obstinait ? Sa passion pour les terres vierges de la science, où nul n'osait s'aventurer ? La flamme qui l'animait quand il accueillait ses étudiants dans la grande pièce claire où il travaillait et enseignait, entouré d'appareils de son invention, tous plus fragiles et bizarres ?

Paul était comme tout le monde, il ne voyait pas. Chaque fois qu'il a parlé de Pierre, il n'a pu que décrire le bonheur qu'il eut à être son élève. Les cours de son maître, dit-il, étaient si limpides que chacun, sans effort, suivait ses expériences, saisissait les calculs complexes qui les illustraient, les dizaines d'équations qu'il alignait au tableau noir de son écriture tourmentée d'ancien dyslexique. La pensée de Pierre était à l'opposé de sa graphie : claire, droite ; et ses leçons d'autant plus captivantes qu'elles n'étaient pas construites sur des mises en scène. Pas d'effets, la rigueur pure. Il s'effaçait devant les règles mathématiques ou physiques qu'il exposait.

Il ne s'agaçait pas non plus de la façon pataude dont ses étudiants maniaient ses délicats instruments de mesure. Ni de leurs questions. Au contraire, il prenait un plaisir fou à leur répondre, à leur parler de ses recherches, à leur ouvrir de nouvelles pistes de réflexion. Un éveilleur.

Ces échappées, parfois, ces horizons insoupçonnés, sa classe et lui les découvraient ensemble. Dans ces moments-là, la salle de cours se dilatait jusqu'à prendre les dimensions de cet infiniment grand dont Pierre parlait avec autant de feu que l'infiniment petit. Les étudiants rêvaient de réimaginer l'Univers avec leur maître, de faire comme lui, des découvertes. Pierre, de sa voix douce, les ramenait sur terre : « Attention, apprenez à douter… N'oubliez jamais de douter… »

Un avertissement qu'il s'adressait peut-être à lui-même. Lorsqu'une expérience le mettait en présence d'un phénomène inconnu, lui aussi s'emballait. On l'entendait alors lancer des phrases extravagantes, comme : « Je vois l'énergie. »

Il était passionné par l'énergie. Par ses lois, sa mécanique. Mais surtout par sa source. Il la traquait depuis des années.

*

Dans le grand labo clair, il y eut aussi ce moment extraordinaire où Pierre, entre ses balances toutes plus étranges et son tableau noir qui peinait à contenir le flot d'équations jailli de son bâton de craie, proclama soudain à ses étudiants que la science, non, ne désenchante pas le monde. Qu'on peut rêver d'éclaircir ses énigmes sans renoncer à sa beauté.

Paul eut l'impression que leurs esprits fusionnaient. Il s'embrasa. D'élève, il devint disciple.

Et que dire du soir où Pierre, submergé de travail, le prit à part : « Pourriez-vous réaliser quelques calculs pour moi ? »

Il était gauche et timide, comme toujours. Paul se dit : « Je suis élu. » Il accepta dans la seconde.

Dix minutes plus tard son exaltation redoubla : Pierre l'entraînait au fond du labo pour lui confier le plus précieux de ses outils : une machine à calculer de la firme Thomas de Colmar, tout en curseurs, cylindres, manettes et roues dentées. Il n'y avait pas mieux en matière de calcul automatique. Quand Pierre la souleva puis la lui présenta, Paul la reçut comme si c'était le Graal.

Quarante ans plus tard, devenu directeur de l'École de physique et chimie, il retrouva la machine dans une vieille remise. Ses rouages avaient perdu des dents, elle n'était plus très fiable. Il s'en servit pourtant. En mémoire du jour où il avait cru toucher le ciel d'où venait le don de Pierre.

6

À tous les examens, Paul fut reçu premier. « De toute sa promotion, ce sera l'ingénieur le plus brillant », prédirent ses examinateurs.

C'était compter sans Pierre. Un jour, encombré comme jamais de ses longues mains blanches, et les yeux dilatés sur un inconnu qu'il était seul à voir, il s'est penché vers ses étudiants et leur a déclaré, avec cette étrange douceur qui faisait qu'on se demandait s'il était vraiment de ce monde : « La science se doit d'être désintéressée. Fuyez l'argent et les hommes d'argent. »

Il avait l'élocution un peu lente et sa pensée, souvent, se développait par à-coups. Il s'est donc écoulé quelques secondes avant qu'il ne poursuive : « Seule la recherche est belle, seule la recherche permet d'échapper aux lois du Temps. »

Paul a aussitôt décidé : « Je ne serai pas ingénieur. »

Il avait trouvé son chemin : se faire moine-soldat de la conquête de l'invisible. Vivre en ascète. Être un autre Pierre.

*

Pierre lui était à la fois très familier et très énigmatique. Il ignorait tout de lui, en dehors de son âge, vingt-neuf ans, et du fait qu'il logeait toujours chez ses parents.

Il mourait d'en savoir plus, mais dès qu'il lâchait une phrase qui, de fil en aiguille, aurait pu les conduire à des échanges sur leur vie privée, Pierre s'éclipsait, noyé dans sa timidité poétique, et rejoignait en silence le seul univers où il se sentait bien, la recherche en solitaire, la science-rien-que-la-science.

Il avait l'air d'un prêtre. Paul lui voyait toujours les mêmes complets sombres et dépouillés. Leur col haut boutonné laissait tout juste apparaître son nœud de cravate. Sans son regard d'accueil, Pierre aurait fait fuir tout le monde.

Avant qu'il ne devienne le Christ, Jésus, peut-être, lui avait ressemblé, austère et doux, sérieux et naïf, têtu, pacifique. Il ignorait la colère et l'ambition. Ses collègues lui raflaient les bons postes. Il ne leur en voulait pas, s'effaçait devant leurs succès. Il préférait l'ombre.

C'est bien après sa mort qu'on a compris pourquoi. Il avait été de ces enfants qui n'apprennent rien à l'école, il avait échoué à lire et à écrire. Trop lent, trop déconcentré. Le mépris des instituteurs, les railleries de ses camarades l'avaient rendu si malheureux que son père l'avait confié à un professeur particulier. À quinze ans, les mathématiques lui firent l'effet d'une visitation de la grâce. Il devint brillantissime puis, quasiment d'un jour à l'autre, bascula dans le monde de la science.

Il avait souvent besoin de retrouver ce moment fondateur. On le voyait alors s'éloigner à grands pas dans les rues de la montagne Sainte-Geneviève et partir marcher en forêt ou dans les champs qui encerclaient Paris. Il les gagnait comme il aurait rejoint une source ; c'était là que, jeune adolescent, il s'était mis à interroger le monde en scientifique, là aussi qu'à force d'observer les pierres, les plantes, les insectes et plus généralement tous les animaux qui grouillaient entre les herbes, il avait pris son air penché.

Il partait parfois à l'approche de la nuit. Il ne se perdait jamais, ressortait des bois deux heures ou deux jours plus tard, comme il y était entré, énigmatique, distant, muré dans sa maigreur et ses obsessions. Lesquelles, on ne savait pas. Quand sa famille, après sa mort, publia des textes qu'il avait écrits dans sa jeunesse, on découvrit que, l'année de ses vingt ans, une jeune femme qu'il aimait depuis l'enfance avait été emportée par une maladie foudroyante et qu'il avait eu beaucoup de mal à s'en remettre. Ce drame l'avait convaincu de l'injustice de la vie. Il l'avait imputé aux lois du hasard. Une part de lui-même faisait avec. L'autre ne s'en consolait pas.

Il dut avoir d'autres passions. Il écrivit deux ans plus tard : « La femme, bien plus que nous, aime la vie pour vivre ; les femmes de génie sont rares. »

Il suggéra aussi que sa dévotion mystique à la science s'était heurtée aux exigences des jeunes filles qu'il avait rencontrées : « Nous avons à lutter contre les femmes ; et la lutte, presque toujours, est inégale car c'est au nom de la vie et de la nature qu'elles essaient de nous ramener. »

Il décida de renoncer à l'amour. Son air de Christ s'était encore accusé. Il n'aurait pas suffi à le rendre irrésistible. Le don du ciel non plus. Mais il y avait son rire. Un rire d'enfant, candide, cristallin, qui lui échappait à l'improviste, au terme d'une belle démonstration, par exemple. Ou pour des riens.

C'est aussi pour son rire que Paul s'attacha à Pierre.

7

Pierre vivait en funambule, finalement, suspendu entre le ciel de ses rêveries et le gouffre du hasard qu'il craignait comme la peste, jusqu'au jour où sous ses pieds, en 1894, la réalité se mit à dévider une série de micro-événements qui, de proche en proche, les réunit, lui, Paul et Marie. Comme s'il était arrêté de toute éternité qu'ils devaient se retrouver au cœur d'une de ces configurations tragiques qu'on nomme en Inde le « cercle rouge ».

Pour commencer, il publie quelques-unes de ses découvertes. Elles sont à son image, singulières et passionnantes. Il a longuement étudié les champs magnétiques, les phénomènes de symétrie, les propriétés électriques des cristaux, l'énergie qu'on peut en tirer ; pour la mesurer, il a mis au point des balances subtiles et extrêmement complexes. L'une d'entre elles, l'électromètre, parvient à mesurer des courants électriques infinitésimaux.

En France et à l'étranger, la communauté scientifique est intriguée par ses travaux. Avec beaucoup d'autres physiciens, un Polonais, Josef Kowalski, a vent de ses avancées. Il le rencontre et, comme tout le monde, ressort ébloui de son labo.

Puis Kowalski s'éprend d'une jeune femme qui avait connu Marie du temps qu'elle était gouvernante dans une propriété isolée du fin fond de la Pologne. Il l'épouse et l'emmène en voyage de noces à Paris. La jeune mariée n'a pas oublié son amie, elle sait qu'elle s'est exilée en France pour y poursuivre ses études. Elle cherche à la revoir, la retrouve, lui présente son époux.

Marie – comme Pierre, comme Paul, qu'elle ne connaît pas encore – n'a que ses études en tête. L'année d'avant, elle a été reçue première à la licence de sciences. Farouche bûcheuse, elle s'attaque maintenant à la licence de maths tout en étudiant le magnétisme des aciers trempés. Pour ses expériences, elle a cherché un laboratoire. Elle l'a obtenu. Mais une femme, une étrangère, une boursière : on ne lui a alloué qu'un petit cagibi. Elle se cogne aux murs, n'a la place de rien, enrage du matin au soir. À peine son amie l'a-t-elle présentée à son mari qu'elle lui demande de lui venir en aide. « Il y a peut-être le labo de Pierre Curie… » finit par suggérer Kowalski, avant d'évoquer les énigmatiques balances de Pierre.

Marie, aussitôt, l'assomme de questions. Kowalski les trouve passionnantes et franchit un nouveau pas : « Je vais organiser un thé et vous présenter M. Curie. »

C'est ainsi que Pierre, qui redoutait le hasard bien plus que les femmes, tomba un soir sur Marie.

*

Le printemps s'annonçait, se souvint-elle. L'inconnu avait encadré sa haute silhouette dans l'embrasure d'une fenêtre.

Elle fut frappée par son air d'extrême jeunesse. Puis elle vit le reste, qui s'imprima à jamais sur sa rétine-mémoire : la limpidité de ses yeux, leur découpe effilée, son air de bonté, le naturel avec lequel il s'était adossé au bois de la fenêtre.

Elle remarqua même le discret relâchement de ses muscles. Tout de suite, elle y lut ce qu'il fallait y lire : il s'ennuyait. Et il n'était pas de la race des mâles dominateurs.

Cela lui plut. On les présenta. À lui aussi, elle plut. Elle aima sa voix ; lui la sienne, et son accent polonais. Ils eurent un long échange, qu'ils trouvèrent trop bref.

Ils allèrent dîner, dit-on aussi, et trouvèrent encore ce moment trop bref. Pierre rata son train, dut rentrer à pied chez ses parents – il habitait toujours sous leur toit.

Juste avant de se quitter, Marie et lui se firent la promesse de se revoir. Un an plus tard, ils se mariaient. Pierre avait trente-quatre ans ; elle, vingt-sept.

*

Elle avait commencé par repousser Pierre. Comme lui, elle s'était promis : « Je vivrai seule, comme une nonne, entièrement dévouée à la science. »

Un serment qu'elle s'était fait à vingt ans, le jour où le jeune nobliau dont elle s'était éprise avait cédé aux injonctions de ses parents : « Toi, te marier avec une domestique, une fille qui n'a pas de fortune ! Et notre propre gouvernante ! Songe à ton rang, à ton nom… »

Elle avait touché le fond. Et s'était juré : « Plus jamais ça. »

Une fois en France, le courant s'est inversé, c'est elle qui a désespéré les hommes. Elle les séduisait sans s'en rendre compte : toute forme de coquetterie lui était étrangère, elle ne savait ni minauder ni manœuvrer. Le premier de ses soupirants, un autre exilé polonais, a avalé pour l'attendrir une belle dose de teinture d'opium. Ça ne l'a pas émue. « Ce jeune homme n'a pas le sens des priorités », a-t-elle lancé quand elle a appris son geste. Le second, plus réaliste, s'est persuadé qu'il n'est pas de forteresse imprenable et l'a poursuivie de ses lettres. Elle a eu le plus grand mal à le décourager, ce qui a achevé de la convaincre qu'elle devait s'interdire tout lien amoureux et ne vivre que pour la science.

La ligne même que Pierre s'était fixée. Mais il n'en voulait plus depuis qu'il l'avait rencontrée.

Elle a cherché à le fuir. S'est inventé des prétextes, lui a opposé des refus longuement argumentés. Ils tournaient toujours autour des mêmes thèmes : « Je dois rentrer en Pologne, j'ai fait le serment d'être utile à ma patrie. Toute ma famille est là-bas. Ici, je suis une étrangère. Et mon vieux père… Je ne peux pas le laisser vieillir seul, qui va s'occuper de lui ? » À force, elle a fini par y croire.

Pierre a insisté. Et réinsisté. Sa décision de l'épouser s'était imposée à lui, royale et sans appel. D'elle, il aimait tout. Ses yeux transparents et gris. Son front bombé. Ses cheveux, leur blond cendré, leur profusion, l'auréole de frisottis qu'ils formaient autour de sa tête. Son corps de paysanne, seins opulents, jambes arrimées à la terre comme celles d'une déesse mère, robustes, à toute épreuve. Il suffisait qu'il la voie pour qu'il se sente fort, qu'il en oublie l'injustice de la vie.

Ce qui le troublait le plus, c'était l'impression qu'il avait trouvé, dans le domaine de l'esprit, sa jumelle parfaite. Il n'en revenait pas qu'une femme se soit inventé le même idéal que lui, la science-rien-que-la-science, et que son intelligence soit à la hauteur de la sienne. D'autres que lui auraient pu en prendre ombrage. Lui, ça l'émerveillait que le hasard lui ait fait un tel cadeau.

Il n'était pas fort pour les décisions. D'habitude, il se laissait manger par le doute, pesait sans fin le pour et le contre. Mais cette fois tout était simple. Il voulait épouser Marie, un point c'est tout.

Il ne l'a pas lâchée. Il a eu l'insistance princière et il y a mis tant d'amour qu'il a triomphé de la peur que Marie avait de l'amour.

Le don du ciel a fait le reste. Et ses airs de Christ, son rire d'enfant. Comme avec ses parents, son frère, ses étudiants, Paul. Sinon que Pierre a offert bien davantage à Marie, quelque chose qu'il ne pouvait partager qu'avec une femme.

Il en était très conscient ; et cependant, lui d'ordinaire si précis, si limpide, n'arriva à en donner qu'une définition floue : « Le rêve », c'est ainsi qu'il baptisa la déconcertante alchimie qui, durant leur onze années de mariage, fit de Marie et lui beaucoup plus que des époux – des amants.

*

Lorsqu'il a appris que son maître avait une femme dans sa vie, Paul, à coup sûr, a été surpris. Et peut-être jaloux. Il avait six ans d'avance, après tout, dans l'amour de Pierre.

Puis il a rencontré Marie. Il a tout de suite saisi qu'elle appartenait, comme son maître, au peuple des timides ; et qu'elle partageait son goût de l'austérité. Il suffisait de voir de quelle étroite façon elle avait ramassé en chignon sa débordante chevelure ; et sa robe d'ouvrière, si informe qu'on ne faisait que soupçonner la finesse de sa taille.

Il en a conclu que son maître et elle étaient faits l'un pour l'autre. Et s'en est retourné à sa vie.

Il voulait entrer à l'École normale supérieure. Les candidats étaient presque tous issus de la bonne bourgeoisie. Leurs parents finançaient leurs études, ils sortaient des meilleurs lycées, où ils avaient appris le latin, l'algèbre supérieure, les géométries descriptive et analytique, toutes matières essentielles, à l'époque, pour intégrer l'École. Paul en ignorait jusqu'aux rudiments. Alors qu'il survivait en donnant des cours particuliers, il a réussi à les maîtriser en quatre mois, et franchi haut la main le barrage de l'écrit. Mais le jury connaissait son handicap et, pour l'oral, lui a mijoté une batterie de questions pièges.

Il les a toutes déjouées. Ces messieurs du jury ont fini par tirer leur chapeau haut de forme à l'enfant de pauvres. « Incollable, ce Langevin… » Il a été reçu premier.

Trois ans plus tard, il était reçu à l'agrégation de physique. Premier, une fois encore.

De ce jour plus rien ne lui a fait peur. Il voulait vivre. Avec une aisance insolente, il a réussi à tout concilier, son appétit de savoir et son appétit tout court, de joie, de rires, de sexe, de bons repas, de justice, de beauté. Tout glissait sur lui, ses nuits blanches comme ses longues journées d'austère concentration. Dans son miroir, chaque matin, il retrouvait le même avantageux reflet. Il se savait beau. Il aimait les autres, mais il s'aimait aussi.

*

Ce fut l'époque où il se laissa pousser les cheveux. Il les avait épais et aussi noirs que ses yeux. Cette longue et libre chevelure répandue sur ses épaules lui a donné un air de sauvage. Il s'est alors ciré les moustaches, les a redressées en crocs, s'est taillé une barbiche à l'impériale, a acheté une redingote, une chaîne de montre, des lavallières en soie. Il aurait pu sombrer dans le ridicule. Mais il a su habiter son personnage de ce quelque chose d'indéfinissable qui n'a rien à voir avec la classe sociale et qu'on nomme la distinction. Dès qu'il entrait quelque part, amphi, labo, bistrot, foyer de théâtre, on ne voyait que lui.

À l'École, personne ne l'a jalousé. Il avait l'art de se faire aimer de tout le monde. On s'est contenté de le chambrer. On l'a surnommé « le Canaque ».

De loin en loin, au labo de Pierre, il croisait Marie. Il avait la nostalgie de l'époque où son maître et lui échafaudaient spéculations et hypothèses comme les enfants le font des cubes d'un jeu de construction. Il avait éperdument besoin de retrouver ces heures où le temps s'arrêtait.

Ce furent très vite des discussions à trois : Marie, dès qu'il s'agissait de science, perdait toute timidité. Elle estimait qu'elle avait son mot à dire et elle le disait. Paul fut si ébloui par sa maîtrise du raisonnement scientifique qu'il fut comme tous ses interlocuteurs, il en oublia qu'elle était une femme.

Elle, lors de ces discussions, oublia-t-elle qu'il était un homme ? Impossible qu'elle n'ait pas été arrêtée par son allure, son élégance, l'intensité de son regard. Tout aussi impossible, cependant, qu'elle ne l'ait observé et sondé en silence, elle avait pris cette habitude à la fin de son adolescence, quand elle avait dû travailler au service de l'arrogante haute société polonaise. Depuis, elle était très prompte à voir clair dans son monde et à exclure de son entourage quiconque lui déplaisait. Donc il n'a pas pu lui échapper que, sous ses dehors de beau gosse tiré à quatre épingles, Paul vivait à l'entière merci de ses émotions. Sa panoplie de dandy n'était qu'une mauvaise cuirasse. À la première occasion, elle se fissurait, craquait, il n'était plus que passion.

Le plus curieux, c'est qu'il ignorait l'agressivité. Il aimait les gens, il voulait leur bonheur, comme Pierre. Mais justement, Pierre occupait toute la vie de Marie. Après la visite de Paul, elle a dû se borner à penser : « Qui se ressemble s'assemble », et se ranger au jugement qu'il avait lâché sur son ancien élève : « Langevin, un scientifique de premier ordre. »

Le reste, si reste il y eut, n'affleura pas à sa conscience. Elle fit comme Paul, s'en retourna à sa vie.

*

L'avenir s'ouvrait si grand, maintenant qu'elle connaissait Pierre. Elle en oubliait les épreuves qu'elle avait endurées en Pologne, l'occupation russe, la mort de sa sœur aînée puis celle de sa mère – elle n'avait pas onze ans, sa douleur avait englouti ce qu'il lui restait d'enfance. La ruine de sa famille, ensuite l'obligation où elle s'était trouvée, descendante d'une longue lignée de petits aristocrates, de s'engager comme gouvernante ou institutrice dans des maisons fortunées ; et quand enfin elle avait pu gagner la France, cette Sorbonne revêche où elle avait dû se tailler un chemin dans une langue dont, les premiers temps, elle ne comprenait qu'un mot sur cinq.

Désormais elle avait la pleine maîtrise de sa vie. C'était comme un retour à l'adolescence, plus rien ne lui pesait, elle se sentait enthousiaste, imaginative, sûre de ses forces physiques comme de sa puissance de travail et continûment habitée par l'idéal que Pierre lui avait proposé en même temps que le mariage, ce fameux « rêve » qui revenait dans ses incessantes déclarations d'amour, « mettre la vie d'accord avec le rêve », « faire de la vie un rêve et faire d'un rêve une réalité » ou, comme il le lui avait écrit à l'époque où elle hésitait encore à l'épouser : « Passer la vie l'un près de l'autre hypnotisés dans nos rêves : votre rêve patriotique, notre rêve humanitaire et notre rêve scientifique. De tous ces rêves-là, le dernier seul est, je crois, légitime. »

En acceptant de partager sa vie, Marie n'avait pas cédé : elle avait *choisi* d'entrer dans le monde de Pierre. Il avait fallu voir, par exemple, l'extrême austérité de leur cérémonie de mariage. Adolescente, elle s'était mille fois imaginé la fête, la robe blanche, les anneaux, le cortège, le bal. Le jour de la fin juillet où elle épousa Pierre, elle y songea si peu qu'elle oublia, comme lui, de convoquer un photographe pour immortaliser leur sortie sur le perron de la mairie de Sceaux.

Pas de trace non plus du repas de noces, chez les parents de Pierre – sur la table, il est vrai, une simple dinde rôtie et une jatte de pêches partagée avec quelques proches ; puis, en guise de bal, une partie de boules dans l'après-midi finissant.

Pas un seul cliché non plus du voyage de noces que Pierre et elle s'inventèrent, un périple à vélo sur des chemins perdus d'Île-de-France. Avant leur plongée dans la science-rien-que-la-science, une pleine provision de vie-rien-que-la-vie. Pluies d'orage, côtes dures aux mollets, pique-niques sur le pouce, forêts soudain ouvertes sur l'imprévu, sablières, éboulis de roches, mares cerclées de nénuphars, châteaux de conte. Et le soir, à l'abri de la première auberge venue, une bonne soupe et au lit.

Ça les a soudés, toute cette rustique beauté. Quand ils sont rentrés, ils ne formaient plus qu'un bloc. Une sorte d'astéroïde qu'une force d'attraction irrésistible entraînait vers une galaxie d'énigmes à explorer.

C'était lui, ce monde lointain que Pierre avait baptisé du nom de « rêve » – le premier de leur langue secrète. Ils allaient lui donner forme, à ce rêve, ils en étaient sûrs. Ils auraient des enfants, des enfants de l'amour. Mais ils feraient aussi des enfants à la science, et leurs découvertes seraient elles-mêmes des enfants de l'amour. Ils passeraient leurs vacances, leurs dimanches, à fendre des forêts par des chemins de traverse en dévidant des hypothèses qui, dans le domaine de l'esprit, fuiraient aussi les sentiers battus. Ensuite, résolument pauvres et étrangers à toutes les bassesses du monde, l'ambition, la gloire, l'argent, ils s'enfermeraient dans leur labo pour confirmer les idées qui leur étaient venues dans les bois. Ils travailleraient jusqu'à en oublier qu'ils avaient un corps et à force, ils finiraient par débusquer quelques-unes des lois qui régissent l'invisible.

Sitôt rentrés, ils ont gagné le petit appartement qu'ils venaient de se louer au 24, rue de la Glacière, à cinq minutes à vélo de l'École de physique. Il donnait sur un jardin, il était très silencieux. Quand ils se couchaient, rituellement, presque religieusement, ils se blottissaient l'un contre l'autre. Ils ne possédaient que trois ou quatre meubles mais ça leur allait du moment qu'ils avaient rapporté des fleurs de leurs dimanches à la campagne ou que Marie avait trouvé des petits bouquets à bon marché sur les étals de la rue Mouffetard.

Ils n'étaient pas souvent là, de toute façon. Ils filaient au labo dès qu'ils étaient debout et rentraient très tard. Vite, ils ont tout confondu, les nuits qu'ils passaient dans les bras l'un de l'autre et leurs journées englouties dans l'étrange hypnose de la recherche.

8

Ils ont découvert le polonium à la mi-juillet 1898, trois ans après leur mariage. Le nouvel élément chimique devait son nom à la patrie de Marie. Ils l'avaient choisi ensemble.

Courant décembre, ils ont décelé l'existence d'une autre substance inconnue, le radium. Son nom s'est imposé à eux – même sereine évidence. Impossible de savoir qui des deux l'avait trouvé et qui s'était contenté d'approuver.

Comme l'uranium et le thorium, qu'ils avaient aussi étudiés, les deux substances émettaient un rayonnement étrange. Il a encore fallu lui donner un nom. Marie a proposé : « radioactivité ». Pierre a accepté tout de suite. Leurs âmes étaient décidément jumelles.

Paul s'est marié exactement entre ces deux découvertes, le 22 septembre.

« Mon mariage fut un piège » : telle fut la thèse qu'il défendit au moment du scandale, lorsqu'il fut contraint d'expliquer à ses amis ce qui l'avait conduit à devenir l'amant de Marie ; et quand on poussa plus loin les questions et qu'on lui demanda : « Quel piège ? », il refusa d'incriminer sa femme et sa famille et préféra s'accuser lui-même : « L'inexpérience. » C'est vrai, il n'avait que vingt-six ans quand il épousa Jeanne.

« Tout de même ! se récrièrent ses collègues dès qu'il eut le dos tourné. Intelligent comme il était déjà ! » Et ils égrenèrent les mêmes souvenirs, Langevin, un type qui pouvait vous débobiner sans la moindre hésitation trois cents vers de Victor Hugo. Qui connaissait Balzac par cœur et pouvait reconstituer à la demande la généalogie et la biographie de n'importe quel personnage de *La Comédie humaine.* Et la subtilité de ses expériences, le calme avec lequel il les menait, cette clarté lorsqu'on le questionnait sur ses recherches… Avec la famille Desfosses, il n'aurait pas vu qu'il était tombé dans un nid de serpents ?

« Non, je n'ai rien vu, soutint Paul. J'ai été berné, refait comme un bleu. Pigeonné par toute une famille. » Et il raconta l'histoire de son mariage. À l'écouter, le jour où il avait rencontré Jeanne, tout le bonheur du monde lui était promis. Un an plus tard, c'en était fait, il était pris dans un engrenage mortel. Son cher Balzac, à coup sûr, en aurait fait un roman.

*

Un mystère, ce qui lui arrive quand il tombe sur Jeanne Desfosses, une jeune couturière à domicile qu'il croise chez ses parents. Est-elle venue lui confectionner un costume ? Est-ce sa mère qui a fait appel à ses services ? On n'en sait rien, la légende familiale a escamoté cet épisode. Une autre version de l'histoire, plus officielle et plus honorable, assure qu'il fait la connaissance de Jeanne lors d'un réveillon chez des amis. Toujours est-il qu'il s'éprend d'elle. Qu'il ne voit plus qu'elle. Comme Pierre, lorsqu'il avait rencontré Marie.

Flattée, Jeanne s'attache. Il porte plus beau que jamais. Deux ans plus tôt, lors de son service militaire, il a dû sacrifier la somptueuse crinière du « Canaque ». Il l'a remplacée par une brosse drue et austère – la même coiffure que Pierre. Mais son désir de plaire a été le plus fort. Sans même s'en rendre compte, il s'est mis à copier l'allure et le maintien des officiers de cavalerie – il séduit si facilement, ce petit vernis militaire, les femmes, les hommes. Jusqu'aux ecclésiastiques, qu'il a en horreur.

Il feint de s'en amuser. En réalité, dès qu'il sort de son labo et qu'il échappe au regard de Pierre, il faut qu'il cherche son reflet dans les yeux des autres. Il faut absolument qu'on l'aime. Sinon, il se sent perdu.

*

Au bout de quelques mois, sa romance avec Jeanne connaît une longue éclipse. Il a décroché une bourse d'un an dans le laboratoire étranger de son choix. Il a immédiatement opté pour l'établissement qui fait rêver tous les physiciens du temps, le Cavendish Laboratory de Cambridge, et obtenu tout aussi vite que son directeur, J. J. Thomson, le guide dans ses recherches sur les rayons cathodiques et l'ionisation des gaz.

Il ne pouvait pas mieux tomber : quelques semaines après son arrivée, Thomson prouve l'existence de l'électron. Il est au bon endroit au bon moment.

Son nouveau maître a aussi observé un phénomène déconcertant : certaines particules ont le pouvoir de se recombiner. Une hypothèse révolutionnaire se met aussitôt à circuler dans tous les labos du campus, qu'ils se consacrent à l'optique, la chimie, le magnétisme, la thermodynamique ou la mécanique : si la communauté scientifique faisait fausse route en continuant de prêcher, comme il y a des siècles, que la matière est stable, éternelle, et les atomes insécables ? Si la matière recelait, en plus de l'électron, d'autres particules corpusculaires ? Si elle se décomposait ?

Un boursier tout aussi brillant que lui travaille à ses côtés, Ernest Rutherford, fraîchement débarqué de la ferme que son père tient aux antipodes, dans une obscure campagne de la Nouvelle-Zélande. Son talent, comme le sien, a assez impressionné les scientifiques britanniques pour qu'on lui propose, à lui aussi, une année de stage dans le meilleur labo de l'Empire. Comme nombre de chercheurs, il se passionne pour les rayons X et se montre de plus en plus intrigué par les apparentes extravagances de la matière que Thomson a mises au jour.

Ils se ressemblent, Paul et lui : exilés, sortis de rien, épris d'une lointaine jeune fille et d'une prodigieuse vitalité. Ils se découvrent très vite des affinités, entreprennent d'explorer ensemble les découvertes de Thomson et, de spéculations en expériences, nouent une de ces amitiés pour lesquelles Paul est si doué : solides et franches. De celles qui durent toute une vie.

À son retour en France, Paul fait sensation. Gilets de coupe irréprochable, œillets à la boutonnière, lavallières apprêtées en nœuds compliqués : à Cambridge, il ne s'est pas seulement penché sur la structure intime de la matière, il a aussi étudié par le menu les secrets de l'élégance masculine. Dans ses vêtements anglais, il est plus irrésistible que jamais.

Il n'a pas le loisir de tester son charme sur d'autres femmes que Jeanne. Mme Desfosses mère, une solide

Auvergnate, a déjà mis en branle la machine à marier les filles et elle s'y connaît. Dans sa prime jeunesse, elle a réussi à harponner un ouvrier de quinze ans son aîné qui s'était signalé par son habileté à copier les chefs-d'œuvre de la statuaire et de la céramique françaises. Ils sont montés à Paris, où elle a tenu une épicerie. Ils ont eu deux filles ; à quarante-deux ans, elle cherche maintenant à les caser. Plusieurs crans plus haut qu'elle, si possible : quand les enfants sont bien mariés, au lieu de vieillir seul dans un hospice et de rendre l'âme au milieu des indigents, on est entouré jusqu'au dernier soupir, nourri, logé, blanchi, servi.

À condition, bien sûr, de mener son monde à la baguette. Mais l'entreprenante Auvergnate sait y faire. Un jour, le miel, le suivant, le fiel. Au besoin, elle frappe. Pas pour la forme. Mme Desfosses est une tape-dur.

*

Comme Pierre, Paul était franc, droit ; il n'y a aucune raison de douter du récit qu'il a livré au moment du scandale. Dans les mois qui précédèrent son mariage, ses recherches l'absorbaient tellement qu'il n'a rien soupçonné du piège tendu par la tribu Desfosses. À l'heure des présentations à la famille de la jeune fille, la matriarche lui a servi force sourires et bonnes manières puis, dès qu'il a eu le dos tourné, a lâché son verdict : occasion à saisir, ce Langevin. Très brillant, très bel homme. Et surtout « bonne pâte », un de ces mâles facilement domesticables qu'on peut sucer jusqu'à la moelle sans qu'ils émettent le premier début de protestation.

Paul était une proie facile. Pour la première fois de sa vie, il conjugue le désir et le sentiment. Ça l'exalte.

Et quand il prend ainsi feu et flamme, lui, si rigoureux d'ordinaire, n'est plus qu'un chaos d'émotions.

Le voilà donc amoureux de Jeanne, amoureux de l'amour, amoureux de lui-même et, pour finir, amoureux du mariage puisqu'il se retrouve un beau matin en grande redingote noire et plastron blanc dans une mairie de banlieue, à jurer assistance et fidélité éternelle à une fille un peu épaisse qui lui lance des regards d'agnelle sous sa couronne de fleurs d'oranger. Elle est affublée d'une de ces robes tout en volants qu'adorent les petits-bourgeois, n'a d'autre beauté que la fraîcheur de ses vingt-deux ans et dissimule sous sa face béate une charge de violence qui ne demande qu'à exploser.

Il n'a rien vu. Ou rien voulu voir.

*

Tout suggère que Jeanne tenait cette violence de sa mère. On aimerait connaître les ressorts et les circonstances qui ont entouré cette transmission. Malheureusement, on ne sait presque rien de la famille Desfosses. En dehors de l'acte de mariage de Paul, de quelques photos et des témoignages de ses amis, les seules traces qu'ait laissées cette étrange tribu se résument à deux articles parus dans un journal à grand tirage lorsqu'on s'en est pris à Marie. Dans le premier, la vieille Desfosses parle à la place de sa fille ; celle-ci n'intervient que le lendemain, mais, comme la veille, il s'agit d'une mise en scène soigneusement contrôlée par des tiers, un avocat, un journaliste, dans le seul but de perdre Marie. Pour autant, entre les lignes, l'emprise de la matriarche sur son petit clan est perceptible. Dans chaque déclaration de la mère et de la fille, on sent bien, en sourdine, une brutalité populacière. Leur vernis petit-bourgeois est mince. On n'a pas de mal à le faire sauter. On découvre alors le monde de *L'Assommoir*.

Il se peut donc qu'au moment de sa rencontre avec Paul, Jeanne ne soit qu'une adolescente en mal d'affection, violente parce qu'elle a été élevée dans la violence, sournoise parce qu'elle est depuis toujours entourée d'êtres retors et dissimulés. Un homme tendre, un jour, arrête sur elle ses beaux yeux noirs et l'approche toute moustache dehors comme ces officiers dont toutes les femmes raffolent. Elle chavire, lui aussi, et aussitôt le mouvement de la vie les aspire, leurs parents qui ne touchent aucune rente ni pension et leur rabâchent depuis des mois : « Il est temps de vous marier, qu'est-ce qu'on va devenir ? » Étourdis par leur jeunesse, ils répondent : « Oui, on va vous aider, on est deux, on est forts. » Alors qu'ils ne font qu'échanger leurs faiblesses.

Enfin le mystère du dessous des draps. Le dominé s'y révèle parfois un dominant de première grandeur.

9

Le jour de son mariage, Paul est heureux. Lorsque vient l'heure de la photo et qu'il doit poser au bras de Jeanne, il habite son corps avec aplomb et c'est sans méfiance que ses yeux qui plaisent tellement aux femmes s'offrent au gouffre de la chambre noire.

Il se marie, croit-il, dans le peuple. Le bon peuple de Victor Hugo. Le monde de ses parents.

Il y a quelques minutes, à la signature maladroite que Mme Desfosses mère, toute sucrée dans son trente et un, a apposée sur l'acte de mariage, il a bien senti qu'elle n'avait fréquenté l'école qu'un an ou deux. Mais justement, fort de ce qu'il est, de ce qu'il sait, de ce qu'il pense, il se propose de réparer tout ce malheur. Ça le rend fier de rester fidèle à son passé de petit gars de la butte Montmartre, lui qui aurait pu faire une carrière à la Rastignac et, grâce à ses diplômes et ses relations, se marier « dans la haute ». Dans une heure, au-dessus de la tablée qui va réunir les deux familles, c'est de bon cœur qu'il poussera la chansonnette. Même si ses amis de l'École lui ont appris à goûter Wagner, Fauré, Schubert et Schumann, il n'a rien oublié des rengaines du Pigalle de son enfance, où parfois, pour se remplir le ventre, il a dû chaparder des quignons de pain.

Lorsqu'il va se lever pour entonner son couplet, sa mère, à le voir si bien inscrit dans la droite ligne de ses origines, va y aller de sa petite larme. Surtout s'il chante *Le Temps des cerises.* Elle et son père ont tant souffert pendant la Commune. Ils se croyaient dans le bon camp, ils étaient dans le mauvais. Ils ont failli se faire fusiller au mur des Fédérés.

De la bonne grosse émotion, il n'y a rien d'autre, ce jour-là, côté Langevin. Au point qu'au premier verre de petit vin blanc, Paul l'aime en bloc, ce clan Desfosses qui l'attend au tournant. À aucun moment il n'a conscience d'être le jouet de sa belle-mère. Mais elle l'a percé à jour et pas besoin pour ça d'être allée à l'école : ce Langevin ne se pardonne pas de s'être sorti de la mouise ni d'être un premier de la classe. Il veut être aimé à n'importe quel prix. Le pigeon idéal.

Après la mairie, la matriarche doit ricaner sous cape quand elle le voit partir faire le beau avec sa fille devant la toile peinte du photographe qui promet monts et merveilles aux jeunes mariés de Choisy-le-Roi. Car elle a prévenu Jeanne : hors de question qu'elle se contente des trois sous que ses cours de physique rapportent à son crétin de mari. Toute sa science, la bonne pâte doit la transformer vite fait bien fait en espèces sonnantes et trébuchantes. Il faut qu'il se vende à des industriels. Et fasse ainsi la fortune des Desfosses.

*

Malgré l'injonction de sa mère, la jeune épousée laisse à son mari quelques mois de répit. Le temps d'être enceinte. Mais peu avant la naissance, dans le petit appartement parisien où ils se sont installés, le volcan-Jeanne explose. Crise de nerfs, crise de larmes. « Tu gagnes une misère ! Comment veux-tu qu'on y arrive ? » Aussitôt les parents s'en mêlent. La mère de Paul s'inquiète, tente d'y voir clair, lui écrit.

Euphrasie, la sœur cadette de Jeanne, vit sous le même toit que le jeune ménage, ce qui autorise la matriarche auvergnate à sonner très souvent à la porte du petit appartement. Elle continue ainsi à régenter ses filles. Elles sont très dociles, et aussi douées qu'elle pour l'espionnage. Le jour où leur mère demande de lui trouver les courriers de son gendre, elles mettent la main dessus en un rien de temps.

Paul doit être sur le qui-vive : il s'aperçoit tout de suite que ses lettres ont disparu. Son sang ne fait qu'un tour, il somme Jeanne de les lui rendre. Sa réplique le laisse sans voix : « Je les garde comme munitions en cas de divorce ! »

*

À la naissance de l'enfant, escalade. Mme Mère en profite pour investir l'appartement. Paul explose.

Henriette, l'épouse de son témoin de mariage, Jean Perrin, rend souvent visite à Jeanne. À plusieurs reprises, elle assiste à de très violents accrochages entre Paul et sa femme. « Des scènes pénibles, grotesques », témoignera-t-elle.

À l'époque, elle est loin d'imaginer la part qu'y prend la mégère en chef, elle les met sur le compte de la jeunesse du couple. Paul, lui, a déjà compris que la matriarche l'a piégé ; et comme c'est sa femme qui, la première, a prononcé le mot « divorce », il décide de saisir l'occasion au vol.

Mais l'enfant. Un seul regard à son berceau, et il redevient l'homme qu'il était face à Jeanne lorsqu'il l'a rencontrée : un incontrôlable magma d'émotions. Alors, faute de pouvoir trancher, et puisque Henriette a assisté à quelques-unes des scènes qui l'ont opposé à sa belle-mère, il décide de prendre l'avis de Jean.

Ils s'aimaient aussi, ces deux-là. Des surdoués de la physique. Ils s'étaient rencontrés à l'École et ne s'étaient plus quittés.

Ils étaient d'accord sur tout, la grandeur de Pierre Curie, l'innocence de Dreyfus, la science désintéressée, la probable instabilité des atomes, l'impérieuse nécessité de bâtir un monde fondé sur l'éducation du peuple et la justice sociale. De temps à autre, comme à l'époque où ils se croisaient dans les couloirs de l'École normale et menaient une vie fervente et gaie, il leur arrivait aussi de parler des femmes. Donc quand Paul, ce jour-là, lâche à Jean qu'avec sa femme la vie est devenue impossible, son ami devrait l'écouter.

Mais non. Il a le cerveau en ébullition, depuis quelque temps. Dix théories, dix expériences fermentent sous son crâne cerclé d'une grande auréole de cheveux roux et ultra-frisés, autant d'antennes tendues, on dirait, vers les mystères qui l'obsèdent, les gaz ionisants, le nombre d'Avogadro sur lequel toute la communauté scientifique se casse la tête, ces rayons X qui ont conduit les Curie à découvrir la radioactivité.

Enfin sa grande passion, le mouvement brownien, peut-être parce qu'il lui ressemble. La bougeotte en personne, Jean, un vrai lutin, perpétuellement souriant et sautillant, bondissant d'idée en idée sans perdre de vue aucune des précédentes, et surtout pas son point d'interrogation majeur, la structure exacte des atomes. Alors les engueulades de Paul avec sa femme…

Douze ans plus tard, au moment du scandale, il s'en voudra comme personne et multipliera les « J'aurais pu… ».

Qu'aurait-il pu ? À l'époque, il n'avait pas compris que la passion réduit à néant les plus superbes intelligences. Il ressemblait à Paul : ses obsessions scientifiques l'avaient coupé du monde. Il n'avait aucune expérience de la vie.

*

Paul a vu tout de suite qu'il ne l'écoutait pas. Mais au lieu de se dire : « Je vais lui reparler de Jeanne, choisir mon moment, m'y prendre autrement », il s'est tu.

La honte. L'impression d'un échec, le premier de sa vie. Et la fierté blessée : « Encore une chose qu'on ne m'a pas apprise. J'aurais dû deviner qu'on ne parle pas de ces choses-là. »

Il ravale donc ses confidences, se dépêche de revenir aux questions que Jean et lui ont pris l'habitude d'agiter quand ils se retrouvent, Dreyfus, l'éducation du peuple, les gaz parfaits, la décharge des corps électrisés par les rayons X, les électrons, les ions, tout ce qui se passe au fond des tourbillons des corpuscules de matière. Et, comme toujours, ils finissent par mettre sur le tapis l'énigme de la radioactivité.

Elle les passionne. Ensemble, ils vont souvent frapper à la porte de la vieille baraque de planches que l'École de physique a abandonnée à Pierre et Marie. Le couple n'aime pas les visiteurs et la découverte du polonium et du radium, qui a fait sensation, n'y a rien changé : ils détestent toujours autant qu'on les dérange dans leurs expériences. On dirait ces animaux ultra-sensibles qui ne sortent pas de leur tanière de peur que le monde extérieur ne leur soit fatal. Il leur faut du silence, de la paix.

À quelques rares élus, malgré tout, ils consentent à ouvrir leur porte. Mais il faut qu'ils se sentent en confiance, absolument certains que leur biotope n'encourt aucun dégât.

Paul et Jean sont de ces rares élus. Conscients du privilège, c'est en pèlerins d'une nouvelle religion, recueillis, concentrés, qu'ils prennent le chemin de la rue Lhomond, en haut de la montagne Sainte-Geneviève, et vont frapper à la porte du hangar à demi vermoulu.

Ces dernières semaines, ils ont toujours trouvé Marie dehors, occupée à soulever de lourdes marmites remplies d'un minerai radioactif, la pechblende. Elle y ajoute du carbonate de soude et confectionne une mixture qu'elle porte à ébullition et brasse pendant des heures.

Il arrive que Pierre soit absent. Lui, c'est la marmite du ménage qu'il doit faire bouillir. Pour joindre les deux bouts, il assure deux postes d'enseignement. Il n'est pas sorti de ses classes qu'il se précipite ici. Dès qu'il entre dans la cour et voit la silhouette de Marie émerger des vapeurs de dioxyde d'uranium, il lâche un long soupir. Mâchoires serrées, gestes répétitifs, elle ressemble à une galérienne.

Il est lui-même épuisé, il ne se voit pas lui prêter main-forte. Du reste, elle ne lui demande rien. Ce procédé qui, selon eux, doit permettre d'isoler des sels de radium, c'est elle qui en a eu l'idée, elle aussi qui l'a mis au point. Elle n'a pas envie qu'il s'en mêle, il est trop impatient. Et son génie est ailleurs, dans l'art d'imaginer de nouvelles pistes et des théories dont personne n'aurait eu l'idée.

Là aussi, Pierre est son jumeau. Comme elle, il n'a peur de rien.

Si Marie n'est pas dans la cour, c'est immanquablement sous le hangar qu'on la trouve, assise à l'une des tables de sapin abandonnées par les précédents occupants de la vieille baraque. Elle manipule le délicat électromètre imaginé par Pierre. Elle s'y prend maintenant bien plus adroitement que lui et consigne avec une application de petite fille les courants émis par ses composés radioactifs.

Pierre la laisse faire, se plonge dans ses propres expériences. Il ne revient vers elle que pour mêler son écriture à la sienne sur le petit carnet gris déposé à côté de l'électromètre.

D'autres fois encore, Paul et Jean surprennent le couple en pleine discussion. Ils arpentent le hangar de long en large. Le doute de l'un croise les interrogations de l'autre. Ou au contraire, ils redoublent d'exaltation, conjuguent leurs enthousiasmes. Deux corps, un seul cerveau.

De loin en loin, pourtant, leurs pensées se disjoignent. Pierre, pendant quelques instants, pose sur Marie un regard grave. C'est elle, à la vérité, qui l'a entraîné dans cette folle aventure. Les phénomènes qu'elle avait observés l'ont tellement intrigué qu'il a abandonné ses recherches sur le magnétisme et les cristaux. Il dit toujours : « Je vais m'y remettre », mais l'énigme de la radioactivité, comme elle, l'a happé. Dès qu'il a fini de corriger ses copies et de préparer ses cours, il remonte des pistes inexplorées ou bricole de nouveaux appareils d'analyse et de mesure des mystérieux rayonnements. Puis avec Marie, il synthétise le résultat de leurs recherches. Assis au même bureau, ils les mettent en forme dans de longs articles que les revues scientifiques commencent à publier.

Leurs publications sont très lues. On leur en demande d'autres. Ils ne se font pas prier. Même s'ils n'ont pas compris ce qu'est au juste le radium, ils pourraient en parler pendant des journées entières.

Le regard de Pierre ne s'est pas arrêté sur Marie qu'elle s'en aperçoit. Elle lève les yeux, le dévisage. Pas un mot. Mais aussitôt ils reviennent à l'instant présent, la visite de leurs amis. Ils sourient, vont vers eux, répondent à toutes leurs questions.

*

Pierre est resté le même, lunaire et penché, avec cet air de vouloir attraper des idées qui vont plus vite que lui. Sa voix non plus n'a pas changé. Même lenteur, même douceur. Il a simplement blanchi. Et maigri. En somme, il a vieilli. Pourtant, c'est très étrange, il fait toujours aussi jeune. Et il a gardé son rire d'enfant.

Dans les labos, il se murmure qu'il souffre de vives douleurs articulaires. Chaque fois que Paul aborde la question, il minimise : « L'humidité du hangar. »

Il le croit sur parole. Dès qu'il lui demande un conseil, Pierre, aussi vif qu'il y a dix ans, court à l'autre bout de la baraque, se plante devant son tableau noir, s'empare d'une craie et y emboîte de fiévreuses processions d'équations. Et tout redevient comme avant.

La joie de comprendre réunit le maître et le disciple, le hangar n'a plus de murs, le Temps s'arrête.

Pierre enfin pose sa craie. Dans l'instant, son regard cherche Marie. Elle est ressortie et recommence à s'escrimer au-dessus de ses marmites.

Il soupire encore. Il y a de quoi. L'année où Marie et lui ont découvert le polonium et le radium, on lui a refusé une chaire de physique à la Sorbonne. On l'a attribuée à Jean, si jeune, pourtant : il sortait de Normale, et lui n'était qu'un simple répétiteur auxiliaire à Polytechnique.

Il n'en a pas voulu à Jean. Il s'est simplement raidi dans ses manières de Christ. Quand il reçoit des visiteurs, jamais un seul mot sur ses difficultés d'argent, tout juste une ou deux phrases où l'on sent qu'il est blessé par le mépris de l'État. Sa bête noire, c'est le hangar. Il n'en peut plus de voir Marie, les jours de pluie, y rapatrier précipitamment ses marmites. Sa verrière fuit, des flaques s'arrondissent sur le bitume qui fait fonction de revêtement de sol ; puis les gaz échappés des marmites où continue de bouillotter le dioxyde d'uranium se répandent dans le local, il faut courir aux fenêtres, les ouvrir en grand, interrompre les expériences. L'hiver, on grelotte : le poêle ne tire pas. Marie s'enfouit sous des couches de lainages et de châles ; lui ne quitte plus son manteau et c'est ainsi, les doigts gourds et le corps engoncé, qu'ils continuent à manipuler leurs fragiles coupelles et leurs balances ultra-sensibles avant de recommencer à aligner des pages et des pages de calculs sur leurs carnets.

*

Marie se tait mais c'est flagrant, elle est éreintée. En paysanne, toujours aussi solidement plantée sur ses jambes, installée dans l'obstination. Elle ne se plaint jamais.

Elle pourrait. Elle n'a aucun statut dans ce hangar qui n'a de labo que le nom. Tout agrégée des sciences qu'elle est, reçue première comme il fallait s'y attendre, on l'a bien prévenue : « Vous êtes simplement tolérée dans le local de votre mari. » On ne lui a pas dit qu'elle n'était qu'une étudiante aventurée dans un domaine où elle n'avait aucune légitimité, mais c'est tout comme.

Peu importe, elle continue. Avec l'aveugle entêtement d'une bête de somme. Une fois qu'elle a achevé de purifier son mélange de pechblende et de carbonate de soude, elle répartit dans des coupelles la réduction qu'elle a extraite de son bouillon. L'opération requiert la même infinie patience et des gestes encore plus précis que la manipulation des marmites mais leur répétition ne l'effraie pas. Chaque fois qu'il vient, Paul la voit aligner ses récipients sur des étagères avec le même soin maniaque. Ses rangées de coupelles s'étirent maintenant jusqu'au fond du hangar. « Je fractionne, lui explique-t-elle. Ensuite je purifierai, je cristalliserai, je dissoudrai, je précipiterai. »

Toujours la même voix, douce et posée, toujours cet accent polonais. Il est surpris de sa force, rien ne l'arrête, rien ne l'atteint. L'an passé, à la naissance de sa petite Irène, tout juste si elle a pris du repos. Elle l'a allaitée pendant deux mois, et sitôt la petite sevrée, a embauché une nourrice puis filé au laboratoire, d'où elle n'est quasiment plus sortie que le soir – c'était le moment où les expériences qui devaient aboutir à la découverte du polonium prenaient un tour décisif.

Les événements, ensuite, se sont enchaînés à toute vitesse. Elle a prouvé l'existence d'un second élément chimique inconnu, le radium, que Pierre et elle, toujours au plus vite car des chercheurs étrangers sont dans la course, veulent maintenant isoler dans les plus brefs délais.

Il y a quelques semaines, Paul l'a entendue lâcher : « Il doit y avoir un centième de radium pour une tonne de pechblende. » Elle commence à se demander si ça n'est pas plutôt un dix-millième. Voire un millionième. L'horizon de la victoire s'éloigne.

Ça ne l'arrête toujours pas. Pelletée après pelletée, elle persiste à remplir ses marmites de minerai radioactif, les dépose sur des trépieds, alimente le feu, le règle, et des heures durant, qu'il pleuve ou qu'il vente, les mains fermement refermées sur sa longue tige de fer, brasse son bouillon fumant, le rince à l'acide chlorhydrique, le fractionne, recueille les sels de radium, aligne ses coupelles sur les étagères, détermine leur radioactivité sous l'électromètre de Pierre, consigne ses mesures dans leur carnet de recherches, avant de reprendre ses bouillons, cristallisations, dissolutions, précipitations, indéfiniment.

Chaque fois que Paul sort de la vieille baraque de planches, la même pensée le traverse : « Il ne faut pas que ça se sache, ce qui m'arrive avec Jeanne. Il ne faut pas que Pierre le sache. Ni Marie, surtout pas. »

10

Se taire, encore se taire, mais comment faire ? Jeanne vient de passer aux insultes et à la casse. Pour un oui, un non, la vaisselle voltige dans l'appartement-étouffoir. Au lieu de décamper, Paul hurle et, comme elle, casse.

Depuis quelque temps, à la première prise de bec entre Jeanne et lui, Mme Mère réinvestit l'appartement et reprend en chœur avec ses filles son grand air, l'argent-l'argent-l'argent. Trois harpies contre un mari, il faudrait se dépêcher de prendre le large.

Pas la force. Et pas moyen non plus de renoncer à l'idéal de Pierre, recherche-enseignement-science désintéressée. Plutôt mourir que d'aller se vendre à un industriel.

Paul endure les scènes, se démène, part à la chasse aux remplacements dans les couloirs de l'École et de la Sorbonne, fait les antichambres, décroche des intérims ici et là, poursuit ses expériences au labo, avance sa thèse. Mais, quoi qu'il fasse, Jeanne, chaque matin, se découvre une nouvelle raison d'alimenter la guerre. La dernière en date : « Ta mère ! » On se croirait chez Feydeau.

*

On lui a encore fait les poches. Et on a abouti à la conclusion qu'il détient un bas de laine secret.

C'est vrai. Paul le grossit semaine après semaine et le destine à sa mère. Elle a un cancer. Les soins et les remèdes coûtent une fortune, son père ne peut faire face.

Comme l'autre fois, il s'aperçoit tout de suite que son bureau a été fouillé. Par chance, la liasse de billets a échappé à l'inquisition des harpies. Il la fourre dans sa poche, court voir Jean à son laboratoire. Cette fois, il va au fait : « Mets cette somme en sécurité chez toi. Chez moi, elle ne l'est pas. »

Jean est interloqué. Mais ne va pas plus loin. Paul a déjà changé de sujet.

Le poison distillé par la famille Desfosses est pernicieux, il envahit tout, même les moments que sa femme et lui passent « en société », selon l'expression du temps, quand ils reçoivent, sont reçus, ou simplement se retrouvent en présence d'amis et de collaborateurs de Paul. Dans ces moments-là, Jeanne est absolument parfaite. Souriante, attentionnée, délicate, délicieuse, exquise. S'il racontait les scènes qu'elle lui fait, qui le croirait ?

Il se résigne. Donne le change, lui aussi. Joue le mari aux petits soins, enjoué, jovial, plein d'allant. Tout le monde tombe dans le panneau. « Un vrai couple d'amoureux ! Et pourtant, les malheureux, ils tirent le diable par la queue… »

Ils ne sont pas rentrés chez eux que les portes claquent. Paul se cloître dans son bureau – « Ma thèse ! ». Ou sort remâcher ses idées de divorce. Il fugue quelques heures, on ne sait où – des filles, peut-être. Il rentre vite au bercail. Il est très étrangement dépendant de sa femme.

Son corps a-t-il un goût qu'il ne trouve à nulle autre ? Serait-ce, plus trivialement, qu'il aime être servi et que Jeanne le sert ? Lui mitonne, par exemple, de ces plats délicats qu'il affectionne, et prend soin de sa précieuse garde-robe comme la plus zélée des femmes de chambre ? Si c'est le cas, il paie cher ses faiblesses. Deux ans après leur mariage, alors que ses finances sont toujours aussi désastreuses, elle est enceinte pour la deuxième fois.

C'est à croire qu'il cherche à resserrer les liens qui l'emprisonnent. Au moment même où le clan Desfosses admet en son sein son contretype parfait, un gendre idéal.

*

Euphrasie s'est mariée. Le nouveau venu, Henri Bourgeois, a gagné en un rien de temps les faveurs des trois mégères. Et qu'on ne s'avise pas de dire qu'il est journaliste, M. Gendre ne le supporterait pas. Trop vulgaire. Il est « publiciste ».

Le trio n'a plus que ce mot à la bouche et le fait suivre de l'entier catalogue de ses mérites. Son père et ses frères, publicistes comme lui. Son entrée fracassante, à vingt-deux ans, au *Petit Parisien*, huit cent mille exemplaires par jour. Son deuxième coup de maître, trois ans plus tard, quand il l'a quitté pour son rival conservateur, *Le Petit Journal*. Futé comme il est, il a dû pressentir qu'avec son supplément et l'acquisition de rotatives couleur, l'autre gazette surclasserait tous ses concurrents.

Puis il s'est tissé un très sûr réseau d'indicateurs de police et de fonctionnaires du Palais de justice. Les faits divers et les procès à sensation sont la vache à lait de son nouvel employeur, il s'assure ainsi un inépuisable réservoir de scoops.

Il a été bombardé chef des informations judiciaires. Un poste clé. Troisième coup de maître : *Le Petit Journal*, avec ses deux millions d'exemplaires par jour, est devenu le plus fort tirage au monde.

Il ne lui manque plus que la respectabilité. Il est sur la bonne voie : un an plus tard, il est élevé à la distinction d'officier dans l'ordre des Palmes académiques. Au même moment, il rencontre Euphrasie.

Dernière vertu de Bourgeois : il n'est pas de ceux sur qui on cancane dès qu'il a le dos tourné. Il est encarté partout où il faut, au syndicat de la presse parisienne, à l'Association des journalistes. Par le biais des sociétés de secours mutuel et d'un groupe de défense des journalistes indépendants dont il est vice-président, il règne sur les plus obscurs plumitifs de la place. Il s'est même vu décerner une médaille d'argent pour son indéfectible dévouement envers ses confrères tombés dans le besoin. Du coup, il s'offre un rêve : fonder, à l'ombre de la préfecture de police, le Syndicat des informateurs judiciaires parisiens. La voie royale pour la Légion d'honneur.

Côté finances, il va sans dire qu'il est un bien meilleur parti que Paul, et on imagine sans peine les repas de famille chez les Desfosses. Euphrasie, tout en falbalas, qui n'en finit pas de se pousser du col au-dessus de la table, Jeanne et sa mère se répandant en petits soins pour M. le publiciste puis coulissant vers Paul des regards épaissis de sous-entendus : « Pas comme celui-là… »

*

Paul, lui, compose avec Bourgeois. Après tout, son beau-frère est intelligent. Dans l'étouffoir, un semblant d'air frais. Et pourquoi instiller du poison dans le poison ? Ne serait-ce que pour ses enfants, il joue la paix des familles. Par principe, de toute façon, il respecte la presse, son indépendance et ses représentants.

Bourgeois l'observe : c'est son métier. Et voit tout – c'est encore son métier. Belle lurette qu'Euphrasie lui a raconté ce qui se passe sous le toit de sa sœur et de son beau-frère. À coup sûr, ça l'amuse qu'un si beau produit de la méritocratie républicaine se retrouve piégé dans la glu d'un bagne conjugal, à la merci de l'humanité la plus commune, celle qu'il voit défiler sur les bancs des tribunaux.

Paul suscite d'autant plus son intérêt qu'il est ouvertement, passionnément dreyfusard. Après le « J'accuse » de Zola, il a tenu à signer la pétition des intellectuels en faveur du malheureux capitaine. Le journal de Bourgeois, lui, face à « L'Affaire », a pris le parti de la neutralité – deux millions de lecteurs et une France coupée en deux, ça prête à réflexion. En réalité, l'équipe du *Petit Journal* compte les points et certains, discrètement, ont pris le parti des persécuteurs de Dreyfus. Dont Bourgeois, qui sait se taire et cacher son jeu – le métier, toujours. Avec Paul, il reste d'une parfaite courtoisie et on les imagine facilement à la fin des repas de famille, en pleine conversation de beaux-frères. Paul lui tend un verre de fine, Bourgeois, en retour, lui offre un cigare. Dans les fumées de l'alcool et du havane, Paul se laisse aller à lui exposer les nouvelles avancées de la physique. Il a un sens inné de la pédagogie, l'autre ne s'ennuie pas une seconde. Il finit par lui parler de la radioactivité, du hangar de Pierre et Marie. Bourgeois l'écoute toujours :

ces deux-là ne lui sont pas inconnus. L'année d'avant, en 1900, lors de l'Exposition universelle de Paris, quand le gouvernement a voulu offrir au monde une vitrine de la science et de la technologie françaises, il a choisi trois produits phare, le métro, le cinématographe et le radium. Marie a été conviée à parler de la radioactivité. Sa conférence, prononcée devant des scientifiques du monde entier mais aussi des journalistes de tous horizons et nationalités, a eu un énorme succès. En quelques semaines, le nouvel élément a été connu de toute la planète ; des industriels, aux États-Unis comme en Europe, commencent à s'interroger sur le parti financier qu'ils pourraient en tirer.

Impossible que Bourgeois ait ignoré l'amitié qui lie Paul aux Curie. Jeanne, qui n'est pas à une contradiction près, s'est sûrement vantée de les avoir rencontrés. Chaque fois qu'il voit Paul, Bourgeois engrange. Un journaliste n'oublie jamais son métier.

*

Après la naissance de son second fils, le caractère de Jeanne s'aigrit encore. Paul s'abrutit de travail. Recommence à s'escrimer pour faire rentrer de l'argent, décroche de nouveaux remplacements, se replonge dans ses recherches en moine-soldat de la science, entame la rédaction de sa thèse.

Mais la tribu Desfosses ne lui laisse aucun répit. Elle s'attaque maintenant à sa mère. Jeanne en a fait sa bête noire. Un jour qu'elle vient rendre visite à ses petits-enfants, elle l'abreuve d'insultes.

Paul voit rouge. Chaque fois qu'il pense à sa mère, il revoit la même scène : il doit avoir une douzaine d'années, il fait un devoir de maths, le problème est ardu et il a envie de tout plaquer. C'est ce qu'il ferait si sa mère n'était là, assise de l'autre côté de sa table, qui tricote et l'observe entre le compas de ses aiguilles. Un simple échange de regards et il trouve la force de continuer.

La scène s'est reproduite cent fois. Sa mère est plus qu'une mère : sa matrice intellectuelle. Elle ne l'a pas mis au courant de l'agression de Jeanne qu'il déclenche la contre-offensive.

Pas plus subtilement, il faut bien l'admettre : « Puisque tu insultes ma mère, j'interdis à la tienne de paraître sous mon toit ! » Les Desfosses ont réussi à lui inoculer le virus de la haine ordinaire et c'est maintenant lui qui le propage. Quelques jours plus tard, rentrant chez lui à l'improviste, il tombe sur sa belle-mère et lui intime l'ordre de décamper.

Elle refuse, il maintient. Mais Euphrasie est là, qui vole au secours de sa mère, redouble d'insultes et de menaces, et Jeanne, comme il fallait s'y attendre, renchérit.

Il persiste malgré tout à faire front au matriarcat tricéphale. La harpie en chef repasse alors à l'attaque. Elle s'empare d'une chaise de fer et la brandit contre lui. Ses forces ont dû la trahir, ses furies de filles accourent à la rescousse, s'agrippent à la chaise et l'abattent sur Paul, qu'elles frappent au visage et au crâne. Elles s'acharnent. Il faut qu'il les supplie pour qu'enfin elles lâchent la chaise.

*

Jean, quelques jours plus tard, le croise. Son visage est tuméfié. Il s'affole : « Qu'est-ce qui t'est arrivé ? »

Paul s'en tient à deux phrases. Mais à son habitude, il est franc : « Je dis aux autres que je suis tombé à bicyclette. En réalité, j'ai été frappé chez moi à coups de chaise de fer. »

Il n'a pas rendu les coups, avoue-t-il aussi. Et il n'a pas quitté Jeanne. Il a préféré s'installer dans sa condition d'homme battu.

« À l'époque, comment savoir qui avait tort, qui avait raison ? » plaidera plus tard Henriette, la femme de Jean. Et elle dévidera naïvement le couplet qu'on sert toujours quand la catastrophe s'est produite et qu'on n'a rien fait pour l'éviter : « Paul et sa femme n'arrêtaient pas de se disputer et de se réconcilier, et leurs querelles portaient sur des choses qui nous semblaient anodines. Et nous n'avons jamais assisté à leurs scènes… »

*

Signe des liens étroits qui attachaient Paul à Pierre et Marie, certaines photos du couple infernal figurent dans leurs archives. Deux ou trois clichés de réunions de famille par des jours de soleil. Paul et Jeanne, face à l'objectif, continuent de jouer la comédie du bonheur. Jeanne sourit, corsetée bien comme il faut. Les enfants sont proprets. Paul, à son habitude, fait bonne figure, tiré à quatre épingles. Toujours la même coupe à la brosse. Il a le cheveu aussi dru qu'avant. Pas moyen de soupçonner la cicatrice rougeâtre qui couture le sommet de son crâne.

*

Quelques mois après le pugilat, troisième grossesse de Jeanne. Paul a achevé sa thèse. Lors de sa soutenance, sa maîtrise du sujet impressionne tellement les examinateurs qu'à trente ans il se voit offrir un poste de professeur suppléant au Collège de France. Comme au moment de son entrée à Normale, l'avenir s'annonce brillant.

Et pourtant, nouveau tourbillon émotionnel : Jeanne quitte le domicile conjugal. A-t-elle enfin compris que son mari ne se vendrait jamais à l'industrie ? Paul en a-t-il profité pour compartimenter sa vie et passer le peu de temps dont il dispose aux côtés de sa mère, dont la fin est proche ? Quoi qu'il en soit, ce serait le moment de demander le divorce.

Il n'en fait rien. Il finit même par supplier Jeanne de revenir. Elle consent. Ils se rabibochent.

Fin 1902, Mme Langevin mère rend le dernier soupir. Le chagrin de Paul est sans fond. Plus la grossesse de Jeanne avance, plus il s'assombrit. Il devient mutique, traverse la vie en étranger, parfois même en automate. Le peu d'énergie qui lui reste semble tendu vers un seul but : rejoindre sa mère dans la tombe.

Et soudain, un sursaut. L'enfant, une fois de plus, l'irrépressible marée d'émotions qui le gagne à chaque naissance.

Cette fois, c'est une fille. Il décide de déménager rue Gazan, dans un pavillon avec jardin, en face du parc Montsouris.

Pour s'installer là-bas, il s'est trouvé toutes les raisons du monde. L'air du parc sera salutaire à Jeanne ; depuis son accouchement, elle est entrée en maladie – la tuberculose, jure-t-elle. La villa est vaste ; en plus des cinq personnes que compte désormais sa famille, il pourra y loger son père – le vieil homme ne supporte pas son veuvage, impossible de le laisser vivre seul.

Enfin Jean vient de s'installer au 106, boulevard Kellermann, lui aussi dans un vieux pavillon entouré de verdure. En un quart d'heure de marche ou cinq minutes à vélo, il est chez lui. Jeanne a décrété que son état de santé l'empêchait de s'occuper de ses enfants. S'il les emmenait jouer chez les Perrin ? Ses amis ont une fille du même âge, ils ne demandent que ça.

Paul rêve. Il voit déjà les enfants former une bande : une autre gamine vient très souvent jouer chez les Perrin, la petite Irène Curie, qui habite dans la maison d'à côté, au 108. Seule une grille rouillée sépare le jardin de Jean et celui de Pierre et Marie.

11

108, boulevard Kellermann, minuscules trouées dans l'enfer des idées noires. Mais une fois mises bout à bout, elles finissent par ressembler au paradis.

Sur le seuil des Perrin, toujours le même rituel : « Bonsoir, je viens reprendre les enfants ! »

La plupart du temps, les gamins sont à jouer dans le jardin des Curie. Paul pousse la porte aménagée dans la grille rouillée. Bises sur les bonnes grosses joues d'Irène.

Un peu de Pierre grappillé au passage. Un peu de Marie aussi.

Le jardin des Curie est tout simple. Une grande pelouse, un banc, quelques chaises de fer qu'on sort les jours de soleil, de jeunes arbres, des massifs de buis accolés aux vieux murs, des rosiers, des treillis où s'agrippent des plantes grimpantes.

La double rangée de platanes qui jalonne le boulevard étouffe les bruits. Le père de Pierre, le vieil Eugène, veille sur cette oasis de silence et s'occupe d'Irène – il a été médecin, il a accouché Marie, il est éperdument attaché à la petite fille. Comme le père de Paul, il vit sous le toit de ses enfants depuis qu'il est veuf. Dans un coin de la maison, il s'est aménagé un antre bien à lui, fait de livres et de souvenirs. On le voit souvent traverser la pelouse, coiffé d'un vieux calot, un sécateur ou un arrosoir à la main. Visiteurs ou plantations, il promène sur ce qui l'entoure le même œil bleu que Pierre. Il a la même discrétion que son fils. Et sa lucidité, son infinie douceur.

Si les parents de la petite sont là quand Paul vient chercher ses enfants, on parle science. À un moment ou à un autre, Pierre et Marie, fatalement, laissent tomber : « On vient d'avoir une idée, on a pensé… »

Paul, instantanément, entre dans ce « on ». La minute d'après, Pierre s'empare d'une chaise et la rapproche du banc. Ils s'asseyent tous les trois. Trois heures plus tard, ils sont souvent encore là, dans le jour qui baisse, à croiser leurs hypothèses.

Le débat tourne toujours autour du radium. Marie a réussi à isoler un petit décigramme de sels du nouvel élément. Forte de ce succès, elle veut s'atteler à sa thèse et y résumer tout ce qu'elle sait de la radioactivité. Ce qui la conduit à aborder de front la question qui ne cesse plus de les tourmenter, Pierre et elle : d'où provient l'énergie que dégagent les composés radioactifs ? Ils produisent de la chaleur, du gaz et s'autodétruisent spontanément, mais les corps qui les ont émis, eux, restent intacts, et s'entêtent à produire des rayons. Sortie de nulle part, cette énergie ? Impossible. Seulement de quoi est-elle faite ? Est-ce une propriété de l'atome lui-même ou une transmutation chimique d'infinitésimales parcelles qui s'en échapperaient ?

Toutes ces idées effarouchent Pierre. Marie, beaucoup moins. Elle en a parlé très ouvertement dans leurs carnets dès le début de leurs expériences. « En principe insécable, l'atome radioactif vient de se comporter en substance divisible», a-t-elle signalé, avant de suggérer la présence de «sous-atomes en mouvement». Dans une conférence à l'Académie des sciences, elle a poussé l'hypothèse plus loin encore: «La matière radioactive serait donc de la matière où règne un mouvement intérieur violent, de la matière en train de se disloquer.» Pierre ne l'a pas suivie. Il s'en tient au principe de Carnot: l'énergie ne peut être ni créée ni détruite.

Sur le moment, Marie a ravalé son hypothèse. S'engager dans cette voie revenait à contester le dogme de l'indivisibilité des atomes, spéculation indémontrable tant que Pierre et elle n'avaient pas prouvé l'existence du radium. Mais maintenant, c'est chose faite ; elle pourrait rouvrir cette piste. Elle ne s'y risque pas. De peur de hérisser l'establishment scientifique, elle se borne à un prudent: «La théorie de l'origine matérielle du rayonnement nous conduit bien loin…» Elle n'en pense pas moins.

Paul n'a pas de ces précautions. Depuis son séjour à Cambridge, il défend avec passion les théories de Thomson sur l'instabilité des atomes et il rallume le débat dès qu'il retrouve Paul et Marie. Les arguments s'entrecroisent, les idées jaillissent, puis Pierre et Marie, pendant de très longs moments, s'abîment dans le silence. Chacun de son côté, ils sondent l'infini des possibles. Soudain l'un ou l'autre des deux se raidit. Une nouvelle idée vient de le traverser, il parle. La controverse reprend.

Incroyable ce qu'à ce jeu Marie excelle. Ses raisonnements sont étincelants et son sens critique impitoyable. Elle déteste les formulations approximatives.

Lorsqu'une phrase n'est pas claire, elle demande qu'on la lui reformule. Elle exige la plus parfaite limpidité. Même quand c'est Pierre qui vient de parler.

Incroyable aussi ce qu'elle a embelli maintenant qu'elle a perdu sa bouille d'adolescente. Sous l'effet de la fatigue, ses traits se sont affinés, ciselés ; et lorsqu'elle se tait, son regard est très troublant. Il se minéralise, devient fixe à faire peur.

La marque de son intelligence hors normes ? L'effet du surmenage ? En plus de l'écriture de sa thèse, elle donne des cours aux jeunes filles de l'École normale supérieure de Sèvres – le loyer, la bonne à payer, le salaire de Pierre n'y suffit pas. Elle passe des heures à préparer ses cours. Et le soir, elle grappille toujours quelques instants pour sa fille. Que fait-elle de ses nuits, où s'en va sa vie ? Paul n'en sait rien.

La discussion, parfois, s'arrête net : Irène a pris en chasse Didi, le chat de la maison. Elle fend la pelouse en poussant de grands cris de guerre. Marie éclate de rire – incroyable, ça aussi.

Ou bien Jean fait grincer la porte qui sépare les deux jardins. Bouillonnant, effervescent, comme d'habitude. Dès qu'il est là, le débat reprend de plus belle. Ils ne verront pas la nuit tomber.

*

Qu'elle parle ou qu'elle écoute, Marie frotte ses doigts. Pendant les opérations qui l'ont conduite à isoler des sels de radium, elle les a très sévèrement brûlés. Leur peau n'a jamais vraiment cicatrisé. « Dermite », ont diagnostiqué les médecins, ce qui ne les a pas engagés à grand-chose. Leurs traitements n'ont servi à rien. Ses doigts n'arrêtent plus de la démanger, et elle de les frictionner.

Pierre aussi a les mains brûlées. Beaucoup plus gravement : en plus des expériences qu'il a pratiquées, comme elle, sur les précieux sels qu'elle a extraits de la pechblende, il a volontairement appliqué sur son bras du baryum radioactif. Le test a duré dix heures. Quand il y a mis fin, sa peau, pour sa plus grande joie, était aussi rouge que s'il avait pris un coup de soleil. Cinquante jours plus tard, les tissus étaient gris, comme morts. Il a aussitôt rédigé une note à l'intention de l'Académie des sciences : « Les extrémités des doigts qui ont tenu les tubes et capsules renfermant des produits radioactifs deviennent dures et parfois très douloureuses ; pour l'un de nous, l'inflammation de l'extrémité des doigts a duré une quinzaine de jours et s'est terminée par la chute de la peau. Mais la sensibilité douloureuse n'a pas encore disparu au bout de deux mois. »

« L'un de nous », c'est lui. Après son expérience, il a soumis son cas à des amis médecins, qui se sont passionnés pour le phénomène. Ils l'ont étudié ensemble et ont fini par démontrer que le radium a le pouvoir de détruire les cellules malignes. Grâce à ses émanations, on commence à traiter des lupus, des tumeurs, certains cancers.

À la fin de leurs discussions, Pierre revient souvent sur ces avancées médicales. Sa conclusion est toujours la même : « Le radium est utile ! » Il a le même enthousiasme qu'au jour de sa rencontre avec Marie. Elle en oublie de frotter ses doigts, sourit. À elle aussi, le mot « utile » rend ses vingt ans.

*

Maintenant, pour reprendre le chemin du boulevard Kellermann, Paul n'a plus besoin du prétexte des enfants. Une ou deux fois par semaine, parfois trois, Marie et Pierre l'invitent à passer la soirée chez eux et ils reprennent ensemble toutes les questions théoriques soulevées par les phénomènes radioactifs. Dans la communauté scientifique internationale, c'est à qui les expliquera le premier. Marie veut à tout prix gagner la course. Pierre, lui, s'en fiche un peu.

Lorsqu'il sonne à la porte étroite et basse qui donne accès à leur pavillon, Paul frémit. C'est une émotion enfantine mais aussi une sorte de frisson sacré.

Il se fait encore plus violent quand il pénètre au rez-de-chaussée, frôle les quelques meubles qui relient Pierre et Marie à leur passé. Un temps dont il ne sait rien. À aucun moment Pierre et Marie n'évoquent leur enfance ou leur jeunesse. Ils sont entièrement tendus vers l'avenir.

Une volée de marches et il rejoint le saint des saints, la pièce du premier étage où le couple travaille jusque tard dans la nuit. Pierre ne parle jamais aussi lentement que le soir. Un moment, Paul a cru que c'était par peur de briser le silence du pavillon. Puis il a compris qu'avec la nuit le découragement gagnait son maître. Il a fini par en saisir la raison : Marie et lui n'ont toujours pas de laboratoire digne de ce nom. En dehors de quelques prix et médailles qui auront épaté la galerie pendant deux ou trois jours, aucune reconnaissance publique. Pierre a failli quitter la France pour la Suisse. On l'a retenu *in extremis* en lui proposant un poste à l'École de physique. Mauvaise affaire : ses classes sont surchargées. Il n'en peut plus.

Une chaire de minéralogie à la Sorbonne s'est libérée. Il a postulé. On l'a retoqué. Il était pourtant le meilleur candidat. Mais pas d'appui dans la place.

« Présente-toi à l'Académie des sciences, lui ont conseillé ses amis. Une fois que tu seras élu, tout changera. » Il s'est cabré : « Les ronds de jambe devant les pontes, le cérémonial des visites avant l'élection, j'en suis incapable ! » « Imite les autres, fais semblant de t'aplatir ! » Il n'était pas comme les autres, il a échoué.

« Il a fait campagne en chien battu », a déclaré l'un de ses parrains. Il avait raison. Lors de chaque visite, au lieu de se fendre en grâces et en courbettes, Pierre est resté empêtré dans sa fierté blessée. Enfin, comme a soupiré Paul : « Si on n'a ni famille, ni coterie dans la place... »

Il sent que son maître s'épuise. Qu'il ne tient plus que par Marie. Qui s'épuise, elle aussi.

Lui, au Collège de France, vit au cœur du système. Ses cours sont de plus en plus suivis. Il décide de se faire le passeur des découvertes de Pierre ; et des travaux de Marie, puisque l'un ne va pas sans l'autre.

Solidarité de souffrant. L'homme battu veut secourir le chien battu.

*

Les moments les plus exaltants, au 108, boulevard Kellermann, se déroulent les dimanches après-midi. Sitôt le déjeuner fini, Marie dit toujours à Pierre : « Allez, on souffle un peu. »

Il s'exécute à contrecœur. Puis on sonne à la porte. Marie ouvre. C'est un jeune chercheur passionné par la radioactivité.

On sonne encore. Un autre chercheur fait son entrée, puis un troisième, un quatrième, souvent d'anciens élèves ou condisciples de Pierre. Entre-temps, Paul est arrivé et au même moment, comme par enchantement, Jean a poussé sa tête ébouriffée entre deux massifs de buis. Il brandit un bouquet naïf, fait de fleurs qu'il vient de couper dans son jardin, et le tend à Marie avec ce sourire candide qui lui donne un air d'archange.

Les visiteurs sont presque tous au plus beau de la vie, trente, trente-cinq ans. Est-ce Paul qui leur a passé le mot ? Ou Marie ?

Mais y a-t-il eu seulement un mot ? On dirait plutôt un mouvement spontané, à l'image de l'énergie radioactive. Les incessantes et magistrales publications de Pierre et de Marie commencent à faire leur effet. Les scientifiques les plus créatifs veulent absolument frotter leur intelligence à la leur.

Cependant la porte de leur confiance est étroite, comme celle de la maison. N'entrent au 108 que des êtres qui leur ressemblent. Donc ils ne ressemblent à personne. Ils aiment les chemins de traverse, eux aussi, et se fichent éperdument qu'on les prenne pour des fous. Sans doute le sont-ils un peu.

C'est la loyauté qui les fédère. Ils ont toujours cru à l'existence du radium, même quand Pierre et Marie ont désespéré d'arriver à bout de leurs fractionnements. Ils ont tout de suite mesuré que leur travail allait bouleverser de fond en comble la science et la technologie du tout jeune xxe siècle.

À pousser la porte du 108, ils ne sont guère que six ou sept. Huit, les grands jours.

*

Quand le temps est beau, on s'installe au jardin. S'il fait mauvais, on discute autour de la table de la salle à manger. Ou là-haut, dans le bureau.

Printemps, automne, hiver, on parle de tout et de rien. Des butors qui régentent l'Académie des sciences, des programmes de l'enseignement secondaire. Ou beaux-arts ; parmi les familiers du 108, certains, avant de bifurquer vers la science, ont eu une période artiste, ont fréquenté des ateliers, des modèles. Pierre lui-même trouve quelquefois le temps d'emmener Marie visiter des expositions ou des galeries. Rien que pour la beauté, rien que pour admirer. Il ne sait pas posséder. Et de toute façon, ils n'ont pas un sou.

Il remet aussi souvent sur le tapis ses vieux dadas, les médiums, les tables tournantes, la télépathie : « Et si c'était de l'énergie issue de la matière ? » Au 108, le dimanche après-midi, l'air vibre, se recharge de jeunesse et d'enthousiasme.

Le cœur de cette boule d'énergie, c'est Marie. Autour d'elle, rien que des hommes, en dehors d'Henriette, la femme de Jean, qui veille sur les enfants. Les visiteurs du dimanche, d'un accord tacite, viennent seuls, comme Paul.

On finit toujours par en revenir au radium. Pierre a déposé dans un de ses électromètres quelques impalpables parcelles des précieux sels que Marie et lui ont réussi à isoler. De bricolage en bricolage, il a réussi à fabriquer une machine qui s'apparente à un mouvement perpétuel. Face à l'étrange appareil, les thèses recommencent à s'affronter.

Pierre sent bien, comme Marie, que la matière radioactive est le théâtre de transmutations extravagantes.

Mais il n'arrive toujours pas à renoncer au principe de Carnot.

Il a maintenant une nouvelle idée. Les minerais radioactifs sont de simples transformateurs qui absorbent des rayons cosmiques avant de les métamorphoser en chaleur et en énergie.

Jean n'y croit pas, le provoque : « Et si l'atome était un système solaire en miniature ? Si les électrons gravitaient autour de lui comme les planètes ? Si le rayonnement du soleil… Si les ions… »

Un mot de lui, et on se retrouve propulsé dans les étoiles. Les murs du 108 n'existent plus. Ni les fortifs, par-delà le boulevard, ni la banlieue et ses bicoques ouvrières qui commencent à manger la campagne. Le jardin de Pierre et Marie a pris la dimension de l'univers, les pensées des uns et des autres s'y déplacent à une vitesse vertigineuse et dans tous les sens, à l'image du mouvement brownien dont Jean semble l'incarnation. Les joutes, souvent, durent une éternité, que personne ne voit passer.

Sauf Marie, qui soutient son petit monde de la même façon que Pierre et elle, au hangar, lorsqu'ils s'avisent qu'ils devraient peut-être se remplir le ventre : verre de thé et rondelles de saucisson sec. Elle n'est jamais à court de charcuterie. Régulièrement, elle en commande un plein colis chez Olida.

Elle fait circuler un plateau puis recommence à discuter avec les autres, sa boîte à ouvrage sur les genoux : pas question de laisser tomber le raccommodage des chaussettes de Pierre. Ses brûlures aux doigts n'ont toujours pas entamé son adresse et ses reprises sont à l'image de ses raisonnements : impeccables.

12

Il ne reste rien du pavillon du 108. Les pelleteuses l'ont balayé il y a des dizaines d'années.

La maison des Perrin a résisté plus longtemps. Dans les années 1970, un témoin put encore l'apercevoir, petite et jolie, assura-t-il, derrière un sycomore et un fouillis de fougères, d'herbes folles et de lilas. La spéculation immobilière l'a emportée à son tour.

Rien qu'une dizaine de clichés pour se faire une idée de ce qui s'est passé là-bas. Photos de famille où l'on voit Pierre, Marie, Irène, le grand-père Eugène, Henriette et sa fille Aline poser gentiment sur le banc du jardin, parfois devant des murs mangés de lierre. Ou clichés de presse pris durant l'hiver 1903-1904, après le Nobel. Les arbres sont nus, cette fois, la pelouse est gelée ; mais des fenêtres, à l'étage comme au rez-de-chaussée, sont grandes ouvertes – dans sa hantise de la tuberculose, Marie a depuis longtemps l'habitude d'aérer longuement les lieux où elle séjourne. Enfin des instantanés des années 1930, pris sans doute par Irène, après la mort de sa mère lors d'un pèlerinage dans cette maison qu'elle avait quittée à l'âge de neuf ans. Le pavillon n'avait pas changé. Même toit plat, même enduit de stuc, même pelouse. Seuls les arbres avaient grandi.

Dans ce lot d'archives photographiques, aucun cliché des réunions du dimanche. C'est pourtant au 108 que, dans ces années bénies, 1902-1904, se retrouva l'élite de la science et de la technologie française. Des noms à présent oubliés, de physiciens, mathématiciens, chimistes dont les découvertes furent à l'origine d'une foule d'inventions : télévision, montres à quartz, composants électroniques, électricité nucléaire, détecteurs à distance, sonars, gyrolasers – le catalogue en est si long qu'il est fastidieux de les passer en revue.

Mais pourquoi les merveilleux fous pensants du 108 auraient-ils eu l'idée d'une photo de groupe ? Ils n'avaient pas même l'idée qu'ils formaient un groupe et ils se savaient encore moins ultra-modernes. Ils étaient de ces êtres qui ne se regardent pas faire. Trop heureux, déjà, de pouvoir approcher Pierre qui voyait toujours plus loin que loin, et Marie qui venait de forcer la matière à dévoiler une part de ses secrets. Ils se bornaient à être ce qu'ils étaient, des chercheurs, le futur en action.

Donc, sur ce temps-là, rien que des témoignages brumeux, des chronologies brouillées ou perdues, d'où émerge de temps à autre une vague anecdote. Venir au 108 le dimanche après-midi, c'était d'abord rompre la solitude du travail en laboratoire et rejoindre l'aventure des autres. Impossible, du coup, d'encager ces réunions dans une définition, elles étaient par nature indéfinissables. Ni mouvement, ni cercle, ni cénacle. Réseau non plus : l'unique ambition de ces chercheurs, c'était la découverte. Fraternité d'idées, sûrement, ils étaient unanimement dreyfusards, partisans de la justice sociale et farouches défenseurs de la promotion au mérite. Et aussi alliance du cœur, complicités irrésistibles, noyau scientifique, fine équipe, famille choisie. Tout sauf une chapelle ou une coterie.

Un genre de bande. Mais d'éternels étudiants, qui n'en voulaient qu'à l'ignorance, sans la moindre arrière-pensée et encore moins de conformisme. Au 108, pas de code vestimentaire, on venait comme on voulait. Sur son trente et un, comme Paul, ou en costume de tous les jours. À moins qu'on ne veuille arborer les grands et ronds chapeaux de la bohème de Montparnasse.

Paul, à la mort de Pierre, eut un mot étonnant : il parla de « petite colonie ». C'est dire s'il était conscient que les réunions du dimanche après-midi au 108 s'apparentaient à une invasion. Il fallait qu'elle soit légère et douce, pour que Pierre et Marie la tolèrent. Mais leurs visiteurs se bornaient à frôler, fascinés, leur domaine privé.

Ils ignoraient sans doute qu'il y avait quelque chose de religieux dans ce rituel. Presque tous, pourtant, étaient athées – pas si facile, à l'époque. Venir au 108, c'était célébrer un substitut de culte. Révérer le Dieu-Science autour du Christ-Pierre et de la Madone-Marie, si sacrificielle, déjà, si héroïque, avec ses doigts brûlés. Leurs réunions n'avaient rien d'une grand-messe, ils se voyaient pourtant comme les apôtres de Pierre. Prêts à le défendre, comme Marie, bec et ongles.

De ces apôtres, ils le savaient, Paul était le préféré. Ils n'en prenaient pas ombrage. Paul était le plus ancien à aimer Pierre. Cette affinité élective, à leurs yeux, allait de soi.

Savaient-ils qu'il venait ici plusieurs soirs par semaine ? Probablement. Dans le groupe, personne n'avait rien à cacher. C'était comme ses randonnées avec Pierre, ils étaient au courant : lorsque le maître, malgré ses rhumatismes, était saisi du désir compulsif d'aller se frotter à la vie végétale, se noyer dans les fouillis d'herbes, les odeurs d'écorces rongées, les terres spongieuses qui annonçaient les ruisseaux d'eaux libres, c'était toujours Paul qu'il choisissait pour compagnon. Il l'entraînait bien au-delà du boulevard et des fortifs, là où l'on trouvait encore des bois.

*

Paul était aussi bon marcheur que Pierre avait su l'être. Pendant ces promenades, il y avait entre eux ce qui se disait – leurs sempiternelles controverses et spéculations sur la nature de la matière – et ce qui ne se disait pas – le pas moins long de Pierre, ses traits de crucifié.

Ce non-dit, paradoxalement, les rapprochait. Paul avait parfois l'impression de ne faire qu'un avec lui. Et de façon bizarre, avec Marie aussi, les soirs où il les retrouvait dans le bureau d'en haut. Rien qu'à la voir, il était gagné par un bien-être qui lui rappelait le temps où sa mère s'enfermait avec lui dans sa chambre, tricotant ou cousant jusqu'à ce qu'il ait fini ses devoirs, même si elle devait se coucher à deux heures du matin.

Il finit par oublier ses idées noires. Il avait trouvé sa Sainte Famille. Il ne le sut pas mais Pierre s'en aperçut, il lâcha un jour dans une lettre : « Langevin est un croyant. »

C'était bien vu. Sa foi en Pierre le sauvait. Lorsqu'il rentrait rue Gazan et devait affronter les maladies de Jeanne, qu'elle pratiquait elle aussi comme une religion, il écoutait ses plaintes sans sourciller et la soignait avec une patience d'ange, regonflé à bloc. Il était l'élu de Pierre, il se sentait de taille.

Pourtant, que savait-il de son maître ? De tous ses apôtres, oui, il était le plus proche et le plus fervent. Mais comme aux autres, l'astéroïde qu'il formait avec Marie lui demeurait inconnu. Il ne faisait que vivre à la périphérie de leur rêve. Et encore, par intervalles. Ils ne lui confiaient aucun de leurs secrets.

Cette phrase, par exemple, que Pierre avait soufflée chaque jour à l'oreille de Marie du temps qu'elle s'épuisait à brasser ses marmites de pechblende et fractionner son bouillon dans des centaines de coupelles : « Le radium… Je voudrais qu'il ait une belle couleur. » Comme s'ils attendaient un enfant. Ces mots, pour rien au monde Pierre ne les aurait répétés à quiconque. Déjà qu'on le prenait pour un fou.

La suite non plus, il ne la raconta à personne, d'autant que c'est Marie, pour le coup, qu'on aurait prise pour une cinglée. Lorsqu'ils eurent isolé du chlorure de radium et que le sel contenu dans leurs éprouvettes commença d'émettre son fameux rayon bleu, elle lui murmura qu'elle se sentait transportée dans un conte de fées. Cette impression d'avoir franchi les portes d'un monde enchanté ne la quitta plus ; les semaines suivantes, à la nuit tombée, elle fut régulièrement prise du même désir : retourner avec lui au hangar pour revoir la lumière bleue. Il se laissa faire. À plusieurs reprises, ils abandonnèrent leur pavillon et leur fille endormie, réenfourchèrent leurs vélos puis rejoignirent le labo.

Ils étaient déjà si exténués, à l'époque, qu'ils avaient l'air de spectres sur leurs machines, même s'ils noyaient leur maigreur dans les plis de leurs pèlerines râpées. Leurs jarrets n'étaient plus ceux de leur voyage de noces ; à la première descente, ils se laissaient porter en aveugles par le cahot des pavés afin de reprendre des forces. Un ultime effort et c'était, tout en haut de la montagne Sainte-Geneviève, le hangar. Puis, derrière sa mauvaise serrure, le miracle, leur miracle : palpitant et comme suspendu dans les ténèbres de la vieille baraque, le rayon bleu.

D'autres nuits – et cela non plus, Pierre ne l'aurait confié à personne –, Marie avait des crises de somnambulisme. Quand il s'en inquiétait, elle lui donnait toujours la même explication : « Ma thèse… » Elle ajoutait souvent : « Quand j'en aurai fini, on retournera en Normandie ou en Bretagne, comme les autres années… On soufflera. »

En attendant, elle se tuait à la tâche. Plus son texte avançait, plus elle devenait nerveuse. Et divisée entre son travail et la vie : voilà qu'elle rêvait d'un autre enfant de l'amour. Elle ne parlait pas du radium, elle en voulait un vrai, comme Irène, fait de chair et de sang. Ce désir était le mieux gardé, le plus cher des secrets de Pierre.

13

Marie acheva sa thèse au printemps 1903. Pour être rédigée dans un style neutre et plat, c'était une synthèse magistrale sur la radioactivité.

Elle n'en avait pas posé le point final qu'elle découvrit qu'elle était enceinte. Pour que son bonheur soit complet, il lui restait un ultime obstacle à franchir, l'épreuve de la soutenance. La date en avait été fixée au 25 juin. Trois pontes de la physique française, dont son maître, Lippmann, l'interrogeraient publiquement dans une salle de la Sorbonne. Pure formalité, pensait-on, ce serait un triomphe, Marie serait la première femme française à obtenir un doctorat. Et l'une des rares Européennes.

« Il faut la fêter ! » a proclamé Paul. Il savait déjà comment : en donnant un grand dîner. Chez lui, rue Gazan, le soir même de la soutenance.

L'idée n'a surpris personne. Chacun savait qu'il vénérait la gastronomie presque autant que la littérature et la musique ; et que tout lui était religion, dans les arts de la table, les belles assiettes, le mariage des mets et des vins, le protocole du service, le champagne rituellement sablé à la fin du dîner.

Les Curie, eux, n'y connaissaient strictement rien. Ils mangeaient à n'importe quelle heure et n'importe quoi, ce qui leur tombait sous la main, pas grand-chose la plupart du temps. Fin avril, un des habitués du 108, Georges Sagnac, alarmé par la maigreur de Marie, s'était senti autorisé à faire fi du respect qu'il devait à Pierre, de dix ans son aîné ; il lui avait adressé un très long réquisitoire écrit, où il dénonçait leurs habitudes alimentaires. Il craignait tant de ne pas être entendu de son maître qu'il en avait souligné plusieurs passages, et notamment l'une des dernières phrases : « *Il ne faut pas lire en mangeant ni causer physique.* »

Pierre reçut son courrier au moment où Marie s'aperçut qu'elle était enceinte. On ignore ce qu'il a répondu à Sagnac. Ni même s'il lui a répondu. Plus le temps passait, plus les deux époux détestaient qu'on s'aventure sur leur petite planète.

*

Au matin du grand jour, Marie en était à son troisième mois de grossesse. Elle revenait de Londres. Les premiers en Europe, les chercheurs britanniques avaient saisi les répercussions de la découverte de la radioactivité. Ils avaient voulu fêter Pierre – elle, ils la voyaient comme sa petite assistante. Il avait donné des conférences, on se l'était arraché. Avec Marie, il avait dû courir de dîner en dîner, avant de reprendre avec elle, toujours à la hâte, le train pour Paris.

Avant de partir affronter les pontes de la Sorbonne, elle a pensé à acheter du sucre pour les confitures qu'elle voulait confectionner le dimanche suivant, avec les fruits du jardin. Une habitude qu'elle avait prise juste après son mariage, quand elle s'était aperçue qu'elle était nulle en cuisine, sauf, bizarrement, en matière de confitures.

*

Lorsqu'elle est entrée dans la salle de soutenance et s'est avancée vers la lourde table de chêne derrière laquelle l'attendaient les trois examinateurs raidis dans leur costume queue-de-pie, la salle était pleine à craquer. Pierre s'était installé au premier rang, à côté d'Eugène Curie et de Bronia, la sœur aînée de Marie, venue de Pologne pour la circonstance.

Derrière, les fidèles du 108, dont Paul qui, d'un coup d'œil, a pu constater que ses efforts pour attirer l'attention du monde scientifique sur les phénomènes radioactifs avaient été couronnés de succès : une foule de physiciens, mathématiciens, chimistes s'étaient déplacés. Mais aussi, plus surprenant, une brochette de journalistes, ce qui ne s'était jamais vu lors d'un événement aussi confidentiel qu'une soutenance de thèse.

Marie s'est sortie royalement de l'épreuve. Sur la radioactivité, il est vrai, elle en savait dix fois plus que ses examinateurs.

Une ligne d'un de ses carnets de comptes révèle ce qu'elle porte au dîner. Quinze jours plus tôt, elle s'est acheté un coupon de grenadine noire, un tissu dont les mailles de fil forment une sorte de résille. Puis elle l'a confié à une couturière de quartier, en lui demandant d'y tailler une robe au décolleté discret et entièrement doublée, à l'exception des manches : à ce seul endroit, le maillage laissera deviner l'extrême blancheur de sa peau.

Le lendemain de cette dépense – extravagante au regard de ses habitudes d'économie, le sixième de son salaire –, elle s'offre aussi des gants, un jupon de soie et une garniture, elle-même en soie, destinée à couvrir son décolleté si d'aventure il fait froid.

D'ordinaire, elle était fagotée comme l'as de pique, « jolie sans le savoir », selon le mot qu'avait eu un des familiers du 108. Elle s'attifait de robes ternes et sans grâce, elle leur demandait seulement d'être confortables et inusables. Mais pour le dîner de Paul, elle a voulu être à la hauteur de son nouveau rang, reine de la radioactivité.

À sa grande surprise, quand elle arrive chez Paul, elle tombe sur Ernest Rutherford, l'homme qui prétend, ainsi qu'elle en a eu l'intuition, que la radioactivité résulte d'une désintégration des atomes. Elle l'a invité, mais son courrier s'est perdu. Et voilà qu'il resurgit. Il est venu à Paris faire la tournée des labos, comme d'autres la tournée des grands-ducs ; au moment même où Marie répondait aux questions de son jury, il a toqué à la porte du hangar – « un local qui tenait à la fois de l'étable et de l'entrepôt de patates », commentera-t-il ensuite.

Un employé a prévenu Paul de sa visite. Il a réussi à le joindre, l'a invité au dîner qu'il donnait chez lui. Ernest s'est empressé d'accepter.

*

Quand le temps eut fait son œuvre et scellé les destins, on calcula : ce soir-là, à la table de Paul, étaient assis cinq futurs prix Nobel. En plus d'Ernest Rutherford, Jean, Pierre et Marie ; enfin Gabriel Lippmann, son directeur de thèse.

Le festival gastronomique que Paul leur avait concocté n'a laissé, en revanche, qu'un souvenir très vague. « Succulent », s'est borné à déclarer Ernest. Dès l'apéritif, le débat sur la radioactivité avait repris ; et une fois qu'on s'était assis à table, loin de savourer les mets et les vins fins, on s'était mis à « causer physique », comme aurait dit Sagnac. On conférait, on critiquait, on s'opposait, on s'accordait ; et avant chaque plat, on portait un toast à Marie.

Jeanne veillait à la parfaite ordonnance du service, mets et vins se succédaient sans le moindre accroc. Cependant les hommes assis à table se seraient vu servir, comme au 108, des rondelles de saucisson arrosées d'un verre de thé qu'ils y seraient restés pareillement indifférents. Seules les épouses savouraient le contenu des assiettes. Autour de la table, toutes étaient muettes, sauf Marie. Comme les hommes, elle causait physique, avec la même passion qu'eux.

*

On avait échangé le dernier toast. Il fallait rentrer. Pour une fois, Pierre n'était pas pressé. Il avait toujours eu le don de sentir le passage de la grâce. Et d'y ajouter, d'instinct, sa touche à lui. Il faisait bon, la nuit était claire. Il s'est aventuré dans le jardin de Paul et a sorti un tube de sa poche.

Depuis quelque temps, il ne sortait pas sans lui. Il l'avait en partie recouvert d'une couche de sulfure de zinc, puis il y avait enfermé une large solution de radium, et avec elle tout son enthousiasme. Dès qu'il sentait le tube dans sa poche, il redevenait l'adolescent poussé en graine qu'il était à quinze ans, l'époque où il avait eu le coup de foudre pour la science.

Il exhibait souvent le tube. Ça le prenait n'importe où et devant n'importe qui. Un serveur dans un restaurant, par exemple ; il l'attirait dans un coin sombre, lui promenait le tube sous le nez, désignait la lueur bleue qui rendait le tube translucide et partait de son rire d'enfant : « La lumière du futur ! »

Marie détestait son numéro. Elle se récriait toujours : « Pierre, non ! »

Il rempochait aussitôt son tube. Mais à la première occasion, il récidivait.

Ce soir-là, comme aimantés, secrètement avertis qu'il allait se produire quelque chose d'exceptionnel – peut-être aussi parce qu'ils n'avaient pas envie, eux non plus, de se séparer, conscients autant que Pierre qu'ils vivaient un moment de grâce –, tous les convives l'ont suivi dans le jardin. Ç'a été alors plus fort que lui, Pierre a ressorti l'éprouvette de sa poche et s'est mis à l'agiter sous le nez d'une des femmes.

Cette fois-ci, Marie n'a rien dit. Au contraire, elle a fondu de joie. Elle avait bien vu, comme Ernest, que les mains brûlées de Pierre peinaient à serrer son tube, au point qu'elles en tremblaient. Mais dans la nuit de juin – on n'était qu'à quelques jours du solstice –, la luminosité du radium était extraordinaire. Et elle avait fait un miracle : l'âme de Pierre était comme sortie de son corps. Il était droit, d'un seul coup. Disparu, l'homme penché, toujours à pourchasser des idées qui semblaient prendre la fuite. Il allait de femme en femme à la façon d'un elfe, glissant de l'une à l'autre en prestidigitateur rompu à faire fi des lois de l'univers.

Et la lumière dansait. Ou plutôt Pierre, qui n'avait jamais dansé, dansait.

14

Paul n'a rien su du drame qui s'est passé cet été-là. De ces « choses » comme on disait alors, on ne parlait à personne. Deux mois plus tard, début août, Marie a perdu l'enfant de l'amour. Une petite fille, qui n'a vécu que trois ou quatre heures.

Elle s'est effondrée. Pierre a pensé qu'elle allait vite s'en relever. Il s'est trompé. À l'approche de l'hiver, elle était toujours dans le même état, livide, tenant à peine sur ses jambes.

Elle a pensé à un début de tuberculose, elle a vu un médecin. « Pas du tout, lui a-t-il asséné. Anémie. Il faut vous reposer. »

Une anémie, pour elle, c'était une maladie de jeune fille, à traiter par le mépris. Au lieu de suivre son ordonnance, elle s'est soignée comme elle l'avait toujours fait, en suçotant des morceaux de sucre gorgés d'alcool de menthe. Et elle a recommencé à donner ses cours à l'autre bout de Paris, à l'école de Sèvres. Dès qu'elle en avait fini, elle courait au labo.

Il y avait quand même des jours où sa volonté flanchait. La mort dans l'âme, elle se couchait, somnolait.

Pierre aussi connut de ces matins où, juste au moment de sortir, il s'affalait sur un canapé et dormait jusqu'au soir sans rien entendre des bruits qui agitaient la maison et le boulevard. Puis il se réveillait, voyait que Marie s'était levée. Dans la seconde, ils ne faisaient plus qu'un et se remettaient à rêver tout haut. D'un autre labo, d'expériences plus hardies, des meilleures façons de rendre la vie plus juste. Le lendemain ils étaient sur pied, remontaient sur leurs vélos, reprenaient leurs cours, retrouvaient leurs becs Bunsen. Quand la fatigue revenait, il y en avait toujours un pour dire à l'autre : « Ça passera avec les beaux jours. »

Mais bien avant le printemps, le 10 décembre, le jour du Nobel, leur petit astéroïde entre soudain en collision avec une planète inconnue : la presse. En moins de trois semaines, ils sont dépossédés de leur vie.

Paul assiste au cataclysme en spectateur impuissant : Pierre et Marie ne lui appartiennent plus. Il se croyait installé pour toujours à la marge lumineuse d'un rêve, il est brutalement précipité dans l'ombre d'un mythe.

Lui non plus ne connaît rien à la presse, il ignore tout de ses mécanismes et de ses réflexes. Tout juste se rend-il compte que son beau-frère continue à faire son chemin au *Petit Journal*. Mais il ne lit pas ce qu'il y écrit, il n'a pas le temps. Ou s'il en a, il préfère se plonger dans des titres réputés sérieux, comme *Le Temps*. Il ne voit pas le monde changer, il pense que c'est Pierre, le changement. Et Marie, et toute la bande du 108.

Il a raison. Cependant ils ne sont pas les seuls à façonner le tout jeune XXe siècle. La presse s'en occupe aussi.

*

Il n'a rien vu et dans la petite bande, les autres non plus. Tous, ils avaient remarqué l'extraordinaire succès des magazines illustrés et des gazettes à sensation: les kiosques en étaient bourrés et des crieurs, à chaque coin de rue, venaient les agiter sous leur nez. Mais le phénomène les avait laissés de marbre et ils n'avaient pas dévié de leur objectif, la quête d'explications du monde qui vaudraient pour l'éternité.

Ils s'étaient tout de même inquiétés, en juin, quand ils avaient vu des journalistes investir la salle où Marie s'apprêtait à soutenir sa thèse. Mais Pierre, d'un sourire, les avait rassurés: « C'est le radium qui les passionne, pas nos personnes ! Seuls les faits comptent... »

Il continuait à rêver tout haut, il n'avait pas saisi que Marie et lui n'étaient plus des personnes, dans l'esprit des journalistes, mais des personnages, « les Curie », héros d'un feuilleton qui ne demandait qu'à être raconté et mis en scène: la romance de la science et de l'amour. Fabuleuse aubaine pour l'industrie de la presse. Contrairement à ceux de Jules Verne, ils ne seraient pas faits d'encre et de papier, mais de chair et d'os. On pourrait les rencontrer, leur parler, les photographier, diffuser leurs images à l'infini.

Il n'y manquait qu'un déclic, ce fut le Nobel. La veille de son annonce, Pierre et Marie étaient connus, sans plus. Le 10 décembre, ils devinrent célèbres; un mois plus tard, leurs interviews avaient généré des photos, les photos des gravures, les gravures des poèmes, des caricatures, des chansons, des revues de music-hall, une série de transmutations incontrôlables qui avaient mimé, très étrangement, la dégradation des corps radioactifs; et lorsque enfin cette réaction en chaîne s'arrêta, leur conte de fées intime s'était mué en légende universelle, la saga d'un couple de modernes et vertueux alchimistes qui, à force d'obstination, avaient arraché à la matière une pierre philosophale d'un nouveau genre, dont on ne savait pas grand-chose sinon qu'elle allait transformer de fond en comble la condition humaine.

*

Ils ne sont pas allés recevoir leur prix à Stockholm. Marie était toujours aussi épuisée, elle ne s'est pas senti la force d'affronter l'hiver suédois et une semaine de mondanités.

Ça a bien arrangé Pierre. À la seule idée de la cérémonie de remise du Nobel, il avait eu envie de disparaître dix pieds sous terre. Il a donc promis qu'ils viendraient plus tard, au printemps, quand Marie irait mieux.

Ça n'a pas éteint la frénésie médiatique, loin de là. Partout, les cervelles se sont échauffées, les journaux se sont remplis de prophéties. On allait s'éclairer au radium, se chauffer au radium, foncer sur les routes à six cents à l'heure dans des automobiles bourrées de batteries de radium, rajeunir à coups de bains et de crèmes de beauté au radium ou en enfouissant dans sa poche, comme Pierre, une ampoule bourrée de sels de radium. Les merveilleux rayons rendraient leurs cheveux aux chauves, éradiqueraient le cancer et la tuberculose tandis que les foules, toujours grâce aux prodiges de la radioactivité, pourraient enfin manger à leur faim : il suffirait d'enrichir les champs d'engrais à base de radium et le fourrage des bestiaux. L'avenir serait radieux comme le radium et d'autant plus époustouflant que la mirifique substance permettrait d'amasser des fortunes : ses deux découvreurs s'étaient refusés à en déposer le brevet de fabrication et avaient livré leurs secrets à qui l'avait demandé.

15

La célébrité s'en prit tout de suite à ce que Paul avait de plus précieux, le pavillon de Pierre et Marie, son petit paradis du boulevard Kellermann.

Le saccage commença la veille même du Nobel, dans le seul journal qu'il respectait, *Le Temps*. Le directeur de la rédaction avait appris la nouvelle avant tous ses confrères. Il voulut les griller, dépêcha au 108 le premier reporter qui lui tomba sous la main, un chroniqueur mondain qui ne connaissait quasiment rien à la radioactivité et s'attendait à rencontrer un savant en habit, gonflé d'importance, qui lui raconterait tout de sa vie privée et lui ferait visiter un intérieur somptueux. Il découvrit un décor monastique, une bonne revêche et un Pierre au costume tire-bouchonné, qui pensait à tout sauf au Nobel – il avait passé sa matinée à faire cours.

Et pas moyen de lui arracher un mot. Il refusa farouchement de lâcher la moindre information autre que scientifique. Il répondit aux seules questions qui portaient sur le radium.

Le journaliste le quitta sèchement. Faute de matière, il publia un article vengeur où il portraitura Pierre en rustre résolument imperméable à la modernité – selon ce plumitif, l'innovation majeure du XXe siècle était l'art de raconter sa vie.

Quant à Marie – qu'il n'avait pas rencontrée puisque c'était le jour où elle enseignait à l'École de Sèvres –, il fit d'elle, d'un trait de plume, une mère indigne : « Mlle Irène déjeunait toute seule pour permettre à sa maman de gagner le prix Nobel. »

Pierre et Marie se sont affolés. Selon les jours, ils ont reçu les journalistes ou les ont flanqués dehors. Tout dépendait des discussions qu'ils avaient eues la nuit précédente. Tantôt ils se disaient : « Ils peuvent nous aider à obtenir des crédits pour un nouveau labo, à quitter ce maudit hangar, c'est lui qui nous rend malades. » Et tantôt l'inverse : « Plutôt mourir que de nous commettre avec ces gens-là ! »

Puis ils ont compris qu'ils n'en sortiraient pas. Quand ils avaient claqué leur porte au nez des reporters, ceux-ci avaient immédiatement trouvé la parade : raconter leur non-interview. C'était à qui s'était fait le plus violemment rudoyer par les Curie ; et plus les jours passaient, plus leurs articles étaient entrelardés de sous-entendus fielleux.

Pierre et Marie ont alors tenté une demi-mesure : livrer un peu de leur intimité à deux représentants de journaux grand public soigneusement choisis, puis couper définitivement tout contact avec la presse.

Le jour venu, ils ont joué le jeu. Ils ont répondu à leurs questions, réalisé quelques expériences à leur seule intention. Pierre, de sa voix grave et lente, signala que l'usage du radium pouvait présenter des dangers et Marie insista : « Montre tes mains brûlées. »

Ils parlèrent dans le vide. Lorsqu'ils s'étaient emparés de leurs éprouvettes de substances radioactives, ils les avaient prises à mains nues, comme si elles avaient été remplies de sel de cuisine. Et les reporters avaient déjà la tête ailleurs. Il leur fallait maintenant des photos.

Pierre et Marie ont accepté de poser. Pas seulement au hangar, chez eux aussi, dans le jardin, avec Irène.

Images d'une tristesse infinie. Ils viennent de saisir qu'une fois de plus ils font fausse route. Pierre, fataliste, laisse faire le photographe, l'œil vague ; ou détourne la tête, embarrassé, presque honteux. Marie, elle, affronte l'objectif avec un regard de condamnée à mort.

L'impact de ces reportages a été inouï. D'un jour à l'autre, la poste a déversé chez eux des monceaux de lettres et de télégrammes, puis leur maison fut cernée de grappes d'inconnus qui, dès qu'ils sortaient, s'agrippaient à eux en les assaillant des mêmes requêtes que celles qu'ils avaient trouvées dans leur courrier, demandes d'autographes, de protections, d'interviews, de nouvelles photos, d'argent.

Ils prenaient la fuite, gagnaient des rues perdues qu'ils étaient seuls à connaître. Là seulement ils s'autorisaient à descendre de leurs vélos. Marie, alors, avec cet âpre phrasé polonais qui donnait toujours l'impression qu'elle allait droit au cœur des choses, laissait éclater sa colère : « C'est le désastre de nos vies ! »

*

Paul lui-même fut au désespoir. Pierre et Marie n'avaient plus une minute à eux. Mais surtout, les mots des journalistes avaient tout désenchanté. Sous leur plume, le salon où il était toujours entré comme dans le saint des saints de la science était devenu un lugubre parloir d'internat ; et le jardin, son Éden des dimanches, une pelouse caillouteuse et étriquée. Quant au pavillon, selon les magazines, c'était une somptueuse demeure illuminée par l'argent et la gloire ou une bicoque minable aux confins d'un quartier mal famé. Rien ne pouvait plus arrêter la machine à fabriquer les fantasmes. Elle s'alimentait toute seule et réussissait toujours à donner l'illusion qu'il y avait du neuf.

Qu'on avait réussi l'exploit, par exemple, de se faire recevoir au 108, qu'on avait été présenté à la petite Irène, qu'on avait pu lui parler et même jouer avec elle. Jusqu'au chat Didi qui, pour un peu, aurait donné une interview.

Ce récit-là parut fin décembre. Il était illustré d'un cliché d'Irène. La petite y posait en robe d'été. Une photo de famille, l'image était un peu floue. On avait dû la voler.

Marie, soudain, perdit pied. Pour la première fois depuis qu'elle avait épousé Pierre, elle cessa de tenir ses carnets de comptes. L'épuisement, le dégoût, les montagnes de courrier qu'elle s'obligeait à ouvrir, lire, trier. Et la nouvelle étape de la réaction en chaîne : désormais, on les reconnaissait, Pierre et elle, où qu'ils aillent. À chaque fois, c'était elle qu'on abordait.

La question était toujours la même : « Êtes-vous bien la célèbre Mme Curie ? »

Elle se recroquevillait sous sa pèlerine, passait son chemin, murmurait : « Non, non, vous faites erreur… » Cent mètres plus loin, on l'abordait encore.

Elle avait fini par bien la connaître, à la longue, cette « célèbre Mme Curie » qui lui collait à la peau. Malgré la nausée qui s'emparait d'elle dès qu'elle ouvrait les journaux, elle se forçait à les lire. Elle avait l'impression que la transformation de sa vie en légende était un phénomène aussi neuf que la radioactivité. Elle voulait s'en assurer et, de la même façon qu'elle faisait avec le polonium ou ses sels de radium, voir si ce curieux phénomène recelait des constantes, obéissait à des lois.

Elle était déjà sûre d'un point : si d'aventure elle consentait un mot à un badaud, il lui poserait les questions qui revenaient dans la plupart des journaux depuis que Pierre avait fait savoir qu'ils ne recevraient plus un seul représentant de la presse. Comment elle, une femme, une épouse, une mère, une étrangère, avait-elle pu faire son chemin dans le monde de la science, et si vite ? Avait-elle un secret ? Et le radium, l'avait-elle découvert, ou s'était-elle bornée, comme le bruit en courait, à jouer les laborantines qui astiquent les balances et rincent les éprouvettes ?

Elle ne se contentait pas de lire tout ce qui s'écrivait sur Pierre et elle. Elle découpait les articles, conservait les magazines, les entreposait avec soin, le pire et le meilleur. Comme si elle pressentait que la presse, un jour, devrait rendre des comptes à l'Histoire. Même au moment du scandale, quand les journaux se rempliront des calomnies les plus abjectes, elle ne cessera de nourrir ce dossier ; à la fin de sa vie, lorsqu'elle détruira tant de documents qu'elle jugera préjudiciables à son image, elle l'épargnera.

Pages désormais usées, jaunies, qu'on peut encore aller feuilleter à quelques rues de l'emplacement du hangar, sur la montagne Sainte-Geneviève, dans une annexe du musée Curie. L'acidité du papier, souvent, les a rendues si friables qu'on doit les manier avec les mêmes précautions qu'un grand brûlé.

L'état, sans doute, qui fut celui de Marie lorsqu'elle se mit à réunir ces articles. À longueur de colonnes, on voit s'y dérouler tout le catalogue de la misogynie 1900, du plus inconscient au plus prémédité, du plus bénin au plus féroce, comme dans la tirade des nez du *Cyrano* d'Edmond Rostand qui triomphait au même moment sur les scènes du monde entier.

Romanesque : « Une idylle dans un laboratoire de physique, c'est une chose qu'on n'avait encore jamais vue ! »

Poétique : « L'inspiratrice de son mari. »

À l'usage des bonnes dames : « C'est une maman charmante. À côté de ses sérieuses préoccupations scientifiques, sa sensibilité exquise est tout entière consacrée à sa charmante fillette qu'elle chérit d'un amour infini. »

Soulagé : « Elle n'a pas abdiqué de son caractère féminin », « Une vraie femme », « La preuve qu'on peut faire partie de l'élite tout en gardant les délicieux sentiments d'amour d'une femme et d'une mère. »

Soucieux de la hiérarchie des sexes : « Admirable assistante », « Assistante dévouée », « Collaboratrice dévouée et précieuse de son mari », « Collaboratrice de tous les instants. »

Fielleux : « Habile assistante », « Compagne de laboratoire dévouée des recherches de son mari, elle a associé son nom à ses découvertes. »

Narquois : « Notre-Dame du Radium. »

Chansonnier : « Le radium, un métal dont on est épaté / Ça vaut un prix qu'on ne peut dire / Il faudrait que d'autres savants trouvassent le radifemme, c'est urgent / Pour qu'il puisse se reproduire. »

Sociologique : « Exception qui confirme la règle. »

Économique : « La femme qui travaille se voit la plupart du temps obligée d'abandonner, de négliger son ménage, ses enfants [...]. Les femmes, dans leur ardent désir de s'affranchir par le travail, ont provoqué une baisse considérable des salaires [...]. Leurs maris battent le pavé à la recherche d'un emploi quelconque. »

Prophète de malheur : « Le féminisme fera faillite. L'homme et la femme s'apercevront un peu tard qu'ils se concurrencent et se nuisent mutuellement. »

Biblique, et par conséquent définitive, une citation de la Genèse jaillie de la plume du président de l'Académie suédoise des sciences au moment où il voulut définir la part de Marie dans la découverte du radium : « Il n'est pas bon que l'homme soit seul. Il faut que je lui fasse une aide qui lui soit assortie. »

*

Sans Pierre, elle sombrerait. Mais en quelques mots, il la ramène vers la lumière : « Il faut marcher sans se préoccuper de ce que pensent les gens, et avec la préoccupation unique de se satisfaire soi-même. » Elle ressuscite.

Le printemps approche, il serait temps de préparer le voyage de Stockholm, d'écrire les discours de remerciement, d'acheter un frac pour Pierre, et pour elle des robes, des manteaux neufs, des chapeaux.

Elle a une tout autre idée. Elle veut un nouvel enfant de l'amour. Là, tout de suite.

Deux mois plus tard, elle est enceinte. Plus aucun signe d'anémie. À la place, des coups de cafard. Ou, tout aussi subites, des fringales de caviar.

L'enfant, cette fois, naît à terme, début décembre, quatre jours avant le premier anniversaire de leur Nobel qu'ils ne sont toujours pas allés chercher.

C'est le cadet de leurs soucis. En dehors du radium, plus d'autre passion que cette petite fille au nom de premier matin du monde : Ève.

16

Photos de Paul en ce temps-là. La première, à Fontenay-aux-Roses, dans le parc du vieil hôtel particulier où il vient d'emménager et dont il occupe le somptueux rez-de-chaussée.

C'est dimanche, il fait beau. Il a invité Jean, Henriette et leurs enfants. Il a dû leur servir un de ces festivals gastronomiques dont il est coutumier, puis la tablée s'est égaillée dans le parc qui encercle la maison – trois hectares de gazon, fleurs et arbres centenaires. Une bonne partie de son salaire y passe, mais comme pour ses costumes ou ses frais de bouche, il déteste lésiner.

Il est détendu, sûr de lui. On lui a demandé de poser avec son benjamin sur une balançoire. L'exercice est périlleux. Ça ne l'arrête pas. Il trouve sans difficulté la posture à prendre, assise de cavalier, ventre rentré, dos et canotier vissés au millimètre. Aucune ombre au tableau.

Le deuxième cliché a été pris sur une plage normande. Photo de famille avec la tribu Desfosses. Tous sont aux anges, à l'exception d'une noire et revêche petite personne au dernier rang – la matriarche-tortionnaire ? – et de lui, Paul. Toujours aussi élégant, melon, veston noir, fine cravate, mais le corps rétracté, les épaules affaissées, le regard sinistre et même accusateur, l'air de signifier au photographe : « Ne vous y trompez pas, je ne fais pas partie de ce monde-là. »

Le troisième cliché, selon toute vraisemblance, est aussi une photo de vacances, dans le Midi cette fois, dans un jardin exubérant. Il pose aux côtés de Jeanne. Elle, sourire mince, expression retorse, robe claire à manches chichiteuses. Lui, exagérément droit, l'œil farouche, à l'affût d'un danger qu'il semble seul à voir.

Même taille de barbe que Pierre. On le prendrait pour lui s'il n'affichait un air martial qui tranche de façon spectaculaire – et, à la vérité, assez ridicule – avec sa lavallière, un modèle de soie imprimée dont raffolaient les jeunes gandins 1900. On ne voit qu'elle.

Que cherche-t-il à cacher en focalisant l'attention sur cet accessoire si précieux qu'il en paraît féminin ? Et que raconte la panique qui habite son regard ? Sa soumission à Jeanne ? Son impuissance à entrer dans la peau du mari idéal ? La conscience qu'il n'égalera jamais son maître et son couple désormais légendaire avec Marie ?

Difficile à dire. À ce moment de leur vie, Jeanne et lui ne font plus parler d'eux. Les choses semblent être rentrées dans l'ordre, ou ce qui ressemble à l'ordre : pas de nouvelle naissance. Paul en profite pour multiplier les publications. Belle fécondité scientifique, il aborde des sujets de plus en plus complexes, le diamagnétisme, le paramagnétisme, les biréfringences, échafaude des théories, propose des théorèmes – leur validité sera confirmée vingt ans plus tard par la physique des quanta. Pendant quelques semaines, de jour mais aussi de nuit, il s'installe au sommet de la tour Eiffel pour y mener toutes sortes d'expériences. Il se passionne maintenant pour les ions, gros et petits, qui se baladent dans les nuages.

Il se murmure aussi que c'est un bourreau des cœurs. Où trouve-t-il le temps de courir les jupons ? Qui sont ses conquêtes ? Des femmes mariées, des filles faciles, des filles tout court ? On ne le dit pas. Ou on n'en sait rien. Soit il se cache, soit on fantasme. À moins que ce ne soit lui qui nourrisse la rumeur, car dans ces années-là, 1904-1905, il s'attaque à un problème particulièrement ardu, qui dévore une partie de ses nuits : la relation entre l'énergie et l'inertie.

Il n'en souffle mot à personne, jusqu'au moment où il découvrira une formule qui, si elle se révèle juste, pourra mettre à bas deux siècles de théories universellement admises : la masse est proportionnelle à l'énergie divisée par le carré de la lumière. Autrement dit : $E = mc^2$.

Dix ans plus tôt, il aurait couru chez Pierre. Au lieu de quoi il se confie à un étudiant, Edmond Bauer, dont il a été le professeur l'année précédente et qui vient tout juste d'obtenir son agrégation. Et c'est avec lui, le petit jeunot, vingt-cinq ans à peine, qu'il déroule ses calculs, pointe une à une ses vérifications avant de s'écrier : « Je suis sûr qu'il s'agit d'une loi fondamentale de la Nature ! »

« Il faut publier tout de suite ! » s'enthousiasme Bauer. Paul, à sa grande stupeur, hésite. Puis consulte Jean. Qui, saisi de panique, réfute en bloc sa démonstration : « C'est impossible ! »

Cette fois, il est urgent de courir chez Pierre et de s'en remettre, confiant, ardent, comme avant, à son écoute patiente, sa curiosité sans limites, son goût des chemins de traverse. Il se l'interdit. Et ne publie pas.

Six mois plus tard, Bauer surgit chez lui en agitant une revue éditée outre-Rhin : « Un Allemand qui s'appelle Einstein publie votre formule et la démontre ! »

Il insinue qu'il s'agit d'un plagiat. Paul s'empare de l'article, l'étudie ligne à ligne. Sa découverte n'a pas filtré, l'Allemand, tout simplement, s'est posé les mêmes questions que lui, a débobiné la même chaîne de raisonnements et abouti, en toute logique, à la même conclusion. La différence, c'est que l'inconnu l'a publiée. Et qu'il en aura à jamais l'antériorité.

Bauer ne s'en console pas. Paul le réconforte. Avec les mots qu'avait Pierre, quand, lui aussi, il se faisait griller : « Aucune importance. Les personnes ne sont rien. Seule compte la découverte. »

Il oublie que Pierre, en pareille situation, poursuivait ses recherches jusqu'à réussir, d'une manière ou d'une autre, à triompher de son rival. Lui, dans la minute, baisse les bras, abandonne le terrain à Einstein et décide de devenir le propagandiste de la nouvelle théorie. Comme pour éviter de faire de l'ombre à Pierre, comme pour rester dans son ombre.

Pour y jouer quel rôle ? L'apôtre préféré, jusqu'à la fin de ses jours ?

C'est ce que semble souhaiter Pierre. Quand il obtient, enfin, une chaire à la Sorbonne et que son poste à l'École de physique se libère, il l'offre à Paul ; et lorsque Marie abandonne son enseignement à l'École de Sèvres, c'est encore son ancien élève qu'il choisit pour prendre sa suite.

À l'évidence, cette succession intimide Paul. La veille de ses cours, il a le trac. Interdiction à Jeanne et aux enfants de lui adresser la parole. Le lendemain, sur l'estrade, c'est le clone de Pierre : voix grave, élocution lente, limpidité parfaite des démonstrations. Seul le costume diffère. Il ne peut pas sortir de chez lui sans être tiré à quatre épingles.

Personne n'y voit malice, sauf à l'École de Sèvres : la directrice, dès qu'elle apprend sa nomination, s'imagine qu'il va suborner ses pensionnaires. Du coup, quand il lui demande la clé d'une petite porte aménagée au fond du parc de l'École afin de raccourcir les trajets des professeurs entre la station de tramway et la classe où ils donnent leurs cours, elle la lui refuse.

Sans explication, mais tout le monde comprend. Avec ses beaux costumes, sa voix mâle et ses beaux yeux noirs, ce Langevin, c'est le loup dans la bergerie. Si on lui laisse cette clé, il va en profiter pour venir se glisser nuitamment dans les dortoirs des jeunes vestales de la Science et attenter à leur vertu.

Le voilà donc contraint, chaque fois qu'il vient, de passer par l'imposante allée des Marronniers, où des concierges-chiens de garde consignent les plus insignifiantes allées et venues.

*

Chez les agnelles, immanquablement, explosion de fantasmes. Une jeune et sage répétitrice de mathématiques[1], obnubilée jusque-là par ses équations, se met à guetter tous les faits et gestes de Paul. Elle a tôt fait de s'apercevoir qu'au moment précis où il apparaît dans la cour d'honneur, ses étudiantes, du même mouvement, et sans attendre l'ordre de leur surveillante, se mettent en rang.

1. La future mathématicienne Eugénie Cotton.

De plus en plus intriguée – et peut-être encouragée par la directrice –, elle demande à Paul si elle peut assister à ses cours. Elle n'a pas besoin de jouer au plus fin : ils se connaissent, elle a été l'élève de Marie, qui l'a invitée au 108, où elle l'a croisé.

Ce qu'elle découvre dans sa classe la laisse stupéfaite. Paul donne ses leçons dans un silence d'église, aligne les croquis et les équations sans jeter un œil à ses notes, à la fois intensément présent et complètement absent, comme en transe, et cependant d'une clarté absolue. Tout ce qu'il explique, les filles le comprennent. Même le plus ardu, même le plus subtil. Il faut les voir : on dirait des nonnes en extase. Elles font corps avec sa voix, sa présence, sa pensée, en oublient l'heure et l'endroit où elles se trouvent.

Lui aussi. La lumière baisse, la cloche du dîner tinte, il ne voit rien, n'entend rien. À bout de nerfs, la surveillante toque et retoque à la porte vitrée. Il demeure aussi sourd. Et pas une fille pour le ramener sur terre. S'il le demandait, elles passeraient la nuit à l'écouter.

Puis il revient à lui. D'une seconde à l'autre, en possédé qui sort de sa transe.

Trente ans plus tard, la jeune répétitrice, mariée, mère de famille et brillantissime chercheuse, s'en souvenait encore. Paul l'avait subjuguée, elle aussi. Au moment où il s'en allait, avoua-t-elle, elle suivait ses derniers gestes comme elle aurait recueilli les miettes d'un festin : « Soudain, il prenait conscience du temps. Les élèves parties, la fatigue le gagnait brutalement ; il portait la main à son front, fermait un instant les yeux, puis, après avoir bu un peu de thé, il allait attendre, au bout de l'allée des Marronniers, le vieux tramway

Louvres-Sèvres-Versailles qui le ramenait bien lentement chez lui. »

Récit nostalgique et fasciné où tout est dit sans être dit, l'extraordinaire aura érotique de Paul, l'éperdu désir d'exister d'un homme qui, voyant de moins en moins qui il est et où il va, s'invente un personnage, en endosse chaque matin le costume et joue sa pièce.

Son public n'a aucun mal à basculer dans l'histoire qu'il se raconte. Paul y croit dur comme fer, à son rôle de missionnaire de la science. Le temps de la représentation, jusqu'à plus soif, il s'abreuve d'amour ou d'illusion d'amour. C'est là seulement, lorsqu'il est grisé, soûlé de son pouvoir, ivre enfin de lui-même, qu'il laisse le rideau tomber. Et regagne la réalité. Où l'attend Jeanne.

17

Pierre va bientôt mourir. Il le sent, parfois.

Marie aussi, mais elle n'y croit pas. Paul, lui, ne l'imagine même pas.

C'est la nuit que Pierre voit la mort venir. Son corps se fait de glace, il tremble, ses douleurs dans les jambes deviennent si intolérables qu'il se transforme, à sa plus grande honte, en homme qui geint.

Dans ces moments-là, l'idée l'effleure que la radioactivité pourrait y être pour quelque chose. Il revoit les cadavres des cochons d'Inde que ses amis médecins, à sa demande, avaient soumis à des émanations de radium. Les rapports d'autopsie, il s'en souvient, ont été formels : si les rayons ne sont pas strictement dosés, ils tuent.

Il ne rumine pas longtemps. L'image qu'il se fait de sa découverte est la plus forte : le radium est leur enfant, à Marie et à lui, leur enfant de l'amour, comme Irène, comme Ève. Impossible qu'il puisse s'en prendre à ses parents.

L'autopersuasion a le don d'accomplir des prodiges. Même amaigri et voûté, il conserve ses yeux grands ouverts sur l'invisible, parfois même son rire d'enfant ; et dès qu'il se retrouve seul avec Marie, il recommence, c'est plus fort que lui, à lui dévider toutes les idées qui lui passent par la tête. Les grandes lignes, par exemple, d'une réforme de l'enseignement qui donnerait leurs chances aux étudiants pauvres. « Les filles, n'oublie pas les filles », insiste toujours Marie.

Ou alors il dresse les plans d'un laboratoire entièrement consacré à l'étude de la radioactivité. On l'installerait au grand air, en pleine campagne. Toutes les salles d'expériences seraient de plain-pied, et les chercheurs seraient des sortes de moines qui consacreraient tout leur temps au radium, pour ne pas dire leur vie. Il y aurait une bibliothèque, des archives, un labo photo, des accumulateurs et partout, des moteurs électriques. Une pièce serait vouée aux mesures et maintenue à température constante pour qu'on soit absolument certain de leur parfaite exactitude.

Mais la plus récurrente des marottes de Pierre, en cet hiver 1905-1906 où il commence à s'affaiblir, c'est la médiumnité. L'idée l'a traversé que la télépathie, les tables tournantes, les esprits frappeurs et les apparitions de spectres pourraient trouver leur origine dans une émission d'énergie identique à la radioactivité, ou dans des effets encore inconnus des ondes radioactives. Il veut à tout prix s'en assurer.

Marie l'approuve, l'encourage. Alors que c'est elle, dix ans plus tôt, qui l'a détourné du spiritisme.

Cette passion l'avait pris à la fin de son adolescence. Il s'en ouvrit à Marie dès leur rencontre. Puis ils se marièrent et il n'y revint plus, sauf une fois, l'été où elle était enceinte d'Irène. Il était à Sceaux, à veiller sa mère agonisante, et elle à Penvénan, sur la côte nord de la Bretagne. Il se sentit si seul, un soir, qu'il voulut la faire apparaître à distance, en se concentrant, comme les médiums. Il rêvait aussi de lui faire sentir, par télépathie, à quel point il l'aimait.

Ça n'avait pas marché, il avait renoncé. Quelques jours plus tard, sa mère était morte. Il avait sauté dans le premier train pour la Bretagne. Une fois là-bas, à la seule vue de Marie, il avait tout oublié. Dès son arrivée à Penvénan, ils s'étaient lancés ensemble dans d'interminables randonnées à vélo le long des côtes bretonnes. Ça avait hâté la naissance d'Irène et il n'avait plus pensé à ses histoires de visions télépathiques.

Et voici que ça le reprend. Il s'est entiché d'une médium laide à faire peur, Eusapia Palladino, qui fait tourner les tables dans tout ce que l'Europe compte de salons scientifiques et mondains. Dès qu'elle se produit à Paris, il a beau détester sortir, il se précipite ; et quand il découvre que Branly et Bergson sont aussi de ses adeptes et qu'ils appartiennent à un nébuleux Groupe d'études des phénomènes psychiques, il s'y inscrit.

Marie aussi. Puis Paul, et le reste de la bande du 108. Un mot de Pierre, et tout le monde accourt.

*

Avant la séance, comme au labo, mesures et contrôles. Pierre demande à Eusapia de monter sur une balance, consigne son poids sur son carnet de notes, griffonne des croquis, étudie l'éclairage du salon, examine les meubles sous toutes les coutures, exige qu'au moment de former avec la médium la chaîne de mains qui va faire circuler la force mystérieuse, les poignets de tous les participants, à commencer par ceux de la spirite, soient attachés les uns aux autres par des rubans.

Et à chaque fois, c'est le miracle, on voit les meubles faire des sauts de carpe, léviter, retomber, glisser sur les parquets avec des grâces de patineur jusqu'à l'instant où, sans préavis, Eusapia déclenche le sabbat des invisibles « fluides ». Des ectoplasmes se forment, semble-t-il. Dans la pénombre, personne ne les distingue mais ils manifestent une prédilection très affirmée pour Pierre. Alors qu'ils ne font qu'effleurer les joues de Paul, Marie et les autres, lui se fait gifler, pincer, tirer par les cheveux. Une évanescente et fugace main baladeuse, parfois, lui déboutonne le gilet. Ou une mandoline surgit d'on ne sait où, vient danser au-dessus de son nez, égrène quelques mesures d'une romance. Puis le plancher tremble, un énorme fracas retentit à l'autre bout de la pièce. Il n'a pas le temps de noter ce qui se passe, quelqu'un s'exclame : « Un esprit frappeur ! » Du même mouvement, toutes les têtes se retournent et c'est là qu'on découvre, dans un coin du salon, un guéridon qui s'amuse à jouer les cabris.

Autour de la table, les mains se crispent, se resserrent tandis que les bouches, dont celle de Pierre, partent du même cri : « Des apparitions, maintenant, des apparitions ! »

La spirite acquiesce, se concentre. Elle a beau faire, les morts restent où ils sont et les vivants à poireauter autour de la table. Certains ont des crampes. On lève la séance.

Une fois dehors, Paul, Marie et les autres, qui ne savent qu'en penser, s'en remettent comme toujours à ce que Pierre va en penser. Ils ne tarderont pas à l'apprendre. À peine rentré boulevard Kellermann, il s'attelle à la rédaction d'un rapport détaillé sur ce qu'ils ont vu – ou cru voir.

Quelques-uns de ces textes ont été conservés. Ils sont aussi précis et organisés que les comptes rendus des expériences qu'il réalise à la même époque sur les composés radioactifs. Du moins quand il trouve quelques heures à consacrer au labo : il ne vit plus que pour Eusapia. Dès qu'elle part en tournée, il bout sur place et spécule à perte de vue.

Il finira par en sortir une théorie. Le corps de la spirite, dira-t-il, est un récepteur qui capture, emmagasine puis restitue sous forme ectoplasmique les ondes qui s'agitent dans les tréfonds de la matière. Elles s'accumulent dans les jambes et les bras d'Eusapia, où elles deviennent bientôt si denses qu'elles forment des excroissances invisibles à l'œil nu, « les membres fluidiques ». Des concentrés d'énergie, eux aussi, si puissants qu'ils viennent à bout de l'inertie des objets. D'où ces mandolines volantes, ces guéridons sauteurs, ces meubles qui valdinguent en tous sens.

Il est formel : ces membres ectoplasmiques, il les a vus. Il assène, affirme, n'admet plus la moindre contradiction : « C'est invraisemblable mais c'est ainsi, et il est impossible de le nier. »

Il défend Eusapia bec et ongles, même le soir où il la surprend en flagrant délit de trucage. Dans la minute, il développe une nouvelle théorie : à force de capter les ondes, l'organisme de la pauvre femme s'est épuisé. Il sourit : « Elle n'ose pas l'avouer, elle préfère tricher. Innocente supercherie… » Puis il se rembrunit et, une fois de plus, tranche : étudier le spiritisme, c'est se confronter au plus grave mystère de la physique, le croisement de l'espace et du temps. « De toute façon, c'est décidé, glisse-t-il un jour à un ami, je vais y consacrer le reste de ma vie. »

Les séances s'enchaînent. À chaque fois, Paul et Marie l'accompagnent et cherchent avec lui de quoi s'aveugler. Car plus l'hiver s'avance, plus Pierre maigrit et peine à marcher. Il serait temps de voir les choses en face.

Ils n'y arrivent pas, préfèrent les séances chez Eusapia. Ou s'abrutissent de travail ; et le Temps, comme toujours dans ces cas-là, se met de la partie, les emporte, tel un valseur mondain, dans sa danse mécanique, les épuise et les grise, relâche un instant son emprise puis recommence à tournoyer, machinal, jusqu'à les persuader que ça ne finira jamais.

Tout est bon pour espérer. Un médecin décrète que Pierre, banalement, déprime. Quelques bonnes injections de strychnine et il sera à nouveau sur pied, ses mains ne trembleront plus, il retrouvera son pas, ses nerfs, cessera de s'exaspérer pour des riens, n'aura plus mal nulle part et des années devant lui pour continuer à sonder, comme il sait si bien le faire, les secrets de la matière.

Mais la matière, justement, choisit d'entrer en scène et en un rien de temps le prend au piège d'une de ces chaînes de micro-événements comme elle a l'art d'en fabriquer. Par un après-midi d'avril noyé d'averses, alors qu'il poursuit, comme toujours, on ne sait trop quel rêve – Eusapia, peut-être, une séance doit se tenir à vingt heures –, il dérape sur un trottoir de la rue Dauphine, s'empêtre dans son parapluie, tente de se rattraper au poitrail d'un cheval, s'emmêle dans le harnais, s'écroule sur la chaussée où la roue arrière gauche du fourgon attelé à la bête lui broie le crâne, d'où jaillit aussitôt une partie de sa cervelle, et avec elle tout ce qui faisait sa grâce.

18

On ignore presque tout du chagrin de Paul. Le peu qui en a filtré, c'est qu'il a basculé dans une tristesse infinie, a été pris de maux de ventre inexplicables, a multiplié les régimes, consulté médecin sur médecin, s'est bourré de médicaments les plus divers, en vain.

Marie n'en a rien su. Depuis le soir du tragique 19 avril où on avait rapporté boulevard Kellermann la dépouille ensanglantée de Pierre, elle intimidait tout le monde. Elle ne parlait pas, on ne lui parlait pas. On osait d'autant moins qu'elle restait muette sur sa douleur.

Comme n'importe qui à l'annonce d'un tel drame, elle est restée quelques heures en état de choc. Puis – là encore comme tout un chacun – elle a retrouvé ses esprits, hurlé, pleuré. Et fini par se raccrocher au seul rituel qui permet au vivant de ne pas suivre le mort dans la tombe : le dire, justement, ce mort.

Avec Jacques, le frère de Pierre, elle a découvert les journaux intimes qu'il avait tenus du temps de sa jeunesse puis relu les lettres d'amour qu'il lui avait adressées. Et elle a répété, d'abord avec Jacques, puis avec sa sœur Bronia, dès qu'elle est arrivée : « Pierre avait toutes les qualités, il n'y en avait pas deux comme lui. »

Ça a duré une petite semaine. C'est elle qui a décidé d'arrêter. Du jour au lendemain, elle s'est mise à écrire.

À Pierre, sur un calepin relié de toile beige clair qu'elle avait acheté pour l'occasion. Un article un peu précieux, sans doute destiné à recueillir les émois des jeunes filles. Un « carnet à secrets », comme on disait en ce temps-là.

*

S'est-elle souvenue des séances chez Eusapia ? À l'instant où elle prend la plume, elle mobilise tout ce qu'elle a de volonté, comme persuadée qu'à force d'encre et de concentration, elle va atteindre Pierre dans le lointain espace-temps où la mort l'a précipité : « Cher Pierre que je ne reverrai plus ici, je veux te parler dans le silence de ce laboratoire où je ne pensais pas avoir à vivre sans toi. Et d'abord je veux me souvenir des derniers jours que nous avons vécus ensemble… »

La méthode, au début, est efficace. Sa plume court sans rencontrer d'obstacle – elle a tant à dire qu'elle en oublie les marges du carnet. Pour autant, son texte a la précision d'un script, tout y est. La chronologie de ces trois jours de vacances, l'itinéraire de leurs dernières promenades dans la vallée de Chevreuse.

Les plus menus détails de ces séquences radieuses s'enchaînent avec une aisance déconcertante. Pierre admire son dernier lever de soleil à la campagne, s'étonne de la floraison précoce des ajoncs, joue avec ses filles, cueille un bouquet de renoncules d'eau, s'étend sous le soleil d'avril, la laisse se coucher en travers de son corps et fixer, extatique, le ciel vide de tout nuage.

Mais subitement, de petites taches commencent à se former sur l'écran où défilent ses souvenirs. Elle lâche une plainte : « Oh ! Comme je me souviens mal ! »

Les taches s'effacent. Puis se reforment, grossissent, s'étalent. Elle multiplie les plaintes. Autant d'appels au secours : « Le souvenir de cette dernière journée m'échappe », « Je ne me souviens plus », « Je ne me souviens pas bien ».

Rien à faire, le mal empire, les images qu'elle a gardées de Pierre se ternissent : « Je vois déjà arriver l'oubli, l'affreux oubli, qui tue jusqu'au souvenir de l'être aimé… »

À son habitude, elle ne veut pas céder, se raidit, rassemble ses forces, se dépêche de collecter, « fixer », comme elle dit, tous les souvenirs qu'elle peut encore sauver. Dans sa fièvre, elle parvient à gagner quelques batailles, retrouve des bouts de scène. Sa dernière nuit avec Pierre, par exemple, et l'ultime séquence avant le drame, qu'elle relate avec la même précision que leur week-end à la campagne. Là encore, Pierre est étonnamment présent. On le voit s'agiter autour d'elle, pressé, cette fois, et de mauvaise humeur, tandis qu'occupée à habiller leurs filles et ne sachant plus où donner de la tête, elle n'arrive qu'à soupirer : « Ne me tourmente pas. »

Dernière réplique avant le chaos. Pour la suite, l'annonce de l'accident, sa sidération, l'arrivée de l'ambulance qui transportait le corps de Pierre et sa quasi-folie, les séquences sont muettes et s'enchaînent, saccadées comme celles d'un film super-huit dont la bande va bientôt se casser.

Elle continue malgré tout. Coûte que coûte, elle veut fixer la plus précieuse de ces images, le visage qu'avait Pierre juste avant qu'on n'encloue son cercueil.

Là encore, pendant quelques secondes, tout est net : « Ta figure est encore douce et sereine, c'est encore toi enfermé dans un rêve dont tu ne peux sortir. Tes lèvres que j'appelais gourmandes sont blêmes et décolorées. Ta petite barbe grisonnante ; on voit à peine tes cheveux car la blessure commence là, et on peut voir l'os au-dessus du front et à droite qui a sauté. »

Mais d'un instant à l'autre, l'image tombe en poussière : « Déjà le souvenir est trouble et incertain [...]. Je ne peux fixer par écrit le souvenir des ces heures atroces. Que puis-je donc espérer sauver du désastre et conserver pour l'avenir à mes idées égarées ? »

Dès le lendemain, elle se résigne : tout s'est perdu. Et pourtant elle poursuit sa conversation avec Pierre. Pour lui parler, non de l'homme qu'il fut, mais du mort qu'il est.

Comme s'il était là, de l'autre côté de la table où elle écrit, son souffle confondu dans le sien, à la couver de ses grands yeux tendres, faisant sienne, ligne après ligne, mot après mot, cette chronique d'un deuil dont il est le héros.

*

« Ta bière est fermée et après un dernier baiser, je ne te vois plus. »

« J'étais seule avec ta bière et j'ai mis ma tête contre elle en y appuyant mon front [...]. Et il m'a semblé que de ce contact froid de mon front avec la bière il me venait quelque chose comme un calme et l'intuition que je trouverais encore le courage de vivre. Était-ce une illusion ou bien était-ce une accumulation d'énergie qui m'arrivait par ce contact comme une action bienfaisante de ta part… »

« Je t'ai promis que jamais je ne donnerais à un autre la place que tu as occupée dans ma vie… »

« J'ai tout dit à Irène… Elle a pleuré beaucoup à la maison puis elle est repartie chez ses petits amis pour chercher à oublier… »

« J'ai des moments d'insensibilité presque complète et, ce qui m'étonne beaucoup, c'est que je peux, par moments, travailler. »

« Hier, pour la première fois depuis le mauvais jour, une parole drôle dite par Irène m'a fait rire, mais j'avais mal tout en riant. »

*

Hauts et bas, c'est la route ordinaire du deuil. Le survivant, pendant des semaines, ressuscite son mort comme il peut jusqu'à ce que la vie, à l'usure, gagne la partie et renvoie définitivement le défunt à sa tombe.

Marie semble sur le bon chemin. Une dizaine de jours après le drame, elle décide de se séparer des vêtements que Pierre portait au moment de l'accident. Elle les avait pliés tels quels, souillés de boue, de caillots de sang, de fragments de cervelle qui commençaient à se putréfier, avant de les empaqueter dans un papier imperméable. Mais sa sœur est tombée sur le paquet, l'a questionnée et forcée à se séparer de ces reliques morbides en les découpant aux ciseaux puis en les brûlant dans la cheminée de sa chambre.

Elle se tait sur cette séquence de rupture symbolique avec Pierre. Elle se borne à relater ce qui s'est passé juste avant. Tout le contraire de ce que sa sœur escomptait, c'est le moins qu'on puisse dire : « Dans un grand feu je jette les lambeaux d'étoffe avec les caillots de sang et les débris de cervelle. Horreur et misère, je baise ce qui reste de toi sur tout cela, je voudrais me griser de ma souffrance, boire la coupe jusqu'à la lie… »

Où Marie s'imagine-t-elle, lorsqu'elle trace ces lignes ? Au fond de la tombe de Pierre, cherchant à le rejoindre, comme la veille, dans une ultime extase ? Ou du côté des vivants, repoussant de toutes ses forces l'attraction du néant ? Non, toujours dans l'entre-deux. Une partie d'elle-même est amoureuse du mort. Et l'autre, tout aussi éperdument, veut vivre. Les deux s'entre-déchirent, elle n'arrive pas à trancher, la folie s'est mise en maraude.

Elle prend parfois conscience de son état : « Je marche comme hypnotisée, sans souci de rien. Je ne me tuerai pas, je n'ai même pas le désir du suicide. Mais parmi toutes ces voitures, n'y en aura-t-il pas une pour me faire partager le sort de mon aimé ? »

La vie l'emporte. Le désir de mort, pourtant, ne désarme pas. Toujours aussi somnambulique, elle prend le train, descend à Sceaux, gagne le cimetière. Face à la tombe, elle se demande pourquoi le nom de Pierre est gravé sur la stèle, cherche à s'assurer qu'elle ne rêve pas, inspecte les alentours.

Arbres en feuilles, jardins croulants sous les fleurs, il faudrait rejoindre la vie. Elle ne peut pas. La beauté de la nature la blesse, la lumière aussi. Elle rabat sèchement sur ses yeux son voile de veuve. Le lendemain, une fois de plus, c'est plus fort qu'elle : elle ressort le carnet beige et raconte la scène à Pierre.

*

Quinze jours plus tard, elle semble entrevoir la sortie des enfers : elle parle du mort à la troisième personne.

Ça ne dure pas. Cinq lignes plus bas, elle se remet à le tutoyer et forme une phrase stupéfiante : « Je sens de plus en plus que c'en est fait irrévocablement de ma vie avec toi, mon Pierre, tout cela est passé et s'éloigne de moi de plus en plus. » Comme s'il était vivant, elle proclame à Pierre qu'il est mort.

Elle a beau faire, elle ne parvient pas à couper le lien qui l'enchaîne à lui. Elle préfère se couper en deux. D'un côté, Mme Curie, « la Veuve illustre » comme l'ont surnommée les journaux, la mère stoïque, l'héroïne vêtue de noir qui fait l'admiration de tous en retournant au labo afin de poursuivre l'œuvre commune pour la plus grande gloire de la France, ainsi qu'on le lui a très officiellement signifié dès les obsèques de Pierre. Et de l'autre, la sensuelle, la passionnée, l'adolescente Mania[1] Sklodowska, éprise de son Pierre autant qu'au premier jour, et s'obstinant à l'atteindre dans sa tombe.

*

La pragmatique et sombre Mme Curie ne tardera pas à écraser son double. Dès juin 1906, elle néglige le carnet beige. Plus une minute à consacrer à ses états d'âme. On lui a proposé de reprendre la chaire de Pierre et elle a accepté.

1. Le diminutif affectueux « Mania » était souvent utilisé dans les familles polonaises d'autrefois pour désigner les femmes prénommées Marie.

Son premier cours aura lieu après la Toussaint. L'épreuve la terrorise. Avant elle, aucune femme n'a professé à la Sorbonne. Elle se souvient alors des talents pédagogiques de Paul et lui demande de l'aider à préparer son cours.

Il fait merveille. Dès septembre, elle retrouve confiance en elle.

Elle pourrait revenir à son journal. Mais non, elle ressort ses carnets de dépenses, abandonnés le soir du drame, et dresse l'état de ses finances au centime près ; et deux mois plus tard, quand elle donne sa première leçon à la Sorbonne, elle reprend le cours de Pierre à l'endroit précis où il l'avait laissé, sans déclaration liminaire.

Comme si son mari et elle étaient interchangeables, comme s'il ne s'était rien passé. Une seule allusion au mort, et encore, elle l'appelle « M. Curie ». La science, rien que la science, la théorie des ions dans les gaz.

Mania Sklodowska, malgré tout, réussit à pointer le nez. Toutes les dix phrases, sa voix vacille et le public – aux deux tiers, des mondains et des journalistes qui ne comprennent pas un traître mot de ce qu'elle dit – n'entend que ce trémolo. Elle n'a pas conclu sa leçon que toute la salle se lève et lui fait un triomphe comme aux divas à la fin d'une aria.

Elle blêmit, abandonne précipitamment son estrade, s'enfuit chez elle. Le lendemain, elle rouvre son carnet secret.

Retour en force de Mania Sklodowska. Une page et demie de conversation éplorée avec son mort. Un vrai lamento d'opéra, celui-là même que la foule a cru entendre la veille : « Ô mon Pierre… […] Je ne peux plus songer à vivre pour moi-même, je n'en ai ni le désir ni la faculté, je ne me sens plus vivante du tout, ni jeune, je ne sais plus ce qu'est la joie ni même un plaisir. Demain, j'aurai trente-neuf ans. »

Elle lui avoue aussi qu'avant de se rendre à la Sorbonne elle est allée se recueillir sur sa tombe et qu'elle a décidé de déménager à Sceaux, au plus près du cimetière : « Je crois que là, je pourrai plus tranquillement penser à toi qu'ailleurs où la vie me distrait constamment. »

Elle n'a jamais été aussi éprise de son mort. Mais elle cesse de lui écrire.

*

Six mois plus tard, au mois d'avril, elle tient sa promesse, elle emménage à un quart d'heure à pied du cimetière. Et ressort son carnet.

La voix de l'amoureuse est maintenant étouffée, et Pierre, semble-t-il, définitivement relégué dans sa tombe : elle recommence à parler de lui à la troisième personne. Pour la première fois depuis qu'elle noircit ce calepin, elle respecte très scrupuleusement la ligne rouge de la marge. Sa graphie elle aussi a changé ; elle se fait plus menue, plus espacée, moins griffue.

Malgré tout, nouveau lamento. Très bref, celui-là, huit phrases. Le message, dirait-on, d'une prisonnière tenue sous haute surveillance et dont on rationnerait sévèrement l'encre et le papier : « Voici une année. Je vis, pour ses enfants, pour son vieux père. La douleur est sourde mais toujours vivante. Le fardeau est lourd sur mes épaules. Combien il sera doux de s'endormir pour ne plus se réveiller ! Que mes pauvres chéries sont jeunes ! Que je me sens lasse ! Aurai-je encore le courage d'écrire ? »

Pas de réponse. Les quarante-quatre autres pages du carnet restent vierges. Mme Curie a gagné la partie.

19

La villa de Sceaux est quasi intacte et très facile à trouver. Sur un pilier du mur d'enceinte, une plaque signale : « Marie Curie a habité dans cette maison de 1907 à 1912. »

Ce petit rectangle de marbre a été apposé en 1950, lors d'une commémoration de la découverte du radium. Mais, quelques mois après la cérémonie, un rideau de lierre l'a soustrait aux regards des passants.

Dix ans plus tard, la villa a été vendue. Personne, ni le notaire, ni l'ancien propriétaire, ni les voisins, n'a jugé bon d'aviser l'acquéreur que les lieux avaient abrité une célébrité mondiale. Selon sa veuve, il ne l'apprit que le jour où il voulut abattre son mur d'enceinte. Le portail était trop étroit pour laisser passer sa DS. Avant d'entreprendre les travaux, il arracha le lierre ; c'est alors qu'il tomba sur le rectangle de marbre. Stupéfait et surtout indigné – il était cancérologue et savait mieux que personne ce que la médecine devait à Marie –, il se fit un devoir de restaurer la plaque et de l'entretenir religieusement.

Il était au fait de sa liaison avec Paul. En revanche, il est mort sans savoir ce qui l'avait conduite à quitter les lieux.

Sa veuve est toujours vivante. Elle tombe des nues quand on lui relate la scène qui s'est déroulée autour de sa maison en novembre 1911, l'irruption, un matin, d'une foule haineuse qui lapida la villa au motif que sa locataire avait une liaison avec un homme marié.

*

Le jardin a été remanié, il n'est plus aussi grand que dans ces années-là. Mais le perron de la maison est intact. On y retrouve jusqu'aux vases Médicis où le grand-père Curie fit pousser des fleurs pour ses petites-filles.

À l'intérieur, la distribution des pièces est à peu près identique à ce qu'elle était du temps de Marie. Cheminées, plafonds à moulures, longs couloirs, le décor a quelque chose d'hitchcockien, surtout en automne, lorsqu'on s'engage dans l'étroit escalier de bois qui conduit à sa chambre où subsistaient encore, il y a une trentaine d'années, des traces de rayons alpha et gamma.

L'étroit réduit qui lui tenait lieu de bureau n'a guère changé, lui non plus. La lumière, comme à l'époque, tombe en rayons obliques et filtrés ; l'atmosphère est si fantomatique qu'on ne serait pas surpris de voir s'y profiler le noir et douloureux personnage dans lequel s'enferma Marie jusqu'à ce qu'elle fasse de Paul son amant.

*

Avant le jour où ils s'effondrèrent dans les bras l'un de l'autre, sa vie fut à l'image du mot qu'elle eut pour décrire cette villa : sans grâce. Chaque matin, rituellement, elle gagnait la gare pour prendre le train de sept heures cinquante-cinq, puis montait dans un wagon de deuxième classe, toujours le même, et pareillement bondé. Le train, en une demi-heure, la trimballait jusqu'à son terminus parisien, d'où elle gagnait à pied, qu'il pleuve ou qu'il vente, son laboratoire de la rue Cuvier.

Elle rentrait tard et dormait peu. Le lendemain, on la retrouvait dans le même train et le même wagon qui empestait la sueur et les corps fatigués. Elle passait très peu de temps avec ses filles. Elle avait engagé une gouvernante polonaise pour veiller sur elles et régenter la maison. Les courses étaient assurées par la bonne ; en dehors du petit bout de chemin qu'elle parcourait matin et soir entre la villa et la gare – à peine trois minutes à pied –, on la voyait rarement dans les rues de Sceaux. Si d'aventure on la croisait, c'est qu'elle se rendait au cimetière. D'elle, on ne connaissait que la silhouette vêtue de noir, les traits blêmes et l'épais chignon blond, plus cendré à mesure des mois. C'était souvent à son pas qu'on l'identifiait. Elle avait toujours l'air d'être en retard. Et se déplaçait en elfe, sans toucher terre, semblait-il.

On aurait bien voulu savoir ce qu'elle avait en tête mais comment l'aborder ? Le malheur avait formé autour d'elle une barrière qui, pour être invisible, tenait chacun en respect. Dès qu'on l'apercevait au bout de la rue ou sur le trottoir d'en face, on faisait silence.

Elle aimait ça. Elle avait pris les mots et le bruit en horreur. Dans la villa de la rue du Chemin-de-Fer, il était interdit d'élever la voix. Si ses filles pleuraient, elle se mettait en colère. À sa façon : froide, sèche. Elle ne supportait pas non plus leurs cris de joie.

Personne ne saura jamais ce qui, certains jours, la faisait soudain s'effondrer sur le parquet. Ni pourquoi, tout aussi subitement, elle se mettait à errer de pièce en pièce sans qu'on puisse deviner quelles images la hantaient ni quelles idées elle agitait. L'issue de ces déambulations était toujours la même : d'une seconde à l'autre, sans un mot, elle montait au premier étage et s'enfermait dans sa chambre.

Au labo, on lui connut les mêmes dérives somnambuliques. Là aussi, on la vit abandonner ses éprouvettes et ses becs Bunsen pour se mettre à marcher de long en large, mutique, glacée, impénétrable.

Chez elle comme au travail, on ne lui posait aucune question. On n'osait pas. Elle avait interdit une fois pour toutes qu'on évoque en sa présence le souvenir de Pierre, et même qu'on prononce son nom. Jusqu'à ses filles, qui devaient respecter le tabou. Si le vieil Eugène Curie, quand elle avait le dos tourné, ne leur avait parlé de leur père, elles n'auraient rien su de lui.

Dans les journaux, en revanche, on ne cessait de parler de leur mère. L'opinion avait vécu l'effroyable accident de Pierre comme un drame national. Et son premier cours à la Sorbonne avait fait d'elle une icône. En quelques heures, la blonde et inquiétante « princesse de la Science » s'était transformée en reine du radium injustement frappée par le destin et payant sa gloire au prix du malheur.

Plus question de s'en prendre à elle. Même ses pires ennemis s'inclinent. Avec sa découverte qui promet de guérir les corps et d'illuminer les vies, la voici promue Madone de l'Avenir, Vierge de la société industrielle, aussi miséricordieuse et toute-puissante que l'autre, celle des églises. Une pietà des temps modernes, statufiée dans la douleur au pied de la croix du Christ-Pierre, compassionnelle mais inaccessible, interdite de sexualité jusqu'à la fin de ses jours – un de ces rôles dont on ne s'échappe pas.

*

Dès qu'elle découvre la transmutation de son image, elle en prend acte. Sans état d'âme. Tout cela sied parfaitement à l'impérieuse et noire Mme Curie, alias la Patronne, le surnom qu'on lui donne désormais au labo, où elle mène ses affaires tambour battant, sans souffrir la moindre contradiction.

A-t-elle le choix ? Quatre mois à peine après la mort de Pierre, une des sommités les plus respectées de la science internationale, lord Kelvin, a remis en cause tout son travail. Le radium n'est pas un élément, a-t-il déclaré dans le *Times*, mais un vague dérivé d'hélium.

Son sang n'a fait qu'un tour. Elle avait toujours pris Kelvin pour un allié. À la mort de Pierre, il lui avait adressé un télégramme affligé, il s'était même déplacé pour assister à ses obsèques. Jamais elle n'aurait imaginé qu'il conteste sa découverte. Un peu plus et il insinuera, comme les journalistes au moment du Nobel, qu'elle n'a jamais été que l'ambitieuse assistante de son génial mari.

Pour le contrer, une seule solution, isoler du radium pur. C'est s'imposer de nouveaux travaux forcés, des mois, des années de manipulations complexes et fastidieuses sur des quantités infinitésimales de composés radioactifs. Elle relève le défi.

Mme Curie, une fois de plus, y trouve parfaitement son compte. Dans les milliers d'heures de labeur qui l'attendent, aucune place pour les larmes.

Elle ne perd pas une minute. En quelques jours elle échafaude son plan de bataille, rassemble un arsenal de balances, machines, carnets de mesures, éprouvettes, becs Bunsen. Et regagne l'univers parallèle où Pierre l'avait fait basculer quand il lui avait ouvert pour la première fois la porte de son labo, le monde de la raison qui fouaille, acharnée, l'opacité des choses. On échappe à l'espace et au temps, on se confond avec ce qu'on cherche, on perd de vue son corps et, croit-on, sa mémoire. On fait peur à tout le monde mais on veut vaincre, c'est tout. Comprendre, trouver.

*

Au fond de cet état hypnotique, quelques voix, de loin en loin, lui parviennent. Celle d'Henriette, par exemple, la femme de Jean. Ou les mots de Jacques, le frère de Pierre : « Ménage-toi, détends-toi, pense à toi ! Souris un peu ! Plus de deux ans, maintenant ! Laisse tomber le noir, achète-toi des robes claires… »

À chaque fois, même réplique : « Quoi qu'il arrive, et dût-on devenir un corps sans âme, il faut travailler tout de même. »

Elle répète la phrase comme un mantra. Et ne manque jamais d'ajouter que c'est un mot qu'avait eu Pierre un soir où il avait senti que la mort était proche.

Les bons jours, il arrive qu'elle se fasse moins machinale, qu'elle argumente, plaide qu'au-delà de son crédit personnel ses travaux engagent l'avenir de l'industrie du radium en France et, via la radiologie, la survie de milliers de malades.

Là non plus, pas de discussion possible. Elle a déjà tourné les talons, face plombée, mâchoires cadenassées.

*

Plus les mois passent, plus elle se fait insaisissable. Brusquement, elle s'inquiète auprès d'Henriette de l'enseignement que reçoivent leurs filles ; et, dans la foulée, échafaude une utopie digne de Pierre : réunir tous les enfants des intellectuels qu'elle estime – Paul, Jean, des collègues de la Sorbonne – dans un groupe qu'elle baptisera la Coopérative d'enseignement. Les enfants n'iront plus à l'école, ils suivront les cours collectifs que leur dispenseront leurs parents. Chacun d'entre eux sera affecté à une matière, Paul aux maths, Jean à la chimie, Henriette à la littérature, elle-même à la physique, un quatrième aux sciences naturelles et les derniers à ce qui reste, l'histoire, les langues vivantes, les beaux-arts. Pas de cours théoriques, mais une confrontation directe avec la réalité, expériences, promenades, sorties au théâtre, visites de musées.

Elle convainc Henriette, qui convainc Paul, qui entraîne Jean, qui persuade les autres. Elle se démène tellement qu'en octobre 1907, le système est sur pied pour la plus grande joie des gamins. Au lieu d'être enfermés de neuf heures du matin à cinq heures du soir dans une école surchargée, ils ne suivent qu'un cours par jour, chaque fois dans un endroit différent. Le Louvre, un labo de la Sorbonne, l'atelier d'un peintre, la salle à manger de Paul à Fontenay-aux-Roses, celle d'Henriette et Jean boulevard Kellermann. L'après-midi, gymnastique ou jeux de plein air. Le paradis.

Le jour de son cours – le jeudi, dans une des salles où Pierre avait enseigné –, on croit retrouver la Marie d'autrefois, vive et fervente. Les enfants ne s'y trompent pas, ils l'adorent. La plus enthousiaste, c'est bien sûr Irène. Et pourtant, le soir, quand mère et fille se retrouvent à Sceaux, Marie l'embrasse en automate et, à son habitude, lui adresse à peine la parole.

Ève, trois ans, n'est pas plus gâtée. Jamais sa mère ne joue avec elle ni ne lui lit une histoire pour l'endormir. Elle se borne, comme elle a fait pour l'aînée, à enregistrer sur un calepin des notes minutieuses sur sa croissance et son état de santé.

Les petites ne lui en veulent pas. Sans qu'elle leur ait rien confié de son histoire avec Pierre, elles ont compris qu'elles sont des enfants du désir. Ça n'empêche que le chagrin les gagne, elles aussi, quand elles la voient rentrer, plus sombre encore que la veille, puis gagner l'escalier pour s'enfermer dans sa chambre.

Elles ignorent ce qu'elle y fait, sinon qu'à son chevet, avant de se coucher, elle place une petite boîte dont elle ne se sépare jamais. Elle contient quelques poussières de ce radium qu'elle avait découvert avec leur père. « Sentimental », dit-elle.

Au milieu de la nuit, parfois, des cris fendent le silence de la villa. Marie fait des cauchemars. Lesquels, nul ne sait. Personne ne peut l'atteindre dans son tombeau intérieur. Seul son assistant, André Debierne, est autorisé à partager – et encore, à mots comptés – quelques-uns de ses secrets.

*

Un bel homme brun, comme diraient les cartomanciennes. Dix ans maintenant qu'il s'est installé dans son ombre, conscient qu'il n'est lui-même qu'une ombre et qu'il ne recevra rien en échange de ce qu'il lui offre, un dévouement de tous les instants. Il donnerait sa vie pour elle.

Elle le sait. Ils se comprennent sans se parler, et d'ailleurs il n'aime pas parler : il bégaie.

C'est Pierre qui l'avait recruté. À l'instant même où il avait vu Marie, André l'avait aimée. Et su qu'il ne le lui dirait jamais.

Il a tout vécu de la saga du radium. Du temps qu'elle touillait ses marmites de pechblende, il l'a aidée à les soulever. Quand le rayon bleu de la radioactivité a transformé leurs éprouvettes en lumignons de conte de fées, il a retenu son souffle au même instant qu'elle et Pierre. L'été où ils ont perdu leur deuxième enfant, il passait ses vacances sous leur toit. Au moment du Nobel, il était encore là, non plus dans l'ombre de Marie mais devant elle, formant bouclier, repoussant les curieux et, parfois, les chassant. Le soir de l'accident, il était dans l'ambulance qui lui rapportait le corps de Pierre. Au matin des obsèques, lorsque les employés des pompes funèbres sont venus clouer le cercueil, il a été des rares qu'elle a admis à ses côtés. Depuis, ils ne se quittent plus, sauf le soir, lorsqu'elle retourne à Sceaux.

C'est un prolongement de Marie, on dirait. Il devine ses angoisses à des riens. Sa lèvre inférieure qui se crispe, sa voix soudain plus sourde, la façon plus fébrile dont elle frotte ses phalanges brûlées. Il sait alors trouver le mot qu'il faut. Sans jamais recevoir quoi que ce soit en échange, sauf sa présence et quelques confidences.

Il s'en fiche. Avec elle, il s'est découvert un but : garder cette femme en vie. Il prend donc son poste une demi-heure avant elle, allume le poêle du labo pour qu'elle puisse se réchauffer au sortir du train, fait ses courses, écarte les journalistes en leur tendant le carton qu'elle a fait imprimer : « Mme Curie ne donne aucune interview », négocie avec les industriels le prix des composés de radium, surveille les budgets, règle la basse paperasse, s'en va veiller sur Irène et sur Ève les dimanches où, pas encore assez abrutie de travail, elle regagne une fois de plus son labo.

Toujours effacé, sauf quand il dévide avec elle, comme aurait fait Pierre, d'interminables chapelets d'hypothèses ; puis, comme il aurait fait aussi, il l'aide à imaginer l'ingénieux procédé qui va lui permettre de conquérir son Graal et d'anéantir ses ennemis, quelques parcelles de radium pur.

Dans leur dos, parfois, on glisse qu'ils sont amants. Elle ne le sait pas.

*

Mais que Marie sait-elle des autres, en ces années 1907-1910 ? Dans l'étrange et spectral entre-deux où elle a choisi de vivre, ses semblables ont perdu toute épaisseur. Elle n'arrive pas à leur prêter des émotions, des ambitions, des pulsions, au point que, très régulièrement, ses proches ou ses amis s'en plaignent, et parfois se risquent à lui reprocher son indifférence, sa dureté.

Elle convient aussitôt : « C'est vrai. » Et ne change absolument rien à cette rudesse qui confine au mépris. Tout le monde y a droit, même Paul, alors qu'il se dévoue pour elle presque autant qu'André : à son ordre, il a édité les œuvres de Pierre, pas moins de six cents pages de texte à organiser, amender, vérifier, annoter. Aucune marque de reconnaissance lors de la parution de l'ouvrage, pas la moindre mention de cet immense travail éditorial, à part une minuscule note en bas de page où elle signale incidemment qu'au moment de la mort de Pierre il a publié un texte sur son mari et qu'elle l'a trouvé beau.

Froideur tout aussi polaire pendant les deux ans que dure l'expérience de la Coopérative d'enseignement. Paul est pourtant le plus ardent à donner vie à l'utopie, en dépit de ses maux d'estomac et des réticences de Jeanne.

Les autres finissent par se décourager. Marie, sans état d'âme, décrète alors la fin de l'expérience et abandonne Paul à ses douleurs abdominales. Il sombre bientôt dans la dépression.

Elle ne voit toujours rien. Même quand Paul se traîne, ne mange plus, flotte dans ses vêtements, peine à donner ses cours, néglige son labo, s'en va errer dans les rues du Quartier latin. Lorsqu'on l'aborde et qu'on lui demande ce qui lui arrive, il répond qu'il veut en finir. Mourir.

Tout le monde le sait, sauf elle. Il faut dire que ni Jean, ni André, ni aucun des anciens de la bande du 108 ne lui en touchent mot. Trop peur de se faire rembarrer.

Le plus étrange, c'est que Paul, lorsqu'il a vu Marie s'enfermer dans son deuil, s'est fait son complice. Et il continue. À tous ceux qui rêvent de l'approcher, il répond comme s'il parlait d'une princesse du Grand Siècle qui a quitté la Cour pour la clôture d'un couvent : « Mme Curie est morte au monde. C'est une savante murée dans sa douleur. »

*

La muraille n'était qu'une coquille d'œuf. Soudain quelqu'un la brise, une femme, la dernière qu'on s'attendait à trouver sur la route de Marie : Jeanne.

Un jour qu'elle la croise – dans une rue de Sceaux, probablement, leurs maisons ne sont distantes que d'un kilomètre et demi –, elle se jette sur elle et, de but en blanc, se met à lui raconter le malheur que c'est de vivre avec Paul. Il jette l'argent par les fenêtres, gémit-elle, il flambe tout ce qu'il gagne, en costumes mais aussi en bamboches à Paris, il découche, il fait la gueule quand il rentre, il hurle au plus petit début de plainte, l'insulte, casse tout, ça fait le malheur des enfants, ces délicieux gamins que vous connaissez si bien, madame Curie, puisque vous leur avez fait cours. D'ailleurs vos filles et mes gamins s'adorent, la petite Irène vient toutes les semaines jouer à cache-cache dans le parc de notre maison de Fontenay. Le paradis que ce serait, là-bas, si Paul, enfin, revenait dans le droit chemin et comprenait que le seul bonheur qui tienne en ce bas monde, c'est la famille, la santé, de beaux enfants…

Avec Jeanne, c'est la vie qui déferle, triviale, la vie qui défend son bout de gras, qui sait ce qu'elle veut et où elle va. Interdite, Marie gobe tout. Puis fait exactement ce que Jeanne veut lui voir faire : elle convoque Paul.

*

Elle n'a pas pu aligner dix phrases. Dès qu'elle a voulu lui dire son fait, il a piqué un coup de sang. Une colère comme elle n'en avait jamais vu.

La vie à l'état brut, ça aussi. Plus de théâtre, Paul, cramoisi, suant de partout, hurle sa vérité, la vérité : que sa belle-famille et sa femme, depuis le début de leur mariage, veulent qu'il se vende à l'industrie, qu'il résiste, qu'on le bat ; et comme Marie n'a pas l'air de le croire, il imite Jeanne, tente le tout pour le tout, écarte ses cheveux, découvre la longue cicatrice violacée qui lui couture le crâne depuis que la tribu Desfosses l'a rossé à coups de chaise de fer.

Des tréfonds de sa mémoire, Marie voit-elle resurgir l'image qu'elle avait voulu fixer juste avant qu'on ne referme le cercueil de Pierre, son crâne fracassé par la roue du fourgon – « on voit à peine tes cheveux car la blessure commence là, et on peut voir l'os… » ? Elle cherche les cheveux de Paul, s'approche de lui. Et Paul, qui, depuis des années, lui aussi, poursuit l'ombre de Pierre, l'accueille, l'étreint.

20

Corps de Marie. Pas de corset, des années qu'elle s'en passe – besoin de bouger, de penser en liberté.

Attaches frêles, taille fine. Corps de jeune fille.

Mais ces seins épuisés. Corps malmené.

Pourtant cet air d'avoir cent fois traversé le feu et d'en être cent fois ressortie. Cette tendresse sans réserve. Une mère.

Et la marée de ses cheveux. Qui les a vus défaits, jusqu'ici ?

Blonds, gris ? Le désir brouille tout, la vie n'a plus d'âge.

*

À ce qu'écrivit Marie dans l'une des lettres volées, le moment décisif ne fut pas celui-là, mais l'autre, juste avant, lorsqu'elle n'avait pu dire un mot et lui non plus.

Ils s'étaient dévisagés. Elle n'avait pas eu peur d'être à nu dans son regard. Il n'avait pas davantage baissé les yeux. C'était déjà être amants.

Ils n'ont pas combattu leur désir, l'idée ne les en effleura pas – est-on seulement capable d'une idée, dans ces moments-là, d'une pensée ? Tout est allé de soi. Ils se sont abandonnés à l'évidence, une vérité qu'ils soupçonnaient depuis des années, mais qu'ils n'avaient pas pu, ou pas voulu reconnaître.

Maintenant elle s'imposait. Marie a su que son retour à la vie passait par Paul, qu'elle allait faire l'amour avec lui et que ça n'aurait aucun sens avec un homme qui n'aurait pas connu Pierre, qui n'aurait pas été aimé de lui et qu'il n'aurait pas aimé. Et Paul, à la même seconde, s'est senti justifié dans sa condition d'homme et de vivant. Leurs existences, soudain, leur ont paru déchiffrables. Ils n'avaient pas survécu pour rien. Cet instant les attendait.

*

Lorsque Jeanne soupçonna leur liaison et que Paul se mit à flancher, Marie lui reparla, non de leurs nuits d'amour ni de la griserie de leurs premiers rendez-vous rue du Banquier, mais de ces secondes cruciales où ils s'étaient vus destinés l'un à l'autre : « Il y a entre nous des affinités très profondes [...]. Nous en avons eu quelquefois le pressentiment par le passé. Mais nous n'en avons acquis une pleine conscience qu'en nous retrouvant l'un en face de l'autre, moi avec le deuil de la belle vie que je m'étais faite et qui s'était écroulée dans un tel désastre, toi avec le sentiment que, malgré ta bonne volonté et tes efforts, tu avais complètement manqué cette vie que tu avais désirée si riche en joies fécondes. L'instinct qui nous a entraînés l'un vers l'autre a été bien puissant... »

Paul n'avait pas oublié. Et n'oublia jamais. Si Marie l'aima tant, c'est qu'en dépit de ses faiblesses il y avait en lui quelque chose de chevaleresque, de médiéval, qui respectait sans conditions l'amour et le désir. Lorsqu'elle se vit perdue et qu'il provoqua en duel le signe-torchon qui avait publié la lettre volée, il jura, sur les instances de son avocat : « Mais nous avons toujours vécu en frère et sœur ! » Puis il ajouta qu'il avait fait d'elle une confidente de très longue date et pris l'habitude de lui raconter quel enfer c'était, de vivre avec Jeanne.

Mais il ne savait pas mentir, la vérité fut la plus forte. Il lâcha par exemple qu'il avait recherché la tendresse de Marie au nom de l'amour qui les avait unis, Pierre, elle et lui ; et il avoua qu'il s'en était allé vers elle « comme vers la lumière ».

La lumière, cette poignée de secondes, fulgurante comme un eurêka, où Marie et lui, au même moment, crurent saisir ce que la vie leur voulait. Et échappèrent ensemble au siphon du néant.

*

On n'a jamais su quand c'est arrivé. La lettre volée ne mentionne aucune date. Sur la seule foi de souvenirs[1] mis en forme cinquante-huit ans après les faits, on a parlé du printemps 1910.

Jeanne, elle, jura que leur liaison était beaucoup plus ancienne, qu'elle avait débuté deux ans plus tôt. Mais comme elle avait déclaré qu'elle ne pouvait pas le prouver, on ne l'a pas crue.

Les carnets de dépenses lui donnent raison. Du jour où Marie, six mois après la mort de Pierre, se remet à tenir ses comptes, elle recommence à consigner avec le même soin maniaque le plus petit sou qu'elle dépense.

1. Camille Marbo, *À travers deux siècles. Souvenirs et rencontres (1883-1967)*, Paris, Grasset, 1967.

Depuis la tragédie, la moyenne des frais vestimentaires qu'elle mentionne à la rubrique « Entretien de Madame » de son registre noir n'excède pas 15 francs. Une misère : avec ses factures de tissus, mercerie et couture, cette moyenne comprend ses achats de chaussures, gants, bas, chapeaux, parapluies, sous-vêtements, ses notes de raccommodage et même de cordonnier. Or subitement, en décembre 1908, d'un mois à l'autre, ses dépenses vestimentaires sont multipliées par onze : 165,70 francs.

En janvier-février, nouvelle explosion. Elle, l'habituée des pèlerines usées jusqu'à la trame, s'offre, pour 550,55 francs, un manteau de fourrure et une toque assortie – plus de la moitié de son salaire. S'ensuivent, les mois d'après, des achats bien plus fréquents de dentelles, chapeaux, voilettes, écharpes, gants, bas, articles de mercerie. Pas d'extraordinaires dépenses, en matière d'argent, Marie ne perd jamais le nord. Simplement des frais d'un montant et d'une fréquence très inhabituels. On relève aussi que, dans les magasins de tissus, son choix se porte sur des matières raffinées, fragiles et coûteuses, alpaga, soie, voile, batiste, au lieu des cotonnades bon marché dans lesquelles elle faisait jusque-là tailler ses robes. Elle a dû dénicher une couturière à son goût, habile à tirer l'aiguille mais point trop ruineuse. Dès le printemps 1909, dans ses carnets de comptes, version officielle comme version brouillon, les mentions « Couture M », « Habits M », « Vêtements M » reviennent régulièrement. Quand le scandale éclate, elles s'arrêtent net et les mois suivants, sauf obligation officielle, son budget vestimentaire retrouve l'austérité qu'elle s'était imposée après la mort de Pierre.

L'analyse de sa comptabilité est formelle : son histoire avec Paul ne fut pas, comme on l'a longtemps cru ou prétendu, une brève amourette, une foucade, un petit coup de folie. Jeanne a dit vrai, ce fut une longue liaison. Au moins deux ans et demi, peut-être trois.

Mais Jeanne ne disposait d'aucune preuve. Durant l'hiver et le printemps 1909, croisant Marie dans les rues de Sceaux ou lorsque les enfants, chez l'une ou chez l'autre, se retrouvaient pour jouer, elle avait dû simplement remarquer qu'elle était devenue plus avenante, plus coquette. Impression fugace qui ne lui revint qu'après coup, lorsqu'elle soupçonna que Paul était son amant.

*

Il reste quelques traces de la résurrection de Marie cette année-là. Et d'abord celle-ci : par une de ces journées radieuses comme il y en eut tellement en avril et mai 1909, elle revêtit une longue robe de tissu crème pâle qu'elle avait fait agrémenter de flots de dentelles immaculées. Puis elle posa pour un photographe, dont l'identité, à ce jour, demeure inconnue.

Trois clichés exceptionnels, des autochromes, les seuls portraits de Marie jamais réalisés en couleurs. On les a retrouvés au milieu des années 1990 dans les anciens locaux de l'Institut du radium. Ils dormaient dans un tiroir du bureau qu'elle avait occupé jusqu'à sa mort. Les plaques de verre qui servaient de support aux images étaient fracassées.

On ignore tout des circonstances de l'accident, on ne sait pas davantage pourquoi on les avait remisées dans ce tiroir. Comme les autochromes portent les traces d'une tentative de restauration pratiquée à l'aide d'une colle en circulation dans l'immédiat après-guerre, on a pensé qu'Irène, qui dirigea l'Institut à partir de 1946, les avait découvertes à son domicile au hasard d'un rangement et qu'elle les transporta à son labo, où elle demanda à l'un de ses collaborateurs de les recoller – selon le rêve de Pierre, un département de l'Institut du radium était consacré à la photographie et certains vieux employés, quatre décennies après l'invention et la commercialisation de l'autochrome par les frères Lumière, en maîtrisaient encore la technique et la manipulation.

Cette tentative de restauration « sauvage » fut loin d'être réussie. On a donc supposé qu'Irène, déçue, rangea les plaques dans les tiroirs de l'ex-bureau de sa mère, où elles furent oubliées pendant plus de quarante-cinq ans.

Ont-elles dérangé ces blanches images de Marie, lorsqu'on les a retrouvées ? A-t-on voulu préserver à tout prix l'austère et noire icône que l'histoire officielle avait popularisée – et qu'elle continue toujours de propager ? On enfouit les plaques dans une armoire. Elles y dormirent encore une dizaine d'années, jusqu'à ce que l'actuelle responsable des ressources historiques du musée Curie, au hasard d'un rangement, tombe à nouveau sur elles. Les techniques de restauration avaient considérablement progressé ; elle envisagea une nouvelle tentative de réfection. Il s'avéra que l'opération était impossible. Elle choisit alors de faire numériser les plaques. À cette occasion, grâce à un logiciel de retouches photographiques, on en rafraîchit subtilement les coloris, sans pour autant effacer les traces de l'accident qui les avait fendues.

Comme s'ils étaient dotés d'un mystérieux pouvoir, les trois portraits, malgré ces dommages irréversibles, restent longtemps incrustés dans la rétine. Ce n'est pas seulement qu'ils sont en couleurs. Il n'existe aucun autre document où Marie figure vêtue de blanc, à l'exception de deux photos d'amateur prises en Pologne quelques semaines avant le scandale. Avec le recul, ces dégâts – un artefact, pur effet du hasard, une simple « casse » survenue lors d'un déménagement ou d'une fouille hâtive dans des caisses de souvenirs – semblent symboliser les événements de fin 1911. On voulut briser Marie, on fracassa son histoire d'amour. Mais elle nargua l'adversité, déjoua la machine à broyer, réussit à survivre. Et maintenant, de ses yeux transparents, elle défie par-delà la tombe ceux qui lui refusèrent le droit au bonheur et leur signifie : « Vous avez perdu la partie. Je suis toujours là. »

*

Les autochromes ont été réalisées quand les cerisiers étaient en fleur, sans doute dans la seconde quinzaine d'avril, aux alentours de la date anniversaire de la mort de Pierre. Elles sont au nombre de cinq. Trois portraits de Marie, dont un avec la petite Ève, un des deux sœurs et un d'Irène toute seule.

Les prises de vue ont été effectuées en plein air, dans le jardin d'une maison bourgeoise. La végétation n'était guère profuse, mais les arbres en fleurs égayaient le jardin. Quelqu'un – Marie, sûrement – avait éparpillé des pétales et des calices blancs dans la chevelure des filles ; et la taille d'Irène avait été cerclée, de façon un peu artificielle, d'une branche de cerisier.

Les vêtements des petites – des robes bleu roi de même coupe et identiquement surmontées d'un grand col de dentelle immaculée – sont apprêtés et semblent neufs, comme confectionnés pour la circonstance. Leurs coiffures ont aussi quelque chose de cérémoniel.

Un élégant et fin serre-tête agrémenté d'un gros nœud tente de domestiquer la tignasse châtain-roux d'Irène. La chevelure raide et brune de la petite Ève, elle, est séparée d'une raie impeccable. Avec le même soin, on en a relevé deux mèches puis on les a enserrées dans des boucles de tissu quasiment symétriques. Tous ces accessoires de coiffure sont du même blanc pur.

Ainsi accoutrées, les petites ressemblent à des demoiselles d'honneur. Ève n'a pas l'air de comprendre ce qui se passe. Irène, elle, affiche une franche mauvaise humeur. Voire de l'hostilité.

Marie elle-même s'est mise en frais de coiffure : son chignon est beaucoup plus élaboré qu'à l'accoutumée. Elle a aussi épinglé une petite améthyste sertie d'or au centre exact de son corsage – le seul bijou qu'elle possède en dehors d'une chaîne de montre. On en oublie ses mains d'ouvrière et les stigmates violacés qu'y ont laissés ses travaux sur le radium.

Il fait très beau. Comme toutes les femmes de son temps, Marie craint le soleil. Au moment de gagner le jardin, elle s'est coiffée d'un chapeau de paille orné d'un léger ruban de passepoil rouge. Il devait flotter dans son dos.

Elle l'a enlevé pour la prise de vue et abandonné sur le banc où le photographe lui a demandé de s'asseoir. Du même geste négligent, ou nerveux, elle a déposé, à sa gauche, ce qui semble un journal mal replié et, à sa droite, un de ces délicats petits sacs de fil ou de tissu qu'on nommait « aumônières » et qu'on assortissait aux tenues du dimanche ou de cérémonie. Il est du même blanc pur que la dentelle de son corsage, le collet de guipure de ses filles et leurs accessoires de coiffure. Une piécette s'en est échappée.

Marie ne se serait pas encombrée d'un sac si elle avait posé dans son jardin de Sceaux. Derrière elle, du reste, on n'en reconnaît pas les perspectives. Elle est de sortie.

*

Pour le troisième des trois portraits, celui où elle figure avec la petite Ève, le photographe lui a demandé de quitter le banc et de s'asseoir sur une chaise qu'il avait installée près d'une grosse colonne tronquée à l'enduit noirci d'humidité et qui, par endroits, s'écaille.

Devant le mur du jardin où s'agrippent des poiriers en espalier, cette fausse colonne à l'antique paraît incongrue. Peut-être l'a-t-on placée là pour l'occasion.

Marie s'est assise, a pris la jeune Ève sur ses genoux, s'est accoudée à la colonne, a appuyé sa main droite contre sa tempe puis incliné la tête dans une de ces poses méditatives qu'affectionnent les photographes de l'époque lorsqu'ils réalisent des portraits de femme. Sa manche s'est effondrée, a révélé la blancheur de son bras, et le soleil, dans la partie supérieure de son chignon, a réveillé des reflets blonds.

Avec Ève sur les genoux, elle a dû se sentir plus mère que femme. À ce moment-là, entre le photographe et elle, s'est établie une sorte de complicité et son expression, dure et fermée sur les deux autres clichés, s'est soudain faite d'une infinie douceur.

*

C'est la petite Ève qui permet de dater cette série de portraits : elle a exactement la même taille, la même coiffure et le même petit corps potelé que sur des photos en noir et blanc que Marie classa des années plus tard dans son album de famille en les assortissant de la légende : « Avril 1909. » Ces images-là, où les filles sont plus naturelles et vêtues beaucoup plus simplement, furent prises chez elle, dans le jardin de la villa de Sceaux. Marie figure sur un des clichés de cette série, mais elle porte cette fois une austère robe grise, ou brune.

Au moment de les dater, elle commença par écrire : « Été 1909. » Puis tout lui revint, elle corrigea : « Avril. »

C'est dire s'il l'avait marquée, ce radieux printemps ; et le jour de soleil où, après trois ans d'un deuil obstiné, elle sortit de chez elle toute de blanc vêtue pour aller se faire prendre en photo alors qu'elle avait toujours eu horreur de ça.

*

A-t-elle pris l'initiative de faire réaliser ces autochromes parce que Jacques, le frère de Pierre, lui avait reproché l'année d'avant d'avoir une tête sinistre sur les photos de famille qu'elle lui avait adressées, et que sa sœur Bronia, comme lui, la pressait de sortir de son deuil ? Ou a-t-elle voulu les prendre au mot en ce printemps 1909, leur signifier qu'en plus de sortir de son deuil elle rêvait maintenant de refaire sa vie ? Le mystère reste entier. Tout ce dont on est sûr, c'est que Marie ne porta plus jamais de blanc après que ses ennemis l'eurent forcée de mettre fin à son histoire avec Paul. Sauf pendant la guerre de 14, dans les salles d'opération des hôpitaux militaires où elle tenta de sauver de la mort, grâce à la radiologie, des milliers de soldats.

21

En juin suivant, à la rubrique « Frais divers », son registre de dépenses porte une mention étrange : « voyage M. ». Le carnet vert émeraude qui lui fait office de cahier de brouillon est plus explicite : « voyage M. Biarritz-Royan ».

Nouvelle énigme. Elle n'a plus voyagé depuis la mort de Pierre, sauf en été, pour les vacances, qu'elle a chaque fois passées en compagnie de ses filles. Elle ne s'est jamais déplacée plus loin qu'Arromanches, en Normandie.

Cette équipée de juin 1909 l'emmène à plus de huit cents kilomètres de Paris et lui coûte cher : 171 francs, plus du cinquième de son salaire ; et contrairement à son habitude, elle ne reporte nulle part le détail de ses dépenses. De façon très exceptionnelle, le chiffre est global. Enfin, sur son carnet de brouillon, elle se perd dans ses comptes.

Les filles, c'est certain, sont restées à Sceaux, sous la garde de Mlle Stam, leur gouvernante. Elles continuent de prendre des leçons de chant, musique, gymnastique ; et Aline, la bonne, consacre à la cuisine à peu près les mêmes sommes qu'à l'ordinaire.

Marie voulait-elle louer une maison de vacances, hésitait-elle entre Biarritz et Royan, est-elle partie en prospection ? Si c'est le cas, la méthode est inédite. Jusqu'ici, pour ses locations d'été, elle s'y est prise depuis Paris ou Sceaux, en répondant à des annonces ou en se fiant à des relations.

Ce voyage sur la Côte basque et la Côte de Beauté serait-il alors le prétexte – le bon prétexte – à une escapade amoureuse ? A-t-elle menti, annoncé à ses proches qu'on lui avait proposé plusieurs villas, qu'elle devait absolument visiter les lieux avant de se décider, inspecter les alentours, s'assurer de la commodité des moyens de transport, de l'état des routes et des chemins, se faire une idée des plages, vérifier que la mer, là-bas, n'était pas trop dangereuse ?

Ce prétexte, si elle y a recouru, était plausible. Et qui l'aurait suivie à la trace ? En 1909, l'usage du téléphone reste rare.

*

Cet été-là, de fait, elle louera une maison près de Royan, à Saint-Palais-sur-Mer, la villa du Moulin, non loin de la pointe de la Coubre, dans un quartier alors très peu construit. Les filles y passeront l'été.

Mais si elle n'avait rien à cacher, pourquoi, durant cette équipée, renonce-t-elle à sa manie de noter le moindre sou déboursé ? Pourquoi, contrairement à une habitude tout aussi obsessive, ne consigne-t-elle l'endroit où elle séjourne sur aucun de ses calepins ? Avant de gagner Royan, pourquoi ce détour par Biarritz, à plus de trois cents kilomètres au sud ? Une belle distance, dans les années 1900.

Enfin pourquoi, avant son départ, ces nouveaux frais de toilette ? Une jupe d'alpaga noir, un corsage de soie, de la guipure, un vaporisateur, une chemise de nuit, des sous-vêtements neufs, encore des gants, une autre voilette… Et, il faut bien le dire, un de ces ustensiles d'hygiène féminine couramment utilisés comme contraceptifs dans les milieux éclairés des années 1900. Toutes dépenses qui, avec le voyage, lui reviennent à 260 francs, soit plus du quart de son salaire de professeur.

Au-delà du doute raisonnable, on est conduit à supposer que Paul l'a accompagnée à Biarritz. Qu'ils se sont offert quelques jours rien qu'à eux. Tellement à eux qu'elle s'est laissé griser et n'a plus rien noté de ses dépenses.

Ou peut-être Paul s'est-il moqué de sa manie comptable. En la chahutant : « Mais laisse-toi donc aller, pour une fois, vis ! Je vais t'apprendre, tiens… »

*

Si c'est vrai, ils ont pris le Sud-Express, ce jumeau de l'Orient-Express qui reliait Paris et Lisbonne. Le train était commode, il partait tous les deux soirs de la gare d'Austerlitz et gagnait Hendaye en une vingtaine d'heures. De là, une correspondance acheminait les voyageurs à Biarritz, seulement distante d'une petite trentaine de kilomètres. Wagons-lits, wagon-restaurant, tout, dans le Sud-Express, appelait la romance.

On peut tout imaginer. Paul qui rejoint Marie sur le quai de la gare en canotier et costume de voyage confectionné pour l'occasion chez l'un des meilleurs faiseurs de Paris ; comme toujours, il lui a coûté une fortune.

Marie, arrivée en avance, l'attend tout anxieuse. Elle se demande l'effet que vont lui faire sa jupe d'alpaga et son corsage de soie à col de dentelle ; depuis qu'ils sont tombés dans les bras l'un de l'autre, il n'arrête pas de la houspiller : « Allez, arrange-toi un peu… »

Il remarque ses efforts d'élégance. Elle s'en aperçoit. Ça la touche.

Lui aussi, ça l'émeut. Et le rend fier – c'est quand même l'immense Marie Curie, prix Nobel de physique et docteur honoris causa d'on ne sait combien d'universités étrangères, qui, pour lui et lui seul, s'est faite belle.

Il l'aide, très gentleman, à monter dans le train. Les banquettes de leur wagon-lit sont très confortables. En attendant que l'employé de la compagnie vienne leur installer la couchette, ils converseront tout à leur aise. Paul, par exemple, va lui raconter Cambridge, le jour où il a vu Rutherford découvrir l'électron. Lui dire aussi combien il a mal mangé, pendant toute cette année passée en Angleterre, et, par association d'idées, car il a aussi très mal mangé aux États-Unis, lui raconter son voyage à Saint-Louis, Missouri, pour un congrès où il a donné une conférence sur les dernières découvertes en matière de physique atomique.

Plus il parle, plus il a faim. Depuis qu'ils sont amants, il a recouvré l'appétit. Il emmène maintenant Marie au wagon-restaurant, passe la commande. Toujours aussi grand seigneur, il ne lésine sur rien. À la seconde où il s'est plongé dans la carte des vins, il se tait.

À présent c'est Marie qui parle. De la Pologne. Première fois que ça arrive. Il relève la tête. Il est encore plus ému et fier que sur le quai de la gare.

*

Plus elle parle, plus elle s'échauffe. Elle lui décrit l'occupation russe, lui dit à quel point c'est une honte, jusqu'où ça va. Interdit de parler polonais sous peine de prison. Là-bas on pend des gens pour des vétilles.

De fil en aiguille, elle lui livre un peu de sa jeunesse. Elle ressuscite des hivers lointains, dans un pays qui semble encore plus perdu, des voyages en traîneau à travers des plaines battues par le vent du pôle, des parties de patinage sur des étangs gelés. Et comme elle raconte tout ça avec l'accent polonais, il s'y voit. Il a le souffle coupé quand les traîneaux filent dans les descentes, entend le grelot affolé des clochettes arrimées aux harnais des chevaux, fait halte dans de petites auberges, boit de la vodka, des thés brûlants, frotte ses doigts gourds au-dessus de poêles chauffés à blanc. Il rêve, la Pologne, c'est tellement exotique.

Elle est déjà passée à autre chose, à la période où, pour gagner sa vie, elle a dû s'engager comme gouvernante. Elle est trop fière pour lui avouer qu'elle en a bavé, mais on le devine à la façon dont elle visse son dos et sa nuque. Le même réflexe qu'en ce temps-là, c'est sûr. Sa façon à elle d'ignorer l'humiliation.

Elle fait d'ailleurs comme si l'affront n'avait jamais existé, préfère lui confier quelque chose qui lui tient à cœur, dont elle est fière : en ce temps-là, dit-elle, elle a enseigné la lecture aux paysans du coin. En cachette. Si les Russes l'avaient chopée, ils l'auraient expédiée en prison. Ou en Sibérie. Mais elle a su y faire, ils n'y ont vu que du feu. Comme à Varsovie, deux ans plus tôt, lorsqu'elle a donné des leçons à des ouvrières tout en suivant elle-même les cours d'une université clandestine – les filles n'avaient pas le droit de s'inscrire à la faculté. Là aussi, pas vue, pas prise !

Elle rit. Il aime qu'elle rie.

Il sent maintenant qu'elle n'a peur de rien. Qu'à force d'avoir affaire aux Russes, elle a appris l'art du silence, la science du secret. Qu'elle a fini par y prendre goût, qu'elle en connaît toutes les ficelles.

Il comprend aussi pourquoi, si souvent, elle a ce regard vide ou glacial. Vieille habitude. Décourager l'ennemi en se faisant indéchiffrable.

Comment parvient-elle à geler les muscles de son visage et éteindre dans ses yeux gris tout signe d'émotion ? Il ne voit pas. Dès qu'ils se retrouvent seul à seul, comme ce soir, elle pétille. Bouge, vibre, s'amuse, se moque, s'attendrit, se passionne, brûle. Une autre femme.

*

La gaieté de Marie ne dure pas. Elle enchaîne sur la mort de l'aînée de ses sœurs, Zosia. Puis sur celle de sa mère, deux ans après.

Elle ne prononce pas leurs noms. Elle ne dit pas non plus l'âge qu'elle avait quand c'est arrivé.

Il finit par deviner que c'était dix-douze ans : elle emploie des mots presque enfantins pour décrire le vide qui s'est creusé en elle au retour du cimetière ; et comment elle s'est mise à douter de l'existence de Dieu.

C'est sa vie d'avant Pierre. Ça le trouble encore plus que son accent polonais. Et même que le jour où il a passé pour la première fois son bras autour de sa taille.

*

Elle lui avoue maintenant que ces deux morts l'ont convaincue de l'injustice de la vie.

C'est parler de Pierre sans en parler. Parler de sa mort. Il sent sa gorge se serrer.

La voix de Marie, au même moment, vacille. À lui aussi, ça arrive, quand il pense à Pierre. Il a alors l'impression d'être son jumeau et se dit qu'il faut absolument qu'elle le sache.

Il trouve tout de suite un moyen, une façon détournée, il lui déclare qu'ils sont tous les deux en exil. Elle, de son pays. Lui, de sa classe sociale.

Il a réussi à retrouver sa belle voix chaude, il s'enhardit, lui confie qu'au moment de son entrée à Normale il s'est senti complètement perdu au milieu des fils de bourgeois qui peuplaient l'École. Et il lui vient une phrase malvenue, il lui explique que c'est ce qui l'a poussé à épouser Jeanne, pour rester fidèle aux siens, au peuple, aux sortis-de-rien.

Il n'a pas fini sa phrase qu'il comprend qu'il a gaffé. Jamais il n'aurait dû parler de Jeanne, ni même prononcer son nom. Pas l'endroit, pas le moment, ça va rendre Marie jalouse, les femmes sont si vite jalouses – il n'y a qu'à voir Jeanne.

Il s'assombrit, avale coup sur coup deux gorgées du grand cru qu'il a commandé. Le vin le requinque.

*

Sa phrase était vraiment déplacée, Marie pourrait lui en vouloir d'avoir proféré le nom de Jeanne. Mais non. Parler à Paul de la Pologne et voir comment il l'écoutait, les yeux agrandis, ne touchant plus à son assiette alors qu'il est tellement gourmand, lui a fait du bien. Il a compris ce que personne n'a jamais compris sauf Pierre : la douleur que c'est, le pays qui continue à vivre en vous, à parler en vous, alors que vous êtes si loin de lui et que vous devez, à chaque instant, faire taire sa voix.

Elle se sent de plus en plus proche de Paul. Elle pense qu'il a retrouvé la fougue qu'elle lui a connue du temps des dimanches au 108 et des soirées qu'ils passaient avec Pierre dans le bureau du premier étage.

Il vient de se resservir un verre de vin. Il a l'œil qui brille, les joues en feu. Elle se dit qu'elle va le sauver. Qu'elle l'a sauvé.

La preuve, voici qu'il proclame qu'ils vont faire de grandes choses ensemble. Que ça coule de source parce qu'ils ont le même idéal, et mieux : parce qu'ils sentent les mêmes choses au même moment.

Elle est sûre qu'il est sur le point, comme Pierre l'aurait fait, de prononcer le mot « rêve ».

*

Elle s'est trompée. Il enchaîne sur la grandeur de la République, liberté-égalité-fraternité.

Sur la grandeur aussi des écrivains français, Voltaire-Rousseau-Balzac-Zola-Hugo, surtout Hugo, pour la façon dont il a arraché à leur nuit les errants, les bagnards, les sans-toit, les hommes et les femmes aux yeux vides qui ne mangent presque jamais à leur faim, vont quasi nus, la peau sur les os, n'ont jamais mis les pieds à l'école et crèvent comme des chiens.

Puis il bifurque sur Rutherford, l'hypothèse des quanta, la théorie de la relativité, les lettres qu'il reçoit de ce drôle d'oiseau d'Einstein, les réponses qu'il lui fait.

Elle l'écoute. Mais entre multiples dons, Marie a celui, rare et secret, de pouvoir penser à deux choses en même temps.

Ou plus exactement de vivre simultanément sur deux modes. Celui, rigoureux et implacable, de la pensée rationnelle, et un second, où se forment des associations d'un autre type, mouvantes et souples, incontrôlables. Tandis que Paul discourt sur Rutherford et Einstein, elle se rappelle que Pierre, deux jours avant sa mort, lui a dit lui aussi à quel point leurs âmes étaient unies, puisque l'un pouvait deviner les idées de l'autre avant même qu'il les ait formulées et éprouver, à la même seconde, les mêmes sensations.

Cette pensée l'effraie. Et cependant l'enivre, tellement qu'elle manque de lâcher : « Avec toi, c'est comme avec Pierre. »

Elle se retient à temps. Le nom de Pierre est tabou. Et ça gâcherait tout.

Il faut pourtant voir les choses en face : dans tout ce qu'ils se disent depuis qu'ils sont montés dans le train, il y a comme un bruit de fond, la mémoire de Pierre.

Du coup, au lieu de la phrase : « Avec toi, c'est comme avec Pierre », elle chuchote : « Tu sais, les derniers temps, avec… »

Elle n'a pas prononcé la syllabe interdite mais il comprend tout de suite de qui elle parle.

Il saisit que le moment est grave. Qu'elle va lui livrer une confidence cruciale, qui peut-être les rapprochera encore ou au contraire les éloignera – comme chaque fois que l'angoisse l'étreint, elle frotte et refrotte ses phalanges brûlées.

Il a vu juste, elle poursuit : « Il avait des douleurs atroces dans les jambes, il n'était pas facile. J'étais souvent à bout, on se disputait. Le jour de l'accident, il m'a quittée sur une colère et des reproches, moi aussi je me suis énervée, alors ensuite… »

Elle ne peut pas finir sa phrase.

Lui non plus n'arrive pas à parler. Il se souvient comment il a appris le drame. Comment il a couru, avec André Debierne, au commissariat où gisait Pierre. Il le revoit dans son costume empoissé de sang et de morceaux de cervelle, il se rappelle avec quel luxe de précautions André et lui ont soulevé la civière dans l'ambulance, à croire que Pierre était encore vivant ou, s'il était mort, qu'il allait ressusciter. Il réentend le long cri qu'elle a poussé quand ils sont entrés au 108, il revoit le moment où avec André, encore plus précautionneux qu'au pied de l'ambulance, il a déposé le corps de Pierre sur son lit, qui était aussi le lit de Marie. Cette fois-là, ce fut du malheur venu du fond des temps, tantôt elle hurlait, tantôt elle gémissait comme une vieille femme ou se tapait le crâne contre les murs. On la retenait, elle s'effondrait alors sur le corps de Pierre, elle n'était plus que douleur, douleur animale.

Lui aussi, Paul, n'était que douleur mais pas le droit de le montrer – un homme, obligé de se cacher pour pleurer.

Rien qu'à y repenser, il se retrouve dans la peau de l'apôtre qu'il a été, innocent dévot du Christ-Pierre et de sa Madone. Et il se demande dans quoi il s'est embarqué en touchant au corps de Marie.

Le silence se prolonge comme au jour où il l'a étreinte pour la première fois. Mais ce soir, au lieu de les unir, il les sépare.

*

L'express peine à fendre la nuit, il reprend son élan. Les wagons tressautent en saccades incohérentes, comme si la locomotive, elle aussi, avait le cœur qui fatigue.

Marie fait le premier pas. À nouveau, elle parle de Pierre. « Tu te souviens de son rire… ? » Évidemment qu'il se souvient.

Il voudrait ajouter : « Moi aussi, c'est pour son rire que je l'ai aimé. »

Il ne peut pas. Il a envie de déposer un baiser léger sur les lèvres de Marie ou sur son front. Il ne bouge pas d'un millimètre. On les verrait, il ne faut pas.

Du coup, il repense à Jeanne. Et aux enfants. Il se ressert du vin – elle, Marie, n'a pas touché à son verre. Comme tout à l'heure, ça le requinque, il trouve enfin les mots. Il désigne du menton la guipure de son corsage et lui souffle : « Je te trouve tellement plus belle en blanc. »

Elle ferme les yeux. Mais c'est plus fort qu'elle, il faut encore qu'elle murmure des bouts de phrase où il est question des disputes qu'ils avaient eues, Pierre et elle, les derniers temps ; et elle ajoute que le noir qu'elle a porté si longtemps, c'était parce que…

Elle est très pâle, elle retrouve l'air de morte-vivante qu'elle a eu pendant son deuil. Il coupe : « Ne pense plus à tout ça. » Il est abrupt. Elle n'aurait pas cru.

Elle rouvre les yeux. Elle a rougi. Sa pudeur la rend aussi désirable que son accent polonais.

Maintenant elle sourit – le sourire qu'il lui a toujours connu, le rayon de paix de la Madone.

C'est son tour de penser qu'il l'a sauvée. Sauver Marie Curie, ça n'est pas rien. Il ignore encore de quoi leur nuit sera faite – enfin, si, tout de même, il a une petite idée. Il sait en tout cas qu'elle sera belle.

*

Lorsqu'ils débarquent à Hendaye et s'asseyent dans la salle d'attente pour guetter l'arrivée de la correspondance pour Biarritz, ils ont l'impression qu'ils sont amants depuis toujours. Elle ne pense plus à Pierre. Lui non plus.

Il a oublié Jeanne. Et même les enfants.

Derrière sa voilette, elle étire le sourire qu'elle a eu hier soir, celui qu'elle a aussi sur l'autochrome où elle pose avec Ève, tellement tendre, tellement maternel. Une fois encore, ils se comprennent sans se parler.

Et pourtant ils se parlent. Il se penche vers elle et lui chuchote que la suite de leur voyage va couler de source. Elle lui répond : « Oui. » Sa voix est ferme, certaine.

Puis elle ajoute : « Et la suite de notre vie. »

Il hoche la tête, défripe son costume. Il a l'impression qu'il flotte un peu.

*

Sur cet énigmatique voyage, on peut vraiment tout imaginer : les comptes de Marie sont si confus, cet été-là, et parfois si opaques, si discordants.

« Réparation bicyclette M. 6,50 », « Clef anglaise, 3,25 », signale ainsi le carnet de brouillon en juin 1909. Pourquoi Paul et elle, durant cette escapade, n'auraient-ils pas loué des vélos ? On voit bien Marie se lancer avec lui, comme avec Pierre juste après son mariage, dans une petite randonnée cycliste. Longtemps qu'elle n'a pas enfourché une bicyclette ; dans une descente, elle fait une embardée, la roue est voilée, il faut réparer. Ils veulent se débrouiller tout seuls – physiciens quand même tous les deux, nécessairement très doués de leurs mains. Ils avisent la première quincaillerie venue. Marie y achète une clé anglaise. Ils réparent, s'en sortent très bien.

« Bains, 9,55 », dit aussi le carnet de brouillon. S'ils se sont baignés dans les rouleaux et ont loué des cabines sur la plage, ils ont eu du courage. En juin, à Biarritz, cette année-là, il n'a pas fait très beau.

*

Aucun indice sur la suite du voyage. Marie, vraisemblablement, est allée voir les propriétaires de la villa de Saint-Palais-sur-Mer. La bienséance imposait qu'elle les rencontre seule, et par conséquent embarque dans le train des Charentes tandis que Paul reprendrait le Sud-Express dans l'autre sens.

Secrète et pudique comme était Marie, elle a dû respecter les convenances. Et, à nouveau, s'habiller de noir.

Ou alors Paul l'a suivie, laissée à Royan pendant qu'il poussait jusqu'à l'île d'Oléron pour y chercher une maison à louer. Une lettre de la petite Irène[1] le signale, c'est là-bas, à Saint-Denis, que la famille Langevin passa l'été cette année-là. Il avait peut-être son bon prétexte, lui aussi.

1. Lettre écrite par Irène Curie à sa mère en août 1909. Archives du musée Curie.

22

Marie rentre à la mi-juin. Le 18, depuis Paris, elle adresse un courrier à un préparateur paresseux dont elle exige la démission. Elle lui envoie plusieurs relances jusqu'à la fin du mois, toujours depuis Paris, jusqu'à ce qu'il cède.

Elle s'est remise au travail. Non aux manipulations qui la conduiront l'année suivante à isoler du radium pur, mais à la rédaction d'une synthèse sur la radioactivité dont elle ne voit plus la fin, comme elle le souligne à son employé rebelle. Depuis le début de l'année, elle se borne à diriger et superviser les expériences d'André, et le reste du temps, elle écrit – « chez moi », tient-elle à préciser à l'employé qu'elle licencie. Ses carnets de comptes, pour les six mois précédents, portent pourtant la trace d'un abonnement de chemin de fer, de frais de taxis ou de fiacres, de déjeuners à Paris.

*

En juillet, pendant quinze jours, plus de frais vestimentaires. Elle redouble d'attention pour ses filles. Irène vient d'obtenir son certificat d'études ; elle étudie ses notes de très près. Elle ne manque pas non plus la rituelle cérémonie de la confection des confitures.

Mauvaise conscience ? Elle y consacre cette année une somme considérable, 72 francs, un montant jamais atteint.

Le 14 juillet, elle met les gamines dans le train de Royan. Elles sont accompagnées de leur gouvernante, Mlle Stam, d'Aline, la bonne, et de leur tante Helena, arrivée de Pologne avec sa fille, qui a le même âge qu'Irène.

La petite tribu n'est pas dans le train que Marie quitte la villa de Sceaux pour s'installer à Paris. Ce qui la conduit à ouvrir dans son carnet de brouillon une rubrique surprenante : « Juillet Paris après départ enfants ».

L'épisode est déconcertant. Elle veut à coup sûr profiter de l'absence de ses filles pour avancer dans ses recherches et mettre les bouchées doubles. En s'installant à Paris, elle économise une heure et demie de trajet par jour.

Mais aucune précision sur l'endroit où elle séjourne ; et à cette époque, le vieil Eugène Curie ne va pas fort. L'hiver d'avant, il a contracté une pleurésie et ne s'en remet pas. Il est toujours installé dans l'aile droite de la villa. D'ordinaire, c'est la petite Irène qui veille sur lui.

Marie l'a sans doute confié à sa femme de ménage : elle la rémunère encore pendant son séjour à Paris. Néanmoins, puisqu'elle passe le plus clair de son temps à écrire, elle aurait pu continuer à noircir ses pages dans le calme et le bon air de Sceaux : elle déteste l'agitation et la poussière de la capitale. Le « chez moi » dont elle a parlé à son employé serait-il déjà une chambre ou un petit appartement que Paul se loue à Paris ?

Si elle a des raisons sentimentales de quitter momentanément la villa de Sceaux, Eugène Curie n'est sûrement pas dupe. Il est trop fin, trop observateur pour n'avoir pas remarqué qu'elle a changé. Et il connaît trop bien la vie.

Mais justement, il a toujours pris le parti de la vie. Après l'enterrement de Pierre, il n'a jamais remis les pieds au cimetière ; il a préféré s'employer à égayer l'existence de ses petites-filles et à atténuer les effets de la longue dépression de leur mère. Enfin, il sait qu'il va bientôt mourir. Pour le bonheur d'Irène et Ève, ne vaut-il pas mieux que Marie retrouve elle-même le bonheur ?

Comme les gens du labo, il doit s'imaginer que l'élu de son cœur est André Debierne et se dire que sa belle-fille, un jour ou l'autre, va refaire sa vie avec lui. Les dimanches et les jours de fête, il a vu si souvent André pousser la porte de la villa et, en toutes sortes de circonstances, prendre le relais de Marie auprès des petites. Il fait déjà partie de la famille ; il faut voir avec quelle tendresse Irène parle de lui. Les gamines lui sont très attachées et ce n'est que justice. Lui aussi, André, il les aime. Presque autant que leur mère, c'est dire. Le vieil Eugène peut donc mourir tranquille : pas une seconde il n'imagine que sa belle-fille est amoureuse d'un homme marié.

*

Au-dessus de l'étonnante rubrique « Juillet Paris après départ enfants », Marie a tracé une mention elle aussi déconcertante : « Prêté à $\mathscr{L}$, 1 000. » Dans ses carnets, l'initiale $\mathscr{L}$ – celle de Langevin – désigne toujours Paul.

La somme, à quelques francs près, correspond à son salaire mensuel. Sans barguigner, la fourmi-Marie consent ce prêt à la cigale-Paul.

Elle a dû prélever la somme sur les 2 220 francs d'intérêts que vient de lui rapporter l'argent du Nobel, placé en titres au Crédit lyonnais. Malgré tout, ce geste l'embarrasse. Elle ne le fait pas figurer sur son registre officiel, pas plus qu'elle ne mentionne son séjour à Paris.

À Biarritz, Paul a-t-il joué les grands princes et, comme il sait si bien le faire, dépensé sans compter ? Telle une jeune épousée qu'on emmène en voyage de noces, l'a-t-il fêtée, hébergée dans les meilleurs hôtels, invitée dans les restaurants les plus réputés ? Pour endormir la vigilance de Jeanne, doit-il lui lâcher une grosse liasse de billets ?

Pas moyen d'y voir clair. Pour cette quinzaine, les carnets de dépenses de Marie, l'officiel comme l'autre, sont succincts, opaques. Et les deux comptabilités ne se recoupent pas. Marie elle-même s'y perd. Après avoir rageusement raturé une addition, elle note, à bout de nerfs, que ses comptes ne tombent pas juste : « Manque 17,15 !!! »

La somme est minime, surtout pour qui vient de consentir un prêt de 1 000 francs, mais elle s'en veut. Sa comptabilité, c'est non seulement son journal intime mais le rempart qu'elle a dressé entre elle et son double, la fiévreuse, l'ardente Mania Sklodowska. D'où ces trois points d'exclamation, ceux de Mme Curie, aussi furieuse qu'un ministre des Finances réduit à l'impuissance par une jeune reine romanesque et exaltée.

*

Le 1er août, Marie revient dormir à Sceaux. Il fait très chaud. Eugène Curie est toujours alité. Elle continue de travailler à son livre, mais retourne tous les jours à Paris pour poursuivre les expériences qui doivent la conduire à isoler du radium pur.

La tâche est ingrate, elle désespère d'y arriver. Et pourtant, nouvelles dépenses vestimentaires : de la broderie, un corsage blanc, une jupe de toile blanche, des souliers blancs.

Elle assume cette débauche de blancheur. Sur son registre officiel comme sur son carnet de brouillon, elle signale la couleur de ses nouveaux vêtements. La liste de ses achats comprend aussi une écharpe et des bas. Ils sont vraisemblablement assortis. Mais elle ne veut pas paraître égoïste et frivole : elle achète un coupon de soie pour la gouvernante des filles, plus un jabot et un col de dentelle destinés à sa sœur.

Il faudrait maintenant qu'elle écrive à ses filles. Elle ne le fait pas.

Manque de temps ? Sentiment de culpabilité assez paralysant pour l'empêcher de s'emparer d'une plume ? Ou regain de mélancolie ? Si Paul est à Oléron avec Jeanne, se ronge-t-elle les sangs à l'idée qu'il partage le même lit que sa femme, est-elle hantée par la terreur qu'à la faveur de l'été il ne fasse à Jeanne un autre enfant ?

Depuis Saint-Palais-sur-Mer, en tout cas, l'hypersensible et intuitive Irène, douze ans, flaire quelque chose. Et redoute que son petit monde ne tourne plus rond. Le 19 août, elle réclame à sa gouvernante ou à sa tante, non une de ces cartes postales dont elle se sert ordinairement pour sa correspondance estivale, mais, comme une grande, une lettre-enveloppe de couleur bleue. Puis, malgré le peu d'espace dont elle dispose, elle se rappelle fermement et méthodiquement au bon souvenir de sa mère et lui fait part de ses inquiétudes, pour ne pas dire de ses suspicions :

Ma chère Mé,

1) Je voudrais savoir la date exacte de ton arrivée chez nous, à Puyraveaud.
2) Mon oncle Jacques sera-t-il bientôt à Sceaux ?
3) Écris-moi si mon palmier se porte bien ainsi que mon arocaria[1] et si le palmier a de nouvelles feuilles ?
4) Filou et Tigrette se sont-ils échappés ? S'ils sont encore à la maison, c'est un hasard. Si tu les vois, écris-moi.
5) S'ils sont gros ;
6) si on leur donne à manger.
7) Les pêches de mon jardin mûrissent-elles ?
8) Quelles sont les plantes mises sur la tombe de Pé[2] ?
9) Lesquelles sont en fleurs ?
10) André[3] vient-il à Sceaux ou est-il en vacances ?

La gamine semble douter que Marie soit présente à Sceaux ; et un peu plus bas, elle insinue que Marie néglige Eugène Curie : « J'ai envoyé à grand-père, il y a quelque temps, une carte ; il pourra te la montrer. » Et cette série méthodique de questions se conclut sur une ferme et quelque peu perfide injonction : « Je t'ai fait 10 questions. Réponds à toutes, quand tu m'écriras. »

Marie dut recevoir la lettre le 21 ou le 22 août. Dès le 26, elle était à Royan. Elle y séjourna quelques jours

1. Édition partielle des correspondances entre Marie et ses filles établie par Hélène Langevin-Joliot et Monique Bordry (*Marie Curie et ses filles. Lettres*, Paris, Pygmalion, 2011), où la ponctuation et les fautes d'orthographe des enfants ont été respectées.
2. Pierre Curie.
3. André Debierne.

en compagnie de ses filles. Puis, début septembre, elle reprit le train dans l'autre sens.

*

Bien étrange été. Et nouvelle chambre secrète dans la vie de Marie. À chacun de la remplir comme il l'entend, selon ce qu'il a appris de la vie. La comptabilité de Marie n'en dessine que les contours, tels ces relevés effectués par des archéologues dans des temples, villes ou palais dont il ne reste que les fondations. Mais un point est certain : le cœur de Marie, pendant le printemps et l'été 1909, battit comme l'année de ses quinze ans, celle où, pour la première fois de sa vie, elle comprit ce qu'est le désir.

23

Elle venait de passer son bac. Elle l'avait eu haut la main. Les meilleures notes de tout le lycée.

Juste après ses résultats, elle s'effondra. Le surmenage, déjà. Alarmé, son père l'expédia pour un an chez une tante qui vivait au pied des Carpates, dans la campagne de Cracovie.

Entre Noël et le mercredi des Cendres, au moment où les champs et les forêts étaient enfouis sous la neige, cette famille de petits aristocrates terriens pratiquait toujours un charivari hivernal en vigueur dans la noblesse d'autrefois, le kulig. Juste avant la nuit, les garçons de bonne famille se costumaient en paysans ou en tziganes, enfilaient des pelisses, attelaient des chevaux à des traîneaux, les décoraient de torches et de sangles d'où pendaient des dizaines de clochettes, rameutaient des petits violoneux juifs qu'ils juchaient sur des montures elles-mêmes décorées. Puis, ensevelis sous leurs fourrures, ils lançaient les bêtes à toute vitesse dans la campagne enneigée.

À l'approche des villages, les musiciens brandissaient leurs archets. Aussitôt, éclairés et ornés de la même façon, d'autres traîneaux affluaient, formaient avec eux un cortège qui se dirigeait vers des manoirs ou des gentilhommières où vivaient, ils le savaient, des filles en âge de se marier.

Les jeunettes, bien entendu, attendaient les traîneaux des garçons. Elles s'étaient préparées pendant des heures, avaient rivalisé de coiffures toutes plus compliquées, les avaient couronnées de tresses de fleurs en tissu, et, pour finir, enfilé le costume des paysannes cracoviennes : jupe et bottes rouges, corsage et tablier blancs, gilet de velours noir brodé de motifs multicolores. Souvent aussi elles s'étaient masquées.

La coutume voulait que les garçons entrent dans la maison sans s'annoncer et raflent toutes les victuailles – on les avait, comme le reste, soigneusement préparées. Ils buvaient force vodkas avec les filles, puis, une fois bien échauffés, exécutaient avec elles une mazurka ou des chorégraphies locales encore plus difficiles. Puis les filles enfilaient des toques et des pelisses, embarquaient avec les garçons sur les traîneaux et rejoignaient un autre village, où d'autres cortèges les attendaient, qui s'en allaient avec eux investir un nouveau manoir, où ils s'empiffraient encore, vidaient verre sur verre, avant de danser et de repartir, toujours au son des violons.

On perdait parfois les musiciens en route. Ou les traîneaux versaient. Les filles se retrouvaient dans les bras des garçons surexcités par l'alcool. Il y avait des jeux de mains, des baisers volés. Les plaines enneigées défilaient, on ne savait plus quelle heure il était, ni où l'on se trouvait. L'homme qui conduisait le kulig, si. Soudain, il se redressait dans le premier traîneau et pointait dans la nuit, comme dans un conte, une demeure inconnue et mystérieusement illuminée. C'était le moment que tous attendaient, l'heure du bal. On dansait jusqu'au matin. Les filles s'en allaient dormir toutes ensemble dans une pièce du château, les garçons dans une autre. Ou dans les greniers, les granges. Le lendemain soir, on remettait ça.

Marie a tout de suite adoré ces fêtes. Comme ses cousines, elle s'est mise à les attendre dans la fièvre. Elle a appris à se coiffer, se costumer, danser les danses du pays ; elle a fini par les exécuter si bien que, lors d'un de ces charivaris qui dura deux jours, on l'a nommée « demoiselle d'honneur du kulig ». Sa reine, en somme. Ce soir-là, pour la première fois de sa vie, elle s'est aperçue qu'elle était belle et désirable : tous les garçons voulaient valser avec elle. Ils durent prendre leur tour. En attendant de la tenir dans leurs bras, ils la reluquaient depuis l'entrebâillement d'une porte. Elle voyait leur manège, pouffait. Elle, elle n'avait d'yeux que pour le bel adolescent dont on avait fait son cavalier – le roi du kulig.

La fête, toujours comme dans un conte de fées, dura bien après l'aube. Vers huit heures du matin, on décréta malgré tout la fin du kulig. L'usage voulait qu'il y eût une ultime danse et que les filles, cette fois, choisissent leur cavalier.

Marie n'a jamais dit sur qui elle avait jeté son dévolu, mais il semble bien que ce fût le jeune et fringant « roi du kulig ». Dans une lettre adressée peu après à sa sœur Bronia, demeurée à Varsovie, elle confia : « Peut-être que plus jamais, jamais de toute ma vie, je ne m'amuserai ainsi. Il m'est resté de cette fête une grande nostalgie. » Et elle ajouta que, si elle se mariait, ce serait en costume de Cracovie.

Ces deux nuits l'avaient tellement chamboulée qu'elle fit un lapsus : dans cette même lettre, au lieu de parler à sa sœur de la « fête du kulig » elle écrivit la « noce du kulig ». Puis, déjà partagée entre farouche contrôle de soi et abandon aveugle au désir, elle conclut :

« Naturellement, ce sont des plaisanteries – mais il est certain que ce projet me sourirait fort ! »

*

Avec Pierre, elle se maria en jupe bleu marine et corsage à rayures bleu clair. Le jour de leurs noces, il n'y eut pas la moindre danse.

Et voici qu'en ces mois de 1909 où elle s'habille de blanc, prête de l'argent à Paul, fait une étrange escapade et bien des cachotteries à ses proches, elle se souvient brusquement du kulig : sur son registre de comptes, à la rubrique « Frais divers », elle note : « Costumes cracoviens ».

Elle a acheté de la batiste pour les tabliers et les corsages, du velours pour les gilets, réuni quelques accessoires. Là encore, la dépense est loin d'être insignifiante : un dixième de son salaire.

Même si elles n'avaient pas l'âge de les porter, elle destinait peut-être ces vêtements à Irène et Ève. Mais pour quelle fête ? Un bal costumé ? Ni l'une ni l'autre de ses filles, dans leurs souvenirs, n'ont jamais évoqué pareil épisode. Ève, en revanche, a souligné que sa mère, dans ses dernières années, revint plusieurs fois sur le kulig dont elle avait été la vedette, et sur toutes les folies qu'elle avait faites pendant les mois passés dans la campagne de Cracovie. Elle en parlait, dit Ève, « d'une voix douce et comme résignée ».

Dans les archives photographiques du musée Curie, pas trace des « costumes cracoviens » qu'elle acheta en juin 1909. Mais leur mention sur les carnets de comptes prouve assez que, lors de cet été-là, Marie repensa beaucoup aux nuits de l'année de ses quinze ans, ainsi qu'aux rêves de mariage qu'elle avait caressés dès que les violoneux eurent rangé leurs archets.

Mais comment s'étonner que son cœur, à quarante-deux ans, ait battu aussi fort que pendant ses nuits de 1883 ? L'amour, quand il renaît tard – et quarante-deux ans, pour une femme, c'est très tard, dans les années 1900 –, a souvent l'incandescence, la fraîcheur de la prime jeunesse. On retrouve, émerveillé, la même confiance éperdue dans la vie. On se dit que tout va recommencer, on y croit.

Marie y a cru. Si fort qu'elle a rêvé d'épouser Paul.

24

En septembre, lorsqu'elle est rentrée de Royan, aucun de ses amis n'a rien soupçonné. Lorsqu'ils lui ont vu le teint plus limpide, le pas et l'œil plus vifs, ils se sont dit que ses vacances lui avaient fait du bien. Ça les a réjouis. Et ils n'y ont plus pensé. Ils avaient bien assez à faire avec leurs recherches, leurs carrières, leurs femmes, leurs enfants, leurs maîtresses. Ils avaient leur vie.

De son côté, quand elle a retrouvé le chemin du labo, elle n'a sûrement pas paradé dans les vêtements blancs qu'elle s'était achetés deux mois avant. Elle a dû y aller en douceur, mettre les formes, se contenter, par exemple, d'éclairer ses robes noires des candides collerettes de dentelle qu'elle continuait à acheter dans les boutiques de frivolités ; et réserver sa nouvelle garde-robe à ses rendez-vous avec Paul.

Elle a trompé son monde et c'était facile : longtemps qu'on était fatigué de chercher ce qu'elle avait en tête. Son front haut et bombé tenait de la muraille. Quand on aimait Marie, on lui trouvait l'énigmatique beauté des Vierges de Memling ; lorsqu'on la détestait, on la prétendait butée. Mais dans tous les cas, on la savait indéchiffrable. Au labo, à la Sorbonne et dans les rues de la montagne Sainte-Geneviève, rien n'a changé à son retour de vacances. Au premier début de question, elle s'est réfugiée derrière les travaux forcés qu'elle s'était imposés : son interminable traité sur la radioactivité et sa quête du radium pur.

Le vieux Kelvin était mort depuis plus de deux ans, mais il avait encore quelques soutiens. Elle voulait les anéantir et ensuite, imposer qu'on mesure le radium selon des normes qu'elle serait seule à définir. Cette mesure, il fallait, de gré ou de force, qu'on la baptise « curie » ; elle devait par conséquent conduire ses concurrents anglais, allemands et américains à plier devant sa volonté.

En somme, elle restait double. Et Mme Curie était la meilleure couverture de Mania Sklodowska.

Double, cependant, pour Marie, ne signifiait pas fourbe. Elle avait toujours eu l'hypocrisie en horreur, et jamais confondu secret et mensonge. Son histoire avec Paul, elle la menait comme ses expériences, en silence. Certaine que sa muette obstination – là encore comme au labo – aurait raison des pires obstacles. Lorsqu'elle eut compris, sans doute dès son retour de vacances, que Paul ne plaquerait pas Jeanne du jour au lendemain, qu'il ne la supplierait pas de l'épouser comme avait fait Pierre et qu'il pouvait mettre des mois avant d'y songer, elle considéra la situation de la même façon que les tonnes de pechblende qu'une charrette de livraison, douze ans plus tôt, avait déversées dans la cour du hangar : pour en venir à bout, patience et longueur de temps. Elle se savait très forte à ce jeu, elle se sentait de taille à vaincre Jeanne, largement.

*

À la fin de l'année 1909, en décembre, elle s'offre du voile de laine blanc pour s'en faire une jupe. Puis elle prête 100 francs à Paul. Il a dû lui rembourser les 1 000 francs qu'il lui a empruntés en juillet ; comme chaque fois qu'un de ses proches s'acquitte d'une dette qu'il a contractée auprès d'elle, elle a rayé la mention de ce prêt. Puis en janvier, elle s'offre des broderies, ainsi qu'un de ces tissus artistement pochés et plissés qu'on appelle « ruchés ».

Eugène Curie va de plus en plus mal. Irène s'occupe beaucoup de lui, mais elle aussi. Le vieil homme raffole des pâtisseries. Comme l'année précédente, elle lui en rapporte régulièrement de Paris. Puis elle le convainc de quitter l'aile de la villa où il a installé ses appartements, lui aménage une chambre dans son salon et passe ses nuits dans un coin de la pièce afin de pouvoir l'entourer à tout moment. Le malade ne supporte pas le bruit, ordre est donné à chacun de marcher sur la pointe des pieds et de ne parler qu'à voix basse. L'atmosphère de la villa redevient funèbre.

Le vieillard expire le 25 février 1910. Il est enterré au cimetière de Sceaux, dans la tombe où sont déjà inhumés sa femme et son fils. Lorsque les fossoyeurs soulèvent la dalle de cette sépulture où, pendant tant d'années, Marie a rêvé de rejoindre Pierre, elle demande que le cercueil de son mari soit exhumé. Puis elle exige qu'on place le cercueil du vieil Eugène au-dessus de celui de sa femme ; et par-dessus, la bière de Pierre.

Le geste a surpris. On l'a trouvé morbide, exagérément autoritaire. Mais vraisemblablement, avec ce déménagement funéraire, elle ne fait qu'obéir aux dernières volontés d'Eugène Curie. Demander à être enterré entre sa femme et son fils, quoi de plus naturel ? Et pourquoi le vieux sage, par la même occasion, n'aurait-il pas ajouté : « Ensuite, Marie, laissez les morts enterrer les morts. Ne restez pas seule, vivez, faites votre bonheur et celui des filles. » Après la disparition de sa femme et celle de son fils, il avait farouchement refusé la religion des souvenirs ; et pendant toute sa vie, il s'était signalé par son empathie, sa générosité, son mépris pour l'hypocrisie et son cortège de conventions. Avant d'expirer, il fit sûrement à Marie le plus beau cadeau qu'on puisse faire à un être qu'on aime et qu'on admire : l'affranchir du sentiment de la faute.

Deux mois et demi plus tard, quand Paul sous-loue le deux-pièces de la rue du Banquier, c'est une femme libre et confiante, qui le rejoint là-bas. Tous ses gestes sont spontanés. Sa fille aînée est triste d'avoir perdu son grand-père, elle s'en inquiète. On approche de la date anniversaire de la mort de Pierre, elle va déposer des fleurs sur sa tombe – « Au cimetière, 10 francs ». Elle ne joue pas double jeu, ne mène pas double vie, elle laisse faire la vie. Et va de l'avant comme à vingt ans. Le printemps précédent a été celui des rêves. Cette année, elle passe à l'action.

*

Embellie subite. Et fantastique explosion d'énergie. Elle n'a plus peur de rien, comme sur les traîneaux du kulig.

Elle ne craint pas, par exemple, de se rendre à l'École de Sèvres, où elle n'enseigne plus depuis des années. Paul, lui, y dispense toujours des cours de physique. Rien ne l'arrête, elle se fait photographier avec lui devant un petit groupe d'étudiantes.

Sa visite, à tout coup, et la présence du photographe leur ont été annoncées : elles se sont mises sur leur trente et un.

Marie aussi. Elle est très élégante. De sa vie, elle ne portera jamais une robe qui lui aille aussi bien. Sa couturière s'est surpassée : les manches de sa guimpe rappellent celles de la toilette qu'arborait Jeanne dans le jardin où elle posait avec Paul cinq ans plus tôt. Ici, toutefois, pas de chichis. Leur tombé est sobre et sans défaut.

Brin d'audace, elle a fait agrémenter cette guimpe d'un faux col plutôt masculin. Cette petite tache de blancheur renvoie la lumière – et l'attention – sur son visage. L'essence même du chic ; le vêtement se fait oublier et révèle la nature profonde de celui ou celle qui l'a choisi.

Pour elle, c'est la volonté : il faut voir la féroce petite boule qui s'est formée à l'angle de sa mâchoire. Son regard est très sûr ; elle l'a arrimé à un horizon lointain, qu'elle semble seule à voir, mais qui paraît extrêmement net. La *mater dolorosa* qui promenait sur le monde des yeux hantés par la mort a disparu.

Paul, en revanche, a perdu son air flambant. Dans son manteau noir, ouvert sur un gilet boutonné, il se tient aussi droit qu'avant et offre à l'objectif un regard franc. Mais il a changé. Ses cheveux, toujours taillés en brosse, sont moins drus. Deux mèches blanches s'y sont formées, sur la tempe droite et le haut du front. Ses épaules se sont affaissées, on le sent fatigué. Du même coup, malgré sa taille, l'œil l'abandonne vite pour se fixer sur la frêle silhouette de Marie.

Il la surpasse pourtant d'une bonne vingtaine de centimètres. À l'évidence, c'est elle qui mène la barque. Et il suit.

Qui d'autre que Marie a pu vouloir cette photo ? La réputation de don Juan qui s'attache à Paul est tenace, surtout à l'École de Sèvres. Elle marque son territoire, c'est criant. Les convenances, toutefois, sont sauves : vingt bons centimètres séparent les deux amants. Marie, malgré tout, peine à cacher son air de triomphe.

Dernier détail surprenant : telle une femme qui veut protéger l'enfant qu'elle porte, elle entoure son ventre de son bras.

Absolument rien n'indique qu'elle ait jamais été enceinte de Paul, le mouvement est inconscient. Il rappelle la formule qui revient sous sa plume quand elle parle de ses filles ou du radium : « enfant de l'amour ». On la retrouvera dans la lettre volée qui, l'année d'après, lui vaudra d'être traînée dans la boue. Après avoir évoqué le désir irrésistible qui les avait portés l'un vers l'autre, elle décrira à Paul tout le profit qu'ils pourraient en tirer : « Du bon travail commun, une bonne amitié solide, du courage dans l'existence et même de beaux enfants de l'amour dans la plus belle acception de ce mot. »

La définition même de son mariage avec Pierre. Mais Pierre avait huit ans de plus qu'elle ; et Paul cinq ans de moins. Oui, sans doute, comme toute femme passionnément amoureuse, elle caressa l'idée d'avoir de lui un enfant. Mais il fut d'abord son enfant, le fils qu'elle n'avait pas eu. Et lui vit en elle la mère perdue. La toute-puissante, l'inconditionnelle, la femme qui l'avait sauvé. Il ne s'était jamais remis de sa mort. Voilà qu'avec Marie, elle ressuscitait.

25

C'est Paul qui a trouvé le petit deux-pièces de la rue du Banquier. Il le sous-loue. On ne sait pas à qui, peut-être à l'homme qui lui servira de prête-nom quelques mois plus tard, quand il redoutera d'être découvert par Jeanne.

Dès que l'accord est conclu, il le meuble. Il achète notamment un lit et aménage dans la cuisine un petit cabinet de toilette.

Marie, semble-t-il, ne passe pas ses nuits rue du Banquier. Elle rentre à Sceaux par l'un des derniers trains ; et Paul lui-même retourne très souvent dormir à Fontenay. Il ne s'agit donc que d'une amorce de vie commune.

Mais tout de suite Mania Sklodowska trépigne. L'instabilité l'angoisse, elle a soif de clarté, de vérité. Mme Curie, déjà bien débordée, tente malgré tout de faire régner l'ordre. Elle recourt à sa plus vieille ficelle : contre l'anxiété, la comptabilité. Sur son carnet de brouillon, elle note scrupuleusement qu'elle a acheté du tulle et de la dentelle à rideaux, puis deux tapis et des verres. Ça ne va pas chercher loin, mais au moment de reporter les sommes sur son registre officiel, mouvement de panique, elle regroupe ses petits frais de décoration sous une dénomination floue : « ameublement ».

À quoi s'ajoutent 39 francs de « Dépenses B » qu'elle ne tient pas à détailler.

C'est qu'en plus du reste, elle semble avoir avancé à Paul le montant des trois premiers mois de loyer. Dans son carnet de brouillon, sous l'adolescent, romantique et majestueux ***B*** qu'elle dessinera plus tard en manière de balise sentimentale, figurent un ou deux mots effacés et, tout à côté, une somme qui, elle, se laisse déchiffrer : « 350 ».

Pour finir, la soif de vérité l'emporte. Un soir de ce mois de mai où tout est en fleurs aux alentours de la rue du Banquier, les jardinets des maisons ouvrières, les terrains vagues que les usines n'ont pas encore réussi à manger, les marronniers alignés au long des boulevards, elle débarque chez Jean seule et à l'improviste. À deux pas, par conséquent, de la maison où Pierre et elle ont partagé, pendant six ans, tant d'heures exaltées. Elle a enfilé une longue robe blanche et, à sa ceinture, agrafé une rose fraîche.

*

Des convives de Jean, la plus stupéfaite fut une jeune femme qui s'essayait au roman. La réalité lui servait une scène comme elle ne se voyait pas en imaginer. Cinquante-sept ans plus tard, elle n'en revenait toujours pas, et dans le récit qu'elle en a donné, cette blanche apparition ne figure pas au titre de figure ornementale ou anecdotique. À l'heure des bilans – elle avait quatre-vingt-cinq ans lorsqu'elle se décida à en parler –, elle y vit l'ouverture de la période la plus exaltante qu'elle ait jamais vécue. Une parenthèse où, basculant dans l'histoire d'une femme d'exception, elle réussit à s'affirmer dans un monde construit par les hommes et pour les hommes. Elle respira enfin, imita Marie, se rebella, bagarra, dit non.

*

Ça s'est passé au salon. Henriette servait le café. Il y avait eu un dîner. Une de ces petites fêtes où Jean, une fois par mois et depuis des années, réunissait ses vieux copains. Pour la plupart, des anciens de la bande du 108.

Ils étaient désormais conscients d'incarner un tournant capital de la science du XXe siècle ; et maintenant qu'ils avaient pris de l'assurance, ils voulaient lui donner un prolongement politique, fondé sur les convictions qu'ils s'étaient forgées lors de l'affaire Dreyfus : porter dans toutes les classes sociales les lumières de la science, bâtir un système éducatif égalitaire, défendre et illustrer, par leurs actes et leurs écrits, dans leur labo, à l'Université, à l'Institut, dans les salons, les loges maçonniques, les banlieues où ils donnaient des cours du soir aux ouvriers, n'importe où, une république laïque, juste et fraternelle, où chacun, homme ou femme, puisse avoir toute sa place, gagner son pain et, grâce à ses mérites, se hisser jusqu'aux sommets.

Juste avant la mort de Pierre, l'un de ces vieux amis de Jean, le mathématicien Émile Borel, avait commencé à fédérer ces énergies. Pendant un temps, il avait suivi Paul dans les universités populaires et tenté, comme lui, le soir, d'enseigner à des ouvriers des rudiments de maths et de physique Il n'y avait guère brillé, avait préféré fonder une revue intellectuelle et politique. Dès le premier numéro de cette brillante *Revue du mois*, il avait invité Paul et Jean à rejoindre son comité de rédaction.

Ce soir-là, comme souvent, les convives réunis à la table de Jean avaient discuté du contenu des prochaines livraisons de la revue. André, dit-on, était là. Paul, lui, était venu seul. Depuis la mort de Pierre, autant qu'il pouvait, il évitait de sortir avec Jeanne.

Borel, contrairement à lui, avait emmené sa jeune et pétulante épouse, « la petite Borel » comme on l'appelait, alors qu'elle était plutôt grande. Elle s'occupait de l'intendance de la revue. Elle était infatigable mais, comme elle n'avait personne pour l'aider, elle n'avait guère de temps à consacrer à ses romans.

Tout le monde savait que Borel, fils d'un austère pasteur aveyronnais, l'avait épousée par ambition ; il ne laissait, dans sa vie, rien au hasard, ce qui n'était pas surprenant puisqu'il s'était spécialisé dans le calcul des probabilités. Il prévoyait, calculait, spéculait en permanence. Le pouvoir le fascinait, il rêvait de devenir ministre. À trente ans passés, après une belle carrière de séducteur, il avait voulu se ranger. Dans le cheptel de filles d'universitaires que leurs mères avaient mises sur les rangs – il était très bel homme et l'on savait qu'il irait loin –, il eut vite fait de jeter son dévolu sur une des rejetonnes de l'influent doyen de la faculté de Paris, la très jeune, très futée et très exubérante Mlle Appell.

Elle avait dix-huit ans, l'air d'en avoir quinze, et s'était signalée, en pension, par un impressionnant talent de meneuse et de fougueuses passions féminines. Platoniques ou non, ses élans amoureux avaient embarrassé les religieuses et ses parents. Comme elle était frondeuse, ils lui valurent, malgré une belle dot, la réputation d'être difficile à marier.

Borel l'approcha, l'étudia, dansa cinq ou six fois avec elle, le temps de la juger « intelligente », c'est-à-dire assez astucieuse pour ne jamais se risquer à le contrarier.

L'affaire fut réglée entre hommes. Sans lui avoir fait le premier début de cour, il demanda sa main à son père. Ainsi qu'il l'avait prévu, Appell la lui accorda. Il revit alors la jeune fille et lui annonça dans la même phrase qu'il voulait l'épouser et que ses parents étaient d'accord.

Là encore, ses calculs étaient justes, elle accepta. Parce que Borel l'amusait, parce qu'il était bon danseur et pour fuir ses parents – son père s'était opposé à ce qu'elle poursuive ses études. Enfin, elle voulait des enfants. « Tout de suite ! » s'exclama-t-elle. Puis elle ajouta, comme si elle avait commandé des oranges à l'étal d'un marchand de fruits : « Quatre ! »

Ça ne pouvait pas mieux tomber, Borel rêvait comme elle d'une famille nombreuse. Elle fut enceinte dès son voyage de noces. Mais son hyperactif mari ne lui laissa pas une minute de répit, elle fit une fausse couche puis une septicémie. Il fallut l'opérer d'urgence. À son réveil, on lui annonça qu'elle avait perdu tout espoir d'être mère.

Loin de s'effondrer, elle se rebella. « Intelligemment », aurait pu dire Borel. Lors d'une de ces conversations carrées comme elle les aimait, elle lui dicta ses conditions : ils resteraient bons amis, elle ne divorcerait pas, se mettrait au service de sa carrière, mais mènerait sa vie à sa guise. En excellent spécialiste des probabilités, Borel estima qu'il s'agissait d'un imprévisible aléa. À son tour, il accepta.

Vingt ans de moins que lui et du tempérament, il fallait trouver à occuper la gamine. Il ne voulait pas pour autant céder un pouce de son pouvoir. Il lui offrit donc cette revue, mais répartit strictement les rôles. À lui les idées, les contacts avec les auteurs – universitaires, hommes politiques, philosophes, écrivains. À elle l'intendance.

Elle avait toujours eu le sens de l'organisation, l'idée lui plut. Elle s'acheta une machine à écrire, apprit à s'en servir, ne recula devant aucune basse besogne, dactylographia les adresses des abonnés, les colla sur les paquets, ficela les colis, contrôla leur distribution. Pour tenter d'oublier qu'elle jouait les bonniches, elle demanda à Borel si elle pouvait assurer une page littéraire. « Oui, répondit-il, quelques petites recensions, ça bouchera les trous. »

Le soir, quand son mari voulait bien, elle le suivait chez ses amis. C'est ainsi qu'elle s'était rendue chez Jean, où elle avait connu Paul. Puis Pierre et Marie.

Elle n'avait su que leur dire. Elle se sentait stupide : Jean, qui la désirait, ne cessait de lancer à la cantonade qu'elle était une délicieuse cruche, une merveilleuse femme-enfant égarée parmi eux – eux qui étaient si brillants, si savants. Et tellement drôle, la charmante gamine, avec ses questions stupides sur le mouvement brownien, les électrons et les corps noirs, tellement réjouissante, avec cette façon bécasse d'arrondir les yeux quand on risquait un début d'explication – elle ne comprenait jamais rien à rien.

La bécasse ne disait mot mais n'avait pas les yeux dans sa poche. Elle a immédiatement remarqué la vivacité, le brio de Marie. Et sa beauté.

La revue marchait bien. Pour accroître son influence, Borel a voulu que sa jeune femme ouvre un salon.

Ça l'a amusée, elle a relevé le défi. Elle a commencé par inviter Pierre et Marie. Ils l'aimaient bien mais ils détestaient sortir, ils ont renâclé.

Jean a insisté. Ils ont fini par se laisser faire. Lorsqu'elle les a reçus, sans doute peu après leur Nobel, elle a noté qu'ils avaient changé : « Deux ombres », dit-elle. Elle s'est aussi aperçue que Marie ne parlait plus guère, qu'elle se contentait d'écouter. Sa beauté, cependant, continuait de l'impressionner : « Avec son front blanc, ses joues pleines, elle rayonne, à la fois de douceur et de pureté. »

Puis elle les a oubliés. Elle sortait presque tous les soirs, hantait les autres salons de Paris, s'y dépensait sans compter pour séduire leurs habitués, les attirer chez elle et construire ainsi à Borel un réseau qui pût servir ses ambitions.

Son mari s'était remis à collectionner les maîtresses. Pour éviter qu'elle ne gaffe lorsqu'elle sortait, il lui donnait leur nom, lui livrait quelques informations sur leur naissance, leur parenté, leur époux, les amants qu'elles avaient eus avant lui. Elle souffrait mais s'entêtait, bravache, à jouer les petits soldats.

Elle n'avait peur de rien et, partout où elle passait, se faisait aimer. De proche en proche, en un temps record, elle a réuni dans son carnet d'adresses les personnalités les plus brillantes des milieux progressistes. Atout capital, son réseau couvrait à peu près toutes les sphères de la société parisienne : hommes politiques, patrons de presse, journalistes, mandarins de la médecine, comédiens, musiciens, avocats, magistrats, industriels, inventeurs d'aéroplanes, directeurs de musée, mécènes, peintres, sculpteurs, caricaturistes. Elle avait rencontré Tagore, séduit Anatole France, gagné l'amitié de Natalie Clifford Barney, déjeuné chez Rodin.

Son mari prospectait de son côté. Mais beaucoup moins, et de façon plus sélective. Chaque semaine, ils se retrouvaient autour d'une table et croisaient leurs tableaux de chasse. Borel pointait des noms sur la liste de sa femme : « Celui-ci, je te le laisse », « Celui-là, jamais chez nous », « Celui-là, tu me le présentes ». Lorsqu'ils en venaient à sa liste à lui, Borel avait presque toujours le même mot : « Je me les garde. »

Il cloisonnait. Il se garda ainsi Paul Valéry. Il trouvait sa femme très efficace mais trop cancanière, trop bouillonnante, trop directe. Et trop mal fringuée.

Comme pour les maîtresses, elle serrait les dents, philosophait : « Borel est l'intellectuel et moi je suis l'humaine. » Et elle se repliait sur son jardin secret.

Elle n'avait pas d'amants, seulement des chouchous : Paul et Jean. Leur intelligence la fascinait ; leur naïveté et leur maladresse encore plus.

Elle en parlait parfois à Borel, gloussait : « Des gamins ! Et ce qu'ils sont empotés ! »

*

Ils avaient tous les deux rêvé de coucher avec elle. Et, chacun en cachette de l'autre, lui avaient fait la cour.

Elle les avait éconduits de la même façon, dans un grand rire. Déconcertés, ils avaient fait d'elle leur confidente. Sans se le dire.

Jean lui demandait comment se débarrasser de ses maîtresses. Comme Borel, il les collectionnait. Mais à la différence de Borel, à chaque fois, c'était le grand amour ; et tout aussi immanquablement, trois mois plus tard, dans un coin du salon-confessionnal de sa jeune amie, le même refrain : « Elle veut que je divorce, je ne peux pas faire ça à Henriette, c'est la mère de mes enfants. Comment faire, charmant petit ? »

Le charmant petit prenait les choses en main, s'arrangeait pour rencontrer la maîtresse, lui annonçait en termes choisis que Jean ne l'épouserait jamais et l'affaire était réglée. Jusqu'à la fois suivante.

Paul, lui, venait chez elle lorsqu'il la savait seule, généralement en fin d'après-midi, pour lui raconter à quel point il était malheureux avec Jeanne.

Elle l'écoutait sans l'interrompre en lui versant du thé – le seul breuvage qu'il supportait en ces années où il souffrit tant de l'estomac. Comme toutes les femmes, elle aimait ses yeux et sa voix ; elle se laissait troubler jusqu'au moment où il se prenait la tête entre les mains et lui parlait suicide. Elle le trouvait subitement assommant, se levait, coupait : « Allez, ce soir, on se change les idées, on va faire la fête avec Borel et Perrin ! »

À son habitude, elle menait l'affaire tambour battant. Deux heures après, ils retrouvaient Jean et Borel au théâtre. Puis ils faisaient la tournée des cabarets. Il leur arriva plusieurs fois de terminer la nuit dans un boui-boui des Halles où Paul, pour remercier les autres de l'avoir si bien étourdi, leur offrait une soupe à l'oignon. Quand ils sortaient du bistrot, l'aube s'annonçait. C'est à cette époque-là que Paul prit l'habitude de découcher. Et peut-être de louer une chambre en ville.

Elle ne se demandait jamais ce que devenaient Henriette et Jeanne pendant qu'ils faisaient la fête, ni ne cherchait à savoir ce que Jean et Paul pouvaient bien raconter à leurs femmes quand ils rentraient chez eux.

Elle avait saisi qu'Henriette était ce que Borel appelait une « femme intelligente » : au nom de leurs enfants, elle fermait les yeux sur les incartades de son mari, certaine que Jean ne la quitterait jamais – lui aussi, au nom des enfants.

Pour Jeanne, elle aurait pu s'interroger. Mais Paul lui avait seulement parlé de l'avidité de sa femme et de son obstination à lui faire abandonner la « science désintéressée » pour l'industrie. Il ne lui avait jamais avoué qu'il était un homme battu – elle était trop jeune, il avait trop honte. Et il savait trop bien ce qu'elle lui aurait répondu : « Qu'est-ce que vous attendez pour divorcer ? Fichez le camp ! »

*

« La petite Borel », ce soir-là, quand elle vit Marie surgir dans le salon de Jean à l'heure du café, ne se faisait donc qu'une idée très floue de la vie de Paul ; et, malgré son don d'observation, elle n'avait pas remarqué qu'il allait beaucoup mieux. Elle n'avait même pas relevé qu'il ne se confiait plus à elle.

Elle vivait dans l'instant. Papillonnait, butinait, voltigeait, s'étourdissait. Pendant qu'elle courait de salon en salon pour construire la carrière de Borel et l'aidait, via sa revue, à diffuser son idéal du Progrès-par-la-science-éducation-pour-tous-liberté-égalité-fraternité, elle oubliait qu'elle ne serait jamais très considérée dans un monde qui n'estimait généralement les femmes qu'au nombre, à la vigueur et à la beauté des enfants qu'elles sortaient de leur ventre. Et elle n'avait pas le temps de s'arrêter aux malheurs de Paul. Borel avait des ambitions politiques, les siennes étaient maintenant littéraires.

Il avait bien sûr fallu que Borel soit d'accord pour qu'elle écrive. Elle lui en avait demandé l'autorisation, il avait accepté, mais une fois de plus, à deux conditions : elle publierait sous pseudonyme, et son prénom laisserait entendre qu'elle était un homme. Le Tout-Paris, dès lors, ne la connut plus que sous son nom de plume, Camille Marbo.

Marie l'apprit, et persista à lui donner du « Mme Borel », ce qui était très solennel pour cette grande bringue qui s'amusait encore à porter des nattes et n'avait pas trente ans. C'est seulement quand elle s'éprit de Paul qu'elle changea d'habitude. Elle se sentit soudain proche de cette gamine. Mais elle choisit de l'appeler par son vrai prénom, Marguerite, tout simplement.

26

La scène[1] s'est figée dans la mémoire de Marguerite sous la forme d'une séquence filmée au ralenti, dont le premier plan ne fut pas la robe blanche de Marie, ni la rose qu'elle avait agrafée à sa ceinture, mais son visage. Ou plus exactement cette fraîcheur, cette jeunesse qui l'avaient tant frappée la première fois qu'elle l'avait rencontrée.

Huit ans maintenant, elle ne s'en souvenait plus et n'avait pas revu Marie depuis la mort de Pierre. Les images d'avant s'étaient effacées. Comme les autres, elle en était restée à la figure livide d'après la tragédie, Marie perdue dans sa robe noire, le regard absent, les traits glacés par le malheur – la « veuve sicilienne », comme disait Jean. Et voilà qu'elle se retrouvait devant une femme radieuse, vive, épanouie.

Cette jeunesse à nouveau l'éblouit, envahit tout son champ de vision. Puis elle a remarqué la robe blanche et la rose. Elle a vu Marie s'asseoir sans un mot ; le mouvement des images s'est encore ralenti et au lieu d'une impression, une idée, cette fois, s'est imposée à

1. Camille Marbo, *À travers deux siècles. Souvenirs et rencontres (1883-1967)*, *op. cit.*

elle. Cette femme en robe blanche sortait d'une tombe. C'était une ressuscitée.

Il se peut qu'elle l'ait pensé parce qu'on venait de fêter Pâques et que le jardin de Jean, qu'elle apercevait par les fenêtres, était en fleurs – c'était sans doute là qu'approchant de la maison Marie avait cueilli la rose agrafée à sa ceinture.

Ensuite l'image s'est figée et la mémoire de Marguerite n'a plus rien enregistré que le silence.

*

Quelques mois avant sa mort, à quatre-vingt-cinq ans, un âge où, souvent, resurgit le souvenir des plus menus détails, elle en restait toujours à cette image fixe et dépourvue de bande sonore. Le nom des convives présents au dîner, l'expression qu'ils eurent à la vue de la robe de Marie, le temps qu'ils mirent avant de reprendre leurs conversations, la teneur même de ces conversations, tout s'était effacé. Un blanc de la mémoire. Aussi blanc que la robe de Marie.

Elle se rappela seulement ce qui s'était passé le lendemain. Jean déboulant chez elle à la première heure et, à peine arrivé, lui demandant : « Qu'arrive-t-il à Marie ? »

Elle lui répondit qu'elle n'en avait pas la moindre idée.

Ils se creusèrent la tête un petit moment. Jean, comme elle, n'avait vu que Marie. « Une ressuscitée », dit-il aussi.

Faute de mieux, ils conclurent que Marie avait toujours été très mystérieuse et qu'ils perdaient leur temps. L'un et l'autre, pourtant, sans se le dire, avaient pensé l'impensable : « Et si Marie avait un amant ? » Aussitôt, ils avaient repoussé l'hypothèse : « Impossible. C'est tout de même Mme Curie. »

Ils ont donc choisi de ne plus y songer et de passer à autre chose. Comme tous ceux qui étaient présents ce soir-là. Sauf André, sauf Paul.

André qui avait sans doute tout compris depuis des mois, tant il était prompt à déchiffrer Marie. Il crut recevoir le coup de grâce quand elle entra dans le salon, vit le moment où il se retrouverait rejeté à la périphérie de l'étoile-Marie ainsi que Paul l'avait été à l'époque du Nobel. Et cependant il ne bougea pas, ne sortit pas, certain que toute cette histoire allait mal finir et qu'il devait rester, précisément parce qu'elle allait mal finir.

Paul, lui, fut figé par la stupeur. On le comprend : le récit de Marguerite décrit une femme qui entre dans le salon de Jean par surprise, seule et surgie d'on ne sait où, la dernière personne qu'on attendait à cette heure, dans cette robe et sous ce toit.

La suite est facile à reconstituer. Le rouge lui monte au front, il est en eau, pense à Jeanne, à sa belle-mère, à sa belle-sœur, aux hurlements des enfants quand on le frappe. Il voudrait disparaître sous terre, maudit Marie et sa robe. Quinze jours à peine qu'ils se retrouvent rue du Banquier, cinq ou six heures par jour à tout casser, et voilà que de but en blanc, comme ça, sans prévenir, elle a ce geste fou, que nos amis soient au courant, tous et tout de suite, autant nous aimer en pleine lumière puisqu'un jour ou l'autre, de toute façon, ça se saura !

Il ne veut pas entrer dans son roman, il se fait invisible. Le signal que Marie a voulu adresser à leurs amis se perd alors dans le vide et elle comprend qu'elle n'est pas pour lui l'irremplaçable, comme elle l'a été pour Pierre, la femme définitive. Il aurait fait une autre tête, dans ce cas-là, il serait venu à elle, l'aurait prise dans ses bras, se serait retourné vers les autres et, pour finir, se serait exclamé : « Je l'épouse ! », comme dans les romans qu'elle lisait à quinze ans. Mais il y avait Jeanne, la tribu Desfosses, les enfants. Avec eux, Paul n'était pas dans un roman. Elle non plus, par conséquent.

*

Ils se sont disputés. Marie, dans une des lettres volées, avoue qu'à cette époque-là ils ont dû surmonter nombre d'« impressions pénibles ». Elle en a défini l'origine avec sa netteté habituelle : « La manière si différente dont chacun de nous avait organisé, compris sa vie privée. » Elle ne se sentait bien que dans la vérité. Paul aussi, sauf quand il était question de Jeanne. Il mentait, fuyait ; et en même temps ne se pardonnait pas de fuir et de mentir.

À l'intransigeance de Marie, qui exigeait une situation claire, il a répondu par la colère. Mais au lieu de les séparer, sa fureur, comme la première fois, a réveillé, avivé leur désir. C'est à ce moment-là que, de l'amour, ils ont basculé dans la passion.

*

La comptabilité de Marie recèle quelques menues traces de cette tourmente. Sur son registre officiel – celui qu'aurait pu consulter, au besoin, le conseil de famille désigné pour veiller aux intérêts de ses filles jusqu'à leur majorité –, elle raye la mention « Dépenses rue du Banquier » et la remplace, prudente, par une justification plus floue, et codée « Divers (B) 39,00 ».

Le grand et romantique ***B*** qui figure sur son carnet de brouillon subit lui-même quelques avanies. Elle le remanie puis l'efface, rageusement mais sans conviction, au crayon à papier, en se bornant à noyer ses traits de plume sous un timide nuage gris ; et, se ravisant encore, elle épaissit soigneusement les contours du majestueux ***B***. À l'encre, cette fois – non, vraiment, pas moyen de renoncer à cette balise amoureuse.

Hésitation qui surprend quand on connaît sa force de caractère. Et sa souveraine maîtrise de l'art des ratures : d'ordinaire, une simple ligne de petites croix et ses mots, à jamais, deviennent illisibles.

*

Ce fut vraiment la passion, cet été-là, l'été 1910. Elle voulait rompre mais l'instant d'après, ne voulait plus. Et pour finir, retournait rue du Banquier. Où elle tombait sur lui. Il l'attendait, il lui disait qu'il l'aimait. Puis il rentrait chez sa femme. Avec elle.

C'était presque toujours aux alentours de minuit. Il aurait pu, par prudence, rentrer seul, prendre le tramway. La direction de la ligne avait aménagé un horaire pour les couche-tard, « le tramway des théâtres ». Il s'y est refusé, a préféré le train. À la même heure que Marie et dans le même wagon.

Le matin, il s'arrangeait aussi pour la retrouver. Il montait à la gare de Fontenay-aux-Roses et elle, comme d'habitude, à celle de Sceaux. Elle s'inquiétait souvent de ses nuits. « Tu dors seul, j'espère ? » Il lui jurait que oui, qu'il dormait dans un bureau qu'il s'était aménagé pour travailler loin des cris des enfants et des disputes que Jeanne rallumait à tout propos.

La pièce était probablement située dans les combles de l'hôtel particulier dont il continuait d'occuper le rez-de-chaussée – Marie, quand elle évoqua ce refuge dans l'une des fameuses lettres volées, signale que Paul devait « descendre » quand il rejoignait Jeanne et les enfants. Il était indépendant, là-haut, disait-il à Marie, il avait la paix.

Elle se demandait pourquoi il s'obstinait à rentrer à Fontenay. Comme elle, lorsqu'il parlait du deux-pièces, il disait « chez nous ». Et il semblait très amoureux. Quand il n'avait pas pu la rejoindre rue du Banquier, il lui laissait toujours un petit mot, lui disait à quelle heure il comptait revenir. Elle l'attendait en travaillant, l'oreille aux aguets, cherchant son pas dans l'escalier.

Il arrivait qu'elle-même soit obligée de repartir sans l'avoir vu – André qui l'attendait au labo, un rendez-vous chez son éditeur ou avec l'architecte du futur Institut du radium. Il fallait maintenant réunir des financements et, davantage encore, veiller à ce qu'il soit conforme aux rêves de Pierre. Car le mort était toujours là, dans son ombre. Rue du Banquier, elle croyait revivre l'époque où Pierre s'était épris d'elle. Sa chambre d'étudiante était bien plus exiguë que le deux-pièces mais c'était la même vie, causer maths et physique autour d'un vieux réchaud et d'une théière ébréchée au plus près du ciel et des toits. Autant que l'amour, ça la rajeunissait. La différence, c'est qu'elle s'offrait ce bain de jouvence au prix du mensonge. Par exemple, quand elle passait le porche de l'immeuble et que la concierge lui demandait où elle allait, elle prenait un air de demeurée et ne répondait pas. Elle aurait bien voulu que Paul clarifie les choses : « Trouve-moi un nom d'emprunt, dis-moi ce que je suis censée faire chez toi… » Il répliquait toujours : « Il faut que j'y pense. »

Et ne faisait rien. Le 15 juillet, tout de même, il a signé un bail dans les règles de l'art et réglé, selon l'usage, le « terme » : trois mois de loyer.

Ce qui lui plaisait le plus, dans le deux-pièces, c'était le cabinet de toilette qu'il s'était aménagé dans la cuisine. Elle aurait dû comprendre pourquoi : avant de rentrer chez lui, il voulait effacer toute trace de sa double vie. Ça lui a échappé. Ou elle s'est rassurée à bon compte, en se disant : « Bon signe. Il prend ses petites habitudes, il s'enracine. Patience et longueur de temps… » Au labo, sa bonne vieille méthode venait encore de payer. À force de s'acharner, elle avait réussi à isoler un milligramme de radium métallique pur. Il était aussi blanc que sa robe de l'autre soir.

Sitôt exposé à l'air, il avait viré au gris, puis au noir. Ça ne l'avait pas affectée. Elle avait démontré une fois pour toutes que le radium n'était pas un banal composé d'hélium, mais un authentique élément chimique. Bon gré mal gré, la communauté scientifique allait devoir l'inscrire sur la fameuse table de Mendeleïev. Qu'on ne s'avise plus jamais de la contredire.

*

Dix-huit mois plus tôt, elle s'était persuadé qu'elle mourrait avant cinquante ans. Et Paul, de son côté, réfléchissait chaque matin au meilleur moyen d'en finir, la corde, la noyade, la balle dans la tête. Malgré leurs disputes, ils étaient maintenant déterminés à s'inventer un avenir. C'était le seul terrain sur lequel ils étaient d'accord : ils allaient défricher ensemble des terres encore inexplorées de la physique, faire fusionner leurs cerveaux avec la même intensité, la même exactitude que leurs corps. Le rêve de Pierre, en somme.

Elle avait négligé (ou, comme pour le cabinet de toilette, pas voulu voir) un point essentiel : Pierre était venu à elle à la façon d'un navigateur solitaire embarqué sur un esquif alourdi de rêves. Il avait absolument voulu qu'elle monte à son bord. Elle avait fini par accepter, autant séduite par l'excentrique barreur du petit bateau que par la cargaison bizarroïde qu'il transportait. Elle avait beau être championne en raison raisonnante, elle n'attendait que ça, en définitive, un rafiot qui nc ressemblait à aucun autre, un capitaine un peu dingue, un chargement extravagant. Sitôt à bord, elle avait fait rêve commun avec Pierre.

Avec Paul, en ce mois de juillet, elle s'est aperçue qu'elle rêvait pour deux. Ça ne l'a pas arrêtée. Son inventivité, elle le voyait bien, agissait sur lui comme un aphrodisiaque. Il était fasciné par son imagination scientifique, et même par son grain de folie, qu'elle n'avait pas peur de revendiquer – c'était le nom qu'elle donnait à son génie.

Paul, en somme, attendait qu'elle soit son Pierre en même temps que sa Marie. Ça ne l'a absolument pas effrayée, même quand ils se sont disputés. « Du moment qu'il est heureux », s'est-elle dit.

Il l'était. Dans la petite pièce qu'ils avaient transformée en bureau, Paul s'est enfin mis à faire la synthèse de ses expériences et de ses théories dans un article qui devait signer son retour dans les débats scientifiques internationaux – deux ans qu'avec sa dépression, il n'avait rien publié.

Il faut les imaginer ici face à face, le soir, sous le cercle étroit de la lampe à pétrole qu'elle a déposée sur la table. D'un côté, la mère qui veille et qui protège, de l'autre, l'enfant adoré, choyé dans un cocon sûr où nul ne peut l'atteindre. Elle était très consciente d'être sa mère en plus de sa maîtresse. À la fin d'un billet qu'elle écrivit à Paul, et qui finit par tomber dans les mains de la justice, elle a elle-même décrit ce lien étrange : « Au revoir, mon cher Paul, je prends ta chère tête dans mes deux mains pour la caresser doucement d'un sentiment tendre et maternel. »

Le petit deux-pièces n'avait donc rien d'une garçonnière ni même d'un nid d'amour. C'était l'espace du rêve. Pourtant le quartier était très agité, et Paul avait le bruit en horreur. À Fontenay-aux-Roses, dans la chambre-bureau qu'il s'était aménagée sous les toits, tout était silencieux. Ici, rue du Banquier, c'était le raffut dix heures par jour : le 5 se situait juste en face des usines automobiles Delahaye. Du matin au soir, on y martelait des tôles, on les ajustait, les soudait, on essayait des moteurs, qui pétaradaient, ronflaient. Des sirènes, à heure fixe, rythmaient cette fiévreuse ardeur ouvrière, mais pendant les pauses, nul répit. Des camions de livraison s'engageaient dans la rue, des charrettes acheminaient des marchandises aux artisans installés dans la cour du 5. Elles franchissaient le porche de l'immeuble, les sabots des chevaux frappaient les pavés de la cour, les cochers hurlaient pendant les manœuvres, les bêtes renâclaient, hennissaient. Lors du déchargement des charrettes, les portefaix se disputaient, s'injuriaient, la concierge s'en mêlait, braillait. Et il n'entendait rien, juste les pas dans l'escalier. « Est-ce que c'est elle ? » s'interrogeait-il, exactement comme elle se demandait lorsqu'elle était seule : « Est-ce que c'est lui ? »

27

Au fil des jours, l'attente de la clé qui tourne dans la serrure les rend de plus en plus sourds et aveugles. Ils en oublient le monde propre et réglé qui est le leur depuis qu'ils ne tirent plus le diable par la queue, le superbe pavillon de Fontenay, la villa cossue de Sceaux. Deux micro-univers quotidiennement dépoussiérés et astiqués, peuplés de bonnes, femmes de ménage, enfants lavés, chats qui se frottent aux jambes dans un bain bien doux d'odeurs de cire, lessive, amidon frais, bonne cuisine de famille, cheminées brasillantes, poêles ronflants au premier coup de froid, jardins humides, engazonnés et fleuris. Et pour parachever ce beau confort, toute une minutieuse et servile horlogerie de menus gestes qui tombent toujours à point et à l'heure dite afin de leur offrir ce luxe rare : avoir l'esprit libre.

Ici, avant de gagner le paradis du deux-pièces, quatre étages. Dès le troisième, ils s'essoufflent et, à chaque palier, se prennent dans les narines toutes sortes de relents de tambouille. Ils s'en fichent.

Tout de même, pas d'eau courante, des seaux à remplir dans la cour, qu'il pleuve ou qu'il vente, à la petite fontaine. Elle est frappée d'un bel Amour du meilleur augure. Il faut malgré tout monter les seaux jusqu'au quatrième et, à un moment ou à un autre, les redescendre et les vider. Et pour le reste, qu'on ne nommera pas, des tinettes communes, au fond de la cour à gauche. Ils s'en fichent toujours.

Mais est-ce qu'ils s'en fichent encore, le soir tard, quand ils s'en retournent prendre le train pour leur coquette banlieue ? La nuit leur dérobe les petites maisons anciennes qui leur ont tellement plu lorsqu'ils ont découvert la rue du Banquier. Dans la lumière sourde qui tombe des becs de gaz, ils distinguent seulement les façades fissurées et noircies des immeubles construits à la va-vite pour loger les flopées d'ouvriers, apprentis, manœuvres et tâcherons attirés par les usines environnantes. En moins de vingt ans, les bâtisses se sont transformées en taudis qui empestent la misère, l'alcool et la tuberculose. Les caniveaux, souvent, débordent d'ordures. Ailleurs, entre les palissades qui clôturent les terrains vagues, se dessinent parfois des silhouettes en déroute, ivrognes qui dégueulent, femmes abruties de grossesses et de raclées, faces rongées par le labeur et le malheur, Zola en somme.

Puis la gare Denfert-Rochereau, le train. Encore trois quarts d'heure de bonheur, mais souvent moins parce que, au bout de cinq minutes, inévitablement, la déchirure : le temps qu'ils voient, tragique, s'amenuiser au fil des gares.

Elle qui gamberge, présente-absente, comme elle est souvent. D'un côté elle écoute Paul disserter sur les molécules anisotropes et les biréfringences, leur passion du moment. De l'autre elle calcule : « La rue du Banquier, solution transitoire. Un jour il va falloir qu'on parte ailleurs, dans une vraie maison, avec un jardin. Paul va divorcer, on va réunir les enfants. »

Et lui, mine de rien, panique : « Si jamais Jeanne m'attend avec sa sœur dans l'entrée du pavillon, si jamais sa mère se met de la partie… » Avec sa femme, il s'est fait prévenant, plus du tout exigeant, elle ne pique plus une seule crise, elle ne voit rien. Mais comment savoir, avec elle ?

Il anticipe, réanticipe, l'entend déjà hurler. Dans ce qu'il imagine il n'y a pas que Jeanne. Il voit aussi venir l'angoisse qui le saisira une fois qu'il aura gravi, comme tous les soirs, l'escalier qui mène à sa chambre-bureau – ou son bureau-chambre, il ne fait plus la différence : « Qu'est-ce que j'ai fait, qu'est-ce que je dois faire, je ne sais plus quoi faire, il faut pourtant que je m'en sorte. »

Et malgré tout, le lendemain matin, le train dans l'autre sens. Le train de Marie si possible, celui de sept heures cinquante-cinq à la gare de Sceaux.

Il devra partir, tout aussi métronomique, à sept heures quarante ; et puisqu'il aura passé une bonne heure à s'amignonner pour qu'elle continue à lui dire qu'il est le plus bel homme de la terre, il engloutira une fois de plus un œuf dur d'une seule bouchée, sous le regard de ses fils qui s'en souviendront toute leur vie. Puis il se volatilisera – « C'est ça, balaie-nous donc le plancher ! » grincera Jeanne.

Et enfin, à la gare de Sceaux, grand soleil, Marie, printemps en marche, qui, toujours aussi ponctuelle et souple, saute sur le marchepied. Depuis l'affaire de la robe blanche et de la rose à la ceinture, elle s'est remise en noir mais c'est toujours Marie et sa cargaison de rêves, Marie et son inoxydable énergie. Elle a dormi cinq heures, aucune trace. Même teint limpide, même œil translucide.

Le train est bondé, elle attend la gare Denfert-Rochereau pour parler. À huit heures du matin, elle reprend leurs hypothèses et leurs raisonnements là où ils les ont laissés. Rien n'entame son fabuleux talent de navigatrice en haute mer scientifique, elle s'enthousiasme, imagine, s'exclame : « Non ! » « Mais si ! » « Et au fait… ? » « Et pourquoi pas ? » Elle pétille, elle rit. Enfin son accent polonais.

C'est comme rue du Banquier : il ne voit qu'elle, n'entend qu'elle. Il prend alors une décision : ne rien décider, pour Jeanne. Il va faire comme la veille, se laisser porter par le flot de la journée, la remplir avec Marie, de concepts, de conjectures, d'ivresse de la science pure. Elle lui caressera la tête, il se perdra entre ses seins, il se perdra en elle. Pour le reste, on verra plus tard. Et de toute façon, auprès de la géniale Mme Curie, qu'est-ce qui peut bien lui arriver ?

28

Courant juillet, quelqu'un se fait un devoir de révéler à Jeanne que Paul et Marie se retrouvent dans le train. « Souvent », précise l'inconnu.

Le volcan-Jeanne se réveille. Mais n'explose pas tout de suite. Dans un premier temps, la femme de Paul se borne à répercuter la dénonciation à Jean et Henriette. Elle leur écrit.

À la lecture de cette lettre, ils éclatent de rire. Elle a terminé son courrier d'un : « C'est louche. »

*

De toutes les amies de Marie, Henriette est la plus proche et, en dehors d'André, son plus fidèle soldat. Du temps du 108, elle lui a rendu une multitude de services. Elle l'a dépannée quand sa bonne était défaillante, lui a fait ses courses ou avancé de l'argent les jours où elle n'avait pas le temps de se rendre à la banque. Elle a été enceinte en même temps qu'elle, a fêté sa thèse rue Gazan à la table de Paul, l'a soutenue après sa fausse couche. À la mort de Pierre, elle a hébergé et consolé Irène. Et avec ça, la discrétion même. Entre elle et Marie s'est tissé un lien unique. Il se passe de mots sauf un : de toutes les femmes qui se disent l'amie de

« la Veuve illustre », Henriette est la seule autorisée à l'appeler « Marie » et non « Mme Curie ».

Donc en ce jour de la fin juillet où elle lit le « C'est louche » de Jeanne, elle n'a qu'un mot : Marie, un amant, quelle blague ! Et Paul, coucher avec elle, comment pourrait-il avoir une idée pareille ? Bel homme comme il est, il peut s'offrir toutes les jeunesses qu'il veut. Alors une femme de cinq ans son aînée, veuve par surcroît d'un maître qu'il adorait… Impayable, cette Jeanne. Elle ne changera jamais, folle à lier, pauvre Paul.

Henriette a complètement oublié ce qui s'est passé chez elle à la mi-mai, effacé de sa mémoire la scène où, tout aussi stupéfaite que Borel, Marguerite, André, Paul et les autres, elle a vu son amie faire irruption dans son salon dans une robe aussi virginale que celle d'une fiancée au matin de ses noces, et rajeunie de dix ans. Elle a beau l'appeler Marie, elle est comme tout le monde : dès qu'il est question de son amie, elle pense toujours : « Mme Curie. » Et c'est plus fort que tout, elle la voit toujours vêtue de noir.

*

Paul, à propos de Jeanne, est encore plus inconscient. Il continue à l'entourer d'égards et de prévenances, et se persuade, à force, qu'il a réussi à l'endormir.

De fait, Jeanne garde le silence. La tribu lui a manifestement conseillé d'en revenir à la formule qui lui a si bien réussi au début de son mariage : espionner d'abord, agir ensuite.

La méthode est d'autant plus appropriée, estime le clan Desfosses, qu'il faut y aller sur la pointe des pieds avec Mme Curie, elle est tellement célèbre. Et l'adultère – si adultère il y a – est un délit. À moins d'un accord entre les époux, on le juge en correctionnelle. L'amant ou la maîtresse du conjoint légitime a le statut de complice. Il risque une amende, voire la prison, et l'opprobre est public. On joue gros, on doit être prudent.

L'affaire n'échappe pas à Bourgeois, le beau-frère qui dirige la chronique judiciaire du *Petit Journal* et nourrit ses colonnes de crimes passionnels. Lui et sa femme habitent à Sceaux, 3, rue Carnot, à deux kilomètres du domicile de Paul et Jeanne, mais surtout à cinq cents mètres de la villa de Marie, et à seulement trois cents de la gare où elle prend le train.

Peut-être est-ce lui, le mouchard. Lorsqu'il se rend à son travail et qu'il revient, il emprunte la même ligne que Paul et Marie.

S'il a été du petit complot, il a dû s'y prendre avec circonspection. Partagé entre l'irrésistible envie d'en savoir plus, la volonté de garder la maîtrise d'une affaire aussi émoustillante et la nécessité de contrôler les débordements de Jeanne. Donc prudent, Bourgeois. Dégagé, faussement périphérique. Avare de mots, mais manœuvrant au moment précis où il faut. Comptant les points et attendant son heure.

Laquelle sonne toujours, la preuve : il a fondé le fameux syndicat d'informateurs judiciaires dont il rêvait depuis si longtemps. Il compte bien la présider d'ici peu. Pas de candidat plus légitime. Onze ans qu'il dirige la chronique judiciaire du *Petit Journal*, les pages les plus lues de sa gazette, et par conséquent les plus rentables. Tout ça lui vaut d'être dans les petits papiers de son riche et puissant patron, à qui il entend bien demander de parrainer sa Légion d'honneur. Il s'y voit déjà, se confondant en courbettes tandis que l'autre s'empresse : « Mais comment donc, j'en fais mon affaire ! »

Seule ombre au tableau : l'heure de gloire du *Petit Journal* est passée. Les tirages chutent. Pour tenter de remonter la pente, le patron a dicté à ses journalistes une ligne dure, patriotique, antiallemande, antidreyfusarde. Cibles privilégiées : ceux qui, comme Borel, Jean ou Paul, défendent une république qui traite tous les Français sur un pied d'égalité. Absolument tous, pauvres, riches, instruits ou pas, catholiques, juifs, protestants, qu'ils soient nés sur le sol national ou qu'ils aient vu le jour dans le plus lointain des pays étrangers.

*

Paul n'y voit que du feu. Un jour qu'il a décidé de passer la journée en compagnie de Jeanne et de ses enfants, soudain, il n'y tient plus. Il s'enferme dans sa chambre-bureau pour écrire une lettre à Marie, puis sort la jeter dans la première boîte venue.

La tribu Desfosses a tout vu. Et tout prévu. Quand l'employé chargé de la relève du courrier vient déverrouiller la boîte aux lettres, une main lui fourre discrètement un gros billet dans la poche et l'affaire est dans le sac.

La lettre de Paul n'a rien de compromettant. Un simple échange d'ordre scientifique. Il s'est souvenu de la raclée qu'il a reçue au début de son mariage quand Jeanne a mis la main sur un courrier de sa mère, il a été prudent.

Pour autant, il a glissé ici et là quelques formules tendres. Elles suffisent à déclencher un ouragan. Jeanne brandit la lettre et hurle : « Ta Marie Curie, je vais la tuer ! »

Finit-elle par le molester ? Dans sa fureur, saccage-t-elle l'appartement, les choses vont-elles trop loin, la tribu affolée préfère-t-elle décréter le cessez-le-feu ? Une lettre de Marie signale qu'en août Jeanne fut hospitalisée – internée, suggéra plus tard Marguerite Borel dans un acide roman à clé[1]. Jeanne elle-même, au moment du scandale, déclara à un journaliste que son mari cherchait à la faire passer pour folle.

Ce qui souleva naturellement l'indignation. C'était elle, la femme légitime, que son mari avait bafouée. Et il voudrait maintenant se débarrasser de sa victime en l'enfermant dans un asile ?

*

Paul, dès qu'il peut revoir Marie, lui relate la scène. Mais en termes choisis : lorsqu'il en arrive aux menaces de mort proférées par Jeanne, il leur donne une forme très policée. Selon lui, Jeanne aurait dit, parlant d'elle : « Je vais me débarrasser de cet obstacle. »

Marie exige la clarté. « Qu'a-t-elle voulu dire ? » Il ne peut se dérober : « Elle veut te tuer. »

Est-il sincèrement convaincu que la violence de Jeanne peut la pousser au meurtre ? Veut-il effrayer Marie, la conduire à décider pour lui et à prendre l'initiative d'une rupture qui éviterait le scandale ? A-t-il compris que Jeanne va lui livrer une guerre sans merci, cherche-t-il à étouffer le conflit quand il est encore

1. Camille Marbo, *Jeux de la science et de l'amour*, Paris, Tallandier, 1953.

temps ? Le chien battu, en tout cas, redevient aussitôt chien fidèle. À Jeanne. D'un jour à l'autre, il ne remet plus les pieds rue du Banquier. Coupe tout lien avec Marie. Disparaît.

*

Il se pourrait que juste avant, dans le deux-pièces, il y ait eu une scène. Dans l'une des lettres volées, quelques mots de Marie le laissent entendre ; et on la voit bien, quand Paul lui apprend que Jeanne veut la tuer, lui répliquer du tac au tac : « Parfait, qu'elle me tue ! Après ce que j'ai vécu il y a quatre ans, l'accident de la rue Dauphine, et maintenant, ce que je vis à cause de toi… »

Paul, si elle a eu ces mots, a piqué une des colères jupitériennes dont il est coutumier. Marie fond en larmes. Ça achève de le mettre à bout, il veut prendre la porte, elle lui barre le chemin. Elle est toute frêle, mais habitée d'une énergie phénoménale. Il cède, s'attendrit.

Alors elle argumente. Toute douceur, pour commencer, puis à mesure des phrases, de plus en plus âpre. Ça l'exaspère, il en remet dans le raisonnement – à ce jeu-là il est aussi fort qu'elle. De bonne raison en mauvaise, ils recommencent à s'affronter. Il pique une nouvelle colère, elle ne trouve bientôt qu'à supplier, sangloter. Et lui, Paul, qui ne se sent pas davantage en paix dans le deux-pièces que chez lui, choisit, entre deux maux, le plus confortable : le domicile conjugal. Il claque la porte et ne revient plus.

*

Marie crut revivre les semaines qui avaient suivi la mort de Pierre. Dès les premiers jours d'août, elle perdit pied. À la fin du mois, malgré tout, elle s'attela à sa comptabilité.

Elle n'avait pas dépensé grand-chose. Aucune trace de frais vestimentaires. Cependant Mme Curie, folle de rage, constate qu'une somme non négligeable a échappé à sa farouche volonté de tout contrôler. Dans son courroux, elle en fait figurer le montant sur son carnet de brouillon et l'assortit d'un triple et rageur point d'exclamation : « Manque 30,75 !!! »

C'est décidément le chaos : quelques jours plus tard, elle s'aperçoit qu'en réalité ses comptes sont excédentaires. Au lieu de se calmer, elle redouble de colère : « Trouvé en plus 16,10 !!! »

On comprend qu'elle s'alarme. Toujours aussi rebelle, son double Mania Sklodowska s'est mis à errer de la gare Denfert-Rochereau à la rue du Banquier et au labo, puis dans les petits bistrots où Paul et elle avaient l'habitude de se retrouver, rue Mouffetard ou place Maubert, avant de regagner le deux-pièces, sans jamais le trouver ni avoir la moindre nouvelle de lui. Pas une lettre, pas le moindre billet. Il est chez lui, lui a-t-on dit, mais on n'en sait pas plus.

Elle est écrasée de travail. Les épreuves de son traité de la radioactivité à corriger, mille pages. Et elle n'a toujours pas réussi à réunir les financements du futur Institut du radium. Enfin, début septembre, elle doit faire une communication au Congrès d'électricité et de radiologie de Bruxelles. Elle sera suivie de débats dont l'enjeu est capital : la communauté scientifique devra désigner le savant qui fixera l'étalon de mesure du radium. Elle entend bien que ce soit elle.

Paul a prévu de l'accompagner là-bas. Viendra-t-il ? Et s'il avait à nouveau sombré dans la dépression ? S'il avait décidé d'en finir pour de bon ?

Comme après la mort de Pierre, elle ne dort plus. Rue du Banquier, à leur table de travail, plus personne pour lui faire face. Dans leur chambre, le lit vide. Le cabinet de toilette, au fond de la cuisine, dans l'état où Paul l'a laissé. Pas moyen de lui écrire : sitôt reçue, sa lettre serait ouverte, détournée ou détruite.

Pourtant ce n'est pas un deuil. Pas d'énergies ectoplasmiques à convoquer pour tenter de le revoir, pas de tombe où le rcjoindre. Paul est vivant, tout peut recommencer.

*

Il faut cette fois l'imaginer, rue du Banquier, se raccrochant à des riens. Des pas dans l'escalier – si c'était lui ? Le nécessaire de toilette qu'il a abandonné auprès du tub – c'est sûr, il va venir, il viendra. Des chemises, sur le dossier d'une chaise, en attente du blanchisseur – ses préférées, il va sûrement vouloir les récupérer. Leurs lettres d'amour et les billets qu'ils ont échangés depuis le début de leur passion sont toujours soigneusement entreposés dans un tiroir du secrétaire qu'il a installé dans leur chambre. Impossible qu'il renie les mots qu'il a eus, les moments qu'ils ont vécus.

Et le loyer, payé jusqu'au 15 octobre : ça laisse deux mois pour agir. Appeler Jean à la rescousse, par exemple. Il ne lui a jamais rien refusé. Lui seul peut se rendre à Fontenay, sonder Jeanne, questionner Paul.

Malheureusement, il n'est pas là. Il est parti en vacances avec Henriette et ses enfants, dans une maison qu'il a louée en Bretagne, à l'Arcouest, au nord de Paimpol. Il ne reviendra pas avant la fin du mois. Et l'affaire est trop délicate pour la lui exposer par courrier.

*

Irène et Ève, comme l'année précédente, sont en vacances à la villa du Moulin, à Saint-Palais-sur-Mer, sous la garde de leur nouvelle gouvernante, Mlle Valentine. Cette année, Marie leur donne plus souvent de ses nouvelles. Il lui arrive même d'en réclamer à son aînée. Elle lui écrit ainsi, début d'aveu : « Tes lettres sont ma plus grande joie dans ma solitude ici. » Cette lettre-là porte le cachet de la poste de l'avenue des Gobelins, toute proche de la rue du Banquier.

À la mi-août elle n'y tient plus, elle quitte Paris et rejoint Saint-Palais-sur-Mer. Mais elle est vite à bout. Après quelques jours, elle rentre à Paris et recommence à chercher Paul, tourner, virer, errer du train de Sceaux au labo et à la rue du Banquier. Toujours pas trace de lui. Ni aucune nouvelle de Jean.

Et soudain, quelqu'un – André ? – lui apprend que Jean vient de rentrer. Comme elle, il prépare son intervention au congrès de Bruxelles. Il avait oublié des livres et des dossiers, il a laissé Henriette et les enfants en Bretagne et il est rentré seul.

Elle court chez lui, boulevard Kellermann[1]. Il est là, en effet, plongé dans ses paperasses et auréolé comme toujours de sa tignasse rousse qui lui donne un air d'archange. Elle lui résume aussitôt l'histoire du facteur soudoyé par les Desfosses, lui raconte la scène que Jeanne a faite à Paul, lui apprend qu'elle n'a plus

1. Selon Susan Quinn (*Marie Curie*, Paris, Odile Jacob, 1996, p. 250-251), qui a pu prendre connaissance des témoignages de Jean et Henriette et les a partiellement cités. Ils sont depuis inaccessibles à la consultation. Tous les témoignages des époux Perrin sont issus de cet ouvrage.

de nouvelles de lui : « Il va très mal, j'en suis sûre… Ce n'était pourtant qu'une lettre fraternelle, une de ces discussions scientifiques comme nous en avons toujours eu… »

Puis elle répète : « Paul va très mal, il faut le sortir de là… »

Comme prévu, Jean se laisse convaincre. Il décide de voler au secours de Paul : « J'irai demain à Fontenay. Je verrai sa femme, je la calmerai. »

29

Jeanne, dès qu'il est entré dans le vestibule, a compris ce qui l'amenait chez elle : l'histoire de la lettre et des menaces de mort qu'elle avait proférées contre Marie. Il n'avait pas fait trois pas qu'elle s'est mise à crier.

Il ne devait jamais oublier ce qu'elle lui a lancé : « Eh bien, monsieur Perrin, ça va faire du joli dans les journaux, vous allez voir quel scandale ! » Puis, dans un étrange revirement, elle l'a invité à déjeuner.

Paul est arrivé. Il s'est assis à table. Pendant tout le repas, malgré la présence de ses enfants, Jeanne a multiplié les allusions à la lettre. Elles étaient souvent graveleuses.

Jean, après le déjeuner, a réussi à s'isoler avec Paul. Il n'a jamais livré la teneur de leurs échanges, sinon qu'il lui a promis de revenir tous les jours à Fontenay et de ramener sa femme à la raison.

Il a tenu parole. Quatre jours d'affilée, il a fait le voyage de Fontenay. À chaque fois, il a pris Jeanne à part et, pendant plusieurs heures, a essayé de lui démontrer qu'elle n'avait aucune raison de prendre ombrage de l'affection que Paul avait pour Marie. Il a aussi cherché à la convaincre que les meilleurs moyens de recouvrer l'amour de Paul étaient « la douceur et l'affection ». Difficile d'être plus maladroit.

Le quatrième jour, il a trouvé Jeanne beaucoup plus calme. Mieux, s'est-il souvenu, « elle me promit d'être douce ».

L'archange-Jean a alors rejoint la gare tout faraud ; et comme il avait pris beaucoup de retard dans son travail, il a filé à son labo et n'est rentré boulevard Kellermann qu'aux alentours de minuit.

Lorsqu'il est arrivé en vue des fortifications et s'est engagé dans la venelle qui menait chez lui, son œil a été arrêté par une silhouette qui se déplaçait dans l'ombre avec les mouvements incohérents et fiévreux d'un animal aux abois. Le temps de tressaillir, la forme a foncé sur lui. C'était Marie.

Elle était aussi blême qu'au soir de la mort de Pierre. Comme chaque fois que l'émotion la submergeait, son accent polonais s'accusa et elle se mit à parler à toute vitesse : « Mme Langevin et sa sœur Mme Bourgeois m'ont injuriée en pleine rue et… »

*

Paul avait beaucoup surestimé sa femme. Elle n'avait pas attaqué Marie au revolver ni au couteau de cuisine comme dans les faits divers qui faisaient la une du *Petit Journal*. Malgré son côté populo, ça n'avait pas été non plus une agression au fer à repasser ou au battoir à lessive comme dans *L'Assommoir* de Zola. Mais elle l'avait molestée – on trouve des traces de l'agression dans un article qui parut au moment du scandale. Et le drame, c'est que ça s'était passé devant chez Marie, à la vue des voisins et des passants. Pire encore, quand Jeanne eut fini de la bourrer de coups et de lui gueuler ses insultes, elle avait lancé : « On vous donne huit jours pour quitter la France, sinon… »

Sinon, c'était la mort.

*

Jean témoigna : « Je n'oublierai jamais l'émotion que j'ai sentie à voir la détresse où l'on réduisait cette femme illustre, réduite à errer comme une bête traquée… » Marie avait aussitôt quitté Sceaux. Ses filles, leur gouvernante et la bonne étaient restées à Saint-Palais-sur-Mer, elle était seule. Et la sœur de Jeanne, Euphrasie, habitait à cinq cents mètres de chez elle. Elle ne s'était pas vue dormir dans la villa. Ni rue du Banquier, de peur, cette fois, que les deux furies ne la suivent. Il ne lui était resté qu'une seule issue, courir chez Jean et tambouriner à sa porte.

Il n'était pas là. Elle l'avait guetté pendant des heures depuis les fortifications et le trottoir du boulevard, tremblante, marchant de long en large, craignant à tout moment d'être à nouveau molestée. Une fois la nuit tombée, elle s'était usé les yeux à sonder la venelle qui menait chez Jean. Sans pouvoir éviter l'ombre du pavillon où elle avait été si heureuse avec Pierre.

*

Elle n'a pas parlé à Jean de la rue du Banquier. Elle a seulement soupiré : « Je ne sais plus où aller. »

Il lui a proposé son toit. C'est ce qu'elle attendait. Il lui a préparé un lit, elle s'est couchée. Dans l'ombre, derrière le vieux sycomore, les rosiers, le fouillis des buissons et la vieille grille rouillée, c'était l'autre façade du pavillon qui se dressait dans la nuit. Elle n'a pas dû beaucoup dormir cette nuit-là.

Jean non plus. Mais au matin, sa résolution était prise. Il allait retourner voir Jeanne, apprécier la situation, puis chercher de nouveaux moyens de la calmer.

*

Comme la première fois qu'il était venu, Jeanne s'est remise à crier dès qu'elle l'a vu. « Des menaces de mort, a-t-il témoigné, qu'enfants et voisins pouvaient entendre. »

Tout ce qu'elle hurlait confirmait le récit que Marie lui avait fait : si sa rivale ne quittait pas le pays sous huit jours, elle la tuerait.

Lors de cette visite, semble-t-il, Jean n'a pas rencontré Paul – il devait se terrer dans son bureau. Lorsqu'il reprit le train pour Paris, en tout cas, il était convaincu qu'il y avait d'assez fortes chances pour que Jeanne passe à l'acte.

« Prends le large, a-t-il conseillé à Marie lorsqu'il l'a retrouvée boulevard Kellermann. Quitte la France, le temps que Jeanne se calme. »

Elle lui a opposé un non catégorique. Pas découragé, et toujours aussi angélique, il a repris le train pour Fontenay.

Paul et lui se sont vus, cette fois, et ils ont cru tenir la solution : dans l'intérêt des enfants et celui de la science – Paul n'arrivait plus à travailler et Marie non plus –, il fallait négocier avec Jeanne. Conclure un traité, comme à la fin d'une guerre. Paul et sa femme s'assiéraient autour d'une table, escortés chacun d'une sorte de modérateur-conciliateur. Pour Paul, ce serait Jean, et pour Jeanne, Bourgeois.

Jeanne s'empressa d'accepter. Son beau-frère aussi.

*

Lorsqu'elle avait décrit Paul et Jean comme de grands enfants, Marguerite Borel avait vu juste. Ils venaient de jeter Marie dans la gueule du loup.

30

La prodigieuse intelligence de Jean éblouissait tout le monde. Il en était souvent grisé. Il perdait alors toute finesse.

Il a proposé à Jeanne un pacte aussi grossier qu'irréaliste. Marie n'approcherait plus jamais Paul, sous aucun prétexte, fût-il scientifique. Jeanne, en contrepartie, la laisserait en paix. Plus de cris en pleine rue, plus de coups, d'injures ni de menaces de mort, plus d'agressions non plus en privé. Elle serait « douce » – ce fut le mot qu'il eut. Ou, comme il dit aussi : « Vous ne ferez plus de scandale. »

C'était traiter Jeanne en enfant. Comment Paul et Marie, d'un jour à l'autre, auraient-ils pu s'ignorer, ne plus jamais se revoir ? Quinze ans qu'ils se connaissaient, se fréquentaient, se soutenaient, se passionnaient pour des énigmes et des idéaux identiques, partageaient enthousiasmes, découragements, épreuves. Même s'ils n'avaient pas été amants, comment tirer un trait sur le passé, les grandes heures du 108, la coopérative d'enseignement, les enfants qui jouaient ensemble depuis toujours et n'arrêtaient pas de se réclamer – ils étaient toujours chez l'un, chez l'autre. Un rien, et le cessez-le-feu serait rompu.

Jean chuchotait depuis longtemps : « La femme de Paul est idiote. » Avec cet accord, il se montra encore plus stupide. Car en plus du fond, il y eut la forme : la candide arrogance d'un cerveau d'exception. Jean, depuis son enfance, et sans s'en rendre compte, écrasait tous ceux qu'il rencontrait, hommes ou femmes. Un premier de la classe, comme Paul.

Bourgeois n'a pas pipé mot. Et Jeanne, sur le moment, s'est laissé amadouer. Mais quarante-huit heures plus tard, elle a vu qu'on l'avait flouée et s'est remise à crier à tous les vents que Marie était une voleuse de mari, qu'elle allait la tuer. Au moins deux de ses voisins eurent droit à ses discours meurtriers.

La situation était à nouveau sans issue. Et bien plus alarmante qu'avant. Lors des négociations, quand Jean, dans son ingénuité, avait laissé tomber le mot « scandale », il avait pointé la seule faiblesse de Marie, en dehors de sa passion pour Paul : sa peur panique des journalistes et, plus généralement, son aversion pour toute forme de tapage autour de sa personne.

Bourgeois, en silence, avait jubilé. Le scandale, c'était son fonds de commerce. Voilà une proie qui allait lui tomber toute rôtie dans le bec. À condition, bien entendu, que sa belle-sœur ait vu juste. Son expérience des faits divers lui avait appris que les femmes trompées ont un instinct très sûr. Cependant Jeanne, pour l'heure, ne disposait d'aucune preuve ; et la scène de la rue du Chemin-de-Fer faisait très mauvais genre : sa propre femme s'était donnée en spectacle. Il fallait maintenant convaincre Euphrasie de rester dans l'ombre, ce qui ne serait pas une mince affaire. Et parvenir, plus grand exploit encore, à canaliser la violence de la tribu Desfosses. Tout cela exigerait du temps et du doigté. Pour toutes ces raisons, le silence s'imposait.

Au moment où Paul avait juré que, de sa vie, il ne reverrait plus Marie, il aurait pu très aisément l'interrompre : « Mais enfin, vos travaux, mon cher beau-frère, qui se réfèrent constamment aux découvertes de Mme Curie, votre laboratoire, à quelques rues du sien… Et ce congrès, m'a dit Jeanne, qui va se tenir dans quelques jours à Bruxelles… Mme Curie sera là-bas, et n'est-il pas prévu que M. Perrin et vous-même accompagniez en Belgique cette âme solitaire… ? » Il se garda bien d'ouvrir la bouche. De son long, patient commerce avec les policiers, les magistrats et les mouchards de tout poil, il avait tiré une leçon : si ingénieux et prudents soient-ils, les maris adultères, comme les grands criminels, finissent toujours par commettre l'erreur fatale.

*

La guerre reprend dès que Paul sait que Jeanne a réitéré ses menaces de mort à l'endroit de Marie. À nouveau il explose, à son tour elle entre en éruption.

Dramaturgie ordinaire de la scène de ménage : concert de vociférations croisées et de noms d'oiseaux, échange de vérités bien senties, continuum de récriminations réciproques suivi d'un crescendo où des deux côtés on braille, glapit, tonne et claironne, jusqu'au moment où Jeanne enrichit le scénario d'une variante inédite : elle fracasse une bouteille sur la tête de Paul. Pour la seconde fois de sa vie, il a le cuir chevelu sévèrement entaillé.

Autant de violences, autant de mystères. Sa fureur assouvie, Jeanne lui propose : « Séparons-nous. » Il devrait sauter sur l'occasion. Il repousse son offre.

L'impossibilité de trancher, comme d'habitude. Quinze jours plus tard, après le congrès de Bruxelles, il a renoué avec Marie. Elle est à bout de forces, et il faut à nouveau endormir Jeanne. Ils décident de ne plus se voir pendant quelques semaines.

*

Le temps que Jeanne passe à autre chose, pensent-ils, le temps qu'elle oublie. Ils en sont persuadés : à force de voir que les volets de la villa de Sceaux sont fermés, elle va se persuader qu'elle a gagné la partie, que Paul est rentré au bercail et qu'il n'en ressortira plus.

Jean est du même avis ; et comme Marie est épuisée – tout juste si elle tenait debout, pendant le congrès de Bruxelles, on l'a vue plusieurs fois au bord de la syncope –, il lui a proposé de le rejoindre en Bretagne, dans le minuscule hameau où Henriette et lui louent une maison de pêcheurs. Elle s'est laissé tenter et, avant même de partir pour la Belgique, a expédié ses filles là-bas.

La rentrée des classes n'aura pas lieu avant le début d'octobre. Ça lui laisse trois bonnes semaines pour se refaire une santé et se remettre de l'agression de Jeanne. Qui pourra la reconnaître, dans les landes de l'Arcouest, qui pourra l'espionner, intercepter les courriers de Paul et ceux qu'elle va lui adresser ? Ses lettres à elle, de toute façon, elle va bien prendre soin de les expédier au casier qu'au début de leur liaison Paul a ouvert dans un bureau de poste tout proche de son labo. Son intitulé, elle en est certaine, passe totalement inaperçu : pas de nom, seulement trois initiales, MPL.

Paul prend aussi des mesures de prudence. Il estime qu'il a été très mal inspiré, en juillet, de louer l'appartement à son nom. Le bail est renouvelable de trois mois en trois mois. Il vient à échéance le 15 octobre. Il faut le résilier, décide-t-il, et revenir à la solution précédente, la sous-location, via un prête-nom.

Il voit tout de suite à qui il peut demander ce service, un ami en qui il a toute confiance, un certain Crosnier – peut-être le même homme qui avait signé le bail au mois d'avril et, de la même façon, lui avait sous-loué le deux-pièces.

Il ne s'agit au demeurant que d'un arrangement banal, un petit tour de passe-passe comme il s'en pratique des dizaines tous les jours : Crosnier n'occupera pas l'appartement, il se bornera à signer le contrat de location. Donc, pas de déménagement. Et l'affaire ne laissera aucune trace : Crosnier, par la même occasion, se chargera de régler au fisc la taxe de droit au bail. Paul la lui remboursera et chaque trimestre, tout aussi scrupuleusement, il lui confiera le montant du loyer. C'est encore Crosnier qui se déplacera chez le propriétaire pour lui remettre l'argent.

*

Dès qu'elle fut à l'Arcouest, Marie se mit à écrire à Paul. Lors du scandale, un de ces courriers, comme ceux de son amant, fut produit en justice pour la convaincre de complicité d'adultère. C'est ainsi qu'on l'a conservé, instantané amoureux tout en candeur, simplicité, fraîcheur : « Il y a du brouillard aujourd'hui, la mer est calme, le ciel aussi. J'irai porter cette lettre à la poste. Je regrette bien de ne pouvoir renouveler les fleurs de chez nous pour te faire plaisir ; il y a ici de belles bruyères que j'aimerais y porter pour toi. Je t'embrasse bien tendrement. »

Elle n'était pas retournée rue du Banquier depuis plus d'un mois. Elle continuait malgré tout à dire « chez nous » quand elle parlait du deux-pièces ; et, pour conjurer l'absence, s'arrimait au petit rituel qu'elle s'était inventé le printemps d'avant, d'acheter des fleurs sur le chemin, se disant sans doute à chaque fois : « Si nous nous ratons, il trouvera le bouquet. Et ce sera comme si nous nous étions vus. »

Paul lui répondit. Il s'inquiétait de sa santé, se sentait coupable de ses angoisses et de ses larmes, s'accusait d'être la source de son chagrin et même de son épuisement nerveux. Il lui jurait qu'il n'allait pas tarder à fuir son enfer conjugal mais, disait-il aussi, il attendait qu'elle soit rentrée de l'Arcouest pour savoir comment s'y prendre. « La situation chez moi est toujours à l'état d'hostilité latente ; j'attends votre retour pour savoir exactement dans quel sens agir. Je voudrais que d'ici là tu sois en meilleur état et que tu profites de quelques jours de repos. Je me reproche tellement de n'avoir pas su t'éviter les difficultés récentes et d'avoir fait retomber sur toi, qui n'en avais certes pas besoin, une partie du poids sous lequel j'ai vécu pendant des années. »

Il lui parla aussi du désir qui l'avait jeté dans ses bras : « Une impulsion qui m'a semblé si douce, un entraînement si spontané. » Elle avait éprouvé la même impression, exactement. Elle le sentit amoureux comme au premier jour.

Dans ce courrier-là, il y eut encore plus exaltant, un aveu qui lui avait échappé ; elle-même ne s'en aperçut qu'une fois la lettre relue. Lorsqu'il avait évoqué le moment où il la reverrait et lui demanderait conseil sur la marche à suivre pour rompre définitivement avec Jeanne, au lieu de : « J'attends ton retour », il avait écrit : « J'attends votre retour. » Comme s'il était déjà le beau-père des filles. Comme s'il s'était trouvé une nouvelle famille.

31

À l'image de la plupart des terres côtières, le pays de Ploubazlanec, dont dépend le hameau de l'Arcouest, s'est beaucoup urbanisé. Mais en parcourant cette petite presqu'île, en chinant des photos, des cartes postales des années 1900-1910 puis en les confrontant avec les informations livrées par Marie dans les lettres qu'elle adressa à Paul en cette fin d'été tourmentée – elles aussi tombèrent aux mains de ses ennemis –, il est assez facile de se faire une idée de son séjour là-bas. Grâce à cette petite excursion bretonne, on saisit aussi pourquoi elle revint si souvent à l'Arcouest après le scandale, et finit par s'y faire construire une maison.

La bâtisse, dont elle dessina les plans, se dresse toujours en haut d'un promontoire. Simple et solide, à l'épreuve des hivers, des grands vents. Cette année-là, où elle découvrit l'Arcouest et improvisa son séjour en fuyarde, elle séjourna dans un hôtel, sans doute la vieille pension qu'on avait édifiée quelques années plus tôt en face de l'île de Bréhat.

En tout cas au plus près de la maison de Jean et Henriette. Depuis l'agression de Jeanne, elle ne se sentait bien qu'auprès d'eux.

*

Les terres de l'Arcouest lui ressemblaient, âpres, sauvages, et cependant d'une infinie douceur. Les longues houles mauves des bruyères qu'elle avait décrites à Paul étaient sillonnées de chemins creux défendus par de sévères haies d'ajoncs qui débouchaient par surprise sur des cordons de sable, des petits champs gras, des anses de galets mêlés de gravier, des coulées de fleurs infiltrées dans des éperons de roche et, toujours à l'improviste, sur de rudes maisons de pêcheurs, ou de paysans, on ne savait pas. L'horizon, à cent quatre-vingts degrés, déroulait une mer aux couleurs imprévisibles, veinée de courants secrets, seulement connus de qui avait vécu là toute sa vie. Où que s'enfuie l'œil, les eaux étaient hérissées d'écueils. Il arrivait parfois, même par temps calme, que des lames de fond, sans prévenir, s'en prennent aux nageurs. Elle crut y reconnaître la forme de son destin.

Elle avait découvert la Bretagne treize ans plus tôt, du temps qu'elle était enceinte d'Irène, tout près de là, entre Port-Blanc, Trestel et Penvénan. Elle l'avait aimée du premier jour.

Pierre aussi. Dans l'intransigeance granitique de ses côtes, ils avaient cru trouver l'équivalent géographique, on pourrait même dire géologique, de leur idéal – cette soif éperdue de vérité.

Ils s'étaient aussi emballés pour la lumière franche de ses étés et tous les menus plaisirs qui allaient avec : la vie en espadrilles, la pêche à pied, les sables qui étaient là-bas doux et blancs comme farine, les folles descentes à bicyclette dans l'air alourdi d'odeurs de mûres et de fougères surchauffées, tandis qu'au fond des poumons brûlait, perpétuelle, l'écorchure de l'iode et du sel.

Malgré sa grossesse avancée, sept mois et demi, elle s'était mis en tête de rallier Brest par la côte. Pas en train, à vélo. Ce qui, fatalement, hâta la naissance d'Irène. Elle avait dû rentrer d'urgence chez ses beaux-parents, à Sceaux, où l'enfant était née.

Il lui en était resté comme un regret de Bretagne. Elle y était retournée lorsque la petite avait quatre ans, au Pouldu, à la lisière du Finistère et du Morbihan. Un jour, revenant de la plage, comme elle avait enlevé ses espadrilles et les tapait sur le seuil de sa maison pour les débarrasser du sable qui s'y était infiltré, elle avait été abordée par un journaliste américain : « Vous ici, madame Curie, mais c'est extraordinaire ! » Pour une fois, elle s'était laissé interviewer. Mais depuis, elle n'avait pas remis les pieds en Bretagne.

Ici, à l'Arcouest, elle avait la paix. Seuls quelques peintres hantaient la pension. Ils ne lui prêtaient pas la moindre attention, et de son côté elle sortait souvent. Quand elle ne surveillait pas la baignade des filles, elle était chez Jean et Henriette, à parler de Paul et des meilleurs moyens de le sauver des griffes de Jeanne. Ou elle partait à l'assaut des chemins et des landes. À son retour, elle s'enfermait dans sa chambre pour relire les lettres de Paul et lui répondre.

Elle trouvait ses mots pendant ses marches. La presqu'île était un pays pour elle, une terre d'absence. Un monument dominait les landes, la Croix des Veuves, ainsi nommée parce que les femmes s'y rassemblaient pour guetter le retour de leurs hommes partis pêcher le long des côtes d'Islande. Leurs goélettes, parfois, ne revenaient pas. Elles n'avaient alors, pour se recueillir, que des plaques clouées à un mur du cimetière, où s'alignaient les noms des disparus.

Lors de ses équipées à travers champs, elle croisait presque toujours deux ou trois de ces veuves entièrement vêtues de noir comme elle-même l'avait été si longtemps. Lorsqu'elles se rendaient à l'église, elles s'enfouissaient sous de lourdes capes à capuchon qui rappelaient aussi sa pèlerine ; et quand elle n'en voyait pas, c'était, toujours en noir, la mère d'un de ces défunts qui se profilait au bout du sentier. Ou une sœur, une fille, une tante, une nièce qui vivait dans l'attente d'un autre marin, un vivant, lui, « un homme de loin », comme on disait dans le village. Allait-il seulement revenir ? Pas une femme dans la presqu'île qui ne partage son sort, l'absence définitive, Pierre, ou provisoire, Paul.

Ce qui la rapprochait aussi des femmes de l'Arcouest, c'est qu'elles parlaient deux langues. La maternelle, le breton ; et l'autre, l'apprise, l'imposée, le français, avec un accent, comme elle. Le pays lui faisait signe.

Elle s'y découvrait chaque jour de nouvelles parentés. On avait ici, pareille à la sienne, la parole rare mais bien sentie. On plantait, de la même façon, ses yeux droit dans ceux des autres. Ils étaient souvent clairs, parfois gris ; et les blonds à peau pâle n'étaient pas rares. Enfin comme elle – l'effet du vent froid, peut-être, à l'approche de l'aube, toute la presqu'île qui se réveillait en sentant le nord –, on aimait aller au plus vif des choses. Se colleter avec la rudesse du réel, sans perdre de temps.

*

Lorsque Valentine, la gouvernante, avait couché les filles et qu'elle les avait embrassées, elle retournait chez

Jean et Henriette et se remettait à leur parler de Paul. « Il faut le sauver », martelait-elle.

Elle insistait. Elle ajoutait souvent – c'était nouveau : « Il faut sauver ses enfants. »

Jean et Henriette approuvaient. Ils avaient enfin compris que Paul et elle étaient amants, mais n'en disaient rien. Ils préféraient chercher avec elle, des heures durant, la meilleure façon d'arracher les gamins à l'influence de Jeanne.

Elle s'enflammait : « Cette famille va les détruire, c'est fatal ! » Ils approuvaient encore. Elle reprenait : « Leur mère ne s'intéresse absolument pas à eux ! Ce sont de simples instruments qui lui servent à exploiter Paul, à l'opprimer ! Eux aussi, les petits, il faut les sortir de là ! » Ils approuvaient toujours.

Ça la rendait inventive, elle se mettait à penser tout haut : « Il faut que Paul s'y prenne en souplesse. Puisqu'il vient d'être nommé sous-directeur de l'École de physique… S'il s'installait dans l'appartement de fonction auquel il a droit ? Son fils aîné est demi-pensionnaire au lycée d'à côté. S'il l'inscrivait à l'internat ? Il le verrait tous les jours ; le petit ferait ses études en toute sérénité, il ne retournerait à Fontenay que le samedi et le dimanche, il grandirait loin des disputes. L'année suivante, Paul inscrirait le petit André dans le même internat et ensuite… »

Ils ne l'interrompaient jamais. Elle prêchait à des convertis. Pour reprendre la parole, ils attendaient qu'elle se taise ; et ils lui donnaient raison, une fois de plus. Ils lui confiaient par exemple qu'ils ne recevraient plus jamais Jeanne, qu'ils lui battraient froid. « Nous ne mettrons plus les pieds à Fontenay, cette femme est trop dangereuse et tellement violente ! » Puis ils renchérissaient : « Il faut absolument sauver Paul, sauver les enfants ! » Et comme elle, ils se mettaient à penser tout haut : « De temps à autre, en attendant le divorce, Paul pourrait se faire amener ses quatre enfants chez nous, comme ça il les verrait. Il y tient tellement, à ses gamins ! On pourrait aussi lui aménager un bureau dans notre pavillon, il viendrait y travailler tous les dimanches, bien au calme. On passerait la journée ensemble, il pourrait souffler. Il se démène tellement pour rapporter de l'argent à Jeanne, lui payer ses domestiques, ses robes… »

Pas une seconde ils ne soupçonnaient l'existence de la rue du Banquier. Mais ils croyaient à ce qu'ils disaient. Alors elle aussi. À son tour elle approuvait. Elle finissait par se calmer, rentrait à la pension.

*

Qu'il vente ou non, la nuit, à l'Arcouest, était toujours humide et froide ; et le clapot de la mer ne s'endormait jamais. Elle, ce qui l'empêchait de trouver le sommeil, c'était le ressac de l'imagination. Elle voyait Paul faire l'amour à Jeanne. Puis Jeanne était enceinte, venait promener son ventre glorieusement boursouflé sous le nez d'Henriette, Jean, André, Borel, Marguerite et les autres.

Elle ne s'apaisait qu'à l'approche du matin ; et ne dormait que deux ou trois heures. Lorsqu'elle se réveillait, elle était brûlante. Une fièvre qui n'était pas la fièvre mais l'étouffait assez pour l'empêcher de travailler. « Il faut absolument en finir », se disait-elle. Et, se levant puis guettant l'horizon du même œil anxieux que les femmes de la presqu'île, elle recommençait à vivre dans l'attente des lettres de Paul.

*

Elles arrivèrent fidèlement. Il s'était remis au travail. Il était fier de le lui dire, fier aussi qu'ils publient bientôt, et au même moment, le fruit de leurs heures studieuses sur la petite table du deux-pièces, elle son traité de la radioactivité, lui un simple article, « La théorie électromagnétique et le bleu du ciel ». Un texte sans commune mesure avec les mille pages de Marie, mais, tout de même, une belle synthèse. C'était à leur amour qu'il la devait ; et le bleu du ciel dont il expliquait l'énigme dans son article lui rappelait leurs après-midi, leurs soirées sous les toits.

La date de leurs retrouvailles approchait. Ils l'avaient déjà fixée. Paul bouillait sur place : « Je suis tout tremblant d'impatience à la pensée de te revoir enfin, lui écrivait-il, et de te dire combien tu m'as manqué. »

Chez elle, l'anxiété submergeait l'impatience. Dès son arrivée à l'Arcouest, elle s'était figuré que Jeanne allait utiliser l'aîné de ses fils pour espionner son mari. C'était désormais la poste qui l'inquiétait, et plus précisément l'intitulé de la boîte que Paul s'était ouverte pour éviter que sa femme ne fasse main basse sur sa correspondance. MPL – Marie Paul Langevin –, c'était beaucoup trop transparent, surtout si Jeanne le faisait suivre. Il fallait un code plus complexe. Ajouter un chiffre, par exemple, aux trois lettres. Mais il était impératif d'y mettre du sentiment, sinon ça ferait trop sec, peut-être même un peu sordide, en tout cas plus du tout romantique. Il fallait, en somme, que ce soit un code amoureux.

Elle ne fut pas longue à le trouver. Elle ne choisit pas sa date de naissance, ni celle de Paul. Ni même celle du jour où ils étaient devenus amants. Pour la boîte postale, elle voulut la marque du lien qui l'avait unie à Pierre puis à lui, Paul, et qui était par conséquent ce qu'elle avait de plus précieux : l'enfant de l'amour. Aux trois initiales MPL, elle ajouta le nombre 226. La masse atomique du radium.

32

Ils se retrouvèrent début octobre, rue du Banquier, un vendredi. Au début de la semaine, il avait beaucoup plu. L'air, dehors, sentait un peu la fin, les arbres roussis, les buissons d'asters qu'on irait déposer sur les tombes à la Toussaint, la terre des jardins ouvriers qui commençait sa patiente dévoration des feuilles arrachées par les averses.

Ils s'aimèrent et parlèrent. Puis ils rentrèrent chacun de son côté, dans des trains différents, avant la nuit.

Une fois chez elle, Marie mesura la faiblesse de Paul et ne dormit pas. Au matin, elle décida de coucher sur le papier les pensées qui l'avaient tourmentée à l'Arcouest et qui la torturaient encore plus maintenant qu'ils s'étaient retrouvés et qu'il était rentré chez sa femme.

Au moment de la quitter, Paul lui avait glissé qu'il ne pourrait pas revenir rue du Banquier avant le mardi suivant. Elle avait aussitôt calculé qu'ils ne se verraient pas de quatre jours et trouvé ce délai insupportable, d'autant que la poste ne distribuerait pas le courrier avant le lundi.

Elle ne voulut pas gâcher la joie de leurs retrouvailles, préféra lui répondre qu'ils resteraient aussi proches qu'ils venaient de l'être. « Dès demain après-midi, lui dit-elle, tu pourras aller chez Jean, tu y trouveras une lettre de moi. »

Ç'avait eu l'air de lui faire plaisir, il avait répondu qu'il irait la chercher.

*

Il fallait en profiter pour frapper un grand coup, estima-t-elle après cette nuit d'insomnie. Rassembler toutes les réflexions qu'elle s'était faites à l'Arcouest, puis les organiser dans un courrier si sincère et si parfaitement argumenté que Paul serait forcé de trancher une bonne fois entre elle et Jeanne.

Elle sentait qu'elle prenait des risques. Quand elle remettrait la lettre à Henriette, elle lui demanderait donc de la réclamer à Paul dès qu'il l'aurait lue et méditée. Henriette, aussitôt, viendrait la lui rendre et, tout aussi vite, elle la mettrait sous clé, en lieu sûr.

Elle ne savait pas encore où. Elle se méfiait maintenant de tout le monde, des gens du labo, de sa nouvelle bonne et de sa femme de ménage, qui pouvaient cancaner dans les rues de Sceaux avec les domestiques qui travaillaient chez Jeanne et sa sœur. Elle se souvenait aussi que, du vivant de Pierre, la gouvernante des filles l'avait volée. La police l'avait retrouvée et confondue, mais ça l'avait échaudée.

Elle verrait. En tout cas, cette lettre, elle ne la détruirait pas. Car elle allait marquer, elle en était certaine, un tournant dans son histoire avec Paul. Elle ferait date, ce serait une grande lettre d'amour, de celles qu'on garde jusqu'à sa mort.

*

Ce samedi-là, où il se remet à faire beau et presque chaud, les mots lui viennent comme dans le journal qu'elle a tenu après la mort de Pierre, au fil de la plume. C'est en réalité le fil de sa passion qui, sans le moindre effort, réussit l'exploit de se faire prendre pour la raison.

Elle ouvre sa lettre sur l'émotion qui l'a habitée la veille au soir entre la rue du Banquier et la gare de Sceaux, recueillie au profond d'elle-même comme le plus précieux de ses trésors jusqu'au moment où, pareille à des fleurs qui ne supportent pas le voyage, elle s'est défraîchie puis défaite à la seule idée que Paul se trouvait maintenant chez sa femme, à deux kilomètres de là, et peut-être dans son lit : « Mon cher Paul, j'ai passé la soirée d'hier et la nuit à penser à toi, aux heures que nous avons passées ensemble et dont j'ai gardé un souvenir délicieux. Je vois encore tes yeux bons et tendres, ton sourire affectueux, et je ne songe qu'au moment où je retrouverai toute la douceur de ta présence. »

Aussitôt, par réflexe, elle se met à rêver : « Qu'il serait donc bon de conquérir la liberté de nous voir autant que la diversité de nos occupations le permet, de travailler ensemble, de nous promener ou de voyager ensemble, quand les conditions s'y prêtent… » Puis, se souvenant de leurs disputes de la fin juillet, où il lui a reproché d'être autoritaire et possessive, elle fait mine d'avoir compris qu'il ressemble à ce chat Filou qu'a adopté Irène, qu'il aime son indépendance, sa liberté, aller, venir, la retrouver à sa guise. Elle paraît décidée à s'inventer avec lui un autre amour. Un genre d'amour de chats, justement, sans règle fixe, suspendu aux occasions, aux circonstances, un amour libre, serein, sans disputes, sans enjeu.

Mais très vite elle n'y tient plus, jette le masque. Elle lâche le mot « enfant », et tout de suite la digue cède : « Dis-toi quelquefois qu'il faut que je tienne à toi par un lien bien fort, pour que je sois décidée à le défendre, au risque de ma situation et de ma vie, alors que j'ai pourtant d'autres devoirs si importants à remplir. Pense à cela, mon Paul, quand tu te sentiras trop envahi par la crainte de léser tes enfants : ils ne risqueront jamais autant que mes pauvres petites filles, qui peuvent se trouver orphelines d'un jour à l'autre, si nous n'arrivons pas à une solution stable. »

Stable, le mot est lâché et l'enjeu est clair : c'est elle ou Jeanne. Affaire de vie ou de mort.

*

C'est vraiment la lettre la plus imprudente qu'elle ait jamais écrite. Sur plusieurs pages, elle mitraille Jeanne : « Ta femme est incapable de se tenir tranquille et de te laisser ta liberté ; elle cherchera toujours à exercer une contrainte sur toi pour toutes sortes de raisons : intérêt matériel, désir de se distraire et même simple désœuvrement. »

Jeanne ne changera jamais, assène-t-elle à Paul, violente elle est, violente elle restera. Quant à chercher à obtenir la garde des enfants, c'est du temps perdu : rien que pour lui empoisonner la vie, Jeanne fera tout pour les accaparer. Elle ne les lui abandonnera que le jour où elle aura un autre os à ronger, donc il faut jouer de patience, et la seule urgence, c'est lui, Paul : « Il n'y a pas que tes enfants à considérer. Il y a toi, ton avenir scientifique, ta vie morale et intellectuelle. Tout cela est en grand danger depuis des années. Tous tes amis le savent. »

Elle égrène leurs noms et, à nouveau, prend tous les risques, lance une charge meurtrière contre la tribu Desfosses : « Tu ne peux ni vivre ni respirer ni travailler dans l'atmosphère qui t'est faite. [...] Ta famille est un milieu d'une puissance destructive irrésistible, et, je crois, tout à fait exceptionnelle. Tu ne peux vivre dans cette famille sans être digéré par elle pour son propre usage, contrairement à l'intérêt même de cette famille, qui serait de t'utiliser avec plus de discernement[1]. »

La conclusion coule de source : Paul doit impérativement quitter sa femme. Malheureusement, faute de l'avoir fait le jour où elle lui a cassé une bouteille sur la tête, il lui faudra des mois avant d'y arriver. Mais il n'a plus le choix, et la seule solution, c'est la manière dure : « Il faut donc te décider, si pénible que cela soit pour toi, de faire tout ce que tu peux, méthodiquement, pour lui rendre la vie insupportable. Il faut lui retirer absolument tout ce qui puisse lui faire plaisir, la distraire ou lui faire croire à une possibilité d'entente. »

Plus question d'amour de chat. Elle veut Paul pour elle seule, et elle est prête à tout pour y arriver, même à une nouvelle séparation : « Si elle demandait que tu continues à m'éviter, on pourrait lui accorder cela. » Mais pure manœuvre, admet-elle, de plus en plus téméraire à mesure que sa plume noircit les pages. « Nous conserverions les mêmes précautions que maintenant pour nous voir jusqu'à ce que l'état devienne stable. » Enfin elle éclate, elle n'en peut plus, elle veut le grand jour, la vérité, celle du cœur mais aussi celle des corps, et tout de suite : « Une des premières choses à faire est de regagner ta chambre. Je t'ai promis de ne plus te

1. C'est Marie Curie qui souligne. Sa syntaxe et son orthographe ont aussi été respectées.

faire de reproches et tu peux y compter. J'ai en toi la plus grande confiance en ce qui concerne tes intentions. Je crains plus que je ne puis te dire les événements imprévus : crises de larmes auxquelles tu résistes si mal, guet-apens pour t'amener à la rendre enceinte, ce qu'ensuite elle te reprocherait comme un crime, etc. »

*

Elle lui dit tout, maintenant, détaille tout, mélange tout, sa sincérité l'enivre : « Pense que si elle avait encore un enfant, ce serait d'abord une mauvaise action que jugeraient très sévèrement tous ceux, hélas déjà nombreux, qui sont au courant, et qu'ensuite je ne pourrais plus du tout maintenir ma volonté de te garder mon affection. Ce serait entre nous la séparation définitive, sans que nous y puissions rien, car je peux pour toi risquer ma vie et ma situation, mais je ne pourrais accepter ce déshonneur en face de moi-même, de toi et des gens que j'estime [...]. Fais ce que tu peux pour en finir. [...] Fais cela, mon Paul, je t'en supplie (tu peux en parler avec Perrin[1]) et ne te laisse pas toucher par une crise de cris et de larmes. Je te l'ai déjà dit, il y a larmes et larmes ; pense au dicton du crocodile qui pleure parce qu'il n'a pas mangé sa proie ; les larmes de ta femme sont de cette nature. »

Elle redouble d'audace, demande à Paul d'isoler Jeanne, de la couper de tous leurs amis, et même de lui fermer l'accès à l'École de physique : « Ce n'est pas à toi, élève et successeur de Pierre, de me désavouer en cette circonstance. » Contre Jeanne, c'est la guerre totale. Elle ne l'appelle plus que « cette femme ». Et

1. Jean.

finit même par révéler à Paul pourquoi elle lui en veut à ce point : Jeanne a publiquement révélé que son mari avait une maîtresse. Et pire, hurlé le nom de sa rivale à tous les vents.

Voici donc que, pour garder son amant, Marie se retrouve réduite à invoquer une loi archaïque et non écrite, l'une des plus abusives de la société de son temps : lorsqu'une femme est trompée, elle ferme les yeux et elle se tait. Ou alors, en silence, elle part.

À aucun moment elle ne mesure le danger de ce qu'elle écrit. Quiconque ne la connaît pas et lit cette lettre la prendra pour une maîtresse abusive et machiavélique, prête aux plus basses manœuvres pour se débarrasser de sa rivale, une manipulatrice qui veut transformer son amant en pantin. Elle lui parle en mère, pense à sa place, veille à une infinité de petits détails, comme avec un enfant désordonné et tête en l'air, contrôle et recontrôle qu'il a bien fait ce qu'elle lui a dit de faire – habitude prise avec Pierre, si hésitant, lui aussi. A-t-il, par exemple, réglé l'embarrassante affaire du bail de location ? Inventé un bobard qu'elle puisse servir à la concierge si jamais elle la reconnaît ?

Pas plus imprudent que cette lettre, vraiment. Par trois fois, elle répète à Paul qu'ils doivent à tout prix éviter le scandale, révélant par là même que c'est le coup qu'il faut lui porter.

Mais c'est plus fort qu'elle, il faut qu'elle retrouve les émotions de son adolescence sous la botte russe, le piment de la clandestinité, les petites manœuvres pour ne pas se faire prendre. Elle trace encore quelques lignes exaltées pour lui expliquer comment déjouer la surveillance de Jeanne et restituer sa lettre à Henriette. Et comme elle grille déjà de savoir si ses mots ont porté, elle lui demande de lui répondre au plus vite. Henriette, dit-elle, jouera encore les messagères.

*

Paul lui répond. Vingt-quatre heures après, à la va-vite, après avoir partagé avec Jeanne et leurs enfants leur rituel déjeuner du dimanche.

À l'évidence, avant de pouvoir filer, il a dû attendre que la tribu Desfosses relâche sa surveillance ; et il est passé chez Jean en coup de vent, comme un prisonnier en cavale, griffonnant sa réponse sur le premier bout de papier qu'il lui a tendu, une feuille à l'en-tête de son laboratoire.

Ce petit mot n'est ni désespérant ni vraiment encourageant : « Dimanche. Mon amie chérie, je viens de lire et de relire ta lettre avant de la rendre pour qu'elle te revienne. Le temps me manque pour y répondre en détail aujourd'hui : tu n'auras de moi que ces quelques mots écrits après le déjeuner, la tranquillité m'ayant manqué pour t'écrire ce matin. »

Il lui promet tout de même de lui écrire plus longuement le lendemain et lui confirme leur rendez-vous du mardi suivant. Il se range à ses vues, mais dans le même temps lui avoue qu'il ne sait plus très bien où il en est : « Dans la mesure où je suis encore capable de juger clairement notre situation, je crois aussi qu'une séparation vaudra mieux et je ferai tout ce qui dépendra de moi pour l'obtenir sans violence. »

En somme, il lui parle comme à son confesseur – « comme à son psy », dirait-on de nos jours ; et de la même façon qu'avec un directeur de conscience, il lui jure qu'il est parfaitement sincère : « Tu peux compter que l'existence qui m'est faite à la maison est extrêmement pénible pour moi et doit l'être aussi pour tous. Je cherche seulement à imaginer ce que le changement pourra être pour les enfants. »

Les enfants, toujours les enfants. La guerre est loin d'être terminée. Malgré tout, la lettre de Marie a réussi à l'ébranler : « Je n'ai cessé, comme d'ordinaire, de penser à toi depuis la bonne journée de vendredi, avec la conviction que toute ma vie morale peut être profondément changée grâce à toi. Je t'embrasse tendrement, Paul. »

Comme c'est peu, vingt lignes. Marie cependant s'en contente. Elle ne relève même pas le mot qu'avait eu Paul, parlant de son ménage avec Jeanne : « à la maison ».

Ce qui achève de l'aveugler, c'est qu'il tient parole. Dès le lendemain, elle a une lettre de lui et cette fois, il lui tient des propos d'amant, ne parle plus de « vie morale » et se montre droit dans ses bottes : « Je tiens à obtenir des conditions d'existence acceptables pour nous deux et je suis d'accord avec toi sur ce qu'il convient de faire pour les obtenir. Nous parlerons de cela demain. »

*

Le mardi d'après, ils se retrouvent donc rue du Banquier. Marie, pour sa lettre, a trouvé la solution. Elle va la ranger avec tous les messages, billets doux et autres courriers qu'ils ont échangés depuis qu'ils sont amants, dans le secrétaire que Paul a installé dans une des deux pièces, hors d'atteinte de tous ces ramoneurs, cireurs de parquet, femmes de ménage et autres domestiques qu'elle emploie à Sceaux, dont Jeanne ou sa sœur pourrait graisser la patte.

Elle en parle à Paul, qui approuve. Puis ils se jurent que, chaque fois qu'ils auront ouvert le secrétaire, ils prendront bien soin de le verrouiller. Le meuble n'a qu'une clé. Ils lui trouvent une cachette.

Nouvelle éclipse dans leurs amours. Marie, dans une lettre à un ami, se dit malade. Elle entre en effet dans une pharmacie. Mais n'y dépense qu'une somme insignifiante : 2,50 francs. Et elle se démène de plus belle, multiplie les rencontres avec les architectes de l'Institut du radium, se dispute avec eux, tente de remonter le moral d'Irène, toujours pas remise de la disparition de son grand-père, refuse la Légion d'honneur, ce qui s'avère beaucoup plus compliqué que de l'accepter, surtout pour une femme – il faut écrire, se justifier, déployer des trésors de tact. Enfin, à l'automne 1910, elle se propose un nouveau défi : se faire élire à l'Académie des sciences. Un fauteuil vient d'être déclaré vacant. Elle se porte candidate.

33

On n'a jamais compris pourquoi. L'Institut n'avait admis Pierre qu'à sa seconde candidature. Et le peu qu'il siégea sous la Coupole, il n'y fut pas heureux.

Elle soupçonnait qu'il en irait de même pour elle, et que le simple fait de se porter candidate passerait pour une provocation. Elle avait aussi deviné quel adversaire on lui opposerait : l'inventeur de la télégraphie sans fil, le vieux Branly, suave jusque dans la façon de rajuster son pince-nez mais catholique farouche, antidreyfusard de la première heure et nationaliste dans le moindre poil de sa moustache délicatement peignée.

L'opinion était unanime : en matière scientifique, il ne lui arrivait pas à la cheville. Mais tout de même, se mesurer à un tel monument de bien-pensance et de respectabilité, elle, une femme, une veuve, une athée… Et si jamais quelque chose filtrait de sa double vie ? Depuis qu'elle avait cherché à isoler Jeanne, une bonne dizaine de ses amis savaient qu'elle avait une liaison avec Paul. Si l'un d'entre eux parlait ?

Ça ne lui a pas fait peur, elle a préféré écouter l'autre partie d'elle-même, la risque-tout, celle de sa lettre à Paul, la téméraire Mania, celle qui lui soufflait : « Vas-y ! »

Ce fut, comme dans sa guerre contre Jeanne, l'irrésistible attrait du défi. Son meilleur ennemi comme son plus sûr allié, ainsi que Pierre l'avait remarqué quand elle avait rechigné à lui accorder sa main. À l'époque, plutôt que d'admettre qu'elle l'aimait, elle voulait retourner dans son pays natal, y rejoindre une nébuleuse intelligentsia clandestine qui se proposait de bouter les Russes hors de Pologne. « Je suis prête à donner ma vie pour cette cause ! » proclamait-elle. Et Pierre, voyant le moment où, en effet, elle le ferait, choisit de lui dire ses quatre vérités : « Que penseriez-vous de quelqu'un qui songerait à se jeter la tête la première contre un mur de taille avec la prétention de le traverser ? Cela pourrait être une idée résultant de très beaux sentiments mais de fait cette idée serait ridicule et stupide. »

Ça l'avait ébranlée. Elle avait renoncé à jouer les Jeanne d'Arc, l'avait épousé. Et voilà qu'à quarante-trois ans ça la reprenait, elle voulait à nouveau, bille en tête, fendre les remparts, renverser les montagnes.

*

Sa témérité, comme dans sa lettre à Paul, sut se déguiser en raison. Et elle ne manqua pas d'arguments. Aucun savant n'avait alors reçu autant de prix, distinctions et médailles. Sans qu'elle eût rien demandé, on l'avait déjà élue dans cinq académies étrangères. Enfin un siège à l'Institut serait une position de choix pour diffuser les travaux de ses chercheurs.

Mais postuler à un fauteuil là-bas, c'était aussi se mesurer à une institution puissante, régie par des traditions anciennes, sévères, dont la plus voyante était l'interdiction faite aux femmes de franchir l'enceinte sacrée de l'Institut, fût-ce en visiteuses, simples auditrices. Sous l'Ancien Régime, quelques rares élues avaient pu y occuper un fauteuil, mais dans la seule Académie royale de peinture et sculpture. Depuis la Révolution, les cinq académies regroupées par l'Institut s'en tenaient à la même ligne : pas de femmes sous la Coupole. Même noyées dans le public les jours de séance.

« Simple usage, a-t-elle estimé. Le règlement, lui, n'interdit rien » – elle avait bien pris soin de le vérifier. Et elle se voulut royale, altière, décida de ne pas adresser la rituelle lettre de candidature au secrétaire perpétuel de l'Académie des sciences.

Elle pouvait se le permettre : il l'adorait, voyait en elle l'héroïne de la saga du progrès par la science et se considérait comme le premier de ses chevaliers blancs. Ils convinrent donc que l'Académie des sciences laisserait filtrer la nouvelle dans un journal de son choix et à une date qu'ils fixeraient ensemble. Elle se bornerait à la confirmer.

Cinq ou six personnes, tout au plus, furent dans le secret, des proches en qui elle avait toute confiance. Il y eut pourtant une fuite. Le journal *Le Matin*, sept cent mille exemplaires, court-circuita leur plan. Dès le 15 novembre, il annonçait qu'elle était candidate.

Elle aurait dû faire marche arrière. L'article, paru en une, était assorti d'un titre qui annonçait la couleur : « Mme Curie à l'Académie des sciences. Ses travaux ne lui ont créé que des admirateurs mais son sexe lui crée des adversaires. » Et d'entrée de jeu, on rappelait que, tel le mont Athos, les solennelles salles de l'Institut étaient rigoureusement interdites aux femmes. L'auteur de l'article avait également joint quelques académiciens, qui s'étaient empressés de proclamer qu'ils feraient rigoureusement barrage à ce qu'ils nommaient « l'introduction du féminisme dans l'austère Compagnie ». L'un d'entre eux s'était fendu d'une déclaration du plus mauvais augure : « Les femmes ne doivent point s'occuper d'autre chose que de la maternité. »

Elle avait encore le temps de démentir. Rien de plus simple : le patron d'un tout jeune et très dynamique quotidien, l'*Excelsior*, demandait à lui parler.

Elle lui a répondu par écrit. Mais, loin de démentir sa candidature, elle l'a confirmée. Et en a profité pour faire savoir qu'ellc n'accorderait aucune interview à qui que ce soit.

*

La nouvelle a fait sensation. On a commencé par voir dans sa candidature quelque chose de graveleux. Selon l'usage, le candidat doit rendre visite aux membres de l'Académie dont il brigue les suffrages. On s'est donc récrié : comment, cette Mme Curie, jeune encore, et toujours belle, va se rendre seule chez des messieurs pour tenter d'obtenir leur voix et, à cette fin, s'enfermer avec eux dans leur bureau ? Ambigu, suspect, douteux.

Ça l'a laissée de marbre. Elle avait déjà prévu de limiter ses visites aux académiciens les plus influents : son ami le secrétaire perpétuel lui avait offert de s'occuper des autres. Et comme elle s'abstenait toujours de tout commentaire, elle a pensé que la machine médiatique allait se désintéresser d'elle.

Ce fut tout le contraire, comme au moment du Nobel. Quoi qu'elle fasse, on parlait d'elle. La presse, à propos de sa candidature, venait d'inventer une formule : « Le problème Curie », et, pour la pousser à renoncer, faisait feu de tout bois.

*

Le Matin : « Mme Curie s'est spécialisée dans la chimie. Mais il s'agit, à l'Académie, de remplacer un physicien, non un chimiste. Mme Curie n'est donc pas qualifiée. »

L'Intransigeant : « Sa candidature est poussée par des novateurs qui, en la faisant élire, créeraient un précédent. Et dès lors, l'Académie aurait la main forcée. »

Le Temps, sous la plume de l'académicien Jules Claretie : « Pour être membre de l'Académie française, et pour être citoyen français, il faut avoir satisfait à la loi militaire. Or les femmes… » Claretie, sournois, ne finissait pas sa phrase.

Du même Claretie, toujours dans *Le Temps* : « Pourquoi les femmes ne fonderaient-elles pas une académie où les hommes, tout naturellement, n'auraient pas droit de cité ? […] Ce serait là du très bon féminisme. » Encore Claretie : « Je ne vois pas encore les candidates à l'Académie, les suffragettes de la littérature, casser les carreaux de l'Institut et faire irruption dans les séances. Cependant tout est possible. »

Le Figaro, porte-voix présumé de l'Académie, sous la plume d'Augustine Bulteau, romancière à ses heures, sous pseudonyme masculin : « Enclose comme un temple lointain, Mme Curie est une vision qui exalte et fortifie. Qu'elle soit digne de l'Académie, cela ne fait aucun doute ; mais il semble qu'une telle consécration altérerait sa personnalité. »

Un peu plus loin, la même Augustine Bulteau : « Le but de la femme est entre quatre murs, non dans le nuage. […] Dirai-je le fond de ma pensée ? Il me semble que les femmes n'ont pas besoin de ces distinctions symboliques. »

Le Figaro, encore, cette fois sous la plume d'un chroniqueur anonyme : « Nous avons déjà plus de femmes de lettres qu'un pays civilisé ne peut en supporter. Que les dieux favorables nous épargnent une génération de femmes de science ! »

Celui-là, qui ne signait pas, pouvait se permettre d'en appeler à la mobilisation générale. Il ne s'en est pas privé, a crié au « péril imminent », s'est exclamé que l'élection de Marie allait priver l'espèce humaine du peu de gaieté qui lui restait et, pour finir, a pris la pose d'un noble gardien de l'ordre public : « La renommée de cette femme illustre n'en sera pas atteinte, mais des milliers de jeunes personnes, qui n'attendaient qu'un signe pour faire des expériences sur des cochons d'Inde, vont être heureusement ramenées à des occupations plus en rapport avec leurs véritables aptitudes. »

Bien à l'abri de son anonymat, il a été le plus franc dans la charge. Les autres, comme Claretie, s'y sont pris bouche pincée, en feignant de peser le pour et le contre, discrètement, artistement, laissant tomber, l'air détaché, histoire de ne pas paraître ridicules si d'aventure Marie était élue : « Oui, une femme à l'Académie, pourquoi pas ? Mais Mme Curie, tout de même… Elle est trop bien pour ça… »

La polémique, somme toute, restait mollassonne. Début décembre, au moment précis où Marie achevait ses visites, *Le Figaro* en a eu assez. Puisque la plume hésitait, on allait publier un dessin qui, en trois coups de crayon, démontrerait que la candidature de Mme Curie à l'Académie des sciences était la plus parfaite illustration de la futilité féminine.

Le choix de la rédaction s'est porté sur le croquis d'une magnifique fille-fleur. Elle avait les seins à demi découverts et, de ses mains tout embijoutées, se coiffait du dôme de l'Académie, qu'elle avait préalablement transpercé d'une épée en guise de plume. La légende enfonçait le clou : « Quel joli chapeau ferait la Coupole ! »

Quelques jours plus tard, *L'Intransigeant* demandait à ses lecteurs de désigner la Française la plus digne d'entrer la première à l'Académie. Un peu plus, et la presse organisait un concours de beauté.

*

Marie méprise ces remous, s'enferme dans son silence. Elle s'imagine que les académiciens font de même. Seules l'intéressent leurs alliances, leurs divisions, leurs intrigues souterraines.

À ses proches, elle lâche parfois qu'elle n'a jamais pensé que l'affaire puisse prendre de telles proportions. Puis elle relativise : « Tempête dans un verre d'eau ! » Ou soupire, excédée : « C'est la guerre par tous les moyens, c'est le Moyen Âge… » Mais elle n'est plus crucifiée, comme du vivant de Pierre, à la moindre ligne qu'on publie à son propos. Quelque chose en elle est comme anesthésié. Les journalistes peuvent cancaner, les académiciens pester, pétitionner, cabaler, les mondains de Paris pérorer chaque soir sur le « problème Curie », elle s'obstine à retourner rue du Banquier.

« Divers B, 36. » Dix francs de moins qu'au printemps et au début de l'été. La somme, pourtant, reste belle, au regard de sa charge de travail : ses cours à la Sorbonne, le remaniement des plans de l'Institut du radium, l'ouverture d'un nouveau service dans son labo, la publication de son *Traité de radioactivité* et son envoi aux personnalités les plus influentes de la communauté scientifique française et internationale – elle est à nouveau pressentie pour le Nobel. Mais elle ne peut plus se passer de Paul, de ses conseils, de sa tendresse, de son corps.

Lui non plus. La bataille académique l'a encore rapproché d'elle. Dès qu'il la retrouve, il lui donne les dernières nouvelles de l'Institut. Il y compte beaucoup d'amis, les sonde régulièrement, recueille tous les bruits de couloir et les lui rapporte avec une amoureuse précision.

L'hiver 1911 est humide et froid. Pour chauffer le deux-pièces, il doit maintenant se fournir en sacs de charbon et de petit bois, les monter au quatrième en plus des seaux d'eau, puis allumer le poêle. Ça ne l'arrête pas.

*

Depuis un mois, à la rubrique « Voitures et fantaisies » de son carnet de dépenses, Marie inscrit des sommes considérables : près de 200 francs, quatre fois plus que d'habitude. Elle se sent tenue de justifier ces frais de fiacre et de taxi : « Candidature Institut ». Elle en a pourtant fini de ses visites académiques.

Le temps, c'est certain, lui est sévèrement compté ; et elle est fatiguée, c'est tout aussi criant. Mais jusque-là, elle s'est toujours déplacée à l'économie. Dans Paris, à pied, le plus souvent. Entre Sceaux et la capitale, en train. Pour restreindre ses frais, elle s'achète rituellement chaque mois de mai une carte d'abonnement à l'année.

Elle ne l'utilise plus, on dirait. Peur d'être abordée, terreur d'un nouveau traquenard de Jeanne, d'autant qu'elle rentre très tard. Le matin, un taxi doit venir la prendre à la porte de la villa de Sceaux et une autre voiture, le soir, l'y reconduire. D'où ces dépenses extravagantes, qui vont se poursuivre après l'élection.

Quand son taxi ou son fiacre l'emmène rue du Banquier, dès qu'elle dépasse « l'hôpital des fous » de la Salpêtrière et l'ancien marché aux chiens et aux chevaux, elle se sent vite hors d'atteinte. Les vrais Parisiens ne se rendent jamais là-bas, c'est une sorte d'excroissance urbaine où s'enchevêtrent les constructions les plus diverses. Restes d'anciennes fermes, usines à torréfier le café, chocolateries, sucreries, masures squattées par des chiffonniers, ateliers à tréfiler des tôles d'aéroplane, à fabriquer des boulons, du matériel militaire, des pièces détachées, le tout imbriqué à la va-comme-je-te-pousse entre des cimetières pour indigents, d'anciennes villas de plaisance, des maisons ouvrières, des potagers bien sages, des gourbis suiffeux. Quand sa voiture tressaute sur les pavés, peut-être repense-t-elle au plumitif que, la veille du Nobel, le journal *Le Temps* avait expédié au 108 pour les interviewer, Pierre et elle, ce gandin qui s'était tellement affolé quand son fiacre avait dépassé le boulevard des Gobelins. Depuis, l'arrondissement n'a guère changé. Une friche urbaine, toujours. Ni ghetto, ni banlieue industrielle, ni vrai quartier, une sorte de tumeur bizarre que Paris préfère ignorer. Qui viendra la chercher ici ? Même Jeanne n'a pas eu cette idée. Sa sœur et elle n'ont jamais vu plus loin que leur petit territoire, Fontenay et Sceaux. Elles sont venues faire du scandale devant chez elle, rue du Chemin-de-Fer, parce qu'elles s'imaginaient qu'elle retrouvait Paul chez elle.

C'est ainsi qu'elles feraient, toutes les deux, si elles prenaient un amant, à domicile, à l'économie, à la va-vite, pendant que les enfants de l'un jouent avec ceux de l'autre, entre deux portes, comme tous ceux qui ne comprennent rien à l'amour.

*

Elle garde toujours sa voilette rabattue sur son visage et demande à son chauffeur ou à son cocher de la déposer à bonne distance de la rue du Banquier. Mais jamais d'incident, personne pour la suivre et, devant le 5, à chaque fois, rien à signaler. Et qui pourrait la reconnaître, noyée comme elle est dans les plis de sa pèlerine ?

Donc l'imaginer entrant posément dans l'immeuble sous le regard de la concierge qui, ça en a tout l'air, s'est habituée. Elle arrive toujours seule, comme Paul ; et, une fois dans le deux-pièces, n'en ressort pas, sauf pour acheter de quoi manger sur les étals du boulevard Saint-Marcel. Elle se borne à aborder un marchand qui vend des soupes et des portions de ragoût aux ouvriers du quartier. Elle s'est armée d'un cabas, y a enfoui des gamelles. Le marchand lui sert quatre ou cinq louchées et elle file. Avec son pas hâtif, on dirait une ménagère. Personne pour savoir que son rêve fait la différence, Paul, qui l'attend.

Pour le reste, leurs amours là-haut, tâcher de se représenter Marie et Paul comme deux amants qui ont réussi, clopin-clopant et dans l'attente de jours meilleurs, à s'inventer un petit refuge hors du temps. Deux êtres meurtris et nostalgiques, deux étudiants attardés qui échangent ce qu'il leur reste de jeunesse pour ressusciter l'enthousiasme et la ferveur de leurs vingt ans. Ils se retrouvent deux ou trois fois par semaine. Ils s'aiment puis parlent physique, maths, chimie, Académie. Ils tisonnent leur poêle, font bouillir de l'eau sur un bec Bunsen que Paul, ou Marie, a rapporté de son labo. Ils se préparent du thé, réchauffent, toujours sur le Bec Bunsen, la gentille soupe et le petit ragoût, qu'ils mangent ensuite en ouvriers, à même la gamelle. Pour finir, ils se mettent au travail, l'un en face de l'autre, sur la table qu'ils viennent de débarrasser.

À cause de l'Académie, ils ont remis, d'un commun accord, le grand bonheur à plus tard. « On verra après le 23 janvier », a dit Paul – c'est la date de l'élection. Mais, comme tous leurs amis, il est sûr que Marie le gagnera, son fauteuil. Elle n'a jamais rien raté.

De temps en temps, l'un ou l'autre a un empêchement, ils se manquent. Ils abandonnent alors sur la table, comme ils ont fait au printemps de l'année d'avant, des petits mots doux qu'une fois lus ils entreposent dans leur secrétaire. Ils replacent ensuite la clé dans sa cachette.

Maintenant, les mettre en scène sortant de l'immeuble. Ils s'y prennent toujours séparément, et attendent longtemps avant de sortir. Leurs regards fouillent la nuit. Là encore, rien à signaler, jamais.

Paul file prendre son train à la gare Denfert-Rochereau. Marie, elle, sa voilette à nouveau rabattue, rejoint le boulevard Saint-Marcel ou l'avenue des Gobelins, où elle hèle un de ces taxis qui lui coûtent une fortune mais lui évitent de trembler dans la rue du Chemin-de-Fer à la seule idée que Jeanne, Euphrasie ou l'un de leurs sbires puisse jaillir du noir pour lui arracher son sac, et avec lui le précieux carnet de brouillon où elle a enregistré, entre autres, le décompte de ses « prêts $\mathscr{L}$ » et « dépenses B ».

Le taxi la dépose devant la grille de la maison. Il ne repartira pas avant qu'elle ne l'ait refermée. Une fois dans le petit jardin qui précède la villa, elle court à la porte, se rue à l'intérieur.

Comme d'habitude, il est très tard, son petit monde est couché et le poêle s'est éteint. Elle ranime le feu, ça la calme. Puis elle monte à l'étage, gagne son bureau et récapitule ses dépenses de la journée, ça la calme aussi.

De temps à autre une boiserie craque, elle croit entendre des pas dans le jardin. Elle sursaute, se jure de déménager dès qu'elle en aura fini avec cette affaire d'élection – elle a pris la villa en grippe. Une fois qu'elle a terminé ses comptes, elle redescend, inspecte un à un les volets du rez-de-chaussée. Mais Rosa, la nouvelle bonne, qui a remplacé Aline après la première agression de Jeanne, les a verrouillés comme il fallait, au plus serré.

Un œil dans les chambres des filles. Elles dorment. Leur respiration est légère, sans sifflement. La tuberculose n'est pas pour demain.

Elle rejoint sa chambre, sort sa petite capsule de radium, la dépose sur sa table de nuit, la caresse comme chaque soir, se couche, repense à Pierre, à Paul, et finit par s'apercevoir que, maintenant que Jeanne s'est apaisée et que Paul la retrouve si fidèlement rue du Banquier, elle ne lui envoie plus de lettres à la boîte postale MPL226. La massue du sommeil s'abat alors sur elle.

34

Pendant toute cette période, comme au moment du Nobel, elle a tenu sa revue de presse. Même en janvier 1911, lorsque les journalistes, à l'approche de l'élection, se sont faits de plus en plus féroces.

Elle était toujours abonnée à l'agence qui collectait les articles la concernant. Lorsque Paul ou ses amis ne les lui avaient pas montrés et découpés, elle les trouvait le lendemain matin dans sa boîte aux lettres. Certains papiers furent si venimeux qu'elle ou ses descendants les ont détruits et n'ont gardé que les coupures les plus significatives. Une petite quinzaine, qui sont conservées avec le reste de son dossier de presse dans les réserves du musée Curie.

Le cabinet du préfet de police et les Renseignements généraux recensaient avec le même soin les articles qui paraissaient à son sujet. On s'attend donc à découvrir les articles manquants au Pré-Saint-Gervais, dans le bâtiment de la banlieue nord de Paris où sont entreposées leurs archives. Espoir d'autant plus vif que sa candidature déchaîna de telles passions que le 23 janvier 1911, jour de l'élection, le préfet craignit qu'il n'y eût du grabuge à l'Académie et dépêcha quai Conti un contingent de gardiens de la paix.

Mais pas un seul article, pas un rapport, aucune trace.

*

Avant l'annonce de sa candidature, le dossier 30031-1, ouvert quinze ans plus tôt par les services de la préfecture de police au nom de « Curie Marie Salomé née Slodowska[1] », était pourtant assez fourni. « La Secrète », comme on surnommait alors les Renseignements généraux, s'était très tôt intéressée à elle en raison de son appartenance à une association d'entraide polonaise, Spojnia – « L'Alliance ». Une étrangère, pourquoi pas une anarchiste ? On se méfie. En cette année 1896, la suspicion est d'autant plus vive que Marie administre l'association en question.

On l'oublie jusqu'en 1904, où l'on grossit son dossier de deux télégrammes adressés au préfet au début et à la fin de la conférence que Pierre donne à la Sorbonne quelques semaines après leur Nobel. Trois mille personnes pour écouter le mari d'une immigrée parler du mirifique radium, voilà qui mérite qu'on suive l'affaire en temps réel. Pas d'incident, le préfet respire.

Tant qu'à faire, quelques mois plus tard, on surveille le beau-père, Eugène, qu'on ne trouve pas très blanc-bleu non plus. Ce retraité de soixante-dix-sept ans a cru bon de se rendre à la Bourse du travail pour sensibiliser les ouvriers à l'hygiène, dénoncer le peu d'intérêt que portent les patrons à leur santé et les encourager à se syndiquer. Donc, rapport. Au moment de le viser, un fonctionnaire se sent tenu de signaler que ces alarmantes activités sont à rapprocher de la non moins inquiétante découverte du radium.

1. *Sic*. La police a aussi commis une erreur sur sa date de naissance : « 7/9/1867 » au lieu de « 7/10/1867 ».

Le jour où Pierre meurt, on adresse aussi au préfet des rapports et des dépêches télégraphiques. Cette fois, c'est justifié. Pierre est une célébrité et les responsabilités des uns et des autres dans son accident ne sont pas encore clairement établies. Mais le jour de ses obsèques, pourtant célébrées dans l'intimité, même surveillance, et envoi d'un télégramme.

Peut-être est-ce Jean qui inquiète le préfet. Lui, dans sa jeunesse, il a suscité l'intérêt du général commandant la place de Paris. Ses positions pro-Dreyfus n'ont pas dû plaire, et comme il était officier de réserve, on s'est alarmé. On est allé jusqu'à se renseigner sur ses finances et ses antécédents judiciaires.

Six mois après la mort de Pierre, lorsque Marie donne son premier cours à la Sorbonne, nouveaux télégrammes. La préfecture, une fois de plus, a dépêché un agent sur place pour suivre l'affaire en temps réel. Un amphi où s'agglutinent trois cents personnes, et six cents autres qui se pressent dehors, tout ça pour tenter de saisir les bribes d'un cours sur la radioactivité agrémenté de manipulations d'éprouvettes luminescentes, on ne sait jamais, ça pourrait mal tourner.

Parallèlement, et à toutes fins utiles, on accumule une montagne de coupures de presse sur le drame de la rue Dauphine et, les quatre années suivantes, on continue de tenir Marie à l'œil. Les articles sont très rares. Pour autant, quand on en découvre un, on le glisse dans son dossier.

Et soudain, dès qu'elle se porte candidate à l'Académie, silence des archives. Même début 1911, lorsque des incidents menacent d'éclater sous la Coupole, plus une seule coupure de presse, pas un seul télégramme ni le moindre début de rapport. Son dossier ne recommence à s'étoffer qu'au moment où le scandale éclate. Mais on trie les articles. Aucun écho des duels qui opposent ses partisans et ses adversaires ni de la lapidation de la villa de Sceaux, qui soulèvent pourtant des questions de sécurité publique. Rien que trois paperasses, deux rapports sur les relations du signe-torchon Téry avec des groupes d'extrême droite, et la troisième, une fiche d'état civil de Marie rédigée à la va-vite, vraisemblablement pour s'assurer qu'elle n'est pas juive, comme certains l'ont assuré.

À l'évidence, on a expurgé cette partie de son dossier, quand on ne s'est plus senti très fier du traitement qu'on lui avait réservé cette année-là. Impossible, par exemple, qu'un indicateur n'ait pas été expédié quai Conti l'après-midi du 4 janvier 1911, lorsque les cinq académies se réunissent en séance plénière pour décider si, oui ou non, une femme est digne de franchir l'enceinte sacrée de l'Institut : la presse en parle depuis deux jours et, tout le monde le sait, le débat sera très animé.

Le jour venu, du reste, un troupeau de chroniqueurs célèbres et « revuistes »[1] se déplace. Les espions du préfet infiltrés dans leurs rangs, à coup sûr, se régalent comme eux du spectacle. Au lieu des soixante-dix ou quatre-vingts habitués de ces fastidieuses réunions trimestrielles, cent soixante-huit habits verts pénètrent cérémonieusement dans la salle des Séances, dont Albert Ier de Monaco, le prince Bonaparte et le baron de Rothschild. Les journalistes, qui n'y sont pas admis, doivent lambiner dehors.

Ils n'ont pas à regretter leurs trois heures d'attente. À la sortie, certains immortels sont si furieux de la

1. Journalistes « people » de l'époque.

tournure qu'ont prise les débats qu'ils contreviennent à leur légendaire discrétion et balancent tout : après un exposé où un représentant d'un des clans a démontré que, toutes cultures et tous pays confondus, la raison s'oppose à l'éligibilité des femmes, un membre de l'autre parti, par la même méthode, a prouvé que tout l'impose, en dépit, bien entendu, des froissements, désagréments, mécontentements, voire blessures ou affronts qui pourraient en résulter pour les membres des cinq académies.

« Mais ne faut-il pas courageusement les endurer ? » a-t-il conclu. Suggestion qui a immédiatement soulevé une houle d'interpellations, à quoi s'est enchaînée une tempête d'invectives où revenait obsessionnellement le mot « sexe ». « La science n'a pas de sexe, l'Académie n'a pas de sexe ! » « Si, et il est masculin ! » « Et pourquoi pas bisexué, tant qu'on y est ? » « Les découvertes n'ont pas de sexe ! »

Puis une clique s'est mise à scander : « Au vote, au vote ! » Le majestueux président de séance, doté d'une petite clochette, l'a agitée pour obtenir le silence. Ça n'a servi à rien. Et quand il a lui-même hurlé, on a couvert sa voix. Héroïque, il a décidé de faire fi de son académique dignité. Au mépris des entournures de son costume qui menaçaient de craquer, il a escaladé l'auguste bureau qui surplombait l'assemblée, a recommencé à sonner, s'époumoner, trépigner, mouliner des bras. À force, un semblant de calme s'est établi, on a pu procéder au vote. Au moment de décompter les bulletins, il est resté juché sur son bureau. Sage décision : certains académiciens se sont aperçus qu'ils avaient voté pour l'admission des femmes alors qu'ils y étaient férocement opposés. Ils se sont remis à pousser des cris d'orfraie, on a dû revoter et finalement le président, du haut de son bureau-perchoir, a proclamé qu'à quatre-vingt-huit voix contre cinquante-deux, les cinq académies s'étaient prononcées en faveur du « respect de l'immuable tradition » – il avait préféré se taire sur les abstentions.

Puis il a clos les débats en signalant que cette exclusion de la gent féminine n'était qu'une simple recommandation. Le secrétaire perpétuel de l'Académie des sciences s'est alors senti libre de maintenir la candidature d'une femme et a quitté la salle, suivi de tous les membres de son illustre Compagnie. On avait perdu trois heures pour rien.

Pas tout à fait, car les journalistes se faisaient maintenant une joie de consigner sur leurs calepins les fulminations des opposants de Marie : « Nous ne devons pas rompre l'unité de ce corps d'élite qu'est l'Académie ! » « On commence par élire une femme qui travaille dans un laboratoire, on verra bientôt surgir celles qui travaillent dans leur boudoir ! » « Si Mme Curie est élue, elle peut très bien être promue présidente de l'Académie des sciences. Et de là, qui nous dit qu'elle ne va pas se hisser à la présidence des cinq Académies ? Les cinq, vous vous rendez compte ? En plus, elle est veuve ; si jamais il lui prend l'idée de se remarier avec un étranger ? Ça peut très bien arriver, elle est polonaise. Elle prendra automatiquement la nationalité de son époux ! Une étrangère à l'Académie, où va-t-on, bon sang, où va-t-on ? »

Car la question n'était pas réglée. Oui, les cinq Académies s'étaient réunies afin d'éclaircir un point du règlement de l'Institut et l'une d'entre elles, l'Académie des sciences, s'était déclarée libre d'élire une femme. Mais ses membres, le jour de l'élection, dans trois semaines, pouvaient tout aussi bien la retoquer. Rien n'était joué.

*

Cinq jours plus tard, dans tous les kiosques, s'étalent deux portraits de Marie. L'un de face, l'autre de profil, à la façon de ces fiches anthropométriques dont le criminologue Bertillon, vingt-cinq ans plus tôt, a réussi à introduire l'usage à la préfecture de police et dans toutes les prisons.

Images trafiquées, bien entendu. L'*Excelsior*, qui les publie et les place à sa une, les a fait réaliser à partir de clichés où Marie a les yeux cernés et les cheveux décoiffés. On les a confiés à un dessinateur dont le trait est si minutieux qu'on croirait des photos. Pour donner à Marie un air traqué, l'auteur des portraits en a accentué les contrastes, charbonné les sourcils, assombri le pourtour des orbites. La robe noire a fait le reste : elle a l'air d'une meurtrière prise sur le fait.

Ça n'a pas suffi. En haut et à gauche de la couverture du journal, il a fallu qu'on affiche le fac-similé d'une lettre de sa main – le courrier qu'elle a adressé six semaines plus tôt au directeur de l'*Excelsior* en réponse à sa demande d'interview. Et dans l'angle opposé, comme si elle allait comparaître le lendemain en cour d'assises, on a publié une « Fiche graphologique de Mme Curie » établie par la célébrissime chiromancienne Fraya, elle-même doublée d'une « Fiche physiognomonique de Mme Curie » réalisée, celle-là, par une poétesse qui se prétend experte en analyse des faciès et fréquente assidûment les milieux antisémites.

Leurs analyses, au demeurant, sont très aimables ; l'attaque du journal se déploie ailleurs, dans cette lugubre mise en pages où, grâce à d'astucieuses retouches, Marie, de chimiste, se retrouve métamorphosée en empoisonneuse. Et « la Veuve illustre » en veuve noire, une de ces diaboliques épouses qui versent de l'arsenic dans la tisane de leur mari.

Comme il fallait s'y attendre, son rival Branly, dont il est question en page intérieure, échappe à ce traitement. Avant de le photographier, on lui a banalement demandé de s'appuyer à l'une de ses machines télégraphiques. Puis on lui a posé quelques questions. Interview mondaine, charmante, relevée de quelques pointes d'humour. Quel homme délicieux.

Aux autres journalistes, cette couverture fait l'effet d'un permis de chasse. Sus à Mme Curie.

Les femmes sont de l'assaut. « La science est inutile aux femmes », proclame la veuve d'Alphonse Daudet. « Les femmes ne sont créées que pour l'amour », renchérit Marie-Louise de Régnier, épouse de l'écrivain du même nom, et romancière elle-même, sous pseudonyme masculin. Elle ne manque pas de préciser : « L'égale de l'homme ! Ces deux mots sont terribles. Ils détruisent tout ce qui fait la grâce, le charme, la beauté, la fantaisie. »

L'orchestration des attaques est spontanée mais, pour autant, sans défaut. En ouverture, litanie des « trop ». Mme Curie a reçu trop de prix. Elle est trop jeune. Elle est trop fascinante. Elle est trop admirable. Elle est trop modeste, qu'elle le reste.

Ensuite, musiquette de la médisance ordinaire. Mme Curie a refusé la Légion d'honneur, qu'est-ce qui lui prend de vouloir entrer à l'Académie ? Mme Curie n'a pas assez de titres. Mme Curie a quarante-trois ans, M. Branly soixante-dix-sept ; elle peut attendre. Mme Curie se grandirait en s'effaçant devant un vieillard. Les cours de Mme Curie à la Sorbonne sont sinistres, ceux de M. Branly à l'Institut catholique vous rendent optimistes. Mme Curie laisse la clique progressiste se servir de son nom, elle manque de dignité. Mme Curie n'a jamais été que la petite laborantine de son mari, et enfin on en tient la preuve : depuis que son mari est mort, elle n'a rien découvert ! Mme Curie prétend qu'elle vient d'isoler le radium, mais c'est faux, c'est son assistant, le brave Debierne, qui a tout fait. Et de toute façon, si Mme Curie est élue, comment va-t-elle s'habiller ? Enfin l'épée, qu'est-ce qu'on fait de l'épée ?

Le public est maintenant mûr pour entendre le grand air de la haine et de la calomnie. Sans surprise, c'est l'extrême droite qui s'en charge via la feuille royaliste *L'Action française*, qui dépêche sur le devant de la scène le plus brillant de ses ténors, Léon Daudet.

Du jour où il sort sa plume, Marie devient l'avatar de Dreyfus. Le démon de l'étranger, le nouveau bras armé des juifs et des protestants, qui poursuivront toujours, à moins qu'on n'y prenne garde, leur œuvre maléfique, la destruction totale du génie français.

*

« Dépenses B, 28 » : impavide, Marie continue à se rendre rue du Banquier. Et à se ruiner en fiacres et taxis : « Véhicules, 171. » Elle prête aussi 100 francs à Paul.

Elle se garde bien de mentionner cet emprunt sur son carnet officiel. Il n'apparaît que sur son carnet de brouillon : « Prêté à L, 100. » Prudente, elle raye aussitôt le L. Et le remplace par un B. Toujours la même terreur : et si on fouillait dans son sac, si on le lui volait ?

Un peu plus tard, pourtant, elle récidive. Paul, incorrigible, n'a plus un sou en poche. Elle lui avance encore 500 francs – plus de la moitié de son salaire.

Le prêt, cette fois, transite par Jean. Elle doit s'inquiéter des bavardages éventuels des employés de banque. Par deux fois en quelques semaines, elle s'est rendue au Crédit lyonnais pour retirer de son compte d'épargne des liasses de billets. Mais sans ces avances, Paul n'aurait sans doute pas pu payer le loyer de la rue du Banquier ; et par ces jours de tourmente, rien de plus précieux que leurs rendez-vous où il sait si bien la rassurer : « J'ai encore sondé mes amis de l'Académie, tu as vraiment toutes tes chances… »

L'avant-veille de l'élection, un bruit commence à courir Paris : « Mme Curie est juive. » Marie, très exceptionnellement, sort de son silence, rédige un communiqué qui paraît le matin du vote. Elle y précise qu'elle est catholique, en réponse, dit-elle, « à divers bruits mis en circulation ».

Elle veut calmer le jeu. Les esprits se sont échauffés, le nom de Dreyfus est à nouveau sur toutes les lèvres, le gouvernement s'est alarmé et a demandé au préfet de police que la sécurité de l'Académie soit considérablement renforcée.

Sage décision. Dès le début de l'après-midi du 23 janvier, les badauds se pressent aux portes de l'Institut. Du jamais vu.

Comme tous les jours, Marie est à son labo. Elle s'est enfermée dans son bureau. Elle travaille.

*

Elle découvrira dans la presse du lendemain le tour grand-guignolesque qu'a pris l'élection. Et sans doute aussi par les récits de Paul – la plupart de ses soutiens s'étaient déplacés sous la Coupole.

Les badauds, apprendra-elle, n'avaient pas voulu manquer le solennel défilé de la cinquantaine de membres de l'Académie des sciences en grande tenue, bicorne et habit brodé. Du coup, au moment de gagner la salle où se déroulerait le vote, les journalistes et les photographes jouèrent de vitesse pour occuper les meilleures places. Ce qui provoqua un mouvement de foule puis, devant les portes, un début de foire d'empoigne où le président des huissiers détecta, sacrilège, quelques spécimens féminins. Les consignes du préfet étaient strictes : « Pas d'histoires, surtout pas d'histoires. » Il se montra donc généreux : « Laissez entrer tout le monde, les femmes exceptées ! »

Malheureusement pour lui, une représentante de l'autre sexe a protesté plus fort que les autres, une journaliste qui remplaçait un confrère masculin tombé malade. Elle criait si fort que tous les gazetiers ont menacé de faire un scandale si elle était expulsée. Au nom du même principe, « Surtout pas d'histoires », le chambellan académique a immédiatement sacrifié l'intégrité de l'auguste enceinte sur l'autel de l'ordre public. La journaliste a pu entrer.

La salle était si bondée qu'au bout de dix minutes tout le monde a commencé à suffoquer. Un homme a été pris d'un malaise, il a fallu trouver un médecin et l'évacuer. L'assistance n'y tenait plus, mais le protocole a été respecté. Avant le vote, qui devait rituellement intervenir à seize heures, les badauds ont dû subir quatre-vingt-dix minutes d'exposés sur une nouvelle étoile de la constellation du Lézard, la courbe de dilatabilité d'un métal dont on n'avait jamais entendu parler et les propriétés d'une particule magnétique tout aussi inconnue. Furieuse comme au théâtre quand la pièce est mauvaise, la foule s'est mise à gronder et taper des pieds. Elle ne s'est calmée qu'au moment fatidique où, la pendule déposée sur le bureau du Perpétuel ayant tinté quatre fois, les huissiers se sont emparés des urnes destinées au scrutin et ont formé une procession.

Au moment du vote, un quidam s'est aperçu que le secrétaire perpétuel avait glissé un morceau de papier entre les doigts d'un vieil académicien aveugle. Il a hurlé à la fraude, et le tumulte a repris jusqu'à ce que l'innocence du malheureux vieillard soit parfaitement démontrée. Par chance, personne n'avait encore songé à crier le nom de Dreyfus.

Il a fallu deux tours. Par souci d'exactitude et de transparence, trois âmes au-dessus de tout soupçon ont été commises au décompte des suffrages. L'une devait le faire à voix basse, la deuxième à voix haute et la troisième par écrit. Au premier tour, on a compté vingt-huit voix pour Marie et vingt-neuf pour Branly. Les souffles étaient suspendus et les visages très graves, l'inévitable s'est produit : un photographe a voulu immortaliser la scène. Mais l'ampoule de son flash, en explosant, a dégagé une épaisse fumée, la salle s'est retrouvée plongée dans le brouillard. Au fond de la nuée, on a cru distinguer des académiciens qui allaient et venaient d'un camp à l'autre, tentant peut-être de faire basculer le vote. À nouveau on a crié, puis les urnes ont circulé, on a repris le décompte des votes à voix haute, à voix basse et par écrit. Trente voix pour Branly, vingt-huit pour Marie, elle avait perdu.

Elle apprit, dit-on, la nouvelle dans son bureau, par un coup de fil. On aimerait que ce soit Paul qui l'ait appelée. Et qu'il ait trouvé les mots, le ton.

C'est possible. Lorsque les employés du labo la virent ressortir de la pièce, elle était la même qu'au matin, impénétrable.

*

Les jours suivants, les journalistes et les photographes recommencent à la harceler. Elle ne change rien à sa politique, refuse systématiquement toute photo, toute interview.

Ça ne les décourage pas. Un matin, ils sont trois à l'encercler devant la porte de son labo. Elle a beau baisser les yeux, détourner la tête, tourner, virer, rabattre sa voilette sur son visage, le dissimuler derrière son cartable, ils continuent à la mitrailler, de gauche, de droite, de dos, de face. L'un de ces paparazzi avant l'heure en est si réjoui qu'il immortalise ses compères en pleine chasse au scoop. Puis il court proposer les clichés à un journal féminin. Qui les publie aussitôt en pleine page, sous le titre railleur : « Le photographe est sans pitié. »

Première fois dans l'histoire de la presse française que la machine à produire de la célébrité se regarde produire de la célébrité. Sans le moindre état d'âme, dans l'espace public, en pleine rue. Désormais, entre la fabrique de la gloire et celle du scandale, il n'y a qu'un pas.

Aussitôt qu'elle a vent de ces photos, Marie achète le journal, le lit, puis le range avec soin dans son dossier de presse, couverture comprise.

Avant de retourner rue du Banquier, elle laisse vraisemblablement passer quelques semaines, le temps que les photographes se lassent de la poursuivre. En février, ses frais de déplacement baissent de moitié : 88 francs. Mais elle rattrape vite le temps perdu. En mars, son budget « Voitures et fantaisies » explose de plus belle : 150,50 francs ; et comme au début de sa romance, elle est saisie d'un accès de coquetterie. L'hiver est très doux et tire à sa fin. Ça ne l'empêche pas de s'offrir un tour de cou en fourrure, puis un ensemble de velours noir qui lui coûte une fortune, 300 francs, sans compter le jupon de soie assorti, 29 francs. Elle va aussi au théâtre, ce qui ne lui était pas arrivé depuis des années.

Avec Paul ? Ses carnets de comptes sont muets sur ce point, mais elle a tout l'air d'être heureuse. Son échec à l'Académie ne l'a pas affectée – il se murmure qu'elle est pressentie pour un second Nobel, ce qui serait la plus belle des revanches –, et elle a manifestement en vue une maison qui lui permettrait de fuir l'étouffoir de Sceaux puisque, au début du printemps, sur le carnet où de temps à autre elle prend des notes sur ses filles, elle signale qu'elle a parlé à Irène de ce prochain déménagement : « Quand il est question de quitter la maison de Sceaux, son grand regret est de quitter le jardin, elle en aura un autre, mais ce ne sera pas celui qu'aimait son grand-père. » Un peu plus loin, elle s'extasie longuement sur la petite Ève qui jusque-là, si ce n'est pour ses dons musicaux, n'a guère retenu son attention.

On la sent disponible, dans ces notes, sûre d'elle, pleine d'allant, curieuse de tous et de tout, soulevée par la foi en l'avenir. Les deux parts d'elle-même, la romanesque et la réaliste, la pragmatique et la sensible, semblent enfin réunies, soudées par un projet précis.

Lequel, on ne saura jamais. À la mi-avril, aux alentours de la date anniversaire de la mort de Pierre, sans doute pendant le long week-end de Pâques, alors qu'elle est à Sceaux et Paul en Italie, où il participe à un congrès, la porte du deux-pièces de la rue du Banquier est forcée. Le ou les cambrioleurs fracturent le secrétaire de Paul. Ils dérobent plusieurs documents, dont les lettres.

35

Les Grecs de l'Antiquité, pour piéger les oiseaux, avaient inventé un système très ingénieux. Dans la cage où ils projetaient de les enfermer, ils glissaient une petite planche. Puis ils y fixaient un appât – un morceau de pain, par exemple. Ils attachaient ensuite la planchette à un cordon qu'ils reliaient à la porte de la cage. Dès que l'oiseau, attiré par l'appât, se posait sur la planche, celle-ci basculait. Déséquilibré, il chutait puis cherchait à s'enfuir. En vain. Le cordon avait actionné la porte de la cage, qui s'était refermée sur lui. Plus l'oiseau était gros, plus sa chute était brutale. Le nom de ce piège était *skandalôn* ; d'où vient le mot français « scandale ».

Au regard de cette étymologie, on peut mesurer la satisfaction d'Henri Bourgeois lorsqu'en ce début d'avril 1911 il prend connaissance des lettres volées rue du Banquier. Marie Curie amoureuse d'un homme marié, la proie pèse très lourd : célébrité internationale, génie contesté, mythe vivant. Plus dure sera sa chute. Et plus sûre sa propre ascension. Les tirages de son journal vont exploser.

Beau travail, sa petite machination. Il faut s'incliner. Du sur-mesure. Les amants ne se sont jamais aperçus qu'ils étaient filés et son petit commando, en plus des courriers compromettants, lui a rapporté une moisson d'informations qui vaut de l'or. Il sait presque tout. À quelle date le couple s'est mis à fréquenter la rue du Banquier, quand Paul a signé le bail de leur refuge, qui a accepté de lui servir de prête-nom lorsqu'il l'a résilié, combien il a payé les quelques objets qu'il a achetés pour meubler le deux-pièces – les reporters-cambrioleurs ont aussi mis la main sur des factures et lui ont fourni une description du cabinet de toilette que Paul a aménagé dans la cuisine. Ils y ont noté la présence d'objets d'usage quotidien qui prouvent une fréquentation assidue des lieux. Autant de points qui recoupent les témoignages des habitants du quartier : du jour où Marie s'est engagée dans la rue du Banquier, ils l'ont reconnue. Les voisins, la concierge, les ouvriers qui ont leurs ateliers dans la cour ont été unanimes : « On s'est demandé ce qu'elle fichait là, mais on a vite su à quoi s'en tenir. On les a vus ensemble, et qu'est-ce qu'ils en pinçaient ! Mme Curie trimballait un cabas, elle faisait les courses au marché. On aurait dit une petite ouvrière. »

Un bon dossier. Encore faut-il savoir ce qu'un homme de loi peut en tirer.

Bourgeois n'hésite pas sur le nom de l'avocat à qui le confier : un vieil ami, Julien Coudy, l'un des trois syndics de l'Association des informateurs judiciaires qu'il a fondée il y a deux ans et demi à l'ombre bienveillante de la préfecture de police et du tribunal de Paris. Un antidreyfusard, cela va sans dire. Conservateur dans l'âme, antisémite, clérical forcené – il défend nombre d'ecclésiastiques dans les procès qui les opposent à la République depuis la séparation de l'Église et de l'État.

Pour lui aussi, Coudy, Mme Curie sera une proie de choix.

Mais Bourgeois, avant de passer à l'attaque, veut l'approcher, la sonder. Huit jours après le cambriolage du deux-pièces – le temps que les amants découvrent le vol des lettres et passent quelques nuits blanches –, il s'en va frapper à la porte de son laboratoire et lui fait passer sa carte.

C'est bien calculé : à la seule vue de son nom, elle oublie qu'il est journaliste, le reçoit dans son bureau. Désir d'en savoir plus, besoin d'y voir clair par elle-même, espoir d'entamer une nouvelle négociation. Elle croit avoir affaire à l'arbitre discret avec qui Jean a négocié l'éphémère accord de paix de l'été d'avant.

Elle déchante tout de suite. Bourgeois, d'entrée de jeu, lui annonce que Jeanne a mis la main sur ses lettres d'amour et celles de Paul. Elle est décidée à les confier à un journal, ajoute-t-il, et la catastrophe peut se produire à tout moment.

C'est Jean qui a évoqué cet épisode. Il ne fait pas mention d'un affrontement entre Bourgeois et Marie. Elle a dû retrouver les réflexes de sa jeunesse passée sous la botte russe : écouter sans lâcher le moindre mot. Bourgeois est tombé de haut. Ni cris ni larmes, pas le moindre début de manœuvre pour récupérer les lettres, il est contraint de battre en retraite ; insister, ce serait se découvrir. Pour autant, il a bien fait de lui rendre visite, il sait maintenant à quoi s'en tenir : l'oiseau pèse lourd, mais il est aussi très coriace.

Dès qu'il a pris la porte, elle file chez Jean. Elle n'a plus rien de la bête traquée qu'il avait recueillie après l'agression de Jeanne. Elle se contente de soupirer :

« Je me sens vidée… » et, une fois qu'elle lui a relaté la visite de Bourgeois, elle lui demande conseil sur la meilleure façon de déjouer les menaces de Jeanne.

La passion, la jalousie l'aveuglent, elle est convaincue que c'est la femme de Paul qui manipule Bourgeois, et non l'inverse. Pour elle, son visiteur n'est qu'un pion, un messager falot au service de sa diabolique rivale.

Jean n'y voit pas plus clair qu'elle. Lassitude ou inconscience, il se borne à lui conseiller de s'éloigner : « Pars. Mais plus loin que la Bretagne. Et plus longtemps. »

Elle est de son avis. Seulement où ? Elle ne quitte jamais Paris au printemps ; et il faut qu'avant six mois elle ait mis au point un étalon international de mesure de la radioactivité – un honneur qu'elle a arraché de haute lutte à ses collègues masculins lors du congrès de Bruxelles. Et comment expliquer qu'elle abandonne la surveillance du chantier de l'Institut du radium ? Jusqu'ici, elle n'a pas cessé de harceler les maîtres d'œuvre et les architectes, exigeante, tatillonne, l'œil à tout. Le moment est mal choisi, on va jaser.

Jean a soudain une idée. Borel, dans une dizaine de jours, va se rendre à Gênes pour participer à un congrès de mathématiciens ; sa jeune femme l'accompagnera : « Pars avec eux ! Emmène tes filles, invite leur gouvernante ! Vous prendrez pension tous ensemble dans une auberge de la Riviera. Tu te reposeras, pour une fois… »

Elle réfléchit un moment, puis se laisse faire. Le train de Gênes fait escale à Nice ; elle racontera qu'elle part soigner ses poumons au soleil de la Côte d'Azur.

*

Elle est maintenant ferme, droite, sans états d'âme. Il faudrait que Paul en fasse autant, mais il en est décidément incapable. Dès qu'il apprend la démarche de Bourgeois, il fonce à Fontenay, s'étripe avec Jeanne, claque la porte et va s'installer chez Jean : « Cette-fois, je divorce ! » Et, quinze jours plus tard, rentre au bercail. Même refrain que d'habitude : « J'étais trop triste. Les enfants… » Puis il replonge dans la dépression.

Il faudrait résilier le bail de la rue du Banquier. Il n'y pense même pas. Il ne sait plus ce qu'il veut ni où il va.

Marie, elle, garde son cap : l'avoir pour elle seule. Elle veut gagner, écraser Jeanne. Paul n'a pas de volonté ? Elle va en avoir pour deux. La victoire se fera au prix d'une rude discipline secrète, qui n'admettra aucune entorse. Ne se fier qu'à des êtres dont elle a éprouvé de longue date l'absolue fidélité – elle n'en voit maintenant que trois : Jean, Henriette, André. Se chercher malgré tout des alliés mais, à moins d'y être absolument contrainte, ne parler à personne du cambriolage, et encore moins du chantage de Bourgeois : s'il avait bluffé ? Donc étouffer ses émotions, asphyxier ses peurs autant que ses rêves, refuser de s'apitoyer sur soi, se dire à longueur de temps : non, le malheur n'est pas mon lot et la tragédie non plus. Je ne suis ni une exilée ni une pestiférée, mais tout le contraire, une guerrière muette et toujours sur la brèche, invincible et dure.

Et pourtant, elle le sait, il y aura des soirs et des matins où elle ne sera plus qu'un corps sans âme, comme disait Pierre. Dans ces moments-là, il faudra encore prendre sur soi. Se raccrocher à des mots venus de très loin, l'écho des morts, Pierre, toujours : « Il faut marcher sans se préoccuper de ce que pensent les gens. » Ou alors la phrase qu'avait eue sa mère lorsqu'elle avait appris qu'elle avait la tuberculose : « Comme toutes choses en ce monde, celle-ci aussi passera. » À un moment ou à un autre, ces mots-là font l'effet des prières, on y croit.

Et travailler encore, travailler toujours.

*

Le printemps est à l'image du personnage qu'elle se compose : glacial. Pas de fleurs, pas de bourgeons, tout gèle ; puis un épais linceul de neige vient étouffer les jardins dévastés. Seul indice de l'énergie qu'elle consacre à sa bataille secrète : comme après la mort de Pierre, elle n'a plus la force de tenir ses carnets de comptes. Mais pas d'effondrement, cette fois : au labo comme chez elle, elle donne parfaitement le change. On remarque seulement qu'elle est très fatiguée. Du coup, lorsqu'elle annonce qu'elle part passer quinze jours au soleil de la Méditerranée, ça n'étonne personne. En dehors de Paul, Jean et Henriette, seul un de ses proches est au fait du drame qui s'est joué rue du Banquier, André.

Des trois, c'est lui qui souffre le plus. Fatalité des ombres : il suit le mouvement, voit venir la catastrophe, mais ne dit rien, ne peut rien.

36

Depuis la scène de la robe blanche, Marguerite Borel n'a pas revu Marie. Lorsqu'elle la retrouve dans l'express de Gênes, elle est très intimidée. La faute à André, justement. L'été précédent, pendant quelques heures, il a cessé d'être une ombre. Sa Madone souffrait trop, il a voulu l'éloigner de Paul et s'est rendu chez elle, la jeune Marguerite, avec une requête dont il pensait qu'elle enflammerait son esprit romanesque : « Je vous en supplie, séparez les amants. »

Elle est tombée des nues. Le soir où elle avait vu Marie en blanc, elle s'était bien doutée qu'elle était amoureuse. Mais de qui ? Elle avait cessé depuis longtemps de se creuser la tête.

Ça l'a vexée d'apprendre que c'était du beau Paul, qui avait eu le béguin pour elle. Elle s'est sentie comme remplacée, a refusé d'aider André : « Que voulez-vous que j'y fasse ? » Puis elle a fanfaronné : « À moi aussi, Paul se plaint de sa femme ! » « Avec vous, ça n'est pas dangereux », a rétorqué André.

Marguerite avait quinze ans de moins que Marie. La réplique d'André l'a anéantie.

*

Borel, lui, n'a pas changé. Il mène toujours Marguerite à la dure. Marie n'est pas longue à s'en apercevoir : l'auberge où leur petit groupe s'est installé est minuscule. Vingt-quatre heures après leur arrivée, alors qu'ils finissent de dîner, elle le voit annoncer abruptement à sa jeune femme : « J'ai une conférence à donner demain, je ne l'ai pas écrite. Je vais m'enfermer dans notre chambre. » Et il quitte la table.

Marie est épuisée, elle veut se coucher, elle l'imite. Puis, comme elle gravit l'escalier qui mène à sa chambre, elle pressent que Marguerite la suit du regard, fait soudain volte-face et lui lance : « Venez donc me faire une visite ! »

Quelques minutes plus tard, exaltée, rougissante, la jeune femme est assise à son chevet.

Comme la scène de la robe blanche, la mémoire de Marguerite a enregistré ce moment à la façon d'une caméra. « Comment oublier cette chambre blanchie à la chaux, ce lit aux fers tarabiscotés, au-dessus duquel pend un crucifix, et la femme couchée qui me parle ? » écrit-elle cinquante-sept ans plus tard[1]. Son émoi est intact ; elle a les mots d'une jeune nonne recluse dans un couvent et qui s'éprend soudain de la Mère supérieure. C'est d'ailleurs ce qui lui est arrivé : à l'instant où elle a vu Marie étendue sur son lit, elle est tombée amoureuse d'elle.

*

Marie lui parle. Il n'est question que de Paul : « Je sais que Langevin a confiance en vous… »

1. Camille Marbo, *À travers deux siècles. Souvenirs et rencontres*, *op. cit.*

Marguerite renchérit, lui répète ce que Paul lui a dit de sa femme du temps qu'il lui faisait la cour. Marie écoute, puis reprend : « Il est triste… Il faut le sauver… »

À présent, c'est Marguerite qui écoute. Si troublée qu'elle ne saura jamais combien de temps elle est restée à boire ses mots dans la chambre aux murs chaulés, ni ce qu'elle lui a dit au juste.

Le lendemain soir, Marie l'invite encore. Comme la veille, elle accourt ; et, comme la veille, il n'est question que de Paul.

Cette soirée-là passe encore plus vite que la première. Dès qu'elle se retrouve seule, Marguerite se met à vivre dans l'attente de l'instant où, à nouveau, elle passera le seuil de la chambre blanche.

Borel, certains jours, annonce à Marie que ses collègues du congrès de Gênes la réclament. Il l'emmène alors dans un colloque, un dîner. Marguerite se résigne et, cœur battant, attend le soir suivant.

Marie ne la déçoit jamais. Dès qu'elle est libre, elle la réinvite dans sa chambre. Elle lui parle maintenant de Jeanne. De sa manie de l'espionnage, de sa violence, des scènes effroyables qu'elle fait à Paul, du malheur de leurs enfants. Souvent, elle s'enflamme : « Et c'est un génie… Une telle valeur… Il faut le sauver de lui-même, il est faible. Vous et moi sommes dures[1]. »

Elle se fait fièvre, elle se fait feu, feu sacré. C'est ainsi que Marguerite s'imagine le radium. Elle n'est pas loin de penser qu'il lui coule dans les veines quand Marie, subitement toute tendresse, lui saisit les mains : « Il a besoin de compréhension, d'affection douce… »

1. *Ibid.*

L'idée l'effleure que Marie a des dons d'actrice, qu'elle la manipule, qu'elle se cherche une alliée. Elle passe outre. Enfin quelqu'un l'a choisie, quelqu'un l'attend. Mme Curie, oui, lui sert un grand mélodrame slave. Mais c'est sans doute ainsi qu'on fait dans son lointain pays quand on est fou d'amour.

*

Marguerite confiera plus tard que Marie semblait prête à traverser le feu pour ceux qu'elle aimait. Elle-même n'était pas si différente ; simplement, jusqu'à ce voyage en Italie, elle l'ignorait. Pour en prendre conscience, il n'y manquait que ces riens qui sont l'essentiel : un mot, le regard d'un être qu'on admire, sa main qui prend la vôtre.

Lorsqu'elle était arrivée à Gênes, elle se demandait ce que la vie attendait d'elle. Quand elle reprit l'express dans l'autre sens, elle ne se posait plus de questions. Elle avait trouvé sa place : petit soldat de Mme Curie.

37

Au retour, Marie ne change rien à la ligne qu'elle s'est imposée : serrer les dents, vivre au jour le jour. En mai, quand elle renouvelle son abonnement de chemin de fer à la gare de Sceaux, elle s'achète une carte trimestrielle au lieu de son ordinaire forfait annuel. Elle envisage toujours de déménager, semble-t-il. Peut-être a-t-elle encore en vue la maison dont elle a parlé à Irène quelques semaines plus tôt.

Elle ne fait guère usage de cet abonnement : nouvelle explosion de ses frais de fiacre et taxi. L'idée de se faire agresser par Jeanne devant chez elle continue manifestement à la terroriser. Elle craint aussi pour ses filles ; dès que leurs écoles ont fermé, elle les expédie en Pologne, chez sa sœur, dans les montagnes des Carpates. Les petites, a-t-elle décidé, y passeront tout l'été.

Peur des bruits, des rumeurs, des journaux. Volonté, également, de les rattacher à leurs racines. S'il fallait fuir, qui sait ?

Avant leur départ, sur le quai de la gare, elle recommande bien à Irène de ne pas lui écrire à Sceaux, mais chez Jean et Henriette ; et, lorsqu'ils seront partis en vacances, à son labo.

La petite a dû la questionner. Et elle lui répondre que Jeanne est devenue folle, qu'elle espionne tout le monde, qu'elle dérobe le courrier dans les boîtes aux lettres. Aucune raison de lui en dire plus : la presse ne publie pas les lettres volées.

La perspective d'un nouveau Nobel se précise. Il y a quelques semaines, un autre membre du jury suédois, l'influent Mittag-Leffler, a fait le voyage de Paris. Comme son compatriote qui est venu en mars, Albert Kahn l'a somptueusement reçu.

Elle a été conviée à ce déjeuner, comme Paul, Jean et Borel. Ils ont beaucoup parlé avec le Suédois. C'est ainsi qu'ils ont appris que Mittag-Leffler s'est fait un point d'honneur d'obtenir pour Marie un second Nobel qu'elle ne partagerait avec personne. La cabale des académiciens français l'a révolté.

*

Le salut viendrait-il de l'étranger ? Elle en est définitivement persuadée, le 15 juin, lorsqu'elle apprend qu'un Belge, le richissime industriel et chimiste Ernest Solvay, l'invite à prendre part à un long débat qui aura lieu entre le 30 octobre et le 5 novembre, juste avant la proclamation des Nobel. Il a une idée inouïe : enfermer dans un hôtel vingt-quatre savants triés sur le volet. Ils auront six jours pour dresser un état des lieux de la science et répondre à ses questions les plus cruciales : oui ou non, le principe de la discontinuité de la matière et l'hypothèse de ses échanges d'énergie avec le rayonnement sont-ils recevables ? Le concept des quanta est-il valide, doit-on l'introduire dans la recherche théorique et les expériences scientifiques ? Et que sont au juste ces quanta ?

Une sorte de dimanche au 108 qui s'étalera sur une semaine, en somme, et réunira les plus brillants cerveaux de la science mondiale, à commencer par Max Planck, l'inventeur des fameux quanta, et Rutherford, le vieux camarade de Paul à Cambridge, qui vient de découvrir le noyau atomique.

Comble de joie, Paul est invité. Jean viendra aussi. Les débats seront présidés par Lorentz, ponte de l'électromagnétisme et premier lauréat du Nobel de physique. Un seul participant demeure obscur aux yeux de Jean et Marie, ce professeur associé à l'université de Zurich dont le nom revient à longueur de journée dans la bouche de Paul, Albert Einstein. À l'en croire, c'est un visionnaire, comme le fut Pierre. Un marginal, aussi, un tranquille insolent. Paul propage ses théories, ils s'écrivent très souvent. De lettre en lettre, ils ont appris à mieux se connaître. Ils sont maintenant amis.

*

Marie brûle de le connaître. Mais aussi de voir briller Paul. De toute la brochette de savants qui va se réunir à Bruxelles, il est l'un des seuls à avoir approfondi autant de domaines de la recherche scientifique, la thermodynamique, l'électromagnétisme, la physique des ions et des électrons, la mécanique statistique, l'optique ondulatoire, les mathématiques des probabilités chères à Borel, la théorie de la relativité d'Einstein, et, bien entendu, grâce à Pierre et elle, la radioactivité.

Impossible qu'il passe inaperçu, estime Marie : Paul a l'art d'établir des passerelles entre tous ces savoirs apparemment hétérogènes et d'en faire surgir, une fois qu'il les a rapprochés, de nouveaux concepts qui lui permettent de redéfinir de façon magistrale les problèmes qu'on lui a soumis.

Mais le plus beau de Paul, le plus enthousiasmant, c'est qu'il a compris que cette profusion d'avancées va conduire les hommes – tous les hommes – à repenser l'Univers. C'est ce qu'il a entrepris de faire à Bologne, en avril, au moment précis où les sbires de Bourgeois profitaient de son absence pour cambrioler la rue du Banquier. Il avait décidé d'expliquer la théorie de la relativité à un parterre de philosophes et de sociologues. Comme c'était loin d'être simple, il avait conçu un petit scénario à la Jules Verne : un homme est embarqué dans un vaisseau spatial en forme de boulet qu'on propulse dans l'espace à une vitesse légèrement inférieure à celle de la lumière ; une étoile renvoie le boulet vers la Terre, toujours à la même vitesse, et son voyageur avec lui. Le malheureux, quand il atterrit, ne reconnaît rien du monde qu'il a connu. Il a vieilli de deux ans, mais la planète, elle, de deux cents[1].

C'était lumineux, tout le monde a compris. Paul a alors lancé : « Il n'y a ni espace ni temps, a priori. L'homme va devoir reconsidérer de fond en comble sa vision de l'Univers. » Il a fait un triomphe.

Quand elle l'a appris, Marie n'a pas été surprise. Depuis qu'ils sont amants, elle a assisté cent fois à ces fabuleuses envolées. Elles l'enthousiasment et la rendent fière, autant que Paul l'a admirée lorsqu'elle a réussi à déterminer le poids atomique du radium.

1. Le fameux « paradoxe des jumeaux » qu'on lui attribue s'est en fait constitué plus tard et progressivement, via Bergson, notamment, qui était présent au congrès de Bologne. Cf. Élie During, « Langevin ou le paradoxe introuvable », *Revue de métaphysique et de morale*, 2014.

Plus elle y pense et plus elle en est certaine : le conseil Solvay sera sa chance.

Elle le revoit et le lui dit : sitôt qu'elle a mis ses filles et leur gouvernante dans le train pour la Pologne, elle quitte Sceaux, file chez Jean et Henriette et s'y installe quelques jours, comme l'atteste le gros pourboire qu'elle verse à leur bonne. Parallèlement, ses frais de voiture s'effondrent. Elle doit le revoir là-bas. Car c'en est fini de la rue du Banquier, Paul vient d'en résilier le bail.

Elle semble changer de stratégie, se concentrer sur son travail. Ainsi le 19 juillet, elle part seule pour la Hollande. Une guerrière. Vingt-quatre heures de train, rien que pour soumettre ses chères particules radioactives à des froids extrêmes dans un laboratoire de cryogénie. Avant de prendre son train, elle a encore trouvé le moyen d'aller essayer une jupe-culotte chez sa couturière. Depuis l'hiver et la dernière collection de Poiret, la mode en fait fureur et sa nièce Helena, depuis ses lointaines montagnes des Carpates, lui a avoué qu'elle mourait d'envie d'en avoir une.

Elle aussi, Marie, l'invention de ce vêtement bisexué l'a enchantée. Malgré tout, elle n'ose pas en porter. Elle se contentera de cet essayage. Mais elle l'empruntera à sa nièce quand elles partiront en randonnée dans les alpages. Là-haut, personne ne la reconnaîtra…

Elle a vraiment foi en l'avenir, en ce mois de juillet 1911. Elle va de l'avant, redouble d'énergie. Avant de sauter dans son train, elle a aussi consacré quelques heures à sa sacro-sainte cérémonie des confitures. Elle a confectionné moitié moins de pots que l'an passé, dit le carnet de comptes, mais tout de même, le rituel a été respecté.

38

Paul, lui, préfère les compotes. Moins d'une semaine après le départ de Marie, le 25 juillet, il demande à Jeanne qu'elle lui en fasse servir une à la fin du déjeuner. Elle s'exécute, mais quand il la goûte, il la trouve mal cuite et le lui dit.

Début juillet, la canicule s'est installée sur la France et, depuis quelques jours, elle s'aggrave : la température, à Fontenay, frise maintenant les trente-cinq degrés. Dans le pavillon, on n'a jamais autant étouffé. Tout le monde est à cran, les domestiques, Jeanne, Paul, son père, les enfants, sans oublier l'indétrônable vieille Desfosses, à l'affût, comme d'habitude. Rien d'étonnant si l'innocente marmelade suffit à déclencher un cataclysme.

Le sort de la compote demeure inconnu, celui de Jeanne est mieux documenté. Paul l'a frappée. Gifle ou coup de poing, l'affaire reste obscure, et Paul a toujours soutenu que son geste n'était que la réponse du berger à la bergère : Jeanne l'aurait provoqué en l'abreuvant d'injures. Ses enfants étaient là, il ne l'a pas supporté.

Quoi qu'il en soit, le ratage de la compote a des conséquences déroutantes et, pour le coup, absolument avérées. Paul, en plus de ses valises, boucle celles de son père et de ses deux aînés, puis les somme de le suivre. Ils s'exécutent. Une heure plus tard, la petite troupe débarque chez Jean – décidément très sollicité par chacun des deux amants en ce torride été. Paul lui demande l'hospitalité puis court consulter le premier avocat venu, lequel lui jure que son départ du domicile conjugal en compagnie de ses fils ne le mettra pas en fâcheuse position s'il demande le divorce.

Il croit l'homme de loi sur parole, retourne chez Jean, où, sans désemparer, folle journée, il rédige une lettre, non à l'intention de Jeanne, mais de Bourgeois. Il lui demande deux services : prévenir sa femme qu'il emmène ses fils en vacances et lui remettre de quoi vivre très largement pendant un mois. Mille francs, l'enveloppe l'attend chez Jean.

Grandeur et misère de Paul, incapable de voir clair dans le jeu d'un beau-frère qu'il connaît pourtant depuis plus de dix ans. On lui pardonne : comme Marie, c'est un obsessionnel. Il passe ses journées – et peut-être ses nuits, jusque dans ses rêves – à remettre en cause les grandes lois de l'Univers, à tenter d'en inventer d'autres, à douter encore, à douter toujours. Où trouverait-il le temps de s'interroger sur Bourgeois ? Pour lui, c'est un simple figurant de son théâtre familial. Une utilité, un messager bienveillant qui ne cherche, tout comme lui, que la paix des familles. Il le convoque sur scène quand il s'est bien étripé avec Jeanne, pour lui demander de le tirer d'affaire. Sans s'aviser un instant que l'autre ne s'est pas retrouvé par hasard dans la tribu Desfosses. Et c'est avec la plus parfaite candeur qu'une seconde fois il se jette dans la gueule du loup.

*

Bourgeois, à ce moment de sa vie, est un homme heureux. Quatre jours avant la scène de la compote, sur intervention du patron de son journal, le ministre de l'Intérieur et des Cultes vient enfin de le proposer à la Légion d'honneur pour services rendus au Syndicat des informateurs judiciaires, dont, merveilleuse coïncidence, il vient d'être élu président.

L'enquête de moralité instruite à son propos a conclu que rien ne s'oppose à ce qu'il reçoive la distinction si convoitée. En conséquence, une semaine plus tard, un décret signé de la présidence de la République lui octroie le cher ruban rouge. Il n'a pas eu à se démener pour qu'on le sache : l'annonce en est parue dans *Le Petit Parisien*.

« Ça se fête ! » se sont aussitôt exclamés les syndics de son association, à commencer par son compère l'avocat Coudy, et ils ont organisé illico un déjeuner en son honneur.

Cette fois-ci, c'est l'ultra-chic gazette *Le Gaulois* qui l'a fait savoir, sous le titre « Pour un confrère » – c'est dire à quel point, dans le métier, Bourgeois commence à compter.

À l'issue de ce déjeuner, il ne manque pas de discuter avec Coudy des derniers rebondissements survenus dans la tribu Desfosses : quelques jours plus tard, il écrit à Jean – et non à Paul, dont il semble déjà considérer qu'il n'est plus son beau-frère – pour lui apprendre que Jeanne n'est pas décidée à se laisser faire : « Il y aura procès. »

Il ne dit pas à quel motif, mais Jean comprend tout de suite : adultère. Jeanne va saisir un juge, qui voudra savoir avec qui Paul l'a trompée – c'est la loi. La suite est inéluctable : Marie sera déclarée complice, traduite au tribunal – c'est aussi la loi. Les lettres volées seront lues à l'audience, les journalistes vont s'en mêler ; avant même sa comparution au Palais de justice, il y aura un tapage monstre et de toute évidence, comme Bourgeois l'a prédit au mois d'avril, les courriers litigieux seront publiés dans les journaux.

Jean découvre aussi dans ce courrier le vrai visage de Bourgeois : sans vergogne, il exige que Paul remette à Jeanne 2 000 francs supplémentaires. Mais Paul ne gagne que 1 500 francs par mois et, quinze jours plus tôt, il en a déjà lâché 1 000 à sa femme. Avec le peu qu'il a en poche, il doit payer ses vacances avec ses fils et trouver un petit appartement à partager avec son père, qu'il entretient aussi.

Ça n'embarrasse pas Bourgeois, et même ça l'amuse, il sait qui avancera la somme : Marie.

*

« Ne jamais se laisser abattre ni par les êtres, ni par les événements », s'était promis Marie à l'âge de vingt ans. À son retour, lorsque Jean lui apprend la nouvelle et qu'elle prend la mesure de la fourberie de Bourgeois, elle traverse un moment de stupeur. Mais elle n'est pas longue à conclure : si c'est lui, le journaliste, qui manipule Jeanne et non l'inverse, elle devra jouer très fin. Son Nobel est en jeu. Il n'est par conséquent qu'une seule urgence : gagner du temps.

Elle court au Crédit lyonnais, ponctionne son compte d'épargne et, toujours par l'entremise de Jean, fait acheminer les liasses de billets à Bourgeois.

Comme la fois précédente, règlement en liquide et pas de reçu.

Paul apprendra plus tard que Jeanne n'encaissa qu'une partie des billets. Le reste, dit-il, fut empoché par son beau-frère.

39

La température a encore monté, on ne compte plus les insolations. Les beaux quartiers se vident. Un mirage est observé au bois de Boulogne, on craint pour la fraîcheur des viandes, les riches s'enfuient sur la côte normande. Les petites-bourgeoises, elles, se munissent d'éventails et vont se rafraîchir dans le métro, tandis que les don Juan en mal de conquêtes s'immergent en maillot de bain dans les fontaines de la Concorde sous les yeux éberlués des cousettes asphyxiées par leurs corsets.

Marie se retrouve seule. Henriette a gagné l'Arcouest avec ses enfants ; quant à Paul, il a trouvé un petit appartement du côté de la Salpêtrière. Après y avoir installé son père, il est parti en Angleterre avec ses fils. Il y passera tout le mois d'août, a-t-il annoncé.

Les amants ne sont pas près de se revoir : Paul, ensuite, rejoindra les Borel dans leur maison du Rouergue. Il ne saurait être en meilleure compagnie, Marguerite ne le lâchera pas d'une semelle. S'il flanche et cherche à retourner chez sa femme, elle l'en empêchera.

*

Marie ne supporte plus la villa de Sceaux, elle s'installe à l'hôtel. Mais elle s'y sent mal, elle en change plusieurs fois. « Hôtels », écrit-elle au pluriel lorsqu'elle récapitule ses dépenses. Elle fait laver son linge dans une blanchisserie et prend ses repas au labo ou dans de petits bistrots.

Vie d'errante dans Paris qui suffoque. Seul intermède, un déjeuner qu'elle offre à Jean : « Déjeuner Perrin, 15. » Mais pas de répit : il lui annonce qu'il vient de recevoir une lettre où Bourgeois fait monter les enchères. Il lui réclame 2 000 francs de plus.

Elle avance encore la somme. Comme la fois précédente, son calcul est vite fait : quatre mois que Bourgeois la menace et, hors ces demandes d'argent, il ne se passe rien, la presse se tait. D'ici à l'annonce du Nobel – rien n'est sûr, mais les choses s'annoncent de mieux en mieux –, il ne reste plus que trois mois et demi à tenir. Bourgeois veut jouer ? Elle joue.

Le pari n'est pas si fou. Jusqu'à maintenant, sa méthode a payé. Les lettres volées n'ont pas été publiées, Paul a quitté Jeanne, les Borel l'ont pris en main. Quant à elle, rien ni personne ne l'a empêchée d'avancer. Dans une semaine, peut-être avant, elle va sceller dans une microscopique ampoule de verre 21,99 mg de chlorure de radium ultra-pur qui serviront de référence aux chercheurs du monde entier, et plus encore aux médecins quand ils auront enfin compris l'intérêt de la radiographie.

Les statuts de son laboratoire lui garantissent la propriété exclusive de cette substance qui vaut une fortune. Elle peut en faire ce qu'elle veut, dissimuler l'ampoule où elle en a envie, partir avec elle au bout du monde si elle le souhaite. Ou en faire cadeau à qui ça lui chante. À la France, à la Pologne, à l'Angleterre, à l'Allemagne, à n'importe qui. Et un petit Rastignac des gazettes à sensation voudrait sa peau ?

Le 24 août, elle est à la gare de l'Est, où elle monte dans l'express de Vienne ; de là, elle prendra un train pour Cracovie, puis une voiture l'emmènera dans les montagnes où ses filles l'attendent.

Avant de gagner son wagon, elle a acheté quelques journaux. Un coup d'œil à leurs titres a achevé de la rassurer. Ils ont de quoi nourrir leurs colonnes pour un bon bout de temps : on vient de voler la Joconde et l'Allemagne, qui a envahi Agadir début juillet, semble chercher tous les prétextes pour déclencher une nouvelle guerre.

*

Dans les collections de photos conservées au musée Curie, quatre clichés de Marie en Pologne. Sur le premier, elle pose avec Ève dans un alpage des Carpates. Elle dévisage la petite d'un air perplexe. Elle a l'air de s'interroger sur son destin.

Peut-être aussi sur le sien. Il y a exactement vingt ans, elle a parcouru ces chemins avec Casimir, son premier amour, dans l'espoir de le faire trancher définitivement entre elle et sa famille. Après deux jours de randonnées et de discussions, elle avait renoncé et choisi d'aller poursuivre ses études à Paris. Quatre ans plus tard, elle rencontrait Pierre. Il est venu ici, lui aussi, il y a tout juste douze ans. Il a marché dans les pas de Casimir.

Ou alors elle pense à Paul : pour cette course en montagne, elle a enfilé une robe blanche, la même, semble-t-il, que l'après-midi où elle avait posé pour l'inconnu aux autochromes. Elle l'a curieusement assortie à de solides brodequins de marche et à un sac à dos dont elle n'a pas voulu se défaire pour la photo : ici, dans les montagnes, elle échappe enfin aux regards, elle se sent libre.

Sur le cliché suivant, le photographe l'a saisie au milieu d'un éboulis de rochers. Manches retroussées, main sur la hanche, elle semble attendre l'avenir de pied ferme. Comme sur la troisième photo, prise au fond d'une vallée. Ce jour-là, elle porte aussi une robe très claire ; et elle n'a pas l'air plus inquiète que sa sœur Bronia, son frère aîné et son beau-frère, qui, de la même façon qu'elle, fixent sereinement les sommets.

Sur le dernier cliché, en revanche – un portrait de famille, pris en intérieur, sans doute dans la villa que Bronia avait fait construire non loin de son monumental sanatorium –, son expression est indéchiffrable. Un échantillon parfait de l'impassibilité qui a frappé tant de ses proches. Traits limpides, chignon impeccable, dos immuablement droit, elle paraît à toute épreuve. Pas le moindre indice des tourments qui l'agitent depuis un an.

Sans doute, avant ce cliché, s'est-elle refait une santé dans ces montagnes qui lui rappellent, en plus de Casimir et Pierre, les temps où elle frôlait le corps des beaux garçons dans les traîneaux du kulig. La joie de parler sa langue natale du matin au soir l'a requinquée ; et telle qu'on la connaît, elle a nourri pendant ses randonnées le fameux « rêve » sans lequel elle ne saurait travailler comme elle le fait, en bagnarde. Elle s'est dit, par exemple, lorsqu'elle se promenait à la lisière des neiges ou sous le couvert des forêts : oui, c'est sûr, mon troisième amour sera le bon, Paul viendra ici respirer l'air qui sent les lacs froids, la gentiane et les maisons de bois. Comme Casimir et comme Pierre, il traversera les grandes prairies de trèfle, gagnera l'abord des sommets, longera les névés, restera longtemps à fixer les aigles. En redescendant, il boira la vodka des montagnes avec les forestiers et ça l'agacera de ne rien comprendre à ce qu'ils lui disent. Alors il dira : « Je vais me mettre au polonais ! » Et il le fera, comme Pierre.

*

À son retour en France, début octobre, la voici bien secrète. Sans rien en dire à personne, elle se loue un pied-à-terre rue Blainville, tout près de l'École de physique où enseigne Paul.

Deux cent trente-cinq francs le trimestre. Un peu moins cher que la rue du Banquier, mais tout de même.

L'endroit est équipé du gaz. En 1911, un confort très apprécié. Il semble qu'elle y fasse transporter des meubles – « Déménagements, 29,50 » – et qu'elle s'y installe joliment : au même moment, elle achète du tissu pour recouvrir des fauteuils, de couleur vieux rose, précise son carnet de brouillon, ainsi que de la mousseline et du tulle fileté d'or. Frais très inhabituels ; hormis les bouquets de fleurs, elle ne s'est jamais intéressée à la décoration des lieux où elle a vécu. Elle prend également soin de s'attirer la bienveillance de la gardienne de l'immeuble : « Concierge Blainville : 20. » Un pourboire extrêmement généreux : à la même époque, elle ne verse pas plus de 30 francs par mois à la bonne qui tient la villa de Sceaux.

Sur ses carnets de dépenses, elle se garde bien de donner l'adresse exacte de cet énigmatique refuge. Paul et elle s'y retrouveraient-ils ? L'a-t-elle choisi pour sa discrétion dans un immeuble à double entrée, comme nombre de constructions du quartier ? Elle y tient, en tout cas. Il faudra, pour qu'elle y renonce, que la presse l'ait traînée dans la boue.

*

L'automne s'annonce sous les meilleurs auspices : elle apprend qu'elle est au nombre des trois finalistes du Nobel de chimie. L'information est strictement confidentielle.

Paul, de son côté, semble près de se séparer de sa femme : dans le microcosme universitaire, tout le monde sait qu'il l'a quittée, et pour qui.

Aucun remous. Du moment qu'ils ne s'affichent pas, personne ne jase. Quant à Bourgeois, il paraît préférer le racket à la publication des lettres : en ce mois d'octobre, il réclame 2 000 francs à Paul. Marie, une troisième fois, paie sans barguigner. Le Nobel sera décerné aux environs du 10 novembre, plus qu'un mois à tenir.

Une vraie joueuse. Et qui se met subitement à flamber. Après ces ruineux débours, grande débauche de frais vestimentaires : gants, bas de soie, chapeau, écharpe, ceinture, sac en velours, chaussures, robe noire et blanche et jupon assorti qu'elle ne confie pas, pour une fois, à sa couturière de quartier, mais à une faiseuse du Bon Marché, s'il vous plaît. Près de 200 francs, rien que pour cette folie. Mais au diable la dépense, dans quinze jours c'est le Conseil Solvay, elle sera enfermée dans le luxueux Métropole de Bruxelles, seule femme au cœur du fabuleux conclave qui va réunir les plus brillants cerveaux du monde. Elle y représentera la science française et Paul sera à ses côtés. Se faire belle, dans ces conditions, n'est pas faire preuve de futilité. C'est un devoir.

40

Dès le premier jour du conseil Solvay, Marie a l'impression d'avoir embarqué dans le fameux boulet inventé par Paul pour illustrer la théorie de la relativité. Elle oublie l'espace et le temps.

Ses vingt-trois comparses aussi. C'est l'effet de l'enfermement. Et celui du débat sur les quanta. Après une série d'exposés – dont celui de Paul, particulièrement brillant, et, tout aussi magistral, celui de Jean –, les membres du conclave se sont mis d'accord pour imaginer ce que pourrait être le comportement des particules élémentaires quand on les soumet aux lois de la théorie de Planck. Chacun s'est prêté au jeu avec un enthousiasme d'enfant et, du même coup, les liens qui les rattachent à leurs familles, leurs amis, leur passé, leur pays ont été instantanément abolis. Dans la salle du conseil, plus rien que de l'imagination en marche, un questionnement ininterrompu des mystères de l'infiniment grand et de l'infiniment petit. Seules la faim et la nuit parviennent à mettre fin aux discussions ; et le lendemain matin, la grâce fait son miraculeux retour, plus d'ego, plus de fatigue. À nouveau la nuit tombe, à nouveau il faut manger. On parle encore, jusqu'à épuisement. Mais on se couche heureux. Einstein en est lui-même si émerveillé qu'il prend le temps, avant de se glisser entre ses draps, d'écrire à un ami. Comme les vingt-trois autres, il en frissonne de plaisir, d'avoir passé sa journée à naviguer de théorèmes en postulats et en constructions théoriques plus extravagantes les unes que les autres. « Un sabbat de sorcières, jubile-t-il dans sa lettre. Personne n'y voit clair. Il y aurait dans toute cette affaire de quoi ravir une compagnie de jésuites démoniaques. »

*

Marie aussi s'en donne à cœur joie. Elle a retrouvé sa passion d'adolescente pour les chemins de traverse, et ce feu qui avait tant séduit Pierre lors de leur première rencontre. « Ce qu'elle est pétillante, étincelante ! s'enthousiasme Einstein quand ils sortent de la salle du conseil. Ce qu'elle est passionnée ! » Il n'aurait jamais cru. Quand on les avait présentés, il l'avait trouvée sinistre. « Aussi attirante qu'un hareng froid », avait-il glissé à son voisin.

Paul l'impressionne presque autant qu'elle. Il sait à la fois écouter et intervenir, synthétiser les propos des uns et des autres, les traduire à chacun des participants dans sa langue – il parle couramment anglais et allemand –, puis les consigner avec une précision qui laisse pantois. Dès le deuxième jour du conseil, les autres lui demandent de publier le compte rendu des débats. C'est une lourde charge, qui lui prendra, il le sait, près d'un an. Mais, tout fier, il se laisse faire.

*

Jeanne sait qu'il est à Bruxelles avec Marie. À l'évidence, c'est ce qui incite les deux amants à se placer à bonne distance l'un de l'autre quand un photographe, à la demande de Solvay, pénètre dans la salle du conseil. Sur ce cliché – le seul qui fut pris de cette réunion bientôt légendaire –, Paul se tient debout à côté d'Einstein, à l'extrême droite de la table, et fixe un point qui n'apparaît pas dans le cadre. Marie, elle, assise à deux bons mètres, feint de se concentrer sur une longue paperolle que lui tend son voisin.

Le soir, dorment-ils ensemble ? On n'en saura jamais rien et l'essentiel est ailleurs, dans ce qu'ils font de ces six journées : sitôt réveillés, ils courent rejoindre les vingt-deux autres pour continuer de fracasser les murs du monde ancien, y ouvrir de nouvelles brèches puis dessiner les contours de la science des siècles futurs. Plus les jours passent, plus il est évident qu'on va l'admettre, la fameuse théorie des quanta. Le dimanche suivant, quand ils reprendront le train pour Paris, l'humanité entrera dans une ère nouvelle et ils seront au nombre de ceux qui en ont posé les fondations. Alors, qu'ils fassent ou non l'amour pendant les six nuits où ils sont reclus au Métropole, quelle importance ?

*

Le dimanche précédent, sitôt arrivée à Bruxelles, Marie avait écrit à Irène, revenue en France avec la petite Ève pour la rentrée scolaire. Elle craignait de ne pas pouvoir lui donner de nouvelles pendant le conseil et lui avait tracé quelques mots tendres ; elle lui avait notamment décrit sa chambre, aussi somptueuse que mal chauffée.

Irène avait répondu par retour du courrier. Signe du climat de méfiance qui régnait dans la villa de Sceaux, elle avait très soigneusement cacheté son enveloppe à la cire. Émue, Marie a tenu à laisser le cachet intact. Quand elle a reçu la lettre – le troisième jour des débats, semble-t-il –, elle a ouvert l'enveloppe en découpant sa partie supérieure au coupe-papier.

On la découvre telle quelle dans ses archives, fraîche comme si elle datait d'hier. Irène n'y questionne pas sa mère sur les débats du conseil, c'est sa chambre qui l'intrigue : « Je me demande pourquoi tu as choisi une chambre si froide et si magnifique. » Puis elle lui relate une dispute qui l'a violemment opposée à sa petite sœur sur la couleur des raisins qu'on utilise pour faire du vin blanc. L'affrontement a eu lieu en présence d'André. Quand Marie n'est pas là, l'ombre vivante assure les arrières et veille sur les gamines.

Comme toujours dans ses lettres, Irène se languit de sa mère : « J'espère te voir bientôt, douce chérie. Ton absence change toute la maison. » Les semaines précédentes, Marie n'a guère été présente à Sceaux : c'est dire combien elle diffuse d'amour, le peu qu'elle est là. Et combien on l'aime, quand on l'aime.

*

Il faut croire qu'on la hait dans les mêmes proportions. Quatre jours après avoir posté cette lettre, le samedi 4 novembre au matin, alors qu'elle gagne, depuis la gare Denfert-Rochereau, le 6e arrondissement où se trouve son collège, Irène s'immobilise devant un kiosque. À la une d'un journal elle vient de reconnaître, imposante et magnifique, une photo de sa mère. Elle est surmontée d'un gros titre :

Une histoire d'amour
Mme Curie et le professeur Langevin

Irène se précipite pour l'acheter – à quatorze ans, pourtant, il n'est pas dans ses habitudes de s'intéresser à la presse, encore moins à cette gazette-là, *Le Journal* : sa mère ne lit que le très sérieux *Le Temps*. Puis elle s'arrête pour lire l'article qui suit la photo : on y affirme que sa mère est la maîtresse de Paul, qu'elle vient de l'enlever et s'est enfuie avec lui « à l'étranger ».

Ce qui achève de la glacer, c'est que le journaliste qui a écrit le papier, un certain Fernand Hauser, dit tenir l'information d'une femme qu'elle connaît bien : la vieille Desfosses. « Mme Curie est introuvable, conclut Hauser, et nul ne sait où se trouve M. Langevin. »

Irène n'a pas reçu de réponse à sa lettre du dimanche précédent. Elle gagne son collège en somnambule.

Une fois sur place, elle a la présence d'esprit de taire la nouvelle à ses camarades. Mais, comme le soulignera Marie dans le bref récit qu'elle livrera de cet épisode[1], elle ne parvient pas à se concentrer.

Un professeur s'aperçoit-il qu'elle a la tête ailleurs, se fait-elle houspiller ? Elle quitte soudain la classe, fond en larmes. Quelqu'un, semble-t-il, intervient et réussit à lui arracher quelques mots : elle est autorisée à quitter le collège. Elle court alors boulevard Kellermann, où elle se jette dans les bras d'Henriette, qui, elle, n'a pas lu le journal et tombe des nues. Prise de court – son mari n'est pas là, la petite est au désespoir et l'article, quand elle le lui montre, la pétrifie elle aussi –, elle décide de s'en remettre à André.

1. « Notes sur l'enfance de ses filles », manuscrit inédit, BNF, folios 20 et 21.

Elle emmène donc Irène au labo. Où l'ombre vivante, dès que leurs deux silhouettes se profilent derrière ses éprouvettes et ses balances, n'a pas besoin d'avoir le journal en main pour tout comprendre. Des mois qu'il voit venir la catastrophe.

Il pourrait éclater, ou s'effondrer. Il n'en est rien. Irène, c'est un peu de Marie, il préfère la prendre dans ses bras : « Ne t'inquiète pas. Rien que des racontars, tout ça. Ta mère va rentrer et tu vas voir, dès qu'elle sera là, tout s'arrangera. »

Il en est si fou, de sa Madone, qu'il n'est pas loin de le penser.

Il semble qu'ensuite il appelle Marie à Bruxelles. S'il la joint, il ne lui apprend rien. Elle a su la nouvelle à la première heure, presque au même moment que sa fille.

*

Elle était tout juste sortie de sa chambre et discutait avec des membres du conclave dans le hall du Métropole. Un reporter belge l'a abordée.

Il avait été dépêché à l'hôtel par le journal français *Le Matin*, dont la rédaction avait trouvé le scoop d'Hauser si douteux qu'elle avait voulu le vérifier – comme la plupart des rédactions, du reste.

Quand le reporter lui explique ce qui l'amène, Marie ne marque aucun signe d'émotion, et c'est lui qui n'en revient pas : « Elle n'est pas du tout troublée, fort à l'aise, raconte-t-il quelques minutes plus tard lorsqu'il téléphone au *Matin*, encore tout éberlué qu'elle se soit bornée à afficher un souverain mépris pour les méthodes de Hauser : « Elle nous dit qu'elle ne peut qu'opposer une indifférence absolue à de tels procédés[1]. »

Puis, au mot près, il répercute à son correspondant la réponse qu'elle vient de lui faire : « Je suis venue à Bruxelles, invitée déjà depuis le 15 juin dernier, avec de nombreux savants étrangers, parmi les plus illustres. Et l'on prétend que je suis introuvable, que je me cache ! Vraiment, puis-je attribuer une importance quelconque à pareilles insanités ? »

Sur ces entrefaites, raconte ensuite le reporter, Jean arrive. Marie se tourne immédiatement vers lui et, avec le plus grand naturel, lui parle de l'article. Jean prend aussitôt feu et flamme, et le journaliste ravi consigne aussi ses propos : « Je suis un vieil ami de Mme Curie. J'oppose un démenti formel à pareilles calomnies… Accusation sotte, bête. C'est grotesque… »

Enfin Paul fait son apparition. C'est Jean, cette fois, qui se charge de lui annoncer la nouvelle. Lui, note le reporter, il encaisse le coup. Pendant quelques secondes, il ne peut pas articuler un mot.

Songe-t-il aux 5 000 francs que Marie a versés à Bourgeois en échange de son silence ? Tout le laisse penser : lorsqu'il retrouve sa langue, il explose. Mais c'est la fourberie de l'attaque qu'il incrimine, non le contenu de l'article : « Quel misérable procédé ! »

Puis il se ressaisit et s'aligne sur le détachement de Marie : « Ce n'est pas la première fois que je me trouve victime de basses calomnies. Mieux vaut ne pas s'y arrêter ! »

Le journaliste veut en savoir plus. Il coupe court : « Contentez-vous de noter mon énergique protestation ! »

1. *Le Matin*, 5 novembre 1911.

*

S'il retrouve ses moyens, c'est que Marie est là, à deux pas de lui, capitaine courageux, affrontant la tourmente avec le plus grand sang-froid.

Il a raison de s'en remettre à elle. Dans les heures qui suivent, elle réussit à quitter la salle où se tient le conseil, et depuis Bruxelles, sans doute grâce à Borel, organise sa riposte à Bourgeois.

Car c'est lui, comme on s'en doutait, qui a fait le coup, même si l'article est paru dans un journal concurrent. Il a agi dans l'ombre, une fois de plus, en manipulant un confrère qu'il n'a pas choisi au hasard, Fernand Hauser, un doux rêveur qui, faute de vendre ses poésies en provençal et ses romans décalqués sur *Les Misérables*, vivote de chroniques gentillettes ou d'assommants comptes rendus parlementaires.

Pas sorcier de reconstituer la façon dont Bourgeois s'y est pris. Dans l'une de ses réunions syndicales, il a dû lui glisser, l'air contrarié, que son beau-frère venait d'être enlevé par la célèbre Mme Curie, mais malheureusement il ne pouvait pas en faire état, question de déontologie. L'autre a été trop content de lui offrir ses services. Après quelques mines, Bourgeois lui a organisé un rendez-vous avec la vieille Desfosses, sans oublier de laisser tomber, comme par étourderie, que Jeanne détenait des lettres de « la Veuve illustre », autant de pièces qui pourraient bien la perdre si jamais on les publiait.

Ensuite, il a appris son rôle à sa belle-mère. Elle recevra Hauser au salon, morfondue au fond d'un fauteuil et tenant sur ses genoux la petite dernière de la famille, deux ans : « Eh quoi, on sait déjà ? C'est inimaginable, n'est-ce pas ? » Il lui a fait répéter sa scène jusqu'à ce qu'elle la sache par cœur ; et quand Hauser est arrivé, il a tout gobé, parfaite andouille qu'il est, l'enlèvement de Paul par Marie, l'indéfectible amour de Jeanne, sa dignité, sa passion pour ses enfants – six, a dit la vieille, pour noircir le tableau. Un vrai mélo, surtout quand Hauser a abordé la question des lettres. La matriarche a sobrement confirmé puis s'est levée, a sorti d'un placard un portrait de Pierre Curie et l'a pris à témoin : « N'est-ce pas qu'il a l'air de souffrir ? »

La plume larmoyante d'Hauser a fait le reste. Il a comparé Marie aux rayons X, « qui brûlent ceux qui s'en approchent de trop près », et, pour finir, il a amorcé le deuxième épisode : où diable est donc passée la voleuse de mari ?

*

La réplique de Marie est foudroyante : elle décide de sortir de son silence. Sans se montrer, depuis le monde supra-humain où chacun l'imagine depuis la mort de Pierre. Les travaux du conseil la tiennent recluse à l'hôtel Métropole, elle entend bien en profiter. Quelques coups de fil et elle obtient – vraisemblablement par l'entremise de Borel, là aussi – que *Le Temps* publie un communiqué où elle démentira avec la dernière énergie les allégations de la vieille Desfosses. Il paraîtra le lendemain, assorti de témoignages où le fidèle André, un autre de ses assistants et Borel lui-même démontreront que l'article d'Hauser n'est qu'un tissu de mensonges. Et si ça ne suffit pas à faire taire les mauvaises langues, Paul et elle, séparément, publieront un second démenti.

Elle est résolue à se montrer sans pitié. Et elle a déjà son plan : elle menacera de poursuites pénales quiconque la diffame. Les dommages et intérêts seront reversés à la science.

Mais le mal est fait. La nouvelle a gagné l'hôtel, Bruxelles, les provinces françaises, et, propagée par câble, le monde entier, Londres, Berlin, Rome, Madrid, Varsovie, New York, Boston, San Francisco, l'Amérique du Sud. Et bien entendu Stockholm, où l'on s'apprête à choisir les lauréats du Nobel. Elle regagne pourtant la salle du conseil et n'abandonnera pas la table des débats avant l'heure du dernier train.

Elle quitte finalement l'hôtel. Sans la moindre explication. Sauf pour Rutherford, dont elle a appris qu'il a répliqué : « Foutaises ! » à un voisin qui avait cru bon de lui annoncer la nouvelle. Avant de partir pour la gare, elle s'arrête à la réception du Métropole pour lui déposer un petit mot de remerciement. Elle compte déjà ses amis.

*

Lorsqu'elle arrive à la gare du Nord, elle calcule : à Sceaux, on doit déjà rôder autour de la villa ; et son atout majeur, c'est l'invisibilité. Borel, comme la veille, est l'homme de la situation. L'année précédente, il a été nommé directeur adjoint de l'École normale supérieure, ce qui lui vaut d'y occuper un vaste appartement de fonction. Grille solide, concierge, pas de meilleur endroit pour préserver son statut d'inaccessible déesse et, depuis son Olympe invisible, frapper. Elle court rue d'Ulm.

Borel lui ouvre grande sa porte. Il lui a déjà trouvé un avocat, et non des moindres, Alexandre Millerand ;

et tous les réseaux de l'intelligentsia dreyfusarde sont déjà en ordre de marche, comme au moment où il avait soutenu sa candidature à l'Académie. Il veut à tout prix sa revanche. Des mois qu'il se démène pour qu'elle décroche un second Nobel. Il ne va pas échouer à trois jours du but.

Marguerite court acheter les journaux du matin. Dès qu'il les ouvre, Borel respire. Marie aussi : le feuilleton dont rêvait Bourgeois a tourné court. Un reporter s'est rendu à Fontenay. Quelques questions aux voisins, et il a démasqué la vieille Desfosses et les intrigues de son gendre. Banale affaire de divorce qui se passe mal, a-t-il conclu. Pas de quoi fouetter un chat. Honte à Hauser, qui n'a pas vérifié ses informations.

Le plumitif est d'ailleurs la risée de toute la presse et les rédactions sont unanimes : « Beaucoup de bruit pour rien. »

*

Dès le lendemain, au mépris de la pluie de démentis qui continuent de submerger les colonnes de ses confrères, Bourgeois publie dans son journal un portrait-interview de Jeanne. Il n'est pas près de lâcher sa proie : le jour suivant, il récidive.

Sans surprise, ses articles ne sont pas signés. Mais Borel, Marguerite et Marie n'ont aucune peine à reconnaître sa patte, il portraiture Jeanne en épouse furieusement attachée à son tendre foyer et à un mari qu'elle adore. Et la voilà maintenant acculée au divorce ; elle fond en larmes, prend sa petite dernière dans ses bras. L'enfant pigne : « Pleure pas, maman, petit père reviendra ! » La femme martyre se redresse. « Une vraie mère française », commente le reporter anonyme.

Bourgeois connaît parfaitement ses lecteurs. Dans ce noble tableau, il a l'art d'instiller les détails sordides dont raffole sa clientèle. L'affaire de la bouteille fracassée sur le crâne de Paul, par exemple, et celle de la compote, habilement recomposées au seul profit de Jeanne. Ainsi, de petites touches en bouts de phrase qui n'ont l'air de rien, se dessine un Paul dépravé, égoïste, violent. Et même un ambitieux qui a trompé la confiance du mari de sa maîtresse : à ses débuts, il était bien le garçon de laboratoire de Pierre Curie, non ? Un intrigant, de toute évidence, ce Langevin. Qui se ressemble s'assemble, parce que cette Mme Curie, au fait, elle est bien née Sklodowska…

Bourgeois a une idée derrière la tête, c'est criant, et le trio Marie-Borel-Marguerite n'est pas long à la mettre au jour. À plusieurs reprises, son article a évoqué les lettres détenues par Jeanne – sans dire, évidemment, par quel moyen elles sont arrivées entre ses mains ; et sa dernière phrase est une menace à peine voilée : « Nous avons appris qu'un très grave incident était à la veille de se produire, qui jettera une lumière complète sur cette sensationnelle affaire. »

Dès lors tout est clair : il s'apprête à rejouer le premier acte de l'affaire Dreyfus, la célébrissime histoire du bordereau dérobé par le contre-espionnage français à l'ambassade d'Allemagne. Il va publier les lettres volées, c'est couru. Ou, plus vraisemblablement, les faire publier.

Et l'affaire s'envenime. Paul, à peine rentré de Bruxelles, apprend que Jeanne, juste avant son départ, a déposé une plainte pour adultère auprès du parquet de Paris. Pendant qu'il discutait quanta à l'hôtel Métropole, le procureur de la République a ouvert une enquête sur lui. Et sur Marie. En moins d'une semaine, toutes sortes de documents et témoignages sont venus s'empiler sur son bureau, si accablants qu'il a nommé un juge d'instruction.

41

Bourgeois, lui, touche au zénith : deux jours plus tard, il reçoit ses insignes de la Légion d'honneur des mains de Charles Prévet, directeur de son journal et par ailleurs sénateur, fournisseur de conserves pour l'armée et exploitant du célèbre goménol, substance pharmaceutique essentielle à la fabrication des suppositoires.

Il ne triomphe pas longtemps. Dès le lendemain, il passe un très mauvais quart d'heure. Quand il commence sa revue de presse, comme tous les matins, et qu'il ouvre *Le Temps*, il y découvre une lettre où Marie assume son histoire d'amour : « Il n'y a rien dans mes actes qui m'oblige à me sentir diminuée. »

Sa mine s'allonge mais il n'est pas au bout de ses peines, la plupart de ses confrères publient des éditoriaux où ils disent tout le mal qu'ils pensent des deux portraits de Jeanne qu'il a fait publier. Au passage, il découvre que Jacques Curie, le beau-frère de Marie, lui déclare son soutien inconditionnel, quand bien même il serait établi qu'elle est la maîtresse de Paul.

Il attend beaucoup du *Figaro*, qui a largement contribué à l'échec de la candidature de Marie à l'Académie. Il déchante : Marie a reçu une lettre d'excuses d'Hauser et a réussi à la faire publier. À la une du journal, pardessus le marché. Et elle est assortie d'une brève de dernière minute, quatre lignes et demie qui lui infligent le coup de grâce : « On annonce de Stockholm que Mme Curie reçoit le prix Nobel de chimie. »

Le Nobel, il n'y avait pas pensé. Et sa troupe de mouchards n'a rien anticipé. Un long moment, il est anéanti.

Il a le cuir épais, il finit par se reprendre. La carte de Jeanne était mauvaise, il a perdu, et alors ? Il a gardé son joker : les lettres. Jusqu'ici, il avait tablé qu'elles coûteraient à Marie sa chaire à la Sorbonne. Et pourquoi pas son Nobel ? Il suffit d'en faire usage immédiatement.

*

Borel n'en peut plus de joie. Outre la suprématie de la science française, le second Nobel de Marie consacre l'excellence de sa stratégie. Il demeure malgré tout lucide. La victoire ne sera acquise que lorsqu'il aura sauvé les deux amants des griffes de la justice.

Il a eu l'astuce de confier les intérêts de Paul à Raymond Poincaré. L'avocat est très influent ; quelques coups de fil, et la plainte de Jeanne est classée.

Il ne reste plus qu'à la neutraliser. Pas bien compliqué, pense-t-il : il suffira de convaincre le préfet de police, Louis Lépine, que la violence de Jeanne pose un problème de sécurité publique, et elle sera hospitalisée d'office dans une maison de santé.

Il connaît bien Lépine, il obtient un rendez-vous sans la moindre difficulté. Il prend la précaution de s'y rendre avec Jean, qui peut témoigner qu'elle a menacé Marie de la tuer. Mais Bourgeois l'a grillé. Il a déjà vu Lépine, qu'il connaît bien, lui aussi : la presse et la police, pratique classique, échangent continuellement des informations. Le préfet, à l'évidence, estime que Bourgeois est un très précieux mouchard ; il l'a écouté, et a même noté à quel prix Jeanne voudra bien se taire. Paul devra lui abandonner la garde de leurs quatre enfants, plus les deux tiers de son salaire mensuel. « Faute de quoi, a ajouté Bourgeois, un énorme scandale va éclater. »

Lépine a fait le dos rond. Et quand Borel et Jean, à leur tour, se retrouvent dans son bureau, il les laisse à peine parler : « Négociez avec Bourgeois. Je ferai l'arbitre. »

Jean explose, claque la porte. Borel, lui, en bon théoricien des probabilités – qui ne risque rien n'obtient rien –, consent à tenter le coup. Il représentera les intérêts de Paul, et Bourgeois ceux de Jeanne.

La rencontre a lieu le lendemain. Ni Borel ni Bourgeois ne veulent transiger. Lépine, très vite, jette l'éponge. Et prévient Borel : « Vous courez au scandale ! »

Toujours le même mot, toujours le même chantage. Borel n'en a cure. Comme Bourgeois, il dispose d'un joker : Jean Dupuy, patron du *Petit Parisien* et président du syndicat de la presse parisienne, dont l'avocat n'est autre que Poincaré, le défenseur de Paul. Il suffira qu'il joigne Dupuy et pas un journal ne publiera une ligne sur la vie privée des deux amants.

Mais Bourgeois, une fois de plus, l'a vu venir et a déjà contré sa manœuvre : son compère l'avocat Coudy, faute d'avoir réussi à faire comparaître Paul et Marie devant un juge d'instruction, va leur adresser une banale assignation au tribunal correctionnel ; et il prendra bien soin d'insérer dans cette assignation de très larges extraits des lettres volées. De facto, les courriers compromettants deviendront publics, et susceptibles d'être répercutés dans la presse par les fameux « informateurs judiciaires » dont Bourgeois et lui noyautent le syndicat.

Borel peut donc s'agiter tant qu'il veut, les deux amants sont faits comme des rats.

*

Marie voit loin, elle aussi. Elle sent que le jeu se durcit. À tous les amis qui la félicitent pour son second Nobel et s'exclament qu'il n'est pas de plus belle revanche sur ses ennemis, elle prédit : « La campagne de basse vengeance n'est pas terminée. » Il ne lui a pas échappé que les journaux ont évoqué son nouveau Nobel du bout des lèvres. Dans son plus fidèle soutien dans la presse, *Le Temps*, rien qu'une vingtaine de lignes en page 4. Quant aux autres titres, ils l'ignorent, même en ces temps où les journalistes se répandent à tout propos sur la grandeur de la France.

Française, elle l'est. Et, fait unique dans les annales, Nobel deux fois. Mais elle a pris pour amant un homme marié. On aurait pu le chuchoter, ça n'aurait eu aucune importance. Mais on l'a écrit et, de cet instant, il s'est dessiné entre les autres et elle une ligne invisible. Elle le sent bien, le temps n'est pas loin où on va l'enfermer dans le cercle maudit du paria. Cependant elle regagne Sceaux, front haut, sans un mot d'explication. Il ne s'est rien passé.

Sur ses carnets de comptes, en cette première quinzaine de novembre, pas la moindre mention d'un extra. Elle ne fête pas son prix. Quand elle ouvre son porte-monnaie, c'est presque exclusivement pour ses filles : livres de classe, cartable, vêtements d'hiver, cours particuliers de musique et d'allemand.

Quelques fleurs, tout de même. Mais pour la tombe de Pierre. Elle la fait aussi nettoyer.

42

Vers le 20 novembre, ses amis demandent à la voir. Paul vient de recevoir l'assignation de Jeanne, et il est si abasourdi qu'il ne veut pas qu'elle soit seule quand elle la recevra à son tour.

On ignore où s'est déroulée la réunion, ni qui était présent. Jean, c'est sûr. Borel et André, très probablement.

On ne sait pas non plus qui lui a résumé le contenu de l'assignation, mais on présume qu'il y fallut du courage car tous les détails concernant l'appartement de la rue du Banquier y étaient énumérés. L'adresse, l'étage, la distribution des pièces, l'identité du propriétaire, celle du locataire prête-nom. On y parlait même du lit que Paul s'était acheté et du cabinet de toilette qu'il avait aménagé dans la cuisine.

Il a fallu enfin évoquer les lettres, subtilement découpées, tronçonnées, montées, à l'exception de celle qu'elle avait adressée à Paul au retour de l'Arcouest, où elle s'était mise à nu. Elle a vite compris : maintenant c'est devant la terre entière qu'elle se retrouverait à nu.

Le diable, comme toujours, se cachait dans un détail, une date, en l'occurrence : celle que Coudy avait réussi à faire fixer pour la comparution des amants au tribunal. Le 8 décembre 1911, soit deux jours avant la cérémonie où elle recevrait son second prix Nobel des mains du roi de Suède. Le train mettait quarante-huit heures pour gagner Stockholm. Elle ne serait jamais là-bas à temps. Et dans quel état, de toute façon.

*

Si on ne connaît pas l'identité du porteur de mauvaises nouvelles, on sait en revanche, par Jean, comment la scène s'est terminée : Marie s'est effondrée, et pendant de longues minutes, son pouls a été si faible qu'on a craint la mort.

Le feuilleton, lui, a continué de dérouler son implacable machinerie. Borel a abattu son joker, Poincaré. Celui-ci, dès qu'il l'a appelé, a déclenché la contre-offensive, a joint Dupuy et l'a convaincu de sauver le Nobel de Marie en ne publiant plus une seule ligne ni sur elle ni sur Paul.

Il était temps. Depuis une semaine, les lettres volées circulaient dans toutes les rédactions de Paris et les hommes de Bourgeois les proposaient à la vente. Par bonheur, personne n'en voulait. Bourgeois en rabattait. Il les offrait maintenant pour rien.

Dupuy a été particulièrement efficace. Le soir même, il a appelé un à un tous les patrons de journaux et tous se sont engagés à ne plus évoquer Marie et Paul, même en cas de procès. Sauf un : le directeur de *L'Action française*, le redoutable polémiste d'extrême droite Léon Daudet. Dupuy ne l'a pas appelé. Il aurait perdu son temps.

Au même moment, Paul a appris que dix mois plus tôt, quand Marie avait brigué un fauteuil à l'Académie, des courriers anonymes étaient parvenus quai Conti, qui affirmaient, entre autres, qu'elle était une juive convertie.

Il a obtenu de voir ces lettres. Il a aussitôt reconnu l'écriture de son beau-frère.

*

À ce point de l'affaire, on voudrait trouver une excuse à Bourgeois. Quelque chose qui le rachète, un ou deux traits qui l'humanisent, fassent qu'on puisse brosser de lui une image moins caricaturale. Mais non, c'est vraiment le méchant du feuilleton.

Quoi d'étonnant ? Les feuilletonistes, pour maintenir le lecteur en haleine, ont besoin de ressorts aussi simples que puissants, et ils vont les chercher là où ils foisonnent, dans la plus banale des réalités. Bourgeois, dans le fond, est un homme commun, qui le sait et s'en désespère. Dans sa rage, il cherche des boucs émissaires. Pas n'importe lesquels : il faut à la fois qu'ils le surpassent et qu'ils soient vulnérables. Paul, par exemple, le souffre-douleur de la tribu Desfosses, qui n'en peut plus de cette famille et veut vivre, vivre vraiment. Puis Marie, qui veut vivre, elle aussi. Sur elle, il s'acharne. Une femme, une veuve, une exilée, une mère inquiète et surmenée, une chercheuse effrayée par sa célébrité, tellement facile. Sa proximité géographique avec elle fera le reste – tellement facile, ça aussi, de haïr quelqu'un qui habite à cinq cents mètres de chez vous. Bourgeois, en définitive, est d'abord un flemmard.

*

Malgré l'intervention de Dupuy, aucune trêve. À partir du 18 novembre, pas un jour sans que Léon Daudet s'en prenne aux amants et à leurs partisans.

Lui aussi veut rejouer l'affaire Dreyfus. La joute qui se déroulera le 8 décembre au tribunal, s'exclame-t-il, opposera la science à la vertu. D'un côté, la Sorbonne, repaire du parti de l'étranger et d'arrogants individus sans morale et sans Dieu, incapables de dominer leurs bas instincts. De l'autre, les courageux partisans de la famille et de l'ordre, à la tête desquels la douloureuse Jeanne, incarnation de la vraie mère française, héroïquement dressée face à l'armée des puissants qui veulent sa perte, les protestants, les juifs, les francs-maçons, le gouvernement…

Bourgeois s'est évidemment replié dans l'ombre. Mais toujours aussi déterminé à perdre les amants, il a transmis à Daudet quelques-unes des pièces qui seront produites à l'audience du 8 décembre. Sans vergogne, *L'Action française* commence à en faire état. Daudet s'est trouvé un slogan : « Pour une mère » et mitraille toute la garde rapprochée de Marie.

Borel : « Un protestant. » Jean : « Le conseiller et l'appui de l'étrangère contre la famille. » Appell, le père de Marguerite : « Un cumulard. » Le nom de Marie n'est jamais prononcé mais son surnom, « l'étrangère », revient à longueur de page. Elle est aussi « la persécutrice ». Le monde à l'envers : quand on ne l'accuse pas d'avoir harcelé Jeanne pendant des mois, on insinue qu'elle l'a molestée.

Seul Paul échappe au pilonnage. On pressent pourquoi : il a baisé l'étrangère. Un vrai mâle français.

*

Marie revoit son avocat. Contre toute attente, il se montre confiant. Au regard de la loi, lui dit-il, le dossier de la partie adverse est vide : en matière d'adultère, des correspondances obtenues par effraction sont irrecevables. Il se fait fort de démontrer qu'il y a eu cambriolage.

Marie l'écoute, reprend courage, décide de comparaître au tribunal. Elle n'en dira rien à personne, pas même aux Suédois du comité Nobel, elle apparaîtra au dernier moment, par surprise. À la place d'un mythe, le tribunal et le public découvriront une femme. On verra bien si l'ennemi tient le choc.

C'est le plus risqué de ses paris. Mais elle est de ces guerriers qui, s'ils doivent mourir, veulent que ce soit debout.

43

Dans l'après-midi du 22 novembre 1911, une petite revue à couverture rouge minium, *L'Œuvre*, commence à circuler dans les rédactions parisiennes. Les deux tiers de ses trente-cinq pages sont consacrés à Marie.

De l'avis de tous les professionnels de la presse, c'est un très beau coup et il a toutes les chances de renflouer les caisses de ce misérable petit hebdomadaire dirigé par un antisémite et nationaliste notoire, Gustave Téry. Une sorte d'électron libre qui, jusqu'en cette fin novembre, ne s'est signalé que par une affaire fort peu glorieuse d'injures au président de la République. Il a été aussitôt condamné et exclu de l'Université. Ainsi s'est terminée sa brillante carrière d'agrégé de philosophie – il avait fait ses études à Normale, où il avait côtoyé Paul et Jean. Furieux, il s'est mis à fréquenter des officines d'extrême droite. Puis il a choisi de s'illustrer dans le pamphlet.

Dans les couloirs des journaux, une fois qu'on a fini de lire son torchon, les commentaires sont unanimes : « Il n'y avait que Téry pour faire ça. » Après une introduction au vitriol, et sous l'alléchant gros titre :

La vérité sur le scandale Langevin-Curie
Pour une mère

Téry a publié l'assignation de Paul et Marie où les courriers volés sont cités. Le tour est joué : en lisant son infecte petite revue, n'importe qui peut prendre connaissance des lettres. Sans que Téry puisse encourir les foudres de la justice : il n'a fait que reproduire un document officiel.

Dans son introduction, Téry reprend tous les thèmes de la campagne lancée par *L'Action française*, corruption du gouvernement, complot juif, métèque et antifrançais. Mais sa plume meurtrière les a beaucoup étoffés. Marie, l'étrangère, est « venue tout exprès de Pologne pour assister à la découverte du radium ». C'est un genre de voleuse, voire d'empoisonneuse, allez savoir, mais indiscutablement une jouisseuse cynique, adepte fanatique de Nietzsche et d'Ibsen – dans son imprudente lettre, quand elle a évoqué les années qu'elle a partagées avec Pierre, n'a-t-elle pas écrit : « la belle vie que je m'étais faite »... C'est donc qu'elle l'a plumé.

Là où ses amis de *L'Action française* avaient attaqué Marie de biais, Téry, lui, fonce sur sa proie et la met en pièces. Il ne craint pas de l'apostropher et jubile ouvertement lorsqu'il la frappe là où elle est le plus vulnérable, sa passion pour Paul : « Vous ne réussirez pas à le couvrir de votre jupe. [...] Cet homme-là, fût-il professeur au Collège de France, n'est qu'un mufle et un lâche. »

Comme la plupart de ses amis d'extrême droite, Téry a la passion des jeux de mots douteux. Au beau milieu de sa diatribe, il s'est très opportunément souvenu qu'en argot des faubourgs, gigolo se dit « chopin ». Il a donc surnommé Paul « le chopin de la Polonaise ». Une bonne blague, non ?

*

Le soir même, Bourgeois se frotte les mains : il apprend que *La Croix* – dont Coudy est l'avocat – prend le parti de Jeanne, bientôt suivie d'un autre titre conservateur, *L'Intransigeant*. Mais un jeune journaliste du magazine *Gil Blas*, Pierre Mortier, a le temps de rédiger en dernière minute quelques lignes ardentes pour défendre Marie.

Sans surprise, c'est Téry qui ramasse la mise. Dès huit heures du matin, on s'arrache son torchon. Il n'y a guère que le petit monde des chercheurs, replié comme toujours sur ses obsessions scientifiques, pour rester étranger à la frénésie générale.

Dans leurs labos, pourtant, des assistants, des employés ont certainement remarqué la petite revue rouge-orange à l'étal des kiosques. Elle était très voyante ; et dès l'aube, en vente presque partout.

Ils auraient pu alerter Paul. Ou André, ou Jean. Ils n'ont pas bougé. Pas voulu, ou pas osé. Du coup, comme la fois précédente, la petite bande de Marie a été la dernière informée.

*

Puisque la préfecture de police a expurgé le dossier de Marie, il est impossible de reconstituer avec précision ce qui s'est passé dans la villa de Sceaux au matin de cet effroyable 23 novembre. Malgré tout, grâce aux récits de Marguerite Borel[1] et aux indications

1. Camille Marbo, *À travers deux siècles. Souvenirs et rencontres*, *op. cit.*

horaires qu'ils recèlent, on peut esquisser un scénario. Lorsqu'elle se réveille, aux environs de huit heures, Marie ignore tout du forfait de Téry. Elle laisse donc Irène rejoindre le gymnase parisien où elle passe rituellement la matinée du jeudi.

Ensuite, elle ne bouge pas de la villa. Les écoles font relâche, elle veut probablement consacrer quelques heures à la petite Ève qu'elle n'a pas beaucoup vue ces derniers temps.

Mais très vite, elle entend des cris et, s'approchant sans doute d'une fenêtre du premier étage, découvre que sa maison est cernée par une petite foule hargneuse. On a forcé la grille ; de tous côtés on hurle : « Dehors, l'étrangère ! » « À bas la voleuse de mari ! »

Elle choisit de ne pas bouger. Mais comme la horde ne désarme pas, elle se décide à prévenir André.

Sûrement pas par téléphone : dans ses carnets de comptes, aucune trace du moindre abonnement. Le plus plausible, c'est qu'elle demande à la gouvernante des filles, Valentine, de tenter une sortie. La jeune femme parvient à fendre la foule, s'en va frapper à une maison dont elle sait qu'elle est équipée d'une ligne téléphonique et joint le fidèle chevalier servant, qui fonce aussitôt chez les Borel.

*

Marguerite s'est souvenue qu'elle dormait profondément au moment où André a surgi chez elle. C'est sa bonne, dit-elle, qui l'a réveillée. Furieuse – la veille, elle avait eu une journée épuisante –, elle a jeté un œil à son réveil : il était neuf heures. Elle a jailli de son lit, s'est habillée, a appelé un taxi, et ensemble ils ont foncé à Sceaux.

Au sens propre du terme, il y a eu péril en la demeure. La foule a lancé des pierres sur la villa et elle a fait de la casse : quelques jours plus tard, sur ses carnets de dépenses, Marie consigne une facture de vitrier.

Il semble aussi que les émeutiers aient envahi le rez-de-chaussée et entamé un début de saccage. La comptabilité de Marie mentionne : « Réparation de meubles, 230. »

Coquette somme – elle ne gagne toujours que 949 francs par mois. Elle sera également contrainte de remplacer les serrures de sa villa et, plus étrange, de convoquer un autre serrurier dans son pied-à-terre secret de la rue Blainville, qui paraît, lui aussi, avoir été mis à sac : « Réparation meubles Blainville, 83,50 », signale le carnet de brouillon. Et deux mois plus tard, au moment où elle renonce au petit appartement, elle note qu'elle a dû le faire repeindre.

Maigres indications sur le drame qui s'est joué ce matin-là dans la villa de Sceaux. Mais on comprend maintenant pourquoi la préfecture de police a fait le ménage dans le dossier de Marie. Il n'y avait vraiment pas de quoi pavoiser. Malgré le déferlement de haine et de menaces dont elle avait fait l'objet les semaines précédentes, personne, en haut lieu, n'avait songé à la faire protéger, ni même à lui conseiller la prudence.

Le préfet de police Lépine était pourtant un homme d'une grande perspicacité et connaissait Bourgeois de longue date. Sa ténacité comme son talent à se montrer grandiose dans la bassesse n'avaient pas pu lui échapper. Il ne pouvait pas ignorer non plus que le beau-frère de Paul était très proche de l'extrême droite nationaliste et cléricale, qu'il voulait abattre Marie et qu'il vivait tout près de chez elle. Mais il a fermé les yeux ; et c'est très tranquillement qu'avec l'aide des nervis de *L'Action française* et son propre réseau de voisinage Bourgeois a pu monter sa petite manifestation façon pogrom. Il l'a organisée avec méthode, comme tout ce qu'il entreprenait. Il a cependant sous-estimé deux points : l'endurance de Marie et sa détermination à refuser toute forme de provocation. Elle a subi sans broncher les insultes, le viol de son domicile et sa déprédation, jusqu'à sa lapidation symbolique, ces pierres qu'en toute impunité la meute a lancées sur sa maison.

*

À ce qu'on peut déduire du récit de Marguerite[1], elle et André arrivent à Sceaux aux alentours de dix heures. Les émeutiers se sont dispersés, seules quelques grappes de badauds s'attardent autour de la villa.

Ils les écartent, entrent dans la maison, et, dès que Marie se montre en haut de l'escalier – depuis sa chambre, elle a dû entendre le moteur du taxi et les voir pénétrer dans la cour –, ils l'invitent à préparer une valise de vêtements pour elle et la petite Ève, et à les suivre chez Borel. Elle refuse net.

On voit la scène : elle descend les marches, n'a pas un regard pour les vitres brisées, les meubles rayés, les chaises fracassées. Elle désigne à Marguerite et André la cour et le jardin : « Ils sont partis. Je ne vais rien changer à ma vie. J'ai pu tenir, je tiendrai. »

Un roc. Selon Marguerite, André et elle ont dû batailler ferme, avant de la persuader de les suivre. Mais ils

1. *Ibid.*

n'ont pas désarmé et, vraisemblablement à grand renfort de « Pensez à vos filles ! », ils ont réussi à la faire plier.

Marguerite a conservé trois images de ce départ, des séquences fulgurantes et décousues, comme la scène de la robe blanche. Elle revoit d'abord Marie quitter la villa en tenant la petite Ève par la main ; puis sur la banquette arrière du taxi, livide et comme statufiée, ne desserrant pas les dents jusqu'à Paris, sauf une fois, pour s'inquiéter d'Irène.

Bouleversée, Marguerite veut lui prendre la main, mais avant de s'y risquer, elle la dévisage encore. Marie est si droite, si glaciale qu'elle y renonce.

*

Dès qu'ils sont à Paris, André dépose Marguerite, Ève et Marie rue d'Ulm, à la porte de l'École, et fonce rue de Tournon, où se trouve le gymnase d'Irène.

Il arrive trop tard : quelques minutes plus tôt, une de ses camarades, la jeune Isabelle Chavannes, a eu l'œil attiré par le torchon de Téry – une main bien intentionnée l'a providentiellement fait atterrir entre les trapèzes et les agrès de la salle de gymnastique. La jeune fille l'a déplié et a crié à Irène : « On parle de ta mère ! » avant de se plonger dedans. Puis, découvrant les horreurs de Téry, elle a cherché à le cacher. Irène l'a vue faire, s'est précipitée, le lui a arraché, et, à son tour, elle l'a lu. Lorsque André pénètre dans la salle de gymnastique, il la repère tout de suite. Comme Marie, elle s'est statufiée. Elle tient toujours la revue à la main. Il l'entraîne : « Viens, on va chez les Borel, ta mère est là-bas. »

*

Rue d'Ulm, raconte Marguerite, André tombe sur un Borel écumant de rage. Il marche de long en large dans son appartement en attendant l'arrivée d'Henriette et de Jean, qu'il a fait prévenir.

Ils sonnent enfin à la porte. La garde rapprochée de Marie est enfin rassemblée, il se calme et cherche à organiser une réunion dans sa salle à manger afin d'arrêter une stratégie. Pas moyen : la jeune Irène a enlacé sa mère et ne veut plus la lâcher. Henriette, comme après la mort de Pierre, propose de l'héberger quelques jours boulevard Kellermann. L'adolescente se cabre, s'agrippe à sa mère. Marie, en douceur, parvient à se détacher d'elle et à la persuader de suivre Henriette.

Ensuite, nouveau tour de force, c'est Marie qu'il faut convaincre d'emmener Ève dans la chambre qu'on vient de lui préparer et de s'y reposer avec elle. Borel finit par trouver le mot juste : « Faites-nous confiance. » Pour la première fois depuis que Pierre est mort, Marie lâche prise et laisse sa petite bande monter au front.

*

Borel, André et Jean sont des hommes de méthode. Sitôt assis autour de la table, ils commencent par prendre connaissance du numéro de *L'Œuvre* qu'Irène a rapporté du gymnase. Puis ils confrontent leurs avis.

La discussion est à peine entamée que Marguerite doit répondre au téléphone. Elle a tout juste raccroché qu'il sonne encore. Elle se lève, répond. Le manège se répète plusieurs fois. Ce sont toujours des amis ou des collègues de Borel qui appellent : « Vous avez lu, pour

Mme Curie ? Vous êtes au courant ? Qu'en pense votre mari ? » Elle prétend que Borel est absent. Ça ne les arrête pas, ils poursuivent. Tous approuvent Téry. Et condamnent Marie.

Au moment de rédiger ses souvenirs[1], Marguerite a reconstitué cet aigre petit chapelet : « Qui l'aurait cru ? » « On ne peut pas la soutenir... » « Ce sera terrible de cesser de la voir... » « Et pourtant... » « Elle est tellement compromise... »

Marguerite affirmera qu'elle leur a fait chaque fois la même réponse : « Mme Curie est ici, chez nous, et il faut la soutenir », et que ses correspondants, tout aussi immanquablement, sont partis du même cri : « À l'École normale ? Vous êtes fous ! »

Le résultat ne s'est pas fait attendre. Borel, dans l'heure, a été convoqué par le ministre de l'Instruction publique. Il s'est aussitôt rendu rue de Grenelle, où il s'est vu intimer l'ordre de mettre Marie à la porte, sous peine de perdre son poste de directeur adjoint de l'École.

Il n'a pas cédé. Le ministre non plus. Borel est sorti en se doutant de la suite, qui n'a pas manqué de se produire : le ministre a joint le père de Marguerite. Là non plus, il n'y est pas allé par quatre chemins : il lui a demandé d'user de son autorité de doyen de l'Université pour révoquer Marie de son poste ; et de sa toute-puissance de père pour sommer sa fille de la flanquer dehors dans les plus brefs délais.

Appell, aussitôt, s'est exécuté. Il a convoqué sa fille et l'a mise en demeure de chasser Marie. À sa grande

1. *Ibid.*

stupeur, Marguerite n'a rien voulu entendre. Il a fini par en avoir assez, il a tonné : « Suffit ! Mme Curie retournera en Pologne ! »

Comme Téry, il osait. À lui aussi, il était insupportable qu'une veuve ait pris pour amant un homme marié et qu'on l'ait su. Lui, l'homme de progrès, le vieux professeur de Marie, l'homme qui avait dirigé sa thèse et suivi ses travaux de bout en bout, qui était venu la fêter chez Paul le soir où Pierre avait dansé dans le noir avec son ampoule de chlorure de radium…

Marguerite s'est alignée sur Borel, elle n'a pas cédé. Mieux : elle a crânement rétorqué à son père qu'il était libre de se coucher devant son ministre, mais qu'en ce cas elle ne le reverrait plus de sa vie.

Toujours selon Marguerite[1], lorsqu'elle est entrée dans le bureau de son père, il était occupé à cirer l'une de ses chaussures. Histoire de signifier à sa fille qu'il n'avait pas de temps à perdre, il n'a pas levé le nez de tout leur échange. Mais quand il a vu que sa fille, pour la première fois de sa vie, lui tenait tête, il a été si désarçonné qu'il a jeté la chaussure sur le mur d'en face.

Elle en a conclu qu'elle venait de marquer un point. Et elle en a tout de suite profité : « Attends, a-t-elle souri. Laisse-moi faire. »

C'était bien joué. Son père s'est contenté de lâcher : « Soit, courez à la catastrophe ! »

Cette fois, elle n'a rien répondu. Elle s'en fichait complètement, que son mari soit viré de l'École. Au rez-de-chaussée de la villa de Sceaux, six heures plus tôt, au milieu des éclats de verre et des chaises

1. *Ibid.*

fracassées, elle avait eu la preuve que Marie était prête à mourir pour son amant. Et elle, maintenant qu'elle avait vu de quoi son père était capable, elle se sentait de taille à mourir pour Marie.

44

Lorsqu'on lit les souvenirs de Marguerite, on a l'impression qu'elle a bataillé pendant des semaines. En réalité, la petite bande a mené une guerre éclair : dix jours, quinze au plus. Mais ces journées ont été si trépidantes que sa mémoire les a démesurément dilatées. Einstein, s'il l'avait su, en aurait souri : à défaut de valider sa théorie, cette distorsion révèle à quel point la perception humaine du temps est relative, et qu'il vaut mieux ne pas s'y fier.

Lors de la réunion qui s'était tenue le matin de l'émeute, Jean, tel d'Artagnan à la tête de ses mousquetaires, avait assigné un rôle à chacun des membres de la bande. Les trois hommes, Borel, André et lui, se chargeraient de convaincre les universitaires de rejoindre le camp de Marie. Henriette, de son côté, rendrait visite à leurs proches ; l'un après l'autre, elle les conjurerait de ne pas la lâcher. Quant à Marguerite, Jean l'avait affectée à ce qu'il avait appelé la « persuasion diplomatique ». Habilement, subtilement, comme elle savait si bien le faire, elle mobiliserait son réseau de salonnards, épouses de ministre, maîtresses de député, égéries de patron de presse, mécènes, duchesses en vue.

Au retour de chez son père, quand elle franchit le seuil de son appartement, elle savait donc ce qui l'attendait : des nuits ultra-courtes, des réveils aux aurores pour éplucher la presse, des matinées au téléphone, des réunions avec les quatre autres mousquetaires, le tout en tenant table ouverte et en protégeant Marie des nouvelles catastrophes qui ne manqueraient sûrement pas de lui tomber dessus.

Elle n'était pas dans son salon qu'elle eut en effet son content d'émotions. Un duel à l'épée, lui apprit-on, venait d'opposer Daudet au jeune et beau Henri Chervet, le patron du magazine *Gil Blas*, le premier à s'être déclaré en faveur de Marie. Le combat s'était déroulé au moment même où la petite bande tenait conseil. Chervet avait gagné.

Elle n'a pas eu le temps de se réjouir. Presque aussitôt, elle a reçu un nouveau coup de fil : Téry, en représailles, provoquait en duel Pierre Mortier, du même *Gil Blas*, au prétexte qu'il l'avait traité de mufle dans le billet qu'il avait rédigé dans la nuit. Le combat aurait lieu le lendemain, samedi.

La règle voulait que les duellistes soient accompagnés de deux témoins. Marguerite ne fut pas surprise d'apprendre que Téry, en plus du sous-directeur de son torchon, serait assisté de Bourgeois.

*

Le service des actualités de la société Gaumont a filmé ces deux duels. Selon l'usage au temps du cinéma muet, les bobines s'ouvrent sur un carton imprimé. Le premier claironne : « Premier duel suite à la polémique sur le comportement de Marie Curie. » Pour croiser le fer, Chervet a enfilé un élégant pull blanc à col roulé. Le gros Daudet est frileux. Il a opté pour un épais gilet de flanelle et refusé d'abandonner son chapeau mou. Ainsi accoutré, il est grotesque. N'empêche, il ferraille dur.

Puis on le voit abandonner. Les images sont trop floues pour qu'on saisisse pourquoi. Mais quantité de reporters étaient sur place et ils ont raconté l'affaire en détail dans les journaux du lendemain : l'épée de Chervet a déchiré l'avant-bras de son adversaire. Une blessure profonde de six centimètres, qui a causé une belle hémorragie.

La dernière séquence de la bobine montre le gros Daudet quittant le vélodrome où s'est déroulé le duel. Il fanfaronne. Un peu plus tard, on le voit s'engouffrer dans sa voiture. Il n'est plus flambant du tout.

« Deuxième duel de la semaine dans la polémique journalistique sur Marie Curie », proclame le carton qui ouvre la bande d'actualités consacrée au combat suivant, le duel Téry-Mortier. Les deux hommes, cette fois, arborent des chemises blanches. Téry, encore plus gras et ridicule que Daudet, a arrimé son pantalon avec des bretelles. Le jeune Mortier est fin et vif ; Téry, malgré sa corpulence, très offensif. Mortier est blessé au biceps, puis à l'avant-bras. Il a perdu.

Malheur aux vaincus : la caméra s'attarde sur un Téry goguenard. Il a renoué sa lavallière, réenfilé sa redingote et commente la défaite de Mortier avec un barbichu. Le triomphe a bouffi ses traits. L'autre, l'homme à la barbichette, présente au cameraman un profil aminci de satisfaction. Ça pourrait être Bourgeois.

*

Pendant que ces messieurs se battent, Marguerite, rue d'Ulm, passe son temps à donner ou recevoir des coups de fil. Un appel lui apprend la défaite de Mortier. Elle la répercute à Marie, qui, aussitôt, adresse un message de sympathie à son chevalier blanc.

Le lendemain, samedi, la jeune romancière n'est pas au bout de ses peines. Alors qu'elle cherche un hôtel pour Bronia – l'annonce de la liaison de Marie s'est répandue dans toute l'Europe et jusqu'aux États-Unis ; elle veut venir soutenir sa sœur dans cette nouvelle épreuve –, un employé de l'École sonne à sa porte et lui apprend que Paul est en bas de l'immeuble. Il se refuse à monter : peur d'en rajouter dans le scandale, Marie est déjà suffisamment compromise. Mais il veut absolument rencontrer Borel et sa femme.

Ils dévalent l'escalier. Et se retrouvent devant un Paul pâle comme la mort et tout embarrassé de lui-même dans une solennelle redingote boutonnée : « J'ai décidé de provoquer Téry en duel. C'est idiot, mais je dois le faire[1]. »

Il ne les a pas consultés : ils l'en auraient empêché. Et il a déjà choisi l'arme. Pistolet, rien que ça.

Le motif de Paul, c'est que Téry, dans son torchon, l'a traité de lâche. Il est prêt à mourir pour laver l'affront.

Marguerite n'argumente pas. Duel au pistolet : il risque d'y laisser sa peau, mais a-t-il le choix ? Il n'y a plus que les aristocrates, les grands bourgeois et les journalistes pour se payer des leçons d'escrime. Il n'a jamais touché à une épée de sa vie. À un pistolet non plus, à dire vrai. D'ailleurs c'est bien simple, il faut qu'il s'en achète un…

1. *Ibid.*

Où ? Il n'en a pas la moindre idée. Il ne sait pas non plus comment se débrouiller du rituel des témoins, qui choisir, comment s'y prendre, rien. Pour tout dire, c'est ce qui l'amène chez Marguerite. Il le lui avoue, puis se tourne vers Borel : « Vous ne pouvez pas me prêter votre femme[1] ? »

*

Il a bien fait d'embarquer Marguerite dans son aventure. S'il déniche aussitôt le médecin qui va l'assister lors du duel, c'est une tout autre affaire pour les témoins : tous ses copains se défilent. L'énergique Marguerite se creuse la tête, puis choisit de l'emmener chez un mathématicien de ses amis, Paul Painlevé, un ultra-dreyfusard très ambitieux. Un mot d'elle, et il accepte. Fort de son appui, Paul trouve très vite son second témoin.

Pour le pistolet, Marguerite a déjà tranché : Gastinne Renette. Quitte à mourir, il faut le faire avec panache, et c'est là qu'on se fournit quand on est invité à une chasse chez la duchesse Greffulhe ou le président de la République.

Paul s'entraîne sur une cible un petit quart d'heure, règle la ruineuse facture du pistolet et ils ressortent.

Sur la suite, Marguerite n'a guère été prolixe. Elle a seulement mentionné que Marie, ce soir-là, avait senti que Borel et elle étaient à bout de nerfs et qu'elle avait réussi à lui cacher l'histoire du duel. Mais elle était si peu sûre d'y être parvenue, dit-elle, qu'elle demanda à Henriette de passer la nuit rue d'Ulm et installa son lit

1. *Ibid.*

dans la chambre de Marie. Elle craignait manifestement qu'elle n'attente à ses jours.

Marie, quand elle a vu débarquer Henriette, a bien dû se douter qu'il se passait quelque chose de grave, et vraisemblablement deviné quoi. Mais elle n'a pas posé de questions. On ignore si elle a dormi.

*

Le lendemain matin, à onze heures dix précises, quand Paul se présente sur le terrain – la pelouse du Parc des Princes, s'il vous plaît –, le stade est sévèrement gardé. Il est entièrement vide, et tous ses accès sont verrouillés.

À l'extérieur du stade, très peu de journalistes. On les maintient à bonne distance des lieux et tout indique qu'on cherche à étouffer l'affaire : à l'arrivée des deux adversaires, ils s'abstiennent de faire des photos. Les opérateurs des Actualités-Gaumont, eux, qui tenaient là un sujet extraordinaire, ne se déplacent pas. On a dû les prévenir que le stade était interdit d'accès et qu'ils ne pourraient pas tourner.

En haut lieu, il s'est passé quelque chose et on ne saura jamais quoi : aux archives de la police, pour toute cette période, le dossier de Paul est vide. En tout cas, le vent, subitement, a tourné ; les politiques, d'un seul coup, ont eu peur du sang.

Peut-être aussi, dans un éclair de bon sens, se sont-ils souvenus des ampoules de radium que détenait Marie. Et si elle quittait la France avec ses précieuses parcelles radioactives ? Leur nuit dut être agitée.

*

Seuls trois journalistes ont réussi à franchir l'enceinte du Parc des Princes. Comme par hasard, deux hommes de Bourgeois, et un confrère qui officiait au *Matin*. Dans leurs articles, ils n'ont pas caché comment ils ont forcé le barrage policier. Le « dieu des reporters », dirent-ils – une bonne liasse de billets.

Il serait malvenu de le leur reprocher : c'est en grande partie grâce à eux qu'on sait comment s'est déroulé le duel.

Le ciel était bas, ont-ils raconté, il faisait froid. Une bruine bizarre, mi-neige, mi-pluie, noyait le stade dans un brouillard. Paul était très calme, Téry aussi. Leurs médecins respectifs étaient là depuis une bonne demi-heure, et les témoins des deux camps s'affairaient à dessiner le cercle où s'affronteraient les duellistes. On distinguait facilement ceux de Paul des autres : les siens, très chics, portaient redingote et haut-de-forme ; ceux de Téry de vulgaires vestons assortis à des feutres guère plus raffinés.

En attendant l'heure fatidique, Paul marchait de long en large, les yeux fixés sur une cheminée d'usine qui fumait derrière les murs du stade. Selon les reporters dissimulés derrière leur mur, il était triste et comme résigné. Un homme accablé par le sort, égaré dans un monde qui n'était pas le sien.

Il a enlevé sa redingote, Téry aussi. Effet du hasard, ils portaient le même veston noir et s'étaient coiffés du même chapeau melon.

On leur a répété les règles du duel : tir à vingt-cinq mètres. Le premier à faire feu serait désigné à pile ou face.

Le sort a désigné Paul. Il s'est aussitôt mis en position de tir, jambes écartées. Puis il a levé le bras.

L'affaire s'est jouée en deux secondes. Au lieu d'en faire autant, Téry a pointé son pistolet vers le sol. Paul a eu un moment d'hésitation et, à son tour, il a baissé son arme.

Les témoins de Paul ont aussitôt encerclé Téry : « Qu'est-ce qui vous prend ? » Il a souri : « Je n'ai aucune haine pour mon adversaire. J'ai simplement fait œuvre de journaliste. La très haute estime scientifique que je professe pour M. Langevin m'interdisait de tirer sur lui. »

Une provocation de plus. Paul a gardé son sang-froid. « Je ne veux pas tirer sur un adversaire qui, visiblement, refuse de faire contre moi usage de son arme. »

« Duel blanc », ont conclu les témoins, et tout le monde est rentré chez soi.

Un non-événement. Frustrés, les trois reporters postés dans un coin des tribunes en ont donné un petit récit acide. Il n'a pas passionné les lecteurs ; leurs patrons, les jours suivants, leur ont demandé de passer à autre chose.

Bourgeois, au *Petit Journal*, n'a pas insisté. Il connaissait la musique ; trois semaines d'efforts et toujours pas le moindre cercueil ni la moindre goutte de sang, l'affaire n'avait plus une seule chance de faire exploser les tirages. Il a avalé la couleuvre et, prestement, regagné l'ombre qui, jusque-là, lui avait si bien réussi.

45

Le scandale, pour nourrir l'indignation publique, réclame des images. En empêchant de filmer et de photographier le duel qui opposait Paul à Téry, le préfet de police a donné l'avantage aux amants. Et la campagne éclair des cinq mousquetaires de Marie porte ses fruits. La semaine suivante, à la Sorbonne comme au gouvernement, plus personne ne parle de la renvoyer en Pologne.

Selon Marguerite Borel, Marie resta recluse dans sa chambre le temps qu'elle séjourna chez elle. Elle se souvint d'une femme égarée qui serrait continuellement la petite Ève dans ses bras et ne sortait de la pièce que pour rencontrer les personnalités, mondains ou patrons de presse, qui s'étaient rangées dans son camp.

Marguerite, c'est indiscutable, était très douée pour le lobbying et s'est démenée comme personne pour contrecarrer la campagne de Téry. Tels nos modernes spécialistes de la communication de crise, elle a établi une stratégie précise, lancé ses invitations en fonction de l'évolution des événements et même tenu l'agenda de Marie. Mais celle-ci ne fut pas la prisonnière effarouchée qu'elle a décrite. Elle sort à plusieurs reprises de son refuge de la rue d'Ulm : « Véhicules, 180 », affirme le carnet de dépenses, une somme considérable. Des visites chez son avocat, sans doute, et la recherche d'un appartement à louer : six semaines plus tard, elle quittera Sceaux pour un appartement du quai de Béthune, dans l'île Saint-Louis. Plus courageusement encore, elle reprend son cours à la Sorbonne, une semaine à peine après l'émeute de Sceaux, et au mépris d'un appel de *L'Action française* à envahir son amphi. Elle a parié que le mot d'ordre ne serait pas suivi et elle a eu raison.

C'est enfin sans demander l'avis de Marguerite qu'au moment où sa sœur et son frère la supplient de retourner vivre en Pologne elle les rabroue : « Je suis française, comme l'était Pierre. Je resterai ici et je continuerai, si on m'y autorise, sinon je vous rejoindrai. » Même constante qu'avant : refuser sa condition de paria, rester maîtresse de son destin.

Sans doute a-t-elle pleuré, dans sa chambre de la rue d'Ulm, quand la petite Ève était endormie et que Marguerite, dans la pièce voisine, en avait fini avec ses coups de téléphone. Sans doute a-t-elle désespéré et, comme après la mort de Pierre, songé à en finir. Mais il est tout aussi certain que, dans ces moments-là, elle a cherché refuge dans la lecture des lettres de soutien que, chaque jour, André lui rapportait du labo.

Et quelles lettres. Jacques Curie, le frère de Pierre, qui a acheté comme tout le monde le numéro de *L'Œuvre* et lu les lettres volées : « Vous n'avez qu'à être fière de les avoir écrites. » La chorégraphe américaine Loïe Fuller, fan de la première heure, qui était venue danser au 108 l'année du premier Nobel, rien que pour elle et Pierre : « Je vous aime, je prends vos deux mains dans mienne et je vous aime. Fait pas attention à les mensonges, c'est la vie[1]. » Einstein, enfin, qui, le soir même de la publication de l'infect libelle de Téry, a adressé à Marie ces lignes incomparables : « Je me sens absolument le besoin de vous dire combien j'ai appris à admirer votre esprit, votre énergie, votre intégrité, et le bonheur que j'éprouve à l'idée d'avoir pu vous rencontrer en personne à Bruxelles. Quand on est étranger au monde des vipères, on ne peut que se réjouir – c'était vrai hier, c'est vrai maintenant – de compter parmi nous des personnes telles que vous et Langevin. De vrais êtres humains, des gens authentiques. Lorsque vous êtes admis à les approcher, vous avez l'impression de vivre un moment unique. Si la racaille continue à s'occuper de vous, une seule chose à faire : ne lisez plus ces torchons. Laissez-les aux vipères, c'est pour elles qu'on les a fabriqués. »

L'amitié, la vraie. Celle qui comprend tout, tout de suite, et va à l'essentiel.

*

Le scandale n'a pas pris mais Téry ne veut pas désarmer. Il repasse à l'offensive. Jusqu'à maintenant, la presse a parlé d'« affaire Langevin » et non d'« affaire Curie » – le patronyme de Pierre, depuis sa mort tragique, est sacro-saint. Le signe-torchon n'a pas de ces scrupules. Le 30 novembre, il titre « Le scandale Curie » et portraiture Marie en marquise de Brinvilliers. Selon lui, elle a remplacé les cornues par les éprouvettes, et les poisons par la cruauté mentale, mais le profil criminel

1. Cité par Susan Quinn, *Marie Curie*, *op. cit.* L'orthographe et la syntaxe de Loïe Fuller ont été respectées.

est identique : une vieille empoisonneuse lubrique qui a envoûté son amant, un vulgaire garçon de laboratoire, puis méthodiquement martyrisé sa rivale pour la faire mourir à petit feu.

Au même moment, les plumes tout aussi ordurières de *L'Action française* reviennent à la charge. Mais l'opinion ne suit pas, elle ne veut pas d'une « affaire Curie ». Les factions d'extrême droite non plus : « On ne fait pas ça à une femme », décrètent leurs meneurs. Et ils décident de fermer le ban : « Affaire privée. »

L'affaire privée, malheureusement, n'est pas réglée. Dans moins d'une semaine, le 8 décembre, les amants doivent comparaître au tribunal. C'est aussi la date où Marie devrait prendre le train pour Stockholm. Plus que quatre ou cinq jours pour conduire Jeanne à renoncer à son procès.

Les choses sont en bonne voie, assure Paul. Il suffit que Jeanne lui abandonne la garde des enfants.

*

La rumeur et la haine se répandent à la façon des cancers. On croit avoir guéri la tumeur, mais une cellule maligne a réussi à s'échapper et commencé à prospérer ailleurs. Au moment même où l'avocat de Paul et celui de Jeanne se mettent à négocier, le scandale, à mille kilomètres de Paris, renaît de ses cendres. Un journaliste d'un grand quotidien berlinois découvre la dernière livraison de *L'Œuvre*, prend la prose de Téry pour argent comptant, publie à son tour les lettres volées et fait de Marie, comme l'autre, une empoisonneuse machiavélique. À preuve, dit-il, son physique, celui d'une femme aux traits masculins, ravagés par des années de rancœurs, de calculs et de haine. Il croit dur comme fer à ce qu'il écrit.

Il faut croire que le fantasme de la sorcière est profondément ancré dans l'imaginaire : son article fait sensation. Dès le lendemain, tous les journaux suédois le reprennent, on se les arrache et l'opinion décrète aussitôt : pas question de fêter une femme qu'un tribunal poursuit pour complicité d'adultère.

Un petit clan, à Paris, suit manifestement l'affaire de près. Des membres de l'intelligentsia suédoise et des groupes féministes sont approchés par un mystérieux émissaire français, qui leur confirme la réalité des faits reprochés à Marie, leur glisse qu'un quatrième duel a eu lieu et qu'un cinquième est prévu, avant de leur annoncer que nombre d'invités à la cérémonie des Nobel ont décidé de la siffler quand elle se lèvera pour recevoir son prix des mains du roi.

Puis l'étrange personnage – un virtuose de l'intrigue, dont l'identité n'a jamais été révélée – intoxique des diplomates français en poste à Stockholm. Alarmés, ils préviennent leur ambassadeur, qui s'affole et joint le Quai d'Orsay, tandis que l'Académie suédoise se laisse elle-même gagner par la panique. L'un des plus fervents soutiens de Marie, Svante Arrhenius, le chimiste qui avait découvert et modélisé l'effet de serre, cherche à faire annuler son prix. Mais les décisions du jury Nobel, une fois prises, sont irrévocables. Il adresse alors à Marie, faute de mieux, un courrier d'une extrême brutalité : il lui demande de rester à Paris tant que la lumière n'aura pas été faite sur sa vie privée.

Puis la haine, après cette série de métastases, revient à son foyer initial, Paris. À plusieurs reprises, de bonnes âmes joignent Marie et lui suggèrent de refuser son Nobel. Ce serait tellement plus noble, lui souffle-t-on, tellement plus digne d'elle.

Elle est à bout de forces. Pour la première fois de sa vie, elle n'a plus envie de se battre.

Paul, alors, a un geste stupéfiant : il tranche à sa place. Et sacrifie ce qu'il a de plus cher, ses enfants. Il annonce à Jeanne qu'il est prêt à les lui laisser si elle abandonne son procès.

Jeanne n'est plus sous l'emprise de Bourgeois, et l'opinion, à Fontenay comme ailleurs, s'est retournée contre elle. Elle enrage d'avoir perdu la face. La proposition de Paul lui fait l'effet d'une aubaine : quelle vraie mère française, si la justice lui laisse ses enfants ! Elle accepte, le procès est aussitôt annulé, et du même coup plus personne, ni en France, ni en Suède, ni ailleurs, ne pourra plus jamais dire ou écrire que Mme Curie a eu un homme marié pour amant.

*

Moment d'une violence inouïe, le plus terrible de cette sinistre année 1911. Les deux amants renoncent à vivre ensemble au moment précis où Paul, enfin, se retrouve libre.

Comment faire autrement ? S'ils renouaient, Marie serait à nouveau jetée aux chiens. Elle devrait renoncer à son prix, décerné cette fois à elle seule, pour le travail de toute une vie. Où se réfugier, enfin, où déjouer l'hydre sans cesse renaissante de la haine et de l'envie ?

Ils ont donc rompu. Comme dans une tragédie antique, broyés par un enchaînement de faits qui ne leur laissait qu'un seul choix : un malheur un peu moindre. Séparation comme on en voit peu, dans le non-dit et la soumission fataliste à la mécanique d'un monde qui n'est pas le leur. Un homme et une femme se quittent, malgré lui, malgré elle, crucifiés, figés dans le silence de la résignation.

*

À Stockholm, personne ne soupçonna la détresse de Marie. Elle sourit à ceux qui l'avaient trahie comme aux plus sûrs de ses fidèles, prononça des discours où revenait souvent le nom de Pierre, mais souligna que c'était elle qui avait émis l'hypothèse que la radioactivité était une propriété atomique de la matière, puis établi, seule, encore une fois, le poids atomique du radium, fondant ainsi ce qu'elle nomma la « chimie de l'impondérable ».

Elle ne s'enflamma qu'une fois, lorsqu'elle parla de sa découverte. En mère, comme d'habitude : « C'est un enfant que j'ai vu naître et que, de toutes mes forces, j'ai contribué à élever. L'enfant a grandi, il est devenu beau… »

Il y avait de la mélancolie dans sa voix, mais personne ne comprit pourquoi et on la laissa tranquille, si bien qu'elle continua à traverser les fêtes et les banquets de la même façon, ni glaciale ni victorieuse, simplement un peu absente, ne s'étonnant de rien, ni qu'on se batte pour assister à ses conférences, ni d'être redevenue en moins de trois jours l'idole des femmes suédoises. Pourtant rien ne lui échappa, elle vit tout, d'un seul coup d'œil, la tartuferie des uns, la candeur des autres, les prudences, la lâcheté, le snobisme, l'entière gamme de la foire aux vanités. Et la haine plus que le reste – ces Français, par exemple, qui vinrent la saluer mais dont elle sentit bien qu'ils ne renonceraient jamais. Son regard fit comme d'habitude, il les perça à jour, puis glissa.

Un soir, au fond d'une campagne, des jeunes filles qui fêtaient la Sainte-Lucie vinrent lui offrir du vin chaud et des brioches aux épices. Leur tête était ceinte d'une couronne de bougies, et elles s'étaient revêtues de robes blanches comme elle, du temps qu'elle avait rêvé de refaire sa vie. Elle était de ces êtres que la grâce et le bonheur des autres réjouissent ; ce soir-là, elle retrouva un peu de paix et ne pensa plus à rien. Ou alors à sa propre jeunesse, le temps des fous rires, des mazurkas et des folles poursuites en traîneau, dont elle savait bien qu'il était fini, comme étaient finis l'amour avec Paul et l'amour avec Pierre. Mais, pendant quelques heures, ça n'a plus eu d'importance.

Ensuite il y a eu encore des fêtes, des toasts, des ovations. Elle était si exacte dans tout ce qu'elle faisait et disait que personne n'a vu qu'elle ressemblait à ces oies qu'on vient de décapiter, et qui continuent d'avancer, mécaniques et réflexes, jusqu'au moment où, vidées enfin de leur sang, elles s'effondrent.

C'est ce qui lui est arrivé. Mais pas là-bas, pas tout de suite. Ça s'est passé à Sceaux, dix-neuf jours plus tard, alors qu'elle se préparait à déménager de la villa maudite. Son corps, soudain, a lâché.

*

Une infection aiguë, diagnostiqua le médecin. Il fallut appeler une ambulance, l'hospitaliser d'urgence.

Les jours qui suivirent, avoua-t-elle plus tard, lui firent l'effet d'un voyage funèbre. Elle frisa la folie, dit-elle. Maintenant qu'elle avait cessé de chercher Pierre sur le corps de Paul, elle n'avait plus qu'un seul désir, comme après sa mort : le rejoindre dans le néant.

Puis il y eut un déclic – peut-être apprit-elle que ses filles, juste après son départ de la villa, étaient tombées malades, peut-être fut-elle émue par l'indéfectible dévouement d'André, qui s'occupait de tout pendant qu'elle était à l'hôpital, calmait l'inquiétude des gamines, assurait son intérim au labo comme à Sceaux, préparait le déménagement à Paris. Elle reprit courage ; et, preuve entre toutes qu'elle avait choisi le parti de la vie, elle réclama ses carnets de comptes et se remit à les tenir.

La petite bande des mousquetaires était toujours sur le qui-vive. Les journalistes s'étaient réveillés – l'odeur du sang. Dans les deux maisons de santé où elle avait été soignée, on avait réussi à la faire inscrire sous un nom d'emprunt. Mais quelqu'un, une fois de plus, lança une rumeur. On murmura qu'elle venait d'accoucher d'un fils. Borel et Marguerite remontèrent au créneau, les bruits cessèrent.

*

Les médecins lui parlaient maintenant chirurgie, mais avant d'intervenir, ils voulaient qu'elle se repose – elle ne pesait plus que quarante-six kilos.

Il fallut six bonnes semaines avant qu'ils n'estiment qu'elle pouvait supporter une anesthésie. Elle rédigea son testament, indiqua à André où elle avait caché ses ampoules de radium puis se laissa conduire sans un mot à la salle d'opération.

Elle n'a jamais évoqué l'intervention, sauf au début des années 1930, peu avant sa mort, quand elle se mit en tête d'établir une chronologie des événements qui avaient jalonné sa vie depuis avril 1906, la mort de Pierre. Lorsqu'elle en arrive à l'année 1912, elle note sèchement : « Opération de l'utérus et annexes, 7 mars 1912. »

Six lignes plus haut, elle avait résumé le scandale d'une ligne tout aussi laconique : « Affaire Langevin, fin année 1912. » Puis elle s'était aperçue que le scandale s'était produit l'année précédente et elle avait corrigé : « 1911. »

Elle avait fait de même pour le conseil Solvay, son second prix Nobel et son voyage à Stockholm. Eux aussi, elle avait commencé par les dater de l'année de l'opération, comme si tous ces événements étaient indissociables et s'étaient implacablement enchaînés pour aboutir à cette mutilation. À croire aussi que le matin où le bistouri du chirurgien entailla son ventre, elle pensa recevoir une ultime flétrissure, la marque symbolique de la haine qui avait manqué de l'engloutir l'année d'avant.

*

En forme de happy end, on pourrait égrener les événements des années suivantes, dire par exemple qu'après un an de dépression et d'effroyables douleurs physiques Marie se rétablit, recouvra sa légendaire vaillance, et que Paul et elle se revirent souvent, en frère et sœur désormais, continuèrent à causer physique, comme autrefois, à parler électrons, noyaux atomiques, relativité, quanta, surmenage scolaire, éducation des enfants. On signalerait qu'elle lui prêta encore de l'argent lorsqu'il fut dans la dèche ; et qu'il le lui remboursa jusqu'au dernier sou, comme les sommes que lui avait soutirées Bourgeois.

On verrait Paul, malgré tout, retourner vivre avec Jeanne deux ans plus tard, à cause des enfants, comme il fallait s'y attendre, mais aussi de la guerre. On montrerait ensuite Paul et Marie en parfaits patriotes, lui inventant le sonar et équipant les navires et les sous-marins français, elle apprenant à conduire toute seule les ambulances radiologiques qu'elle venait de concevoir, zigzaguant hardiment entre les fondrières des mauvais chemins qui conduisaient aux hôpitaux du front. On ressortirait ses photos de guerre, on la verrait à nouveau vêtue de blanc, ce serait cette fois la blouse des médecins. Puis elle manipulerait les appareils qu'elle avait bricolés pour radiographier les corps des soldats pris sous la mitraille de la Grande Guerre. On décompterait les centaines de vies qu'elle a sauvées et on la découvrirait, le jour de l'armistice, fabriquant un drapeau français avec les premiers bouts de tissu bleu, blanc et rouge qu'elle avait pu trouver, avant d'entonner *La Marseillaise* devant l'Institut du radium flambant neuf. Quelques bandes d'actualités des années 1920 et ce serait l'apothéose, Marie fait une tournée triomphale aux États-Unis, fonde un Institut du radium dans sa chère Pologne, participe à la fondation de la SDN aux côtés d'Einstein, est honorée comme une reine où qu'elle se rende, toujours aussi simple, lucide et indulgente, comme elle l'avait été à Stockholm, fermant les yeux sur les travers des humains du moment qu'ils n'attentent pas à l'essentiel, la vie.

*

Paul, de temps à autre, apparaît à l'arrière-plan de ces épisodes qui ont glorieusement conclu la saga Curie. Mais de façon lointaine, discrète. On l'aperçoit non loin d'elle lors des conseils Solvay qui se déroulent après le légendaire conclave de Bruxelles ; lorsqu'il fait un enfant à l'une de ses étudiantes, il demande à Marie de l'embaucher et elle y consent. Leur lien s'est transformé mais ne s'est jamais distendu. Ainsi, le jour où Irène lui apprend qu'avec son mari Frédéric Joliot elle vient de fabriquer de la radioactivité artificielle, le premier geste de Marie est d'appeler Paul : « Viens, rejoins-moi, on va aller au labo d'Irène, elle va nous refaire l'expérience… » Il accourt.

Marie s'affaiblissait déjà, mais Paul, pas plus qu'Irène et Ève, n'imaginait qu'elle allait mourir six mois plus tard dans un sanatorium des Alpes où on lui avait conseillé de se reposer à l'air des montagnes. Il n'était donc pas à son chevet le matin de juillet où Marie, dans une semi-conscience, murmura : « Je veux me mettre droite », avant d'expirer. Une anémie de Biermer, assura le directeur du sanatorium, doublée d'une leucémie qu'elle avait contractée en manipulant sans protection son matériel de radiographie dans les hôpitaux de la Grande Guerre.

Paul ne sut pas, du coup, qu'on la vêtit de blanc avant de la déposer dans son cercueil, et que ses filles couvrirent sa poitrine de roses. Il l'apprit peut-être lors de son enterrement au cimetière de Sceaux, qui se déroula par un jour radieux où il parut aussi élégant et droit qu'au temps de leurs amours.

Dans la rue, une fois de plus, il y avait des photographes. Un cliché le montre à la tête des survivants de la bande du 108, comme si, de tous, c'était lui le plus atteint par la mort de Marie et, désormais, le plus seul.

*

Ce fut comme avec Pierre, on ne sait rien de sa douleur. Paul a respecté le vœu de Marie, faire de leur passion une chambre secrète. Après avoir détruit leurs lettres, il n'a jamais lâché une seule confidence à son propos.

Curieusement, Marie a laissé derrière elle beaucoup plus d'indices. Ses carnets de comptes, sa revue de presse, mais aussi les poèmes d'amour dont la lecture l'accompagna de sa jeunesse à ses derniers jours : elle adorait la poésie. Le soir, chez elle, quand elle en avait fini de récapituler ses dépenses, elle en lisait souvent. Ou, lorsqu'elle était trop lasse, elle tendait un recueil de vers à Irène et lui demandait de lui en lire quelques-uns.

Elle se garda bien, pourtant, d'avouer à sa fille qu'à plusieurs reprises elle s'était risquée à taquiner la Muse sur de fines paperolles qu'elle conservait avec soin. Des pages qui, avec les années, avaient toutes pris la même teinte jaune mastic, qu'elles fussent détachées de ses carnets d'expériences ou rédigées sur du papier à lettres à l'en-tête de son labo, ce qui en dit assez sur le mouvement compulsif qui, d'une seconde à l'autre, l'arrachait à ses obsessions scientifiques pour rejoindre le « rêve », comme aurait dit Pierre.

D'autres jours, consciente que ses textes étaient par trop naïfs et maladroits, elle recopiait, sans en citer les auteurs, des ballades ou des complaintes qui l'avaient émue. On trouve ainsi un poème en russe, un autre en allemand, découverts sans doute pendant sa jeunesse. Pour les avoir conservés aussi religieusement, il fallait qu'elle y tienne, et il est bien possible qu'elle les ait relus jusqu'à la fin de sa vie, chaque fois qu'elle se sentit seule ou incomprise.

De façon très surprenante, l'émotion qui m'a étreinte quand je les ai feuilletés fut la même qu'au moment où j'ai découvert les grandioses et romanesques *L* et ***B*** qu'elle avait tracés sur son carnet de dépenses lorsque Paul décida de louer le deux-pièces de la rue du Banquier. Même démesure dans le tracé des majuscules, même application d'adolescente exaltée. Elle s'abandonne, se livre, comme elle le fit dans l'amour.

L'amour, d'ailleurs, revient constamment dans ce qu'elle écrit ou recopie. Amour de la science, quand, à vingt-six ans, au moment où son cœur commence à battre pour Pierre et où elle se refuse à l'admettre, elle compose un long poème sur sa vie d'étudiante. Amour pour un absent, qui pourrait être Paul, dans un texte qu'on la voit bien recopier et traduire pendant son séjour à l'Arcouest, lors de cet été 1910 où Paul lui manqua tant : « Ah, pourquoi es-tu loin d'ici ? Le mot d'amour, à qui le dire ? » Et malédiction de l'amour, dans de curieuses lignes qui évoquent le haïku et semblent faire écho aux trois ruptures qui jalonnèrent sa vie, avec Casimir, lorsqu'elle avait vingt-quatre ans, puis Pierre, quand elle en avait trente-huit, enfin, cinq ans plus tard, Paul :

Plusieurs fois veuve
Quelle pensée fatiguée
Le bruit de la vie ou
De la souffrance.

Et jusqu'au bout, l'amour de l'amour. Le 25 avril 1914 – anniversaire sentimental ? –, alors que l'Europe résonne déjà de bruits de bottes et qu'elle prépare, inébranlable, l'inauguration de l'Institut du radium dont Pierre avait tant rêvé, elle arrache deux pages à un carnet de laboratoire et y recopie scrupuleusement le texte du *Liebestraum* de Freiligrath qui inspira à Liszt son fameux *Nocturne n° 3*.

*

Donc pour finir, l'écouter. S'imaginer Marie à quelques années de sa mort. Ève, devenue pianiste virtuose, répète le *Nocturne* à l'autre bout de l'appartement où sa mère a déménagé après le scandale.

La mélodie est assourdie mais Marie l'entend. Une fois de plus, elle se sent lasse et s'est allongée sur une vieille méridienne qu'elle possédait déjà du temps de Pierre. Le meuble n'a jamais quitté la place où elle l'avait installé lors de son déménagement, près d'une fenêtre qui donne sur la montagne Sainte-Geneviève. C'est là-bas, derrière le dôme du Panthéon, qu'elle a fait ses études, rencontré Pierre, puis Paul, là aussi qu'elle a découvert le radium. À chaque variation que déroule le clavier d'Ève, elle croit entendre l'écho de ces temps-là, libres et ardents ; et par une association d'idées dont elle ne saisit pas l'origine, elle se revoit recopier les mots de Freiligrath – « *O lieb so lang du lieben kannst, o lieb so lang du lieben magst…* »

Quand était-elle tombée sur ce texte ? L'année de la robe blanche ? Ou du temps de Pierre, un des rares soirs où ils sont allés au concert ? Et pourquoi l'a-t-elle recopié ? Parce qu'elle venait de brûler les lettres de Paul, parce qu'elle était retournée sur la tombe de Pierre, comme tous les ans à la date anniversaire de l'accident ? Elle ne sait plus. La guerre est passée par là, qui a tout laminé, les bons souvenirs comme les mauvais.

Le poème non plus, elle ne se le rappelle pas très bien. Il lui revient par bribes, tantôt en allemand, tantôt en français, un flux irrégulier de phrases qu'elle entremêle à voix basse aux cascades de variations et d'accords qui jaillissent du clavier de sa fille : « Aime autant que tu peux aimer, aime autant que tu veux aimer… Veille à ce que ton cœur brûle, qu'il soigne l'amour, qu'il porte l'amour… L'heure viendra, l'heure viendra, où près d'une tombe tu gémiras… Et pour qui t'ouvre son cœur, rends pour chaque heure une heure de joie… »

Les mots s'embrouillent, les notes aussi. Vraiment elle ne sait plus. Alors elle renonce, se laisse aller, s'endort, rejoint Pierre, à moins que ce ne soit Paul.

Le destin des uns et des autres

Après la mort de Marie, Paul fut l'un des trois cofondateurs du Comité de vigilance des intellectuels antifascistes. Son arrestation par la Gestapo, en octobre 1940, fut à l'origine du mouvement de résistance universitaire. Après un emprisonnement de quelques semaines, il fut expédié en résidence surveillée à Troyes. C'est là qu'il apprit que son gendre, Jacques Salomon, avait été fusillé par les nazis, et sa fille Hélène déportée à Auschwitz – elle en réchappa fort heureusement.

Il réussit à s'enfuir en Suisse et, à la Libération, adhéra au Parti communiste. Dans sa vie privée, il joua jusqu'au bout la carte de la paix des familles. Ainsi, sur une photo datée de 1944, on le voit prendre le thé en compagnie du fils d'Euphrasie Desfosses et d'Henri Bourgeois.

Il n'oublia jamais que Pierre avait rêvé d'un système scolaire fondé sur les principes de justice et d'égalité des chances. Dès la fin de la Seconde Guerre mondiale, il posa les bases du Plan Langevin-Wallon, qui demeure aujourd'hui encore un texte de référence en matière d'éducation. Il n'eut pas le temps de le voir aboutir. Épuisé par une surexposition ancienne aux rayons X, il dut abandonner la présidence du groupe chargé de structurer cette refonte du système éducatif et mourut le 19 décembre 1946.

Deux ans plus tard, sa légendaire amitié avec Jean fut consacrée par une cérémonie grandiose : leurs cendres, le même jour, furent transférées au Panthéon. Les deux amis furent inhumés à côté de Paul Painlevé, le témoin du duel qui avait opposé Paul à Gustave Téry. C'est seulement en 1995 que les dépouilles de Pierre et de Marie furent admises à leur tour sous les voûtes de la nécropole, reconstituant ainsi le noyau central de la bande des dimanches au 108.

*

De la fine équipe des cinq mousquetaires de Marie, Henriette fut la première à disparaître, en 1938, après avoir consacré ses derniers jours à l'écriture de contes pour enfants. Jean lui survécut quatre ans. En 1926, il avait obtenu le prix Nobel pour ses travaux sur la discontinuité de la matière, avant d'être nommé secrétaire d'État à la Recherche par Léon Blum, de fonder le Palais de la Découverte et de créer le CNRS. Menacé par les nazis dès les premiers jours de l'Occupation, il s'enfuit à New York, où il mourut en 1942. Il avait soixante-douze ans.

André Debierne ne cessa jamais de vivre dans l'ombre de Marie. À son décès, il lui succéda à la tête de l'Institut du radium et tenta de s'affirmer comme chercheur à part entière. Contrairement à « la Patronne », il négligea l'administration de l'Institut, se lança dans des recherches vite contestées, et des conflits sérieux l'opposèrent aux jeunes équipes qui l'entouraient. Il se fit de plus en plus secret et mourut en solitaire dans sa soixante-quinzième année. Jusqu'au cimetière, il fut fidèle à son parcours d'ombre : il n'y eut presque personne à son enterrement.

Borel, lui, ne se départit jamais de sa froide énergie. Une fois revenu des tranchées de la guerre de 14, il mena de front sa carrière universitaire et ses combats politiques. Européen convaincu, il tenta d'œuvrer pour la paix auprès de la SDN, fut député de l'Aveyron pendant une douzaine d'années, et même ministre de la Marine en 1925. Infatigable, il fonda l'Institut statistique de Paris, ainsi que le non moins célèbre Centre de recherches mathématiques Henri-Poincaré, qu'il dirigea pendant trente ans tout en jouant un rôle de premier plan à l'Académie des sciences. Pendant l'Occupation, il contribua à la formation d'un maquis dans le Rouergue. C'est encore lui, Borel, qui prononça l'hommage à Jean lors du transfert de ses cendres au Panthéon. Il mourut en 1956 à l'âge de quatre-vingt-cinq ans.

Marguerite fut la dernière survivante des cinq mousquetaires. Dès les lendemains du scandale, elle s'attela à un roman qui fut distingué par le prix Femina en 1913. S'ensuivirent une bonne quarantaine d'ouvrages, dont certains furent des best-sellers. Devenue jurée puis présidente du Femina, elle dirigea parallèlement la Société des gens de lettres et s'affirma comme une personnalité incontournable des milieux littéraires des années 1945-1960. Elle écrivit jusqu'à sa mort, survenue en 1969.

*

Dès que Paul revint au bercail, Jeanne ne fit plus parler d'elle. Les deux époux semblent avoir conclu un pacte – comment pouvait-elle ignorer que Paul avait un second ménage et un enfant de sa jeune maîtresse ? Lors du transfert des cendres de Paul au Panthéon, elle apparut en tête du cortège, appuyée au bras du président de la République. Plus tard, elle ne manqua aucune des cérémonies commémoratives organisées par le PCF en l'honneur de son époux. Le nom de Pierre Curie n'y fut jamais évoqué, encore moins celui de Marie.

Elle mourut en novembre 1970 à l'âge de quatre-vingt-seize ans. Dans l'hommage qui lui fut rendu lors de ses obsèques, elle fut décrite comme la tendre épouse de Paul, « celle qui, si dignement, fut sa douce, gaie et charmante compagne » (*L'Humanité* du 23 novembre 1970).

Magnifique illustration des propos que Pierre Curie, en son temps, avait eus sur l'injustice du destin. Il en est deux autres : les parcours respectifs de Bourgeois et Téry.

Le premier, en 1912, survécut à un grave accident de la circulation où, comme Pierre, il fut blessé au crâne. Mais lui, trois mois plus tard, fut sur pied et put ainsi poursuivre, jusqu'à la retraite, son bonhomme de chemin au *Petit Journal*. En 1929, il fut impliqué dans l'affaire de la *Gazette du franc*, une feuille financière dont il était le cofondateur et qui proposait, tel récemment Bernard Madoff, des placements fondés sur une pyramide de Ponzi. Un moment inquiété pour détentions d'actions fictives dans cette filiale de la frauduleuse banque Hanau, il échappa aux griffes de la justice. Il se retira dans le Périgord et, comme si son destin était indissociable de celui de Paul, ne lui survécut que six jours.

Le parcours de Gustave Téry, le signe-torchon de *L'Œuvre*, est encore plus déconcertant. Patriote avant la guerre de 14, pacifiste pendant le conflit, il soutint le Cartel des gauches en 1924 et termina ses jours en 1928 dans une très élégante villa du 16e arrondissement de Paris. Lors de ses obsèques, on lui rendit les honneurs militaires en présence du fervent défenseur de la laïcité Édouard Herriot. Vincent Auriol, futur président de la République, s'était aussi déplacé.

Un collège public, à Lamballe, porte son nom.

*

Les brillants destins des filles de Marie démontrent l'excellence de ses principes éducatifs. Irène suivit ses traces. Avec son mari Frédéric Joliot, elle reçut à son tour le prix Nobel de chimie en 1935 pour leurs travaux sur la radioactivité artificielle et participa au gouvernement Blum. Malheureusement, après avoir ouvert la voie à la fission nucléaire, elle mourut prématurément, en 1956, d'une leucémie aiguë qu'on attribua à une surexposition au polonium et au radium.

Quant à Ève, elle vécut cent trois ans. On lui doit la première biographie de Marie, *Madame Curie*[1], qu'elle se mit à écrire au lendemain de la disparition de sa mère, à partir de ses archives et de ses récits. Un texte hagiographique parfois, mais qui constitue une source essentielle pour qui s'intéresse à Marie. Il connut un succès international, fut traduit dans le monde entier et servit de base au film du même nom de Mervyn LeRoy, produit par la MGM en 1943.

1. Paris, Gallimard, 1938.

Ève Curie avait coutume de dire, en riant, qu'elle était la honte de la famille puisqu'elle était la seule des Curie à n'avoir pas reçu de prix Nobel. Pianiste douée et très jolie femme, elle avait renoncé à la musique pour le journalisme – les déboires de sa mère avec la presse ne l'avaient pas échaudée. Elle fréquenta l'élite intellectuelle et artistique du Paris des années 1930 et quitta la France aux premières heures de l'Occupation. Son tempérament risque-tout la poussa à devenir correspondante de guerre pour des journaux américains. Aucun théâtre d'opérations ne lui fit peur, ni la Libye, ni la Birmanie, ni la Chine. Endurcie par ses innombrables aventures, elle choisit de s'engager dans l'armée du général de Lattre de Tassigny et s'illustra comme ambulancière et agent de liaison dans la campagne d'Italie. Décidément infatigable, elle participa au débarquement de Provence et cofonda à la Libération le journal *Paris-Presse*. Puis le destin – auquel son père ne croyait pas – la ramena au Nobel : en 1965, son mari, l'Américain Henry Labouisse, reçut la prestigieuse distinction au nom de l'Unicef, dont il était le directeur exécutif. Elle l'accompagna à Stockholm et assista à la cérémonie de remise dans les lieux mêmes où sa mère et sa sœur avaient reçu leurs prix.

L'histoire de Marie et Paul se conclut sur une boucle en forme de happy end. En 1948, la petite-fille de Marie, Hélène Joliot, épousa Michel Langevin, l'un des petits-fils de Paul.

Une reconstitution

Ce livre est une reconstitution. Comme telle, il comporte une marge d'incertitude et de conjecture.

Il est aussi le fruit d'une enquête, au sens où les historiens entendent ce mot. J'ai écarté les témoignages qui m'ont paru douteux et, à l'inverse, repris à mon compte ceux qui m'ont semblé fondés. On trouvera mes sources, soit dans les notes en bas de page, soit dans la bibliographie.

Je savais que Marie avait détruit ou fait détruire toute trace des correspondances que Paul et elle avaient échangées, et qu'elle avait demandé à ses amis d'en faire autant. Plus de quatre-vingts ans après sa mort, l'icône Marie Curie – « la Sainte Vierge de la science », selon l'ironique formule de Françoise Balibar – exerce encore une telle emprise sur les esprits qu'on a du mal à l'imaginer amoureuse, désirante, « prête à traverser le feu pour ceux qu'elle aime », comme l'écrivit Marguerite Borel. Les campagnes de calomnies dont elle fit l'objet incitent aussi à la plus grande prudence. Je n'aurais donc pu mener à bien mon projet si je n'avais pu avoir accès à ses carnets de comptes. Mais je devais me garder d'interpréter les fluctuations de ses frais sur la foi de simples impressions. J'ai donc commencé par établir quelques statistiques. Il m'est très vite apparu que les pics de ses dépenses dans certains postes – frais d'habillement et de transport, tout particulièrement – correspondaient à des tournants de sa vie, voire à des périodes tourmentées dont plusieurs témoins, voire Marie elle-même, se sont fait l'écho.

Quand, dans ces mêmes carnets, j'ai découvert la mention explicite de l'adresse du deux-pièces où elle retrouvait Paul, j'ai voulu me rendre rue du Banquier. Contrairement au pavillon du 108, boulevard Kellermann, l'immeuble n'avait pas succombé à la frénésie immobilière qui a dénaturé tant de quartiers du 13e arrondissement. Ainsi que je l'ai relaté au début de ce livre, les lieux n'avaient pas changé, en tout cas ni la cour ni les parties communes, et il était très facile d'y reconstituer la vie des deux amants dans leur appartement du quatrième étage : l'assignation publiée dans le livret bleu qui a formé le point de départ de mon enquête livre nombre de détails sur sa distribution, son aménagement et même son mobilier. Marie elle-même, dans l'une de ses lettres, a évoqué son attachement à ces lieux.

J'ai poursuivi mon « itinéraire Marie Curie » à Sceaux. Grâce à la propriétaire de la villa où Marie choisit de vivre après la mort de Pierre, j'ai pu la visiter. L'anecdote de la tentative de dissimulation de la plaque commémorative apposée sur son mur d'enceinte en 1950 ne m'a guère étonnée. Avant de me rendre à la villa, j'avais fait un petit crochet à un kilomètre de là, pour me faire une idée de la maison des parents de Pierre. En 1950, on y avait aussi apposé une plaque, pour les mêmes raisons : célébrer le cinquantenaire de la découverte du radium. Elle est pour le moins surprenante : « Ici ont habité Eugène Curie de 1892 à 1900, et son fils Pierre Curie de 1892 à 1895, date de son mariage avec Marie Sklodowska. » Les rancœurs et les relents xénophobes étaient encore très tenaces, à Sceaux, trente-neuf ans après la petite émeute qui s'était déroulée dans la cour et le jardin de Marie…

Au cimetière de Sceaux, aucune pancarte ni indication quelconque ne signale la tombe où Marie, tant de fois, vint se recueillir. Selon le gardien, simple négligence qui trouve son origine dans le transfert des cercueils de Pierre et Marie au Panthéon en 1995. Cette sépulture vaut pourtant le détour. Ombragée d'un beau rosier sans prétention, elle est à l'image des poésies qu'affectionnait ou composait Marie : d'un charme naïf, toute simple et du même coup bouleversante. Je m'y suis rendue à deux reprises, la seconde après que j'ai lu le journal intime où elle relate précisément ses visites à cette tombe. C'est sans doute l'endroit où j'en ai appris le plus sur le jardin secret de Marie, son romantisme à l'ancienne, la séduction que la mort exerçait sur elle et la détresse qui la poussa à se jeter dans les bras de Paul.

*

J'ai assez vite soupçonné que la proximité géographique entre Marie et sa rivale Jeanne avait joué un rôle essentiel dans la genèse du scandale. Aussi, après Sceaux, ai-je cherché à me faire une idée du bel hôtel particulier de Fontenay-aux-Roses dont Paul occupa le rez-de-chaussée entre 1904 et 1911. Cette superbe bâtisse du XVIIIe siècle a malheureusement été détruite dans les années 1960, et il n'en subsiste que de rares photos. Cette excursion m'a malgré tout permis d'apprécier la distance qui séparait Jeanne de sa rivale : moins d'un kilomètre et demi.

C'était le moment où je cherchais à en savoir plus sur Henri Bourgeois. Je venais d'apprendre qu'il avait été décoré de la Légion d'honneur le 7 novembre 1911, soit trois jours après la dénonciation publique de la liaison de son beau-frère avec Marie. J'avais déjà compris qu'il avait joué un rôle déterminant dans la construction du scandale, et même dans la cabale fomentée quelques mois plus tôt afin de faire échec à sa tentative pour entrer à l'Académie. J'ai aussitôt interrogé la base de données Léonore établie par les Archives nationales, qui recense tous les légionnaires depuis la création de l'Ordre et met en ligne les documents administratifs qui ont abouti au décret de leur nomination. L'adresse de Bourgeois y figurait : 3, avenue Carnot à Sceaux, à moins de cinq cents mètres de la villa de Marie.

J'ai alors mieux cerné les ressorts de l'affaire. Au début, un nœud de vipères familial, les frustrations de la famille Desfosses qui trouvent en Paul le bouc émissaire idéal. À la lisière de la tribu, Bourgeois, journaliste ambitieux, manipulateur et sournois, rompu à l'espionnage. Le tempérament et les convictions politiques de Paul sont à l'opposé des siennes ; il le déteste et l'envie, notamment parce qu'il le sait très proche de ces deux célébrités que sont Pierre et Marie. Quand Marie, devenue « la Veuve illustre », s'installe à deux pas de chez lui, son aigreur s'exaspère. Il l'épie tout à loisir et quand il apprend, par Jeanne, qu'elle est la maîtresse de son beau-frère, il croit tenir la chance de sa vie : monter un scandale politico-médiatique dans toutes les règles de l'art.

Cette proximité géographique livre aussi l'explication de la violente « manifestation » qui se déroula autour de la villa de Marie le matin même de la parution de *L'Œuvre*. Il suffit à Bourgeois ou à sa femme

Euphrasie de rameuter des habitants de Fontenay et de Sceaux, facilement mobilisés par la longue campagne de dénigrement « locale » qui avait précédé la dénonciation publique de sa liaison avec Paul.

J'ai longtemps cherché où Jeanne et Euphrasie, à la fin du mois d'août 1910, avaient agressé Marie. Certainement pas rue du Banquier : à l'époque, Jeanne ignorait que son mari y avait loué un pied-à-terre. Les carnets de dépenses de Marie m'ont une fois encore éclairée. À partir de l'agression, elle passe le moins de temps possible à Sceaux et, quelques mois après, le cahier où elle consigne des notes sur ses filles signale qu'elle a décidé de déménager. Quant à Jean, il fut très durablement impressionné par le comportement de Marie, la nuit qui suivit l'incident, lorsqu'elle vint lui demander de l'héberger. Il ne l'avait jamais vue aussi hagarde, sauf peut-être le soir où elle apprit la mort de Pierre. Je suis convaincue qu'elle fut agressée par Jeanne devant la villa de Sceaux ou au sortir de la gare, à trois cents mètres de là, en présence de ses voisins ; et qu'en plus de l'injurier et de la menacer de mort Jeanne la molesta. Marie avait un très grand sang-froid et une capacité hors du commun à contenir ses émotions. Il fallut un déferlement de haine sauvage pour la transformer en bête traquée.

*

La presse des années 1903-1911 m'a fourni nombre d'informations et de détails extrêmement concrets sur le pavillon qu'occupaient les Curie boulevard Kellermann, la frénésie qui suivit leur Nobel en 1904, la mort de Pierre, la féroce campagne d'attaques dont Marie fut victime au moment de sa candidature à l'Académie, et bien entendu sur la dramaturgie de la cabale orchestrée par Bourgeois contre Marie, Paul et le groupe d'universitaires qui les entourait et les soutenait. Mais j'ai aussi tenu à lire les articles qui figuraient à la une des journaux au moment du scandale. La volonté de recommencer à en découdre avec l'Allemagne s'y affirme nettement, l'obsession de l'espion étranger est permanente et la terreur de la femme qui fait des études ou qui travaille est souvent sous-jacente. La récente (et relative) libéralisation du divorce est très mal perçue dans les milieux conservateurs, hantés par le fantasme de la « vraie mère française », uniquement préoccupée de son foyer et prête à sacrifier la vie de ses fils aux intérêts supérieurs de la nation – autrement dit, à la guerre. La machination ourdie par Bourgeois contre Marie s'est nourrie de ce faisceau de peurs.

J'ai complété ces lectures des récentes analyses d'Antoine Litli sur le phénomène qu'il a baptisé l'« hyper-célébrité[1] », mais aussi des recherches de Damien de Blic et Cyril Lemieux sur l'origine et la dynamique des scandales[2]. Sans images, pas de scandale, expliquent ces deux auteurs. J'ai alors compris pourquoi les opérateurs des Actualités-Gaumont ne furent pas autorisés à filmer le duel qui opposa Paul à Gustave Téry. Le gouvernement avait soudain mesuré les proportions qu'allait prendre la persécution de Marie s'il n'y mettait bon ordre.

*

1. Antoine Litli, *Figures publiques. L'invention de la célébrité*, Paris, Fayard, 2014.

2. Damien de Blic et Cyril Lemieux, « Le scandale comme épreuve », *Politix*, nº 71, 2005.

Les médias des années 2000 n'inventent rien quand ils poursuivent avec acharnement les acteurs réels ou supposés de faits susceptibles de soulever l'indignation générale. La leçon la plus impressionnante que j'ai tirée de mon enquête est que la plupart de ces pratiques, souvent dénoncées comme récentes et générées par la société du spectacle, étaient en vigueur dès le XIXe siècle, dans les journaux friands de faits divers, affaires de mœurs et catastrophes en tous genres, mais aussi dans la presse dite « respectable ». Il m'a semblé que Marie en prit conscience au moment du désastre que représenta pour elle le Nobel de physique 1903 ; c'est à ce moment-là qu'elle commence à constituer sa revue d'articles, comme pour convoquer les journalistes devant le tribunal de l'Histoire. Mais il faut apprécier les attaques qu'elle subit à l'aune des ravages occasionnés par nos modernes réseaux sociaux, forums Internet, applications de type « Gossip » et autres « trolls ». La mise à mort symbolique, en ce cas, est presque impossible à empêcher.

*

Avec la découverte des autochromes du musée Curie, que j'ai évoquée au chapitre 20, l'un des moments les plus forts de mon enquête fut l'élucidation du code de la boîte postale de Paul, MPL226, dont j'avais trouvé la mention dans la longue lettre de Marie publiée par *L'Œuvre*. Les trois initiales MPL – Marie Paul Langevin – étaient transparentes : à cette époque, Marie caressait l'idée d'épouser Paul. Le nombre 226, en revanche, me demeura très énigmatique jusqu'au moment où j'ai eu l'idée de m'en remettre à un moteur de recherche et de croiser ce nombre au mot « radium ». La réponse s'est aussitôt affichée sur mon écran : « 226, poids atomique du radium. » J'ai alors éprouvé la même émotion que face à la tombe du cimetière de Sceaux – cette sensation d'approcher enfin, sous l'intimidante Mme Curie, l'amoureuse Marie.

C'est dans ces moments-là que l'écrivain prend le pas sur l'enquêteur. Après l'investigation, il entreprend la revisitation empathique d'un destin. Les informations qu'il a recueillies ne sont plus qu'un outil qui lui sert à tenter de ressusciter le « roman vrai » d'un être d'exception. Encore faut-il qu'il distingue clairement, dans son dispositif d'écriture, la part de sa subjectivité et des faits objectifs.

*

Marie Curie le répétait sans cesse à ses étudiants : l'intuition et l'imagination sont des vertus cardinales, même dans des disciplines aussi rigoureuses que la recherche scientifique. Ce sont ces propos qui m'ont encouragée à tenter cette reconstitution littéraire, dans le respect de ses chambres secrètes, où nul ne pénétrera jamais.

Sources et bibliographie

Sources archivistiques

BNF, département des Manuscrits, fonds Curie.
BNF, département des Périodiques.
Musée Curie, département des Ressources historiques.
Archives de la préfecture de police.

Bibliographie

Véronique Antomarchi, *Politique et famille sous la IIIe République 1870-1914*, Paris, L'Harmattan, 2000.

Françoise Balibar, *Marie Curie. Femme savante ou Sainte Vierge de la science ?*, Paris, Gallimard, « Découvertes », 2006.

Françoise Battagliola, *Histoire du travail des femmes,* Paris, La Découverte, 2004.

Bernadette Bensaude-Vincent, *Langevin, science et vigilance*, Paris, Belin, 1999.

–, *Paul Langevin, propos d'un physicien engagé*, Paris, Vuibert, 2007.

Pierre Biquard, *Du radium aux microprocesseurs : 1882-1982*, Paris, Institut pour le développement de la science, l'éducation et la technologie, 1982.

Karin Blanc, *Marie Curie et le Nobel*, Uppsala, Uppsala Studies in History of Science, 1999.

Damien de Blic et Cyril Lemieux, « Le scandale comme épreuve », *Politix*, n° 71, 2005.

Louis de Broglie, *Savants et découvertes*, Paris, Albin Michel, 1951.

Martha-Cécile Bustamante et Catherine Kounelis, *La Physique de Paul Langevin. Un savoir partagé*, Paris, Somogy, 2005.

Eugénie Cotton, *Les Curie et la radioactivité*, Paris, Seghers, 1953.

Ève Curie, *Madame Curie*, Paris, Gallimard, 1938.

Marie Curie, *Pierre Curie*, Paris, Denoël, 1955.

–, *Leçons de Marie Curie recueillies par Isabelle Chavannes en 1907*, Les Ulis, EDP Sciences, 2003.

–, *Autobiographical Notes. The Story of My Life*, Paris, musée Curie, 2013.

Pierre Curie, *Correspondances réunies par Karin Blanc*, Saint-Remy-en-l'Eau, Monelle Hayot, 2009.

Julie Desjardins, *The Madame Curie Complex, The Hidden History of Women in Science*, New York, The Feminist Press, 2010.

Élie During, « Langevin ou le paradoxe introuvable », *Revue de métaphysique et de morale*, 2014.

Shelley Emling, *Marie Curie and Her Daughters : The Private Lives of Science's First Family*, New York, Palgrave Macmillan, 2013.

Arthur Steward Eve, *Rutherford, Being the Life and Letters of the Rt Hon. Lord Rutherford*, New York, Macmillan, 1939.

Françoise Giroud, *Une femme honorable*, Paris, Fayard, 1981.

Barbara Goldsmith, *Obsessive Genius : The Inner World of Marie Curie*, Londres, Weidenfeld & Nicolson, 2005.

–, *Marie Curie : portrait intime d'une femme d'exception*, Paris, Dunod, 2006.

Natacha Henry, *Les Sœurs savantes. Marie Curie et Bronia Dluska, deux destins qui ont fait l'histoire*, Paris, Vuibert, 2015.

Marie-Noëlle Himbert, *Marie Curie : portrait d'une femme engagée*, Arles, Actes Sud, 2014.

André Langevin, *Paul Langevin, mon père*, Paris, Les Éditeurs français réunis, 1971.

Paul Langevin, *La Pensée et l'action. Textes recueillis et présentés par Paul Labérenne. Préfaces de Frédéric Joliot-Curie et Georges Cogniot*, Paris, Les Éditeurs français réunis, 1950.

Hélène Langevin-Joliot et Monique Bordry, *Marie Curie et ses filles. Lettres*, Paris, Pygmalion, 2011.

Laurent Lemire, *Marie Curie*, Paris, Perrin, 2001.

Antoine Litli, *Figures publiques. L'Invention de la célébrité*, Paris, Fayard, 2014.

Camille Marbo, *Jeux de la science et de l'amour*, Paris, Tallandier, 1953.

–, *À travers deux siècles. Souvenirs et rencontres (1883-1967)*, Paris, Grasset, 1967.

Adela Muñoz Paez, *Marie Curie et la radioactivité*, Paris, RBA, 2012.

Natalie Pigeard et Anaïs Massiot, *Marie Curie et la Grande Guerre*, Paris, Éditions Glyphe, 2014.

Natalie Pigeard-Micault, *Les Femmes du laboratoire de Marie Curie*, Paris, Éditions Glyphe, 2013.

Jean-Pierre Poirier, *Marie Curie et les conquérants de l'atome (1896-2006)*, Paris, Pygmalion, 2006.

Susan Quinn, *Marie Curie*, Paris, Odile Jacob, 1996.

Robert Reid, *Marie Curie. Derrière la légende*, Paris, Points, 1983.

Janine Trotereau, *Marie Curie*, Paris, Gallimard Éducation, 2011.

Hemmungs Wirtén, *Making Marie Curie, Intellectual Property and Celebrity Culture in an Age of Information*, Chicago, University of Chicago Press, 2015.

L'Héritage Marie Curie, Les Dossiers de *La Recherche* n° 42, hors-série février 2011.

Filmographie

Mervyn LeRoy, *Madame Curie*, 1943.

Claude Pinoteau, *Les Palmes de M. Schutz*, 1997.

Michel Vuillermet, *Marie Curie au-delà du mythe*, 2011.

Bandes d'actualités Gaumont, novembre 1911 (sur deux des duels déclenchés par l'affaire) :

www.youtube.com/watch?v=4QlUw1k0ItE (duel Henri Chervet / Léon Daudet)

www.youtube.com/watch?v=rElNQuBvFeQ (duel Gustave Téry / Pierre Mortier)

Enfin, pour se faire une idée de l'atmosphère qui régnait au conseil Solvay, se convaincre de la prodigieuse vitalité de Marie Curie, et comprendre l'amitié qui l'unissait à Einstein, on visionnera un bref résumé en images du conseil Solvay 1927. Le seul document où l'on voit Marie éclater de rire. On y aperçoit aussi Paul.
www.youtube.com/watch?v=8GZdZUouzBY

Discographie

On pourra faire son choix à partir de plusieurs interprétations du *Nocturne n° 3* de Liszt (dit « Liebestraum ») disponibles sur la Toile, notamment par :

Arthur Rubinstein, https://www.youtube.com/watch?v=nkXOrkeZyqQ

Lang Lang, http://www.dailymotion.com/video/xm7qzk_lang-lang-reve-d-amour_news

À moins qu'on ne préfère un arrangement du *Liebestraum* pour violoncelle et piano,
https://www.youtube.com/watch?v=eW_MAQj0aIA&feature=youtu.be

Ou encore la version pour piano et chant (Helmut Deutsch et Diana Damrau, soprano, Virgin Classics, 2012)

https://www.youtube.com/watch?v=RnSM0MzymMg&feature=youtu.be

Remerciements

Merci à Olivier Bétourné, qui s'est passionné pour cette entreprise complexe, et m'a accompagnée avec vigilance et ferveur.

Hélène Langevin-Joliot a accepté que je consulte les carnets de dépenses de sa grand-mère Marie Curie. J'ai été très touchée de sa confiance et je lui en suis infiniment reconnaissante.

Au département des Ressources historiques du musée Curie, Natalie Pigeard et Anaïs Massiot m'ont guidée avec une grande sûreté dans les archives dont elles assurent la conservation. Lorsque je me suis interrogée sur les robes blanches de Marie Curie, Natalie m'a notamment fait découvrir l'étonnante série d'autochromes que conserve le musée, et m'a relaté l'histoire de leur restauration. Un grand merci à toutes deux.

Ma gratitude va aussi à Laurence Le Bras et Guillaume Fau, du département des Manuscrits de la BNF, service des manuscrits modernes et contemporains, qui m'ont orientée dans mon exploration des archives du fonds Curie. Leur secours m'a été très précieux.

Je ne sais pourquoi, j'imaginais les archives de la préfecture de police comme un lieu anxiogène où le chercheur se retrouve quasiment en garde à vue. En réalité, ses responsables vous accueillent avec beaucoup de gentillesse et d'attentions. Grâce à eux, ce fut un des meilleurs moments de mon enquête.

François Frain, mon mari, m'a aidée – entre autres… – à établir les statistiques et les graphiques qui m'ont permis de voir clair dans l'évolution des dépenses de Marie Curie entre 1906 et 1912. Cette approche m'a été essentielle. Je lui ai déjà dit ce que je lui dois, mais je tiens à l'inscrire ici.

Le Dr Yves El Bèze a accepté de répondre à mes interrogations sur un point du dossier médical de Marie Curie conservé à la BNF – l'opération qu'elle dut subir à la suite du scandale. J'ai pu ainsi en saisir la nature et en mesurer la gravité, dans le contexte médical de l'époque. Je lui en suis très reconnaissante.

Zosia m'a traduit du polonais les poèmes de Marie. Un éclairage essentiel !

La propriétaire de la villa que Marie a occupée à Sceaux, entre 1907 et 1911, a accepté de me la faire visiter. Un moment fort de mon enquête, qui n'aurait pas été possible sans elle.

Un merci tout particulier à Philippe Godoÿ, professeur de littérature comparée à l'université de Lyon, pour ses éclairages graphologiques, très précieux pour l'étude des ratures de Marie Curie sur ses carnets de dépenses. Merci aussi à mon ancien élève Paul-Antoine Miquel, professeur de philosophie contemporaine à l'université de Toulouse-Le Mirail, excellent connaisseur de la révolution scientifique des années 1880-1920. Même si je redoute de ne pas avoir tout à fait compris la théorie des quanta, ses charitables explications m'ont permis d'apprécier l'apport capital de Paul Langevin à la science contemporaine.

Le soutien, le regard et la vigilance de mon entourage m'ont permis d'aller au bout de cette aventure. Je pense ici à M. F., René Major, Isabelle, Paul, Patrick, Marie, Béatrice, Lidia et Raynald. Merci à tous de leur patience et de leur fidélité.

Retrouvez l'univers de *Marie Curie prend un amant* sur :

www.irenefrain.com

DU MÊME AUTEUR

Quand les Bretons peuplaient les mers
Fayard, 1979, 1988

Contes du cheval bleu : les jours de grand vent
Jean Picollec Éditeur, 1980

Le Nabab
JC Lattès, 1982
et « Le Livre de poche », n° 6423

Modern Style
JC Lattès, 1984

Désirs
JC Lattès, 1986

Secret de famille
JC Lattès, 1989
et « Le Livre de poche », n° 6963

La Guirlande de Julie
Robert Laffont, 1991

Histoire de Lou
Fayard, 1990, 1993

Devi
Fayard, 1993

Quai des Indes
Fayard, 1993

Vive la mariée !
Du May, 1993

La Vallée des hommes perdus
L'Inde secrète
(aquarelles d'André Juillard)
Éditions DS, 1994

L'Homme fatal
Fayard, 1995

La Fée Chocolat
(illustrations de Laurent Berman)
Stock, 1995
Fayard, 2002

Le Fleuve bâtisseur
(photographies de Bérengère Jiquel)
PUF, 1997

L'Inimitable
Fayard, 1998

Lady Di
Éditions Assouline, 1998

À jamais
Albin Michel, 1999

La Maison de la source
Fayard, 2000

Julien Gracq et la Bretagne
Blanc Silex, 2000

La Côte d'amour
(photographies de Christian Renaut)
Alizés l'Esprit large, 2001

Pour que refleurisse le monde
Entretiens avec Jetsun Pema
Presses de la Renaissance, 2002

Les Hommes, etc.
Fayard, 2003

Le Guide du club des croqueurs de chocolat
(avec Sonia Rykiel et Julie Andrieu)
Michel Lafon, 2003

Le Bonheur de faire l'amour dans sa cuisine et vice-versa
Fayard, 2004
et « Le Livre de poche », n° 30543

Les Couleurs de la mer
(photographies de Philip Plisson)
La Martinière, 2005

Au royaume des femmes
Fayard, 2007
et « Le Livre de poche », n° 31039

À la recherche du Royaume
(photographies de François Frain)
Maren Sell éditeurs, 2007

Gandhi, la liberté en marche
Timée Éditions, 2007

Les Naufragés de l'île Tromelin
Michel Lafon, 2009
et « J'ai lu », n° 9221

Le Navire de l'homme triste
et autres contes marins
L'Archipel, 2010
et « J'ai lu », n° 9910

La Forêt des vingt-neuf
Michel Lafon, 2011
et « J'ai lu », n° 9876

Beauvoir in love
Michel Lafon, 2012
et « J'ai lu », n° 10723

Sorti de rien
Seuil, 2013
et « Points », n° P3364

RÉALISATION : IGS-CP À L'ISLE-D'ESPAGNAC
IMPRESSION : CPI FRANCE
DÉPÔT LÉGAL : NOVEMBRE 2016. N° 132942 (3018639)
IMPRIMÉ EN FRANCE

Collection Points Les Grands Romans

P8. La Marche de Radetzky, *Joseph Roth*
P46. La Ville des prodiges, *Eduardo Mendoza*
P52. La Maison du guerrier. Dar Baroud, *Louis Gardel*
P66. L'Inquisiteur, *Henri Gougaud*
P76. Pour la plus grande gloire de Dieu, *Morgan Sportès*
P87. L'Alliance, tome 1, *James A. Michener*
P88. L'Alliance, tome 2, *James A. Michener*
P117. Le Tarbouche, *Robert Solé*
P154. Le Maître d'escrime, *Arturo Pérez-Reverte*
P163. La Mère du printemps (L'Oum-er-Bia) *Driss Chraïbi*
P174. Le Dieu manchot, *José Saramago*
P196. La Crypte des capucins, *Joseph Roth*
P231. Ceux de 14, *Maurice Genevoix*
P236. Le Sémaphore d'Alexandrie, *Robert Solé*
P260. Le Guépard, *Giuseppe Tomasi di Lampedusa*
P263. Un loup est un loup, *Michel Folco*
P280. Dixie, *Julien Green*
P301. Dieu et nous seuls pouvons, *Michel Folco*
P305. L'Homme à la vie inexplicable, *Henri Gougaud*
P306. Bélibaste, *Henri Gougaud*
P345. Kamouraska, *Anne Hébert*
P349. Fort Saganne, *Louis Gardel*
P374. L'Amant du volcan, *Susan Sontag*
P387. Les Seigneurs du thé, *Hella S. Haasse*
P396. Le Médecin de Cordoue, *Herbert Le Porrier*
P452. La Femme de chambre du *Titanic*, *Didier Decoin*
P453. Abraham de Brooklyn, *Didier Decoin*
P484. Les Lauriers du lac de Constance, *Marie Chaix*
P518. La Peau du tambour, *Arturo Pérez-Reverte*
P524. L'Expédition, *Henri Gougaud*
P529. Sarah et le Lieutenant français, *John Fowles*

P545. La Terre et le Sang, *Mouloud Feraoun*
P546. L'Aurore des bien-aimés, *Louis Gardel*
P562. La Poussière du monde, *Jacques Lacarrière*
P623. Marie d'Égypte. Ou le désir brûlé, *Jacques Lacarrière*
P641. Pologne, *James A. Michener*
P655. Naissance à l'aube, *Driss Chraïbi*
P660. Nu couché, *Dan Franck*
P692. Le Roman du conquérant, *Nedim Gürsel*
P738. La Porte d'or, *Michel Le Bris*
P740. Les Bûchers de Bocanegra, *Arturo Pérez-Reverte*
P753. Le Soleil de Breda, *Arturo Pérez-Reverte*
P845. Les Enfants des morts, *Heinrich Böll*
P868. Le Seul Amant, *Éric Deschodt, Jean-Claude Lattès*
P874. L'Opéra de Vigàta, *Andrea Camilleri*
P894. Les Trois Vies de Babe Ozouf, *Didier Decoin*
P974. Les Feux du Bengale, *Amitav Ghosh*
P991. Les Étoiles du Sud, *Julien Green*
P992. En avant comme avant !, *Michel Folco*
P1033. Arthur, *Michel Rio*
P1047. Le Grand Roman indien, *Shashi Tharoor*
P1059. Le Mètre du monde, *Denis Guedj*
P1077. Les Turbans de Venise, *Nedim Gürsel*
P1091. Les Comptoirs du Sud, *Philippe Doumenc*
P1128. Les Adieux à la reine, *Chantal Thomas*
P1200. Le Luthier de Crémone, *Herbert Le Porrier*
P1217. Les Cheveux de Bérénice, *Denis Guedj*
P1290. La Dormeuse de Naples, *Adrien Goetz*
P1334. L'Amandière, *Simonetta Agnello Hornby*
P1388. Le Gentilhomme au pourpoint jaune *Arturo Pérez-Reverte*
P1458. Sisyphe, roi de Corinthe. Le Châtiment des dieux I *François Rachline*
P1459. Le Voyage d'Anna, *Henri Gougaud*
P1460. Le Hussard, *Arturo Pérez-Reverte*
P1461. Les Amants de pierre, *Jane Urquhart*
P1462. Corcovado, *Jean-Paul Delfino*
P1500. La Tante marquise, *Simonetta Agnello Hornby*
P1501. Anita, *Alicia Dujovne Ortiz*
P1553. Saint-Sépulcre !, *Patrick Besson*
P1568. La Rose pourpre et le Lys, tome 1, *Michel Faber*
P1569. La Rose pourpre et le Lys, tome 2, *Michel Faber*
P1570. Sarnia, *Gerald Basil Edwards*
P1571. Saint-Cyr. La Maison d'Esther, *Yves Dangerfield*
P1586. Femme en costume de bataille, *Antonio Benitez-Rojo*
P1587. Le Cavalier de l'Olympe. Le Châtiment des dieux II *François Rachline*
P1588. Le Pas de l'ourse, *Douglas Glover*

P1627. Equador, *Miguel Sousa Tavares*
P1628. Du côté où se lève le soleil, *Anne-Sophie Jacouty*
P1629. L'Affaire Hamilton, *Michelle de Kretser*
P1630. Une passion indienne, *Javier Moro*
P1674. L'Époux divin, *Fransisco Goldman*
P1689. En la forêt de Longue Attente.
Le roman de Charles d'Orléans, *Hella S. Haasse*
P1696. La Sœur de Mozart, *Rita Charbonnier*
P1697. La Science du baiser, *Patrick Besson*
P1700. Dans l'ombre du Condor, *Jean-Paul Delfino*
P1732. Persée, prince de la lumière. Le Châtiment des dieux III
François Rachline
P1733. Bleu de Sèvres, *Jean-Paul Desprat*
P1765. L'Œuvre des mers, *Eugène Nicole*
P1805. L'Amante du pharaon, *Naguib Mahfouz*
P1808. Fleurs de Chine, *Wei-Wei*
P1851. Rescapée, *Fiona Kidman*
P1900. Tango, *Elsa Osorio*
P1901. Julien, *Gore Vidal*
P1917. La Religieuse de Madrigal, *Michel del Castillo*
P1918. Les Princes de Francalanza, *Federico de Roberto*
P1919. Le Conte du ventriloque, *Pauline Melville*
P1936. Les Rescapés du Styx, *Jane Urquhart*
P1968. Pampa, *Pierre Kalfon*
P1973. La Statue du commandeur, *Patrick Besson*
P1983. Toutes ces vies qu'on abandonne, *Virginie Ollagnier*
P2034. La Méridienne, *Denis Guedj*
P2048. La Pension Eva, *Andrea Camilleri*
P2049. Le Cousin de Fragonard, *Patrick Roegiers*
P2090. Même le mal se fait bien, *Michel Folco*
P2091. Samba Triste, *Jean-Paul Delfino*
P2104. Les Pays lointains, *Julien Green*
P2131. Jubilee, *Margaret Walker*
P2150. Treize Lunes, *Charles Frazier*
P2180. Corsaires du Levant, *Arturo Pérez-Reverte*
P2191. L'homme qui voulait voir Mahona, *Henri Gougaud*
P2198. Ambre, vol. 1, *Kathleen Winsor*
P2199. Ambre, vol. 2, *Kathleen Winsor*
P2206. La Beauté du monde, *Michel Le Bris*
P2213. L'Enfant pain, *Agustin Gomez-Arcos*
P2220. Une année dans la vie de Tolstoï, *Jay Parini*
P2230. J'ai vécu 1 000 ans, *Mariolina Venezia*
P2231. La Conquistadora, *Eduardo Manet*
P2232. La Sagesse des fous, *Einar Karason*
P2259. La Montagne en sucre, *Wallace Stegner*
P2260. Un jour de colère, *Arturo Pérez-Reverte*
P2261. Le Roi transparent, *Rosa Montero*

P2285. Tarabas, *Joseph Roth*
P2287. Récit des temps perdus, *Aris Fakinos*
P2315. Luz ou le temps sauvage, *Elsa Osorio*
P2316. Le Voyage des grands hommes, *François Vallejo*
P2338. La Servante insoumise, *Jane Harris*
P2366. La Couleur du bonheur, *Wei-Wei*
P2370. Le Sang des Dalton, *Ron Hansen*
P2373. L'Agent indien, *Dan O'Brien*
P2383. Robin des bois, prince des voleurs
Alexandre Dumas
P2388. L'Ile du lézard vert, *Eduardo Manet*
P2402. Si loin de vous, *Nina Revoyr*
P2403. Les Eaux mortes du Mékong, *Kim Lefèvre*
P2423. La Couturière, *Frances de Pontes Peebles*
P2424. Le Scandale de la saison, *Sophie Gee*
P2425. Ursúa, *William Ospina*
P2453. Baptiste, *Vincent Borel*
P2458. Le Voyage de l'éléphant, *José Saramago*
P2507. Villa des hommes, *Denis Guedj*
P2520. Nord et Sud, *Elizabeth Gaskell*
P2552. Un monde d'amour, *Elizabeth Bowen*
P2568. Les Amants papillons, *Alison Wong*
P2569. Dix mille guitares, *Catherine Clément*
P2619. L'Histoire très ordinaire de Rachel Dupree
Ann Weisgarber
P2639. Le Roman de Bergen. 1900 L'Aube – tome I
Gunnar Staalesen
P2640. Aurora, Kentucky, *Carolyn D. Wall*
P2643. Le Ruban rouge, *Carmen Posadas*
P2652. Le Sari rose, *Javier Moro*
P2653. Le Roman de Bergen. 1900 L'Aube – tome II
Gunnar Staalesen
P2654. Jaune de Naples, *Jean-Paul Desprat*
P2656. Qui a tué Arlozoroff ?, *Tobie Nathan*
P2662. L'Incertain, *Virginie Ollagnier*
P2674. Le Testament d'Olympe, *Chantal Thomas*
P2675. Antoine et Isabelle, *Vincent Borel*
P2712. Mon patient Sigmund Freud, *Tobie Nathan*
P2713. Trois explications du monde, *Tom Keve*
P2715. Shim Chong, fille vendue, *Hwang Sok Yong*
P2716. La Princesse effacée, *Alexandra de Broca*
P2737. La Jeunesse mélancolique et très désabusée d'Adolf Hitler
Michel Folco
P2738. L'Enfant des livres, *François Foll*
P2739. Karitas, livre I – L'esquisse d'un rêve
Kristín Marja Baldursdóttir
P2761. Caravansérail, *Charif Majdalani*

P2762. Les Confessions de Constanze Mozart
Isabelle Duquesnoy
P2801. Le Marquis des Éperviers, *Jean-Paul Desprat*
P2822. Le Roman de Bergen. 1950 Le Zénith – tome III
Gunnar Staalesen
P2850. Le Roman de Bergen. 1950 Le Zénith – tome IV
Gunnar Staalesen
P2851. Pour tout l'or du Brésil, *Jean-Paul Delfino*
P2864. Rêves de Russie, *Yasushi Inoué*
P2865. Des garçons d'avenir, *Nathalie Bauer*
P2903. Cadix, ou la diagonale du fou, *Arturo Pérez-Reverte*
P2904. Cranford, *Elizabeth Gaskell*
P2905. Les Confessions de Mr Harrison, *Elizabeth Gaskell*
P2906. Jón l'Islandais, *Bruno d'Halluin*
P2948. Les Mille Automnes de Jacob de Zoet, *David Mitchell*
P2949. La Tuile de Tenpyô, *Yasushi Inoué*
P2981. Karitas, livre II – L'art de la vie
Kristín Marja Baldursdóttir
P3003. Pour l'amour de Rio, *Jean-Paul Delfino*
P3004. Les Traîtres, *Giancarlo de Cataldo*
P3016. La Reine des Cipayes, *Catherine Clément*
P3017. Job. Roman d'un homme simple, *Joseph Roth*
P3037. Doña Isabel (ou la véridique et très mystérieuse histoire d'une Créole perdue dans la forêt des Amazones)
Christel Mouchard
P3057. Les Sœurs Brelan, *François Vallejo*
P3058. L'Espionne de Tanger, *María Dueñas*
P3071. Les Amoureux de Sylvia, *Elizabeth Gaskell*
P3072. Cet été-là, *William Trevor*
P3085. Quel trésor !, *Gaspard-Marie Janvier*
P3086. Rêves oubliés, *Léonor de Récondo*
P3087. Le Valet de peinture, *Jean-Daniel Baltassat*
P3102. Relevé de terre, *José Saramago*
P3145. Le Pont des assassins, *Arturo Pérez-Reverte*
P3146. La Dactylographe de Mr James, *Michiel Heyns*
P3147. Télex de Cuba, *Rachel Kushner*
P3154. Au pays du Cerf blanc, *Chen Zhongshi*
P3155. Juste pour le plaisir, *Mercedes Deambrosis*
P3179. Richard W., *Vincent Borel*
P3180. Moi, Clea Shine, *Carolyn D. Wall*
P3210. Le Roman de Bergen. 1999 Le crépuscule – tome V
Gunnar Staalesen
P3211. Le Roman de Bergen. 1999 Le crépuscule – tome VI
Gunnar Staalesen
P3246. Un homme loyal, *Glenn Taylor*
P3247. Rouge de Paris, *Jean-Paul Desprat*
P3275. L'Excellence de nos aînés, *Ivy Compton-Burnett*

P3276. Le Docteur Thorne, *Anthony Trollope*
P3282. Moi, Giuseppina Verdi, *Karine Micard*
P3283. Les oies sauvages meurent à Mexico, *Patrick Mahé*
P3284. Le Pont invisible, *Julie Orringer*
P3324. Le Dictionnaire de Lemprière, *Lawrence Norfolk*
P3325. Le Divan de Staline, *Jean-Daniel Baltassat*
P3326. La Confrérie des moines volants, *Metin Arditi*
P3327. L'Échange des princesses, *Chantal Thomas*
P3328. Le Dernier Arbre, *Tim Gautreaux*
P3355. Le Tango de la Vieille Garde, *Arturo Pérez-Reverte*
P3356. Blitz, et autres histoires, *Esther Kreitman*
P3398. L'homme qui aimait les chiens, *Leonardo Padura*
P4012. Pietra viva, *Léonor de Récondo*
P4013. L'Égaré de Lisbonne, *Bruno d'Halluin*
P4048. La Clandestine du voyage de Bougainville *Michèle Kahn*
P4049. L'Italienne, *Adriani Trigiani*
P4060. Dans le Pavillon rouge, *Pauline Chen*
P4061. La Petite Copiste de Diderot, *Danielle Digne*
P4094. Demain à Santa Cecilia, *María Dueñas*
P4104. L'Empereur aux mille conquêtes, *Javier Moro*
P4126. Le Livre des secrets, *Fiona Kidman*
P4134. Le Printemps des enfants perdus, *Béatrice Égémar*
P4135. Les Enfants du duc, *Anthony Trollope*
P4155. Les Indomptées, *Nathalie Bauer*
P4156. Nos disparus, *Tim Gautreaux*
P4157. Sarah Thornhill, *Kate Grenville*
P4175. Suzon, *Louise Bachellerie*
P4176. La Maîtresse du commandant Castro, *Eduardo Manet*
P4190. Passent les heures, *Justin Gakuto Go*
P4203. Le Festin de John Saturnal, *Lawrence Norfolk*
P4204. Aimons-nous les uns les autres, *Catherine Clément*
P4242. Westwood, *Stella Gibbons*
P4243. Hérétiques, *Leonardo Padura*
P4255. Bienvenue à Big Stone Gap, *Adriana Trigiani*
P4274. Les Silences de la guerre, *Claire Fourier*
P4275. Louise, *Louise Bachellerie*
P4288. Les Premiers de leur siècle, *Christophe Bigot*
P4289. Mary Barton, *Elizabeth Gaskell*
P4317. Ciel d'acier, *Michel Moutot*
P4335. Le Voile de Téhéran, *Parinoush Saniee*
P4336. Les Rumeurs du Nil, *Sally Beauman*
P4366. La Table d'émeraude, *Carla Montero*
P4369. Poussières d'exil, *Patrick Bard*
P4396. Mille regrets, *Vincent Borel*
P4414. Claire, *Louise Bachellerie*
P4449. Marie Curie prend un amant, *Irène Frain*